ハヤカワ epi 文庫
〈epi 91〉

忘れられた巨人

カズオ・イシグロ
土屋政雄訳

epi

JN157104

早川書房

8084

THE BURIED GIANT

by

Kazuo Ishiguro

Translated by
Masao Tsuchiya
Published 2017 in Japan by
HAYAKAWA PUBLISHING, INC.
This book is published in Japan by
arrangement with
ROGERS, COLERIDGE AND WHITE LTD.
through THE ENGLISH AGENCY (JAPAN) LTD.

デボラ・ロジャーズ（一九三八‐二〇一四）へ

目次

忘れられた巨人

第一部

第一章

イングランドと聞けば、後世の人はのどかな草地とその中をのんびりとうねっていく小道を連想するだろう。だが、この当時のイングランドにそれを探しても、見つけるのは苦労だったはずだ。あるのは、行っても行っても荒涼とした未墾《みこん》の土地ばかり。岩だらけの丘を越え、荒れた野を行く道らしきものもないではないが、そのほとんどはローマ人がいたころの名残で、すでに崩壊が進み、雑草が生い茂り、途中で消滅していることも少なくなかった。川や沼地には冷たい霧が立ち込め、当時まだこの土地に残っていた鬼たちの隠れ潜む場所になっていた。もちろん、近くには人も――こんな陰気な場所に定住するとはどんな事情があったのかと思わせるが――住んではいた。きっと恐怖におののいて暮らしていたに違いない。姿は霧で見えなくても、異形の者の荒々しい息遣いはいたるところから聞こえてきたはずだから。ただ、鬼と出くわした人々がそのたびに腰を抜かしていたかと言えば、そうではない。鬼は、日常に存在した危険の一つにすぎず、心配すべきことはほかにもいくらでもあった。硬い地面からどう食べ物を得るか。薪をどう切らさずにおくか。豚を一度に十頭余りも奪っていくうえ、わが子の頬に緑色の吹き出物までつくる病気をどう防ぐか……。

いずれにせよ、鬼は、人間の側から挑発しないかぎりさほど大きな問題ではなかった。たまに、鬼どうしの喧嘩でもあったのか、怒り狂って人間の村に迷い込んでくることはある。だが、それはそういうものとして受け止めるしかない。いくら大声で追い払おうが、得物《えもの》で立ち向かおうが、鬼は暴れまわり、逃げ遅れた者を傷つけ、ときには子供を霧の中へ連れ去る。理不尽きわまりないが、この世では理不尽なことも起こる。当時の人々はそんな諦めをもって生活していくしかなかった。

丘の連なりが鋸歯《きょし》のような影を落とす大きな沼地の縁に、年老いた夫婦が住んでいた。名前をアクセルとベアトリスという。ほんとうの名前ではないかもしれない。もっと長い名前の一部だったかもしれないが、ここでは呼びやすいその名で呼んでおくことにしよう。夫婦二人だけで暮らしていた。こう言うと、二人だけで孤独に暮らしていたように聞こえるかもしれないが、そうではない。そもそも、当時の村の形からして、孤独な暮らしなどはありえなかった。村人の多くは暖かさと外敵からの保護を求め、丘の斜面に深い横穴を掘って住み、その穴どうしを地下通路や覆い付きの廊下で結んでいた。だから、村は家の立ち並ぶ集落というより、むしろ兎の巣穴にでもたとえたほうが実際に近かったかもしれない。アクセルとベアトリスも、人口六十人ほどのそういう村にいて、そういう穴の一つに住んでいた。村を出て丘沿いに二十分ほど歩くと、別の村がある。そこも外見はやはり兎の巣穴で、最初の村とたいして違わない。だが、住んでいる村人の目には違いが歴然とあって、その一つ一つが自慢の種だったり、恥ずべき汚点だったりした。

当時のブリテン島はその程度の島だったのか、と思われるかもしれない。世界のどこかでは壮麗な文明が花開いていたのに、イギリスはまだ鉄器時代を引きずっていたのか、と。そんな印象を与えたとしたら本意ではない。気ままに田舎道を歩いていけば、不意にお城や修道院が出現することもあったろうし、そのお城では音楽が奏でられ、おいしい食事が出て、武術試合なども行われていたかもしれない。修道院では僧たちが学問に没頭していただろう。だが……そう、現実をありのままに言えば、仮に天気のよい季節に頑丈な馬に乗って旅をしたとしても、緑一色の風景の中に城や修道院を目にすることなど、数日に一度もあったかどうか。通り過ぎる集落のほとんどは、いま述べたような村だったはずだ。しかも、たまたま贈り物にできるような食糧や衣服を持ち合わせていないかぎり——あるいは恐ろしげに武装してでもいないかぎり——旅人は歓迎されなかったはずだ。当時のイギリスをこんなふうに描写するのは不本意だが、そこはそれ、やむをえないところもある。

アクセルとベアトリスに戻ろう。言ったとおり、この老夫婦は巣穴のような村の外縁に住んでいた。当然、それだけ外界の影響を強く受けたし、夜、村人全員が大広間に集まって火を焚いていても、暖かさのおこぼれに恵まれることが少なかった。昔はもっと火の近くに住んでいたような気がする、とアクセルは思った。それはまだ息子らと一緒だったころではなかろうか……。夜明け前の何もない時刻、ぐっすり眠る妻を横に感じながらベッドに横たわるアクセルの心に、しきりにそんな思いが忍び込んできた。その思いは正体不明の喪失感をともない、アクセルの胸をいらだたせて、眠りに戻ることを許さなかった。

だから、この朝、アクセルはそっとベッドを抜け出し、音を立てないよう注意して外に忍び出ると、村の入り口のわきに置いてあるベンチに腰をおろした。古いベンチで、ゆがみが出はじめている。ここで夜明けの最初の光を待とうと思った。季節は春。だが、まだ寒い。出しなに手にとってきたベアトリスのマントを体に巻きつけ、ひとしきり物思いにふけった。やがて、肌を刺す空気にあらためて寒さを意識したとき、ふと見ると空の星はすでに消え去って、いま地平線上に明るさが広がりつつあった。薄明りの中で、鳥のさえずりも聞こえはじめていた。

少し長く外にいすぎたか……。アクセルは後悔しながら、ゆっくり立ち上がった。もうすっかりよくなったとはいえ、熱がひくまでにしばらくかかって、それからまだ間がない。脚が冷たく湿っている感じがする。ここでぶり返しでもしたら大変だ。だが、中に戻ろうと振り向いたとき、アクセルの心には多少の満足感もあった。ここしばらく忘れていたことをいくつか思い出せたから。それに、もうすぐ重大な決定を――長く引き延ばしてきた決断を――するという予感があった。アクセルは少し興奮し、この興奮を早く妻と分かち合いたいと思った。

中に入ると通路はまだ完全な闇に沈んでいて、自宅のドアまでのほんの短い距離を手探りで進んだ。村を構成する各戸の戸口は、粗末なアーチ一つだけのものが多い。つまり、アーチをくぐれば、そこはもう家の中だ。じつに簡単な構造だが、村人はそれをプライバシーの危険とは考えず、むしろドアなどないほうが都合がよいと思っていた。大広間では焚き火が燃え、村内の許されたあちこちでも小さな火が燃えている。せっかくの暖気が通路を伝わってくるのに、ドアで締め出したらもったいないではないか……。ただ、アクセルとベアトリスの家はどこの焚き火からも遠すぎた。だから、この家には実際に「ドア」と呼べるものがあった。大きな木枠をはめ込み、そこに小枝や蔓を縦横に渡して、中にアザミなどを編み込んである。出入りの際には、このドアを片側に寄せる手間がかかるが、その代わり、冷たい隙間風は防がれる。アクセルとしてはドアなどないほうが好ましかったが、ベアトリスは違う。ドアを作りつづけているうち、しだいにそれが自慢の種になってきているようだ。アクセルが外出から戻ると、よく、しおれた枝や蔓を引き抜き、日中に集めておいた新しい材料で置き換えていた。

この朝、アクセルは体がぎりぎり通るほどにドアを寄せ、できるだけ音を立てないように中に入った。外壁の小さな隙間から夜明けの光が部屋に漏れていて、前に伸ばした手がぼんやりと見えた。草のベッドには、厚い毛布にくるまれて横たわる人の姿が見える。ベアトリスはまだぐっすり眠っているようだ。

妻を起こしたい気持ちに駆られた。いま、この瞬間、妻が目覚めてくれて、話し合うことができれば、なすべき決断への最後の障壁、この身に残るためらいが完全に払拭されるような気がする――アクセルの一部はそう確信していた。だが、村全体が起き出して今日の仕事を始める時刻までに、まだしばらく間がある。だから、妻のマントを体にきつく巻きつけたまま部屋の隅に行き、そこの低いスツールに腰をおろした。

今朝の霧の濃さはどうだろうか、と思った。この闇が薄れるとき、外壁のひび割れから霧が部屋に侵入してくるさまが見えるだろうか……。だが、思いはしだいに霧から離れ、さっきまで心にあった疑問に戻っていった。それは、自分たちはいつもこうして暮らしてきたのだろうか、ということだ。いつも二人だけで、この村の端っこでこんなふうに暮らしてきたのか。それとも、以前はまったく違っていたのだろうか。さっき外にいるとき、記憶の断片がいくつか戻ってきた。その中に、村の長い中央通路を歩いていく一瞬があった。片腕を子供の背に回し、やや前のめりの姿勢で歩いていた。あれは老いて背が曲がったのではなく、通路の薄暗さの中で、天井の梁《はり》に頭をぶつけないよう用心する歩き方だった。それとも子供が何か話しかけてきた直後だったろうか。子供が何かおもしろいことを言い、それで二人して笑っていたのかもしれない。だが……何をどう考えても、どこか落ち着かない気分が残る。さっき外にいるときもそうだった。集中して考えようとすればするほど、記憶はしだいにぼやけていく。ぼけた老人の頭に根拠もなく浮かんだ妄想なのだろうか。そもそも、神様は二人に子供を授けてくださったのか……。

過去を確かめたければ周囲に問うてみればよい、と思うかもしれない。なぜ尋ねてみないのか、と。だが、それは言うほどやさしいことではない。まず、この村では過去がめったに語り合われない。タブーというのではなく、ただ、過去を語り合うことに意味が見出されない。村人にとって、過去とはしだいに薄れていき、沼地を覆う濃い霧のようになっていくもの。たとえ最近のことであっても、過去についてあれこれ考えるなど思いもよらないことだった。

たとえば、ここしばらくアクセルが頭を悩ませている問題がある。そう遠くない昔、この村には赤い髪を長く伸ばした女がいて、村の宝物のように扱われていた。その赤毛の女にはすぐれた治療の技を持っていて、誰かが怪我をしたり病気になったりすると、真っ先に呼ばれていた。アクセルはそう確信しているが、その女はいまいない。不思議なのは、いなくなったことを残念がる者がいないことだ。いや、それどころか、その女がどうしていなくなったのか、いぶかる者さえいない。ある朝、霜の降りた畑に鍬《くわ》を入れながら、一緒にいた三人の村人にその疑問をぶつけてみた。だが、三人からは、何のことか見当もつかないという反応しか返ってこなかった。一人は仕事の手をとめてまで思い出そうとしてくれたが、結局、首をひねり、「そりゃ、ずいぶん昔のことだったに違いないな」と言うだけで終わった。

ある夜、妻にも同じことを尋ねてみた。「わたしも覚えていませんよ」とベアトリスは言った。「あなたが夢の中で作り出した女じゃないんですか。あなたよりよほど背のしゃんとした女房が横にいるのに、なぜ作り出す必要があったのかわかりませんけど」

ほんの昨秋のことだ。そのとき、二人は真っ暗闇の中でベッドに並んで横たわり、屋根に当たる雨の音を聞いていた。

「確かにおまえは歳をとらないな、お姫様。だが、あの人のことは夢ではないよ。おまえだって、本気でしばらく考えれば思い出せるはずだ。現にほんの一月《ひとつき》前、うちの戸口まで来て、何かいるものはありませんか、あれば持ってきますけど、と親切に言ってくれたじゃないか。な、覚えているだろう？」

「持ってきてくれる？　なぜわざわざ。その人は親戚か何かなの」

「いや、違うと思うよ、お姫様。親切で言ってくれたんだと思う。絶対に覚えているはずだ。よく戸口に来て、寒くないか、ひもじくないか、と気遣ってくれた」

「だからね、アクセル、わたしが知りたいのは、なぜ無関係の女がわたしたちにだけ親切にしてくれるのか、ってことですよ」

「不思議だよな、お姫様。わたしたち二人はそのへんの村人よりよほど健康だ。なのに、病人の面倒を見る人がここに来てくれた。なぜ、と首をかしげたのを覚えているよ。流行り病の噂でもあって、それで様子を見にきたのかな、とかな。だが、結局、流行り病もなくて、あの人はただ親切で見にきてくれただけとわかった。こうやっていま話していたら、もっといろいろ思い出したぞ。あの人はそこに立って、子供たちに悪口を言われても気にしないように、と言ってくれた。確か、そうだ。で、それを最後に姿を見かけなくなった」

「やはり、あなたの想像力のせいですよ、アクセル。でも、たかが子供が遊びの中で言うことまで気にかけるなんて、ばかな女！」

「わたしもそのときそう思ったよ、お姫様。子供らは天気が悪くて外に出られず、中で暇を持て余していただけだ。年寄り二人をいじめる気などなかった。だから、わたしは全然気にしていませんと答えたが、それでもあの人が親切にしてくれたことは変わらない。そうだ、蠟燭《ろうそく》なしで夜を過ごすのはとても気の毒だ、とも言っていたな。覚えている」

「蠟燭がなくて気の毒？　じゃ、少なくとも一つは正しいことを言っていたわけね。見て、わたしの手はちっとも震えてなんかいませんよ。なのに夜の蠟燭を禁止するなんて侮辱です。蠟燭の持ち込みを許されてる人たちを見て！　毎晩リンゴ酒でぐでんぐでんに酔っ払うわ、子供たちが部屋中走り回っているわ……あれは危険じゃないの？　なぜうちの蠟燭だけ取り上げるの。おかげで、すぐ横にいるあなたの姿さえ見えやしない」

「侮辱するつもりなんかないさ、お姫様。この村は昔からずっとそうやってきたんだ。それ以上のことではないよ」

「でも、うちの蠟燭を取り上げたことがおかしいと思っているのは、あなたの夢の女だけじゃありませんよ。昨日ね……一昨日だったかしら……川沿いを歩いていて、何人かの女たちを追い越したの。少し離れて、もう聞こえないと思ったんでしょうね、わたしたちの噂を始めた——あのご夫婦みたいにちゃんとした方々が、毎晩、真っ暗闇で過ごさなくちゃならないのはかわいそう、ですって。だから、その女以外にも同じ考えの人はいるんです」

「だから夢の女ではないんだよ、お姫様。一月前にはこの村の全員があの人を知っていて、感謝していた。なのに、いまはみんなが——おまえも含めて——そんな人はいなかったみたいに言う。なぜだろう」

　この春の朝、アクセルはあのときの会話を思い出しながら、赤毛の女は自分の間違いだったと認めてもよいような気持ちになっていた。結局、自分は老いつつある。この歳になれば、ときには勘違いすることだってあるだろう。だが……だが……じつはこれだけではないのだ。こうした首をひねるような記憶はほかにいくつもあって、赤毛の女の件はほんの一例にすぎない。ではほかにどんな……？　いや、いま急に問われても、残念ながらすぐには思い出せない。だが、ほかにいくつもあったことは確かだ。そう、たとえばマルタの一件とか……。

マルタというのは九歳か十歳の女の子で、小さいくせに怖いもの知らずという評判だった。周囲は身の毛のよだつような話をいろいろ聞かせ、やたらにほっつき歩く子はそういう目にあうよと注意していたが、マルタの旺盛な冒険心がおとなしくなどなればこそ。ある日の夕方、あと一時間もすれば暗くなり、霧が立ち込めてきて山腹で狼がうなりはじめるというころ、マルタの姿が見えなくなった。悲鳴が村を駆け巡り、村人全員が顔をひきつらせて、仕事の手をとめた。しばらくはマルタを呼ぶ声が村中に響きわたり、大勢の足音が通路を行き来した。村人はあらゆる寝室を探し、貯蔵トンネルを探し、垂木の下の隙間を探し、子供らが遊びで隠れ家に使っている場所を探した。

そんな捜索の最中、丘で群れの見張り番についていた二人の羊飼いが村に戻ってきた。冷えた体を大広間の焚き火で温めながら、一人がヌエワシを見たと言った。前日、飛んでいるのを見た。二人の頭上で一回、二回、三回と輪を描いた。間違いない。あれは絶対にヌエワシだった……。噂はすぐに村中に広まり、大勢の人が話を聞きに焚き火の周りに集まってきた。アクセルでさえ駆けつけた。国にヌエワシが現れたとなれば、これは確かに大ニュースだ。ヌエワシはさまざまな力を持っているとされる。その一つが狼を追い払う力で、この国のどこかヌエワシが多く棲息する土地では、狼がまったくいなくなったとも言われていた。

最初、羊飼い二人は質問攻めにあい、ヌエワシの話を繰り返し語らされていたが、やがて、聞いている村人たちの間に懐疑的な空気が漂いはじめた。同じような話がこれまでに何度もあったな、と誰かが言った。どの話のときも、結局は嘘っぱちだったじゃないか、と。ああ、去年の春にもまったく同じ話があって、それを持ち帰ったのもこの同じ二人じゃなかったか、と別の村人が言った。そのときも、結局、ヌエワシを見た者など誰もいやしなかった……。羊飼いは怒り、自分たちはこれまでそんな話をしたことはない、と否定した。そのあと、村人たちは羊飼いの側に立つ派と、昨春のことを覚えている派に分かれ、言い争った。

激しい口論を聞いているうち、アクセルはまたあの感覚に襲われた……どこかがおかしいという、しつこくまとわりついてくるあの感覚。振り払おうとして、怒鳴り合いと小競り合いのつづく場を離れ、外に出た。空が暗さを増し、地表に霧が広がりはじめていた。しばらくそれをながめていると、心の中でいくつかの記憶の断片が結び合いはじめた。いなくなったマルタ、心配される危険、ついさっきまでつづいていた捜索……。だが、目覚めれば数秒後にはもう薄れはじめる夢に似て、それら記憶の断片もすでに薄れ、混乱しはじめていた。背後では、相変わらずヌエワシについての言い争いがつづいている。アクセルは頭に残る幼いマルタの姿をなんとか見失うまいと、必死に集中しつづけた。突然、少女の鼻歌のような音が聞こえてきた。音の方向を振り向くと、霧の中からマルタが現れ、スキップしながらこちらへやってくるところだった。

「おまえは不思議な子だ、マルタ」と、近づいてくる子にアクセルは言った。「暗闇が怖くないのかい。狼や鬼は？」

「怖いわよ、おじいちゃん」とマルタは笑顔で答えた。「でも、隠れ方を知ってるもん。パパとママが心配してないといいけど。先週、すごく叩かれたばっかりだから」

「心配？　もちろん、心配しているとも。村中が君の心配で大変だ。中の大騒ぎが聞こえるだろう？　あれもみんな君のためだよ、マルタ」

マルタは笑い、「やめてよ、おじいちゃん」と言った。「村中が心配してるなんて。騒ぎは聞こえるけど、あれはあたしのことで騒いでるんじゃないわ」

言われてみれば確かにそのとおりだ、とアクセルは気づいた。中から聞こえてくる声は、マルタのことでなく、まったく別のことで言い争っている。もっとよく聞こうとして入り口の方向に体を傾けると、張り上げた声が奇妙な言葉を繰り返しているのがわかった。ヌエワシ……？　とたんに、心に羊飼いとヌエワシのことがよみがえってきた。なぜそんな話になっているのか、いきさつをマルタにも説明してやるべきだろうかと思案した。だが、その間にマルタはまたスキップを始め、さっさと横を通り過ぎて中に入っていった。

アクセルもマルタにつづいて中に入った。少女の無事な姿を見れば、みなほっとし、大喜びするだろう。それを見たかったし、正直に言うと、一緒に入っていけば、少女の帰還に自分が一役買ったと思ってもらえるのではないかという期待もあった。だが、大広間に入ると、そこでは村人たちがまだ羊飼いの証言をめぐる言い争いに熱中していて、入ってきた二人に目をくれる人はほとんどいなかった。さすがにマルタの母親は焚き火を離れ、二人のところへ来たが、「こんなところにいたの。ほっつき歩いちゃだめって、何度言ったらわかるの」と叱っただけで、また、火の周りでつづいている荒っぽいやり取りに戻っていった。それを見て、マルタは「ね、言ったとおりでしょ？」とでも言うようにアクセルに笑いかけ、友達を探しに影の中に消えていった。

部屋がかなり明るくなってきた。二人の家は村の外縁にある。外を向く小さな窓が一つあるが、少し高いところに付いていて、スツールの上にでも立たないと外をのぞけない。いまは布で覆ってあるが、早朝の太陽の光がその布の隅を貫いて部屋に射し込み、眠るベアトリスの上を突っ切っていた。ふと見ると、その光に捉えられたかのように虫が一匹、妻の頭のすぐ上に浮いていた。蜘蛛だとわかった。天井から透明な糸を垂らし、それにぶら下がっている。アクセルの見ているまえで、蜘蛛は糸を伝い、ベアトリス目がけて下りはじめた。アクセルはそっと立ち上がり、小さな部屋を横切って近づくと、眠る妻の上の空間を払うようにして、手に蜘蛛をつかまえた。そのまま、しばらく妻を見下ろしていた。寝顔には、最近、起きているときにほとんど見せたことのない安らぎがあって、見たとたん、胸いっぱいに幸福感が湧き上がってきた。アクセルはそのことに驚き、同時に、よし、これで心が決まった、とも思った。すぐに妻を起こし、それを伝えたかったが、さすがにそれはまずいか、と思いなおした。寝ているところを起こすのは自分本位な行為だし、それに、妻の反応が好意的なものになるかどうか確信が持てなかった。アクセルはしばらく躊躇したのち、部屋の隅のスツールに戻った。腰をおろしながら蜘蛛のことを思い出し、そっと手のひらを開いてやった。

旅に出るという思いつきはどこから来たものだろう。さっき外のベンチで夜明けを待っていたときも、それを考えていた。何があって、ベアトリスと旅のことを話し合うようになったのだったか……。まず思い当たったのは、ある夜この部屋で交わしたある会話だ。きっとあれがきっかけだったのだろう、とさっきまでは思っていた。だが、蜘蛛が手のひらを這いまわり、端を乗り越えて土の床に移動するのを見ているいま、考えが変わった。二人が最初に旅を話題にしたのは、黒いぼろをまとった見知らぬ女がこの村を通り過ぎていったあの日だ、と思った。

あれは灰色の朝だった。去年の十一月だったと思う……もうそんな昔になるのだろうか。アクセルは、しだれ柳の並ぶ川沿いの道を歩いていた。畑から村に戻ろうとしていて、ずいぶん急ぎ足だったのは、道具を忘れて取りに帰るところだったのか、監督に何かの指示を仰ぎに行くところだったのか。突然、右手の灌木の向こうから大きな声があがり、立ち止まった。最初は鬼でも出たのかと思い、そのへんに石ころか棒切れを探したが、すぐに、これは違うと思った。どれも女の声で、それぞれに怒ったり興奮したりしていたが、鬼に襲われたときの恐怖や切迫感がなかった。それでも様子だけは見ておこうと思い、杜松《ねず》の生垣を突っ切って、転がるように向こう側の空き地に出た。五人の女が寄り集まって立っていた。みな、さほど若いとは言えないが、まだ十分に子供を生める年齢だ。五人ともアクセルに背を向け、遠くにいる何かに向かって怒鳴り声をあげていた。近づくと、一人の女が気づいてぎくりとした。ほかの四人も振り向き、来たのがアクセルと知ると、見下すような表情になった。

「あら、あら」と一人が言った。「これは偶然と言うのかしら、それ以上かしら。ご主人がお見えになるなんて。ぜひあの方に分別を叩き込んでほしいものだわ」

「あなたの奥さんに注意しても、聞いてくれないんですよ」と最初にアクセルに気づいた女が言った。「どこの馬の骨かわからないのに、食べ物をあげるって。あれはたぶん悪魔ですよ。それか、姿を変えた妖精なのに」

「妻に危険が？　お願いだ、奥さん方、事情を説明してください」

「いえね、見かけない女がいて、今朝中ずっとあたしたちの周りをうろついてたんですよ」と別の女が言った。「長い髪を背中に垂らして、黒いぼろマントをまとった女。自分じゃサクソン人だって言ってたけど、あんなサクソン人、見たことない。あたしたちが土手で洗濯してたら、後ろからそっと忍び寄ってきましてね、こっちが先に気づいて追い払いましたけど、何度でも戻ってきて、そのたびに悲しくてたまらないようなふりをしたり、食べ物をねだってみたり。たぶん、最初からあなたの奥さんを狙って魔法をかけてたんだと思いますよ。だって、奥さん、最初からその悪魔のところへ行きたがって、あたしたちが二度も腕をつかんで引き止めたんですから。でも、結局、振り切って行ってしまいました。棘《とげ》の木のところ、あそこに悪魔がすわって待ってるんです。あたしたちが全力で引き止めたのに、あれはもう悪魔の力ですよ。奥さんは骨が細いし、お歳だし、あんなすごい力で振り切るなんて不思議だもの」

「棘の木……」

「たったいま行ったところです、ご主人。でも、あれは絶対に悪魔だわね。奥さんを追いかけていくつもりなら、毒アザミに注意ですよ。転んで、どこか切りでもしたら、絶対に治らないから」

アクセルは女たちの言葉にいらいらしたが、気取られないよう丁重に礼を言った。「ありがとう、奥さん方。行って妻の様子を見てきます。では、失礼」

村人の言う「棘の木」とは、誰もが知っている山査子《さんざし》の古木のことだ。村から歩いてすぐのところの山腹に大きな出っ張りがあり、その縁にある岩から直接生えているように見える。出っ張りから見える景色はなかなかのもので、晴れて風がない日なら時を過ごすのに絶好の場所だ。川辺まで下っていく草地、蛇行する川、その向こうにある沼地が、そこに立つとよく見える。日曜日には子供たちが集まり、古木の節くれだった根の周りで遊んでいる。端から飛び下りる大胆な子もいる。まあ、飛び下りると言っても、その先は緩い坂になっていて、怪我の心配はない。草の生えた斜面を樽のようにただ転がり落ちていくだけだ。だが、平日——それも朝——となると、大人も子供もそれぞれの仕事で忙しく、一転、ここは人気《ひとけ》のない場所となる。だから、いま霧をついて斜面を上がっていくアクセルの目には、女二人の姿しか映らなかった。当然のことだ。二人は、ほとんど白い空に映る影か何かに見えた。すわって岩にもたれている見知らぬ女はとても奇妙な服装をしていて、さっきの女たちの言うとおりだな、とアクセルは思った。遠くから見るかぎり、着ているマントは小さな布切れをいろいろと寄せ集め、縫い合わせただけのもののようだ。それが風にはためいて、女を、まるでこれから飛び立とうとする大きな鳥のように見せていた。横にベアトリスがいる。自身は立ったままだが、上体を折り曲げて顔を相手に近づけている。いかにもほっそりして、弱々しい危うさを感じさせる。二人は何やら熱心に話し合っていた。だが、アクセルが下から近づいてくるのに気づき、話をやめて、じっとアクセルを見た。ベアトリスが出っ張りの端まで来て、下に向かって呼びかけた。

「そこで止まって、あなた。わたしが下りていきますから、それ以上来ないで。来ると、この気の毒なご婦人の気が休まらない。やっと腰をおろして、昨日のパンの残りを食べはじめたところだから」

　言われたとおり待っていると、やがて妻が長い野道をこちらへ下りてくるのが見えた。アクセルのすぐ前まで来て、低い声で話しはじめた。おそらく、二人の話し声が風で旅の女のところまで運ばれていくのを心配したのだろう。

「あのばかな女たちに言われて来たんですか、あなた。わたしがあの人たちほど若かったころは、むやみに怖がったり、ばかなことを信じたりするのは年寄りって決まっていたものですけどね。石ころを見れば呪われてるだの、野良猫を見れば悪霊だの、って。でも、いまは逆みたい。迷信にがんじがらめにされているのは、年寄りのわたしじゃなくて若い人のほう。主がいつも見守っていてくださるのに、そんなことまるで信じていないみたい。あの気の毒な旅人をご覧なさい、あなた。独りぼっちで、疲れきって。どの村でもほかへ行けって追い払われて、四日間も森や野をさまよったら、それは当然疲れますよ。ここはキリスト教の国なのに、行く先々で悪魔扱いではね。それか、らい者扱い……皮膚のどこにもそんな印はないのに。わたしはたまたま持っていた粗末な食べ物をあげているだけ。まさかあなたまで、やめろなんて言うんじゃないでしょうね」

「そんなこと言うつもりはないよ、お姫様。この目で見ても、おまえの言うとおりだとわかるからね。旅人を親切に受け入れることもできなくなったとすれば、それは恥ずべきことだ――ここへの道々、そう思いながら来た」

「じゃ、あなたは仕事に戻ってくださいな、アクセル。仕事が遅いと、また文句を言われるから。また子供たちをけしかけて、わたしたちの悪口を言わせるようなことをされたら、いやだもの」

「わたしは仕事が遅いなんて言われたことはないぞ、お姫様。どこでそんなことを聞いたんだか。わたしはそんな文句を一度も聞いたことがない。実際に、二十も若い男と比べたって、同じだけの仕事ができるよ」

「からかっただけですよ、あなた。そのとおり。あなたの仕事にけちをつける人なんかいません」

「わたしらの悪口を言う子がいたら、原因は仕事の速さ遅さの問題じゃない。親がばかなんだ。それか、いつも酔っ払ってばかりいて、子供に行儀を教えないからだ。年長者への敬意もな」

「落ち着いて、あなた。からかっただけって言ったでしょう？　もうしません。あの旅の人は、わたしにはとても大事に思えることを話してくれているんです。いずれ、あなたにとっても大事になるかもしれない。とにかく最後まで聞いておきたいの。だから、もう一度お願いよ。あなたは仕事に戻って。わたしは話を聞いて、できるだけのことをしてねぎらっておきますから」

「言い方がきつかったら、ごめんよ、お姫様」

そう言ったとき、ベアトリスはもうアクセルに背を向け、棘の木とはためくマントの女に向かってさっさと道を上りはじめていた。

少し後、用事を終えたアクセルは畑へ戻るために道を引き返しはじめた。だが、途中少し遠回りをし、例の棘の木の横を通ることにした。時間がかかりすぎて仲間に道草をとがめられるかもしれないが、やむをえない。アクセルも妻と同じで、女たちの迷信深さに眉をひそめたくなる気持ちはある。だが一方で、あの見知らぬ旅の女にはどことなく危険なにおいがするという思いも捨てきれない。その女とベアトリスを二人だけにしてきたことが不安だった。だから、丘の出っ張りにある岩の前に妻が立ち、空を見上げているのが見えたときは、とてもほっとした。ベアトリスは何やらじっと考え込んでいた。アクセルの姿も目に入らず、下から声をかけられてようやく気づいたようだ。すぐに岩を離れ、下りの野道をたどりはじめたが、その足取りはさっきよりのろかった。おや、とアクセルは思った。歩き方が以前とは違うような気がする。足をとくに引きずるというのではないが、どこかに痛みがあって、それをかばっているような歩き方に見える。近づいてくる妻に、さっきの旅の女は？ と声をかけた。「つぎの村へ行きました」とベアトリスは答えた。

「きっとおまえの親切に感謝しているだろうよ、お姫様。ずいぶん長く話したのかい」

「ええ。向こうも話すことがたくさんあったらしくて」

「心を乱すようなことを言われたみたいだな、お姫様。村の女たちの言うとおり、近づかないほうがいい女だったのかもしれない」

「そんなことはありませんよ、アクセル。でも、いろいろと考えさせられたのは確かね」

「気分がよくなさそうだな。まさか、おまえに魔法をかけて、自分は空中に消えたんじゃあるまいな」

「あら、棘の木まで行ってごらんなさい。いま出たばかりだから、道を遠ざかっていくのが見えますよ。きっと、丘の向こうの村ならもっとよくしてくれると思っているでしょう」

「そうか。じゃ、わたしは行くよ、お姫様。何事もなくてよかった。おまえの親切に神様もお喜びだろう。ま、おまえはいつもそうだけどな」

だが、今度はベアトリスが、行ってほしくないようなしぐさをした。一瞬よろめいて、支えを求めるように夫の腕をつかむと、そのまま胸に頭をもたせかけてきた。アクセルの手が意思を持つもののように上に動き、風でもつれた妻の髪をそっとなでた。アクセルは妻を見下ろし、その目が広く見開かれているのを見て驚いた。

「気分がよくないんじゃないか。旅の女に何を言われた」

ベアトリスはしばらくそのまま頭をアクセルの胸に押し当てていたが、やがて背を伸ばし、夫から離れた。「考えてみたらね、アクセル、あなたがいつも言っていることが正しいような気がしてきましたよ。ほんの昨日のことや一昨日のことなのに、みんなが忘れてしまうなんて、まるで何かの病気がはやっているみたいで変……」

「そうだろう、お姫様？　あの赤毛の女のことだって……」

「赤毛の女はもういいの、アクセル。問題なのは、わたしたちがほかに何を忘れているかですよ」ベアトリスは霧でかすむ遠方に目をやりながら言うと、アクセルの顔をひたと見た。その目には悲しみと願いが満ちているように見えた。あのときだった、といまアクセルは思っている。あのときベアトリスは言ったのだった――「あなたが昔から反対だったのは知っています、アクセル。でも、もう考えなおすべきときじゃないかしら。旅に出ましょうよ。これ以上遅らせてはだめ」と。

「旅かい、お姫様？　どんな旅」

「息子の村への旅ですよ。そんなに遠くじゃない。そうよね、アクセル？　老人のゆっくりした足でも、大平野を東へ少し越えたところ、せいぜい数日の旅ですよ。もうすぐ春になるし」

「なるほど。わたしに異存はないよ、お姫様。だが、それはあの旅の女に何か言われたから思いついたことなのかい」

「長い間、思いの中にあったことですよ、アクセル。でも、これ以上引き延ばしたくないと思ったのは、確かにあのかわいそうな人が言ったことのせい。息子が向こうの村で待っているのに、あとどれだけ待たせればいいの」

「村に春が来たら、旅のことを考えよう。絶対にな、お姫様。だが、わたしが昔から反対してきたというのは、いったいどういうことなのかな」

「二人でどんなやり取りをしてきたのか、全部思い出せるわけじゃありませんけど、でもね、アクセル、でもわたしはいつも望み、あなたはいつも反対でしたよ」

「そうかな、お姫様。まあ、仕事が全部すんで、ご近所さんにのろま扱いされる心配がなくなったら、ゆっくりと話そう。いまは行かせておくれ。すぐに話し合えるから」

だが、それからの数日、二人は互いに旅のことをそれとなくにおわせはしたが、きちんと話し合うことはなかった……というか、できずにいた。その話題が持ち出されると、なぜか奇妙に居心地が悪くなる。そんなことが何度かつづいて、やがて二人の間では、旅の話題はできるだけ避けようという暗黙の了解ができあがっていった。長い年月を一緒に過ごした夫婦なら、誰でもうなずくだろう。自然発生的なあの暗黙の了解だ。いま「できるだけ」と言って「絶対に」と言わなかったのは、ときに一方が強い衝動に駆られ、つい切り出してしまうこともあったからだ。もちろん、そんな状況での話し合いはすぐに曖昧模糊に堕したり、一方が不機嫌になったりして終わる。一度、アクセルは真正面からあの日の出来事を尋ねたことがある。あの旅の女は棘の木の下で何を言ったんだい……。そのとき、ベアトリスの表情はたちまち曇り、一瞬、泣き出しそうになった。それ以後、アクセルはあの旅の女に決して触れないようにしてきた。

しばらく経つと、旅の話がどういうことから始まったのか、それが二人にとって何を意味することだったのか、アクセルにはもう思い出せなくなっていた。だが、今朝、夜明け前のひとときを外のベンチで過ごしているとき、記憶の曇りが——少なくともその一部が——晴れて、多くのことが戻ってきた。赤毛の女のこと、マルタのこと、黒いぼろをまとった旅の女のこと……。その他、この話には関係ないこともいろいろ思い出したが、とくに何週間か前の日曜日のこと、ベアトリスが蠟燭を取り上げられたときのことが、とても鮮明によみがえってきた。

日曜日はここの村でも安息日だが、それは、せいぜい畑で働かなくてもよい日という意味でしかない。いくら日曜日でも家畜の世話は必要だし、ほかにも片付けなければならない仕事は山のようにある。労働とみなせる行為をすべて禁止することなどおよそ非現実的で、それは司祭自身も認めている。ある日曜日、アクセルは朝のうちにブーツの修繕を終え、外に出た。そこには春の陽光があふれていて、村の前は人でいっぱいだった。みな散らばって、ある者は草叢にすわり、ある者は小さなスツールや丸太の上に腰かけ、話し、笑い、仕事をしていた。子供たちは、遊び、駆け回った。草の上で荷車の車輪を組み立てている大人が二人いて、その周りにも子供たちが集まって見物していた。こんなに晴れて、戸外の活動に適した日曜日は、年が改まってから初めてではなかったろうか。そのせいか、辺りはほとんどお祭りのような華やいだ空気に包まれていた。だが、アクセルが村の入り口に立ち、村人たちのいる場所の向こう側、沼地に向かって土地が下っていく辺りをながめていると、そちらにはまた霧で煙ってきそうなあやしさが感じられた。では、この天気も午後にはまた灰色の霧雨に飲み込まれるのか、とアクセルは思った。

しばらくそこに立って、下のほうにある放牧地などをながめていると、突然、放牧地の囲いの辺りで騒ぎが持ち上がった。最初はとくに気にとめなかったが、そよ風が騒音を運んできて、そこに含まれる何かに耳が反応した。ぴんと背すじが伸びた。アクセルの目は確かに衰えている。歳とともにいやになるほど衰えたが、耳はまだ十分に信用できる。囲いの横の人だかりから起こる叫び声のなかに、アクセルはベアトリスの悲痛な叫び声を聞いた。

他の人々が手を止め、振り返って、そちらを見たとき、アクセルはもう駆け出していた。村人の間を縫い、動き回る子供たちや草の上に放り出された道具を危うくよけながら駆けた。もみ合っている村人の集まりに駆けつけると、ちょうど人だかりがほどけて、真ん中からベアトリスが出てくるところだった。両手で何かをつかみ、胸に押し当てている。取り巻いている人々の顔にあるのはほとんどが苦笑いだったが、すぐにベアトリスの肩越しに女の顔が現れ、それだけは怒りでゆがんでいた。これは、前の年に熱病で死んだ鍛冶屋の女房だ。ベアトリスは厳しい雰囲気をまとい、ほとんど無表情を保ちながら、責め立てるその女を払いのけた。だが、アクセルが近づいてくるのが見えたとき、感情が剝き出しになった。

　あの場面をいま思い出し、あのとき妻の表情にあったのは何よりも大きな安堵感だった、とアクセルは思う。もちろん、夫が来てくれたことですべてが収まると期待したわけではなかろう。だが、夫が横にいてくれるという事実がすべてをがらりと変えたのだと思う。アクセルを見るベアトリスの表情には、安堵感だけでなく懇願があった。そして、誰にも奪われまいと必死で胸に抱え込んでいたものをアクセルに差し出した。

「わたしたちのよ、アクセル。もう暗闇にいなくていいの。早く持って帰って。うちのだから」

　ベアトリスが差し出しているのは、ちょっとずんぐりした奇妙な形の蠟燭だった。鍛冶屋の後家がそれをひったくろうとした。伸びてきたその手を、ベアトリスがぴしゃりと引っ叩《ぱた》いた。

「とって、あなた。あの子が、ノラが、自分で作ったのを今朝わたしに持ってきてくれたの。毎晩毎晩、暗闇で過ごすのに飽きただろうって」

　この言葉に刺激されたか、また怒号があがったが、一部には笑いも混じっていた。ベアトリスはアクセルを見つめつづけていた。表情には夫への信頼と懇願があった。そして今朝、村の外のベンチで夜明けを待っているとき、最初に戻ってきた記憶はあの表情だった……。あれは、せいぜい三週間ほど前のことだ。そんな最近のことなのに、なぜこれほど忘れていられたのだろう。今日まで思い出すことがなかったとは、いったいどういうことなのだろう。じつに不思議に思える。

あのとき、アクセルは腕をいっぱいに伸ばしたが、人々にさえぎられてあと少しのところで届かず、蠟燭を受け取れなかった。それでも安心させたくて、大きな声でベアトリスに語りかけた。「心配いらないぞ、お姫様。心配しなくていい」――だが、そう語りかけながら、自分の言葉の無意味さを意識してもいた。だから、人々が急に静まり、鍛冶屋の後家が一歩後ろへ下がったときは、かえって驚いた。もちろん、それが自分の言葉の効き目ではなく、背後から司祭が近づいてきたことへの反応であることはすぐにわかった。

「主の日に何たることだ、これは」司祭はアクセルの横を通り過ぎ、いまは静かになった村人をにらみながら言った。「誰か説明を」

「ベアトリスさんのせいです、司祭様」と鍛冶屋の後家が言った。「蠟燭を持ってるんです」

ベアトリスの顔はまた無表情の仮面に戻っていた。司祭の視線が自分に向けられても、避けようともしなかった。

「なるほど。私にもそのように見えるぞ、ベアトリスさん」と司祭が言った。「あなたとご主人は部屋で蠟燭を使うことを禁じられている。村会でそう決まったことをお忘れではなかろう」

「これまでの生活で、二人とも蠟燭を倒したことなど一度もありません、司祭様。毎晩、暗闇の中で暮らすのはいやです」

「決まったことは決まったこと。村会で別の決定が下されるまでは、それに従っていただく」

ベアトリスの目に怒りが燃え上がるのが見えた。「それは不親切というものです」ベアトリスの言葉は静かで、ほとんどささやくようだったが、目はまっすぐ司祭を見つめていた。

「蠟燭を取り上げよ」と司祭が言った。「私の命令だ。蠟燭を取り上げよ」

何本もの手がベアトリスに伸びてくる。妻は司祭の言っていることを理解できているだろうか、とアクセルは思った。いま怪訝そうな表情で混乱の真ん中に立っている。蠟燭をしっかり握りしめたままなのは、本能のなせる業なのだろうか。だが、不意にパニックにでも襲われたかのように動き、またアクセルの方向に蠟燭を突き出した。体のバランスが崩れたが、押し寄せる人々の圧力のせいで、倒れずにすんだ。足を踏みしめ、再度アクセルに向けて蠟燭を突き出した。アクセルは受け取ろうとしたが、誰かの手がそれを奪いとった。司祭の声が響きわたった。

「やめよ。ベアトリスさんから離れよ。誰もご婦人に乱暴な口をきいてはならん。老齢で、していることの意味がよくわかっておらんのだ。やめよ。主の日にふさわしい行いと思うか？」

　アクセルはようやくベアトリスのそばに寄り、妻を両腕に掻き抱いた。村人がしだいに引いていった。あのときの騒ぎを思い出すたび、アクセルには二人が長い間そうやって抱き合っていたように思える。見知らぬ女が村に来た日のように、ベアトリスは頭をこの胸にもたれさせていたような気がする。ただくたびれただけ、ただ息を整えているだけ……そんな感じで押し当てていた。司祭が村人に解散を命じている間も、夫婦は抱き合っていた。ようやく体を離して周りを見渡したとき、すでにあたりに人影はなく、牛の放牧場と閂《かんぬき》のかかった木の門の横に二人だけが取り残されていた。

「いいじゃないか、お姫様」とアクセルは言った。「なんのために蠟燭がいる。住み慣れた部屋だ。蠟燭などなくても動き回るのに不自由はない。蠟燭があろうがなかろうが、二人で話ができれば十分楽しいじゃないか」

　アクセルはベアトリスを注意深く見つめた。とくに取り乱した様子はなく、ただ夢見心地のように見えた。

「ごめんなさいね、アクセル。蠟燭をなくしてしまった。二人だけの秘密にしておけばよかった。でも、あの子がお二人のために作りましたって持ってきてくれて、あんまり嬉しかったものだから。ああ、なくなってしまった。でも、もういい」

「そうさ、お姫様」

「わたしたち、だめな夫婦って思われてるのよ、アクセル」

そう言って、一歩前に出て、また頭をアクセルの胸に押し当てた。そのときだったと思う、ベアトリスがあれを言ったのは。聞き間違えそうなほどくぐもった声だった。

「息子よ、アクセル。息子のこと、覚えている？　さっきみんなに小突かれているとき、息子を思い出したの。いい子だった。強くて、まっすぐで。わたしたち、なんでこんな場所にいなくちゃならないの。息子の村へ行きましょうよ。きっと二人を守ってくれる。むごくは扱わせない。まだあなたの気持ちは変わらないの、アクセル？　これだけの年月が経っても？　まだ息子に会いに行かないって言うの？」

ベアトリスはアクセルの胸でそうつぶやいた。それはアクセルの心を騒がせ、多くの記憶の断片をあふれさせた。あまりの量の多さにアクセルは気を失いそうになった。抱いたまま倒れて妻を道連れにすることが怖くて、妻を抱く腕を緩め、一歩下がった。

「よくわからないな、お姫様。息子の村への旅を、わたしがいやがっていたと言っているのかい」

「だって、そうでしょう、アクセル？　あなたはいやがった」

「わたしがいつ旅に反対したのだったかな、お姫様」

「ずっと反対だと思っていたけど……でも、あなたにそう言われてみると、よく思い出せない。それに、わたしたち、なぜここに立っているの。確かにいい天気だけど」

ベアトリスはまた混乱しているように見えた。アクセルの顔を見つめ、周囲を見わたし、気持ちのいい日差しに目をやり、もうそれぞれの仕事やら遊びやらに戻っている村人たちを見やった。

しばらくそうしていて、「部屋に戻りましょう」と言った。「しばらく二人だけになりましょう。とてもいいお天気だけど、なんだか疲れてしまった。中に戻りましょう」

「それがいいな、お姫様。日差しを避けて、中で少し休もう。すぐに気分もよくなるさ」

ようやく、あちこちで村人が目を覚ましはじめたようだ。羊飼いはもうとうに出発しただろう。出かける物音を聞かなかったとは、よほど深く考えごとをしていたと見える。部屋の反対側で、ベアトリスがむにゃむにゃという音を立てた。何か歌うまえの発声練習のようだ。そして、毛布をかぶったまま寝返りを打った。そろそろ起こしてもいいだろうか。アクセルは黙ってベッドに近づき、その端に注意深く腰をおろして、目覚めを待った。

ベアトリスは仰向けになり、薄目を開けてアクセルを見た。しばらくして、「おはよう、あなた」と言った。「わたしが眠っている間に、あなたがお化けに連れていかれないでよかった」

「お姫様、ちょっと話したいことがある」

ベアトリスは依然仰向けのまま、半分ほど開けた目でアクセルを見上げていたが、やがてベッドの上に起き直った。さきほど蜘蛛を捉えていた日の光がその顔に当たった。くしゃくしゃに乱れた灰色の髪が肩の下まで垂れている。アクセルは朝日に照らされた妻の姿を見て、心の内に幸福感が沸き立つのを感じた。

「話ってなんですの、アクセル。目にまだ眠気が残っているわたしに話って？」

「まえに話したよな、お姫様。ほら、旅に出ようって話。もう春だ。そろそろ出かけてもいい時期じゃないか」

「出かけるの、アクセル？　いつ？」

「できるだけ早く。ほんの数日留守にするだけだ。村も人手不足にはなるまいよ。ただ、司祭には言っておかないとな」

「息子に会いに行くのね、アクセル」

「そうだ。息子に会いに行こう」

外では鳥たちの合唱が始まっていた。ベアトリスは視線を窓に向け、覆い布をすり抜けてくる日の光を見た。

「息子をはっきり思い出す日もあるの」と言った。「でも、次の日になると記憶に靄《もや》がかかる。でも、息子はいい子、立派な男ですよ。それだけは確か」

「息子はなぜここに、わたしらと一緒にいないのかな、お姫様」

「わたしにはわからないわ、アクセル。長老たちともめて、ここを出るはめになったのかもしれない。尋ねてみたけど、誰も覚えている人がいないの。でも、自分の恥になるようなことだけはする子じゃない。それは確かよ。あなたは何も覚えていないの、アクセル？」

「さっき目が覚めて、少し外に出ていた。静かなところで、なんとか思い出そうと思ってな。で、いろいろと思い出したが、息子のことはだめだった。顔も声も思い出せない。だが、まだ小さかったころの息子なら、ときどき見えるような気がすることもある。息子の手を引いて、川沿いの道を歩いているんだ。あるいは、息子が泣いていて、わたしが慰めようと手を伸ばしているところとかな。だが、いまの顔形や、住んでいる場所となると、まったく思い出せない。息子に子がいるのかどうかもだ。おまえが覚えていてくれると期待していたんだがな、お姫様」

「わたしたちの息子よ。だから、はっきり思い出せなくても、手触りは残っています。息子だって、わたしたちにこの村を出てほしい、早く来てほしいと思っているはずですよ。おれが守ってやるから、って」

「息子はわたしら二人の血であり肉だ。一緒に暮らしたがらないわけがないよな？」

「ええ、そう。でも、いざここを去るとなると、それも寂しい気がするわね、アクセル？この小さな部屋と、この村。生まれ育った場所を去るのは、そう軽いことじゃない」

「何の考えもなしにそうしようってわけじゃないよ、お姫様。さっき外で日の出を待ちながらいろいろ考えた。やはり、息子の村まで旅をして、息子と話さねばならん。ただ、確かにわたしたちは母親であり父親だが、だからといって、ある日突然現れて、一緒に住まわせろって言うわけにもいかんだろう」

「そうね、あなた」

「もう一つ困ったことがあるんだ、お姫様。おまえの言うとおり、息子の村まではほんの二、三日かもしれない。だが、どうやって見つければいい」

ベアトリスは黙り込み、宙を見つめたまま、呼吸に合わせて肩を揺らしていた。ようやく口を開き、「道はわかると思いますよ、アクセル」と言った。「息子の村の正確な位置はわからないけど、わたしは、ほら、蜂蜜や錫《すず》の交換で、近くの村にはほかの女たちと一緒に何度も行っているもの。大平野なら目隠ししていても歩けるし、それを越えたところにあるサクソンの村なら、ときどき休ませてもらいにお邪魔したこともある。息子の村が、あそこよりうんと遠いなんてことはないはずでしょう？　だったら、さほどの困難もなく見つけられるはずですよ。ね、アクセル、ほんとうに行くの？」

「行くとも、お姫様。今日から準備を始めよう」

第二章

だが、いざ出立となると、そのまえにやっておかなければならないことがいろいろとあった。まず、こういう村では旅に必要なものがどれもこれも共有物になっている。毛布、水筒、火口《ほくち》……みなそうだ。使わせてもらうには、隣人との交渉という面倒事が避けられない。さらに、アクセルとベアトリスは確かに高齢だが、村の一員として日々それなりの仕事を担っている。それを勝手に放り出して出かけるわけにはいかない。そんなこんなで二人は準備に手間取った。それがようやく整うと、とたんに今度は天候が悪化して、さらに足止めを食った。まあ、好天の季節がすぐそこまで来ているのに、あえて霧や雨や寒さの中を行くこともない。

ついに出発の日が来た。明るく晴れた朝で、強い風に乗って白い薄雲が流れていた。二人は杖を手にし、束ねた荷物を背負って歩きはじめた。アクセルは好天の一日になることを見越し、空が白みはじめたらすぐにでも出発するつもりでいたが、ベアトリスがしぶった。もっと日が高くなるまで待ちましょう、と言った。最初の夜に泊めてもらうサクソン人の村は、一日あれば悠々着けます。だったら、大平野の隅を横切る時刻を、できるだけ真昼近くにすることが大事。その時刻なら、あそこに潜む暗い力もきっと眠っていますから……。

二人連れ立ってまとまった距離を歩くのは久しぶりのことだ。アクセルは妻の体力がもつだろうかと心配していたが、一時間ほど歩くうち、そんな心配は無用とわかった。大地を吹く風に向かって、ベアトリスは頭を下げ、アザミや下生《したば》えにもひるまず、ゆっくり着実に歩きつづけた。足取りもしっかりしている。ただ、左右の脚の動きがやはり同じではないという感じがした。どこかに痛みがあって、それをかばっているようにも見える。上り坂や、足をとられるようなぬかるみでは、一歩また一歩、後ろの足を前へ持ってくるのも苦労なようで、たちまち速度が落ちた。それでも立ち止まることはなく、前進をつづけた。

出発直前の数日間、ベアトリスは自信満々だった。少なくともサクソン人の村までなら道をよく知っていますよ、と言っていた。だって、昔からほかの女たちと一緒によく行っていた村ですもの、と。だが、家のある丘を離れ、岩だらけの頂上が見えなくなり、湿地帯を越えてその先の谷を通り過ぎたあたりから、自信が揺らいできた。道が枝分かれしていたり、目の前に吹きさらしの野が広がっていたりすると、そのたびに足を止め、じっと立ち尽くした。見回す目にはパニックの色があった。

そんなとき、アクセルが必ず声をかける。「心配いらないよ、お姫様。時間をかけてゆっくり考えておくれ」

「でも、アクセル……」とベアトリスが振り向いて言う。「そんな時間はありませんよ。安全を考えるなら、真昼までに大平野を渡らないと」

「いずれ着くさ、お姫様。好きなだけ時間をかけるといい」

当時、開けた土地での道探しは、いまよりずっと難しかったことを言い添えておこう。磁石や地図など頼れる道具がなかったのはもちろんだが、それだけではない。たとえば、現在の田園地帯には見た目も美しい生け垣があって、これで畑と道と草地が分けられている。当時はそんなものがなかった。旅人の目の前にあったのは、これといった特徴のないただの広がりだ。たぶん、どちらを向いてもほぼ同じ景色ということも多かったろう。進む方向を決めるときは、遠くの地平線に立つ石柱の列とか、小川の蛇行、谷の起伏などを手掛かりにするしかなかった。曲がる場所を一つ間違えるだけで、致命的な結果をもたらすこともありえた。旅人の生命を脅かすのは悪天候だけではない。道を間違えるということは、人通りのある道から外れることを意味する。当然、隠れ潜む人間、動物、超自然の攻撃者に身をさらす危険が大きくなる。

黙々と歩く二人を見て、驚く方がいるかもしれない。いつもあれほどしゃべり合っている二人なのに、なぜこんなに黙りこくって歩いているのか、と。だが、時代が時代だった。

足首の骨を折ったり、擦り傷を化膿させたりしたら、それこそ生命の危機に直結する。一歩一歩、集中して歩くことが最優先される時代だった。また、道が狭くなって二人並んでは歩けなくなると、常にベアトリスが先に行き、アクセルがその後ろにつづいていたのも、現代人の目には奇異に映ったかもしれない。どこに危険が待ち伏せているかわからない土地なのだから、男が先に立つのがあたりまえではないのか……？　もっともな指摘だし、実際、この二人も狼や熊が出そうな森の中では、当然のように位置を入れ替えていた。だが、それ以外では必ずベアトリスが前、アクセルが後ろだ。もちろん理由がある。道中はいつ悪鬼や悪霊に狙われるかわからない。そうした危険な存在は、最後尾にいる者を最初に襲うと決まっている。たぶん、現代の猫科の猛獣が、群れの最後にいる羚羊《れいよう》を狙うのと同じことなのだろう。旅人がふと後ろを振り返ったら、一緒に歩いていたはずの仲間が跡形もなく消え失せていたという話はよく聞く。だからベアトリスもそれを恐れ、歩きながらときおり「いるの、アクセル？」と後ろに呼びかけた。この呼びかけに、アクセルは決まって「いるよ、お姫様」と答えた。

昼近くになって、大平野の縁にたどり着いた。アクセルとしてはこのまま進み、危険な土地をさっさと越えてしまうのがよいと思っていたが、ベアトリスが反対した。昼まで待って、それから大平野を渡りましょう、と言った。二人は、平野までつづく下り斜面の入り口に岩を見つけ、そこに腰をおろした。杖を垂直に立て、その影がだんだん短くなっていくのをじっと見ていた。

「いいお天気だし、ほんとうはね、このあたりで人が難儀に見舞われたという話もあまりないの」とベアトリスが言った。「でもね、やはり真昼まで待ったほうがいいと思う。昼になれば、悪魔が巣穴からわたしたちをのぞき見ることもなくなるから」

「ああ、おまえの言うとおり待とう、お姫様。この辺で悪いことが起こらないとしても、なんと言ってもここは大平野だからな」

二人はしばらくそうやってすわり、ほとんど口もきかず、眼前の大地を見下ろしていた。不意にベアトリスが言った。

「息子に会ったら、一緒に同じ村に住めと言われるでしょうね、きっと。お隣さんと別れる気持ちはどんなかしら。髪の白さをからかわれたりもしたけど、長いお付き合いだった人たちだし……」

「まだ何も決まったわけじゃないさ、お姫様。息子に会ったら、まずいろいろと話し合おう」アクセルは大平野を見ながら言い、首を横に振って、「妙だな。いまどうやっても息子を思い出せない」と静かな声でつづけた。

「わたしは、昨夜、夢に見たような気がしますよ」とベアトリスが言った。「井戸の横に立っていて、片側にちょっと体をねじって誰かを呼んでいました。でも、その前のことと後のことがもう思い出せない」

「たとえ夢の中でも見ただけいいじゃないか、お姫様。どんな様子だったかな」

「強そうで、ハンサム。それは覚えていますけど、目の色とか頰の形なんかはどうだったかしら」

「わたしはもう顔をまったく思い出せない」とアクセルが言った。「この霧のせいに違いない。喜んで霧にくれてやりたいことも多いが、息子の顔はな……大切なものを思い出せないのはつらい」

ベアトリスがアクセルにいざり寄り、頭をその肩に預けた。風が強く吹きつけ、ベアトリスのマントの端をはためかせた。アクセルは妻に腕を回し、二人の体でマントの端を挟むと、それが妻の体から離れないように押さえた。

「まあ、二人いれば、どちらかがすぐに思い出すだろうさ」

「いまやってみない、あなた？　二人で一緒に思い出すの。宝石を置き忘れたみたいなものだから、二人でやればきっと……」

「ああ、そうしたいな、お姫様。だが、ほら、影がほとんど消えた。そろそろ行く時間だ」

ベアトリスは背すじを伸ばし、包みの中を搔き回して、「はい、これ。持っていて」と、何かを差し出した。

渡されたのは、すべすべの小石のようなものが二個だ。どちらの表面にも複雑な模様が刻まれている。アクセルはじっとそれを見つめた。

「ベルトに入れておいて。模様のあるほうが外を向くようにね。それがあれば、主キリストがわたしたちをお守りくださるのも楽になるから。わたしはこっちの二つ」

「わたしは一つで十分だよ、お姫様」

「だめですよ、アクセル、二人で等しく分かち合わなくては。わたしね、下のあそこのどの道を通ればいいか思い出したの。だから、道が雨で流されていなければ、これまでの道のりよりだいぶ楽になるはずよ。でも、一箇所だけ注意が必要なところがあって……聞いてくれているの、アクセル？　それはね、道が巨人の埋葬塚を通るとき。知らない人にはただの丘に見えるでしょうけど、わたしが合図したら、そのときは道を外れてついてきてくださいね。丘の縁をぐるりと回って、また道に戻るまでですよ。いくら真昼でも、わざわざお墓を踏みつけて通るなんて、すべきことじゃないと思うから。いいこと、アクセル？」

「心配いらないよ、お姫様。よくわかった」

「念のために言っておきますね。路上に人を見かけたり近くから呼ばれたりしても、話したり速度を緩めたりしてはだめ。罠にかかったり溝にはまったりして怪我をしているかわいそうな動物を見かけても、そのほか何か注意を引くようなものに出会っても同じですよ」

「わたしだってばかではないよ、お姫様」

「では、行きましょうか、アクセル」

ベアトリスが言ったとおり、大平野を歩く距離はほんの少しですんだ。道はところどころぬかるんでいたが、道の体裁をきちんと保っていたし、日陰になる場所もなかった。最初は下り、やがてまた徐々に上りはじめて、高い尾根に出た。右にも左にも荒れ地が広っている。猛烈な風が吹いていたが、真昼の太陽が照りつけている時刻には、かえってありがたかったと言えなくもない。地面は膝ほどの高さのヘザーとハリエニシダで覆われていて、高木はまばらだ。たまに視野に入ってくる木は、どれも一本だけひょろりと生え、吹きやむことのない強風のために老人の腰のように折れ曲がっていた。やがて右手に谷が現れ、二人は大平野の秘める力と神秘を思い出して、自分たちはいまそのほんの一部を横切っているのだという思いを新たにした。

大平野を渡る間、二人はできるだけ離れまいとし、アクセルの爪先とベアトリスの踵が触れ合うほどにくっつき合って歩いた。五、六歩行くごとに、「いるの、アクセル？」とベアトリスが呼び、「いるよ、お姫様」とアクセルが答える。まるで儀式のようなそんな掛け合いをつづけ、それ以外には一言もしゃべらず、二人は先を急いだ。不意にベアトリスが合図をした。巨人の埋葬塚が近くなったようだ。二人は道からわきのヘザーに逸れたが、そちらを歩く間も同じ調子で掛け合いをつづけた。聞き耳を立てている悪魔に、なんとしても心の内を探らせまいとする努力のように見えた。アクセル自身もまた、ベアトリス主導のこの掛け合いに応じる一方で、四方に気を配りつづけた。霧の動きが異様に速くないか。空が急に曇ってきはしないか……。幸いどちらの兆候もないまま、無事、大平野を抜けて森に入った。口では何も言わないものの、鳥の鳴き声の中を進むベアトリスの後ろ姿からは、いかにもほっとした様子が見てとれた。儀式のような掛け合いも終わった。

小川のわきで一休みした。足を洗い、パンを食べ、水筒を満たした。ここから先は、ローマ人が残した長い道をたどる。道は周囲より少し窪んでいて、両側にオークや楡《にれ》の木が立ち並び、これまで歩いてきた野の道よりずっと歩きやすい。だが、当然、人通りも多くなるから、やはり警戒は怠れない。実際、歩きはじめてから一時間も経たないうちに、母と子の三人連れ、驢馬《ろば》追いの少年、一座に追いつこうと急ぐ旅の役者二人に出くわした。どのときもアクセルとベアトリスは挨拶のために立ち止まり、当り障りのない言葉を交わした。一度、向こうから車輪と馬蹄の音が響いてきたことがあって、このときは急いで溝に隠れたが、結局、サクソン人の農夫が荷馬車に薪を山と積んで通りかかっただけで、危ないことは何もなかった。

午後の中頃になると空が曇り、嵐の気配が漂いはじめた。二人はオークの大木の陰にすわり、通行人から身を隠すようにして休んでいた。道に背を向け、眼前は何もない大地だったから、天候の変化にはすぐに気づいた。

「心配ないよ、お姫様」とアクセルが言った。「この木の下なら、お天道様が戻るまで濡れずに待てるさ」

だが、ベアトリスは立ち上がり、上体を前に傾けて、額に手をかざした。「あの先、道が曲がっていくのが見えるでしょう、アクセル？　とすると、ここからあまり遠くないところに古いお屋敷があるはず。女たちと来たとき、そこで雨宿りしたことがあるの。ぼろ家だけど、屋根はちゃんとしていましたよ」

「嵐の前に着けるだろうか、お姫様」

「いますぐ出れば」

「では、急ごう。わざわざびしょ濡れになって命を落とす必要はないからな。それにこの木は、こうやって見ると葉が隙間だらけだ。空の大部分が透けて見える」

＊

廃屋は、ベアトリスが記憶していたより道から離れたところにあった。頭上が暗くなり、雨の最初の数滴が落ちはじめたとき、二人はローマ人の道から枝分かれした脇道で悪戦苦闘していた。腰までもある蕁麻《いらくさ》が生い茂り、進むにはこれを杖で叩き、掻き分けていかねばならない。それに、本道からはあれほどはっきり見えていた廃屋が、脇道に入ったとたん木々や葉に隠されて見えなくなった。だから、不意に目の前にそれが現れたとき、二人の旅人はほっとすると同時に、むしろとても驚いた。

ローマ時代にはさぞかし豪壮な屋敷だったのだろうが、いまはほんの一部しか残っていない。目を見張るようだったはずの床も風雨にさらされ、あちこちによどんだ水溜りができて、色あせたタイルの隙間から雑草が伸びている。壁も崩壊が進み、低いところではくるぶしの高さほどしか残っていないが、それでも昔の部屋の形状や配置がその壁跡から見てとれた。石のアーチがあって、そこをくぐると建物の残存部分に入れる。二人は注意深くアーチに近づき、敷居で立ち止まって聞き耳を立てた。やがてアクセルが大きな声で「どなたかいますか」と呼んだ。答えはなかったが、さらに「ブリトン人の年寄り二人です。雨宿りをお願いします。他意はありません」とつづけた。

依然、物音はせず、二人はアーチをくぐって、その先にある構造物の影の中に入った。これは、昔、廊下だったのだろう。少し行くと、広々とした部屋の灰色の光の中に出た。ここでも四方の壁のうち一枚が完全に崩れ落ち、隣の部屋は部屋そのものが消失して、険悪な様相の常緑植物が床の端まで押し寄せてきていた。ただ、残る三枚の壁に囲まれた部分は、ちゃんとした天井もあって、十分に雨風をしのげる空間になっている。昔は漆喰が白く塗られていただろうに、いまは黒く薄汚れているだけの煉瓦壁の前に、二つの暗い人影があった。一つは立ち、もう一つはずっと離れてすわっていた。

転がった煉瓦に腰かけているのは、鳥を思わせる小さな老婆だった。黒いマントをまとって、アクセルやベアトリスより高齢に見えた。フードが後ろに押しやられ、なめし革のような皮膚をした顔がよく見えるが、目は深く窪んでいて、どんな目かわからない。曲がった背中がすぐ後ろの壁に触れそうでいて、触れてはいない。その膝の上で何かが動いた。アクセルが目をこらすと、老婆の手に一匹の兎がしっかりとつかまれていた。

同じ壁の一番奥まったところに、痩せて異様に背の高い男がいた。様子からすると、同じ天井の下にはいたいが、老婆からはできるだけ距離をとりたいといったところだろうか。着ている厚手の長い外套は、寒い夜に張り番につく羊飼いが着そうな代物だが、その割に、裾の下から突き出している脛《すね》は剝き出しのままだ。足にはちゃんと靴をはいている。アクセルの目には漁師の靴のように映った。頭のてっぺんが見事に禿げているが、耳の周りからは黒い毛の房が突き出していて、おそらくまだ若いと思われる。壁を向き、その壁に片手を突いて、身を硬くして立っている。なんだか、壁の向こう側で起こっていることをじっと感じ取ろうとしているかのようだ。アクセルとベアトリスが部屋に入ったとき、男は肩越しに振り返りはしたが、何も言わなかった。老婆もまた、二人を見ても何も言わなかった。「御身に平穏あれ」アクセルがそう挨拶すると、二人の態度が少しだけ緩んだように見えた。背の高い男が「もっと奥へどうぞ、お二人。そこでは濡れますよ」と言った。

確かに、いま雨は土砂降りとなり、壊れた屋根のところどころから雨水が流れ落ちて、新客二人が立つ床の近くでしぶきをあげていた。アクセルは男に礼を言い、ベアトリスを促して壁まで進むと、先客二人の中間あたりの場所を選んだ。妻が荷物を下ろすのを手伝ってから、自分の荷物も床に置いた。

そのあと、四人はしばらくそのままでいた。嵐はますます激しくなり、稲妻が光って、四人のいる避難所を照らした。背の高い男と老婆の奇妙に凍りついたような身構えが伝染したのか、アクセルとベアトリスまでも、いまは身動き一つせず、黙って立っていた。まるで一枚の絵画に出合った二人が、自身もその内部に入り込み、あげく、そこに描かれた人物になってしまったかのようだった。

土砂降りが落ち着き、安定した降りになった。鳥のような老婆がようやく口を開いた。一方の手で兎をつかみ、もう一方の手でなでながら、こう言った。

「神がともにありますように、お二人さん。さっきは挨拶もせずに失礼したね。でも、こんなところに来る人がいて驚いたものだから。まあ、ようこそ。嵐が来るまでは旅日和だったんだから、誰か来ても驚くことじゃなかったねえ。この嵐は急に始まって、急に終わるやつだから、旅の遅れは心配しなくていいよ。むしろ、いい休憩と思うことだ。お二人さんはどちらへ行かれるのかね」

「息子の村に行くところです」とアクセルが答えた。「向こうでまだかまだかと待ちかねているでしょう。今日はなんとか日暮れまでにサクソン人の村に着いて、一晩泊めてもらうつもりです」

「サクソン人はいろいろと荒っぽいけど、旅人にはわが同族よりやさしいね」と老婆が言った。「おすわりよ、お二人さん。後ろにある丸太は乾いている。わたしもすわったことがあるから、すわり心地は保証するよ」

アクセルとベアトリスが言われたとおりにすると、そのあと、また静けさが戻った。雨は相変わらず降りつづいている。やがて老婆に動く気配があった。アクセルがそちらを見ると、手で兎の両耳をつかみ、引っ張っていた。兎は逃れようともがくが、鉤爪のような手は緩まない。アクセルの見ている前で、老婆は空いているほうの手に長い錆びたナイフを取り出し、兎の喉元に当てた。横でベアトリスがぎくりとした。では、これは血痕なのか……アクセルはあたりの床を見ながら思った。二人の足元をはじめ、床のいたるところに黒い染みがこびりついている。空気中には蔦《つた》のにおいと崩れかけた石のにおい。それらと混じり合ってかすかに漂っているこれは……殺生のにおいなのか、と思った。

ナイフを兎の喉元に当てたまま、老婆はまたじっと動かなくなった。だが、その窪んだ目で、壁の向こう端に立つ背の高い男をじっと見ているのが、アクセルにはわかった。男の合図を待っているかのように見えた。だが、男のほうは相変わらず額を壁に触れるほどに近づけて、これまでどおりの強張《こわば》った姿勢をつづけている。老婆の視線に気づいていないのだろうか。気づいていて、あえて無視しているのだろうか。

「お婆さん」とアクセルが呼びかけた。「どうしてもと言うなら殺せばいいが、首をひねったほうが早いでしょう。それか、石で強く一撃するか……」

「そんな力があればこそですよ、あなた。わたしにはない。あるのは鋭く尖ったナイフだけ」

「では、喜んでお手伝いしましょう。そんなナイフは必要ない」アクセルは立ち上がって手を差し出したが、老婆は動かず、兎を譲る気を見せなかった。そのまま構えを変えず、ナイフを兎の喉元に当てたまま、部屋の反対側にいる男をにらみつづけた。

背の高い男がとうとう二人のほうに向き直り、「お二人さん」と呼びかけた。「さっき入ってこられるのを見たときは驚きましたが、いまは喜んでいます。善良な方々だとわかりましたから。で、お願いがあります。嵐が去るのを待つ間、わたしの窮状を聞いてくれませんか。わたしはしがない船頭です。波立つ水面のこちらからあちらへ旅人を渡すのが仕事です。仕事の時間は長く、大勢が列をつくって待っているときなどは眠る時間さえなく、櫂《かい》で漕ぐたびに四肢が痛みます。雨が降っても風が吹いても、太陽が照りつけても漕ぎつづけます。くじけそうになることもありますが、そんなときは、休日のことを考えて気を取り直します。ほら、船頭はわたし以外にも何人かいて、交代で休みますからね。ま、何週間も働きつづけたあとのことですが。その休日をどう過ごすかというと、どの船頭にもお気に入りの場所があって、そこへ行って過ごします。わたしはここに来ます。この家で、わたしは何不自由ない子供時代を過ごしました。昔とは様変わりしてしまいましたが、思い出がいっぱい詰まっている場所で、ここへ来る目的はただ一つ、静かにその思い出に浸ることなんです。さて、ここからが問題です。わたしが来ると、それから一時間もしないうちに、このお婆さんがあのアーチから入ってきます。そこにすわり込み、昼も夜もなく、一時の休みもなくわたしをなじりつづけます。残酷で不当な非難を浴びせてきます。暗闇をいいことに、恐るべき言葉で呪ってきます。一瞬たりと平穏な時間をくれません。いまご覧のとおり、ときには兎などの小動物を持ち込んできます。ここで殺して、その血でわたしの大切なこの場所を汚すためです。ええ、頼みましたとも。平身低頭してお願いしましたとも。どうぞ、もう来ないでください……。でも、神にどんな憐れみの心を与えられたのか、お婆さんは来るのをやめてくれません。いまおとなしくしているのは、あなた方の来訪という予定外のことがあったからです。もうすぐ、わたしは仕事に戻らねばなりません。また水上で何週間もの苦役が待っています。お二人さん、お願いです。このお婆さんを立ち去らせてくれませんか。それは神を畏れぬ所業だと悟らせてやってくれませんか。外から来たお二人なら、この人も耳を貸すかもしれません」

船頭がしゃべり終えて、しばらくは誰も何も言わなかった。あとから思うと、何か答えてやりたいという衝動めいたものが湧いたような気もするが、同時に、男の言葉が夢の中のことのようで、まじめに反応するまでもないような気もした。ベアトリスもとくに何か言いたいとは思わなかったようで、ただ老婆をじっと見つめていた。当の老婆は、いま兎の喉元からナイフを離し、まるで愛情いっぱいなのかと見まがうしぐさで、刃で兎の毛皮をなでてやっていた。やがてベアトリスが言った。

「お婆さん、お願いします。兎の始末を夫にも手伝わせてやってくださいませんか。血を受ける容器もないのに、こんな場所でわざわざ血を流すのは考えものですよ。この正直者の船頭さんだけでなく、ご自分にも、その他、雨宿りにこの場所を訪れる旅人全員にも不幸を招きかねません。さ、ナイフをしまって、兎を殺すのはほかの場所でやったらどうでしょう。それに、働き者の船頭さんを責めて、どんなよいことがあるんです」

「一方的に決めつけるのはどうかな、お姫様」とアクセルが穏やかに言った。「この方々の間に何があったのか、わたしたちは知らない。船頭さんは確かに正直そうな方だが、このお婆さんにだって、ここに来て、こうやって時間を過ごす正当な理由があるかもしれないよ」

「よく言っておくれだ、あなた」と老婆が言った。「人生の黄昏時、誰が好き好んでこんな過ごし方をするものか。わたしだってこんなところにいたくない。夫と一緒にどこか遠くにいたいさ。だけどね、この船頭のせいで、わたしと夫は離れ離れになったんだ。夫は賢くて、注意深い男でしたよ。二人で長い時間かけて旅を計画し、何年ものあいだ話し合い、夢にまで見ていたんだ。ようやく準備ができ、必要なものがそろった。出発して、何日か歩いて、島に渡れるというこの入り江に着いたんだ。渡し守を待っていたら、やがて舟がこっちにやってきた。だけど、これが運というものなのかねえ。来たのがこの男だったのさ。見てごらん。背が高いだろう？　水上でさ、この男が長い櫂を手にして舟の上に突っ立っているとね、高くて細くて、天にでも届きそうで、まるで竹馬に乗って動き回る大道芸人を見ているみたいだった。夫とわたしが立っている岩まで漕いできて、舟をつないで下りてきた。そのあとがさ、いまだにどうやったのかわからない。でも、とにかくこいつはわたしたちをだましたんだよ。まあ、こっちもお人好しすぎたのかもしれない。島はすぐそこだってのに、この船頭は夫だけ乗せて、わたしを浜に残したまま漕いでいってしまった。夫婦になって四十数年、ほとんど一日も離れたことがなかったのに。どうやったのかいまだにわからない。こいつの声に夢でも見させる力があったのか……。だってね、あっと気づいたときは、夫とこいつが舟で漕ぎ出していて、わたしだけが取り残されていたんだから。そうなっても、わたしは疑っていなかった。船頭がそんなひどいことをするなんて、誰が思う？　だから、わたしは待ったよ。舟は一度に一人しか乗せられないんだ、って自分に言い聞かせて待った。あの日は水面が荒れていたし、空もいまみたいに暗かったしね。岩の上に立って、舟がどんどん小さくなり、点になるのを見ていた。消えてからも、まだ待っていた。そうしたら、やがてまた点が現れ、どんどん大きくなって、船頭がわたしのところに戻ってきた。すぐに小石みたいなつるつる頭が見えて、舟には客が誰もいないのも見えて、だから今度はわたしの番なんだって思ったよ。すぐに愛する夫とまた一緒になれるんだ、って。だけど、こいつはわたしが待っているところに来て、ロープを柱に結びつけて、首を横に振ったんだ。わたしを乗せないってさ。怒ったよ、泣いたよ、必死で頼んだよ。でも、こいつは聞いてくれない。で、何をしたと思う？ なんたる残酷だろう、わたしに兎を一匹くれたのさ。島の岸で罠にかかっていたんだと。独りで過ごす最初の夜の晩御飯にはちょうどいいと思って持ってきたんだと。そして、ほかに待っている客がないと見てとると、そのまま舟を出してしまった。泣いているわたしを岸に残してさ。兎を抱いて泣いているわたしをだよ。兎は、すぐにヘザーに逃がしてやった。だって、食欲なんてありゃしない。その晩も、それから幾晩もね。わたしがここに来るたびに兎を持ってくるのはね、ささやかなお礼なんだよ。あの日の親切に感謝して、シチュー用の兎を持ってくるんだ」

「兎は、もともと自分の夕食にするつもりでした」と船頭の声が部屋の向こう側から割って入った。「かわいそうに思って、その方に差し上げたんです。ただの親切のつもりでした」

「あなたの事情は何もわかりませんけど、でも、この方をそうやって岸に置き去りにするなんて、確かにひどいだまし討ちに思えますよ」とベアトリスが言った。「なぜそんなことを」

「奥さん、お婆さんの言っている島は、普通の島ではないんです。わたしたち船頭は、これまでに大勢の人をあの島に運びました。すでに何百人という人があの島の野や森に住んでいます。ですが、あそこは不思議な場所なんです。あそこに着いた人はみな独りきりで生活します。草や木の間を歩いても、自分以外の人に出会うことがありません。ときどき──月の明るい夜とか、いまにも嵐が来そうなとき──ほかにも住人がいるらしいと感じることはあるようです。ですが、ほとんどの日は、すべての旅人にとって自分だけが島の住人なんです。このお婆さんだって、島に渡してやることはできましたとも。ですが、ご主人と一緒にいられないとわかったとき、この方は孤独がいやだと言って、行くことを拒否なさったんです。ですから、わたしは船頭としてその決定を尊重し、この方の好きなようにさせました。兎のことは、さっきも言ったように、ただの親切心から差し上げただけです。その親切へのお礼がこういうことですよ」

「ずる賢い船頭だね」と老婆が言った。「外から来たあんたらまでよくも騙そうとするもんだ。あの島じゃ、すべての旅人が孤独？　独りでうろついている？　そう信じさせたいんだろうが、それは事実じゃないよ。夫とわたしが、そんな場所に行くことを長い間夢見ていたと思うのかい。真実はね、夫婦として島に渡ることを許されて、実際に一緒に住んでいる人も多いんだよ。腕を組んで、あの森や静かな浜辺を散歩しているんだ。夫とわたしはそれを知っていたさ。子供のころから知っていた。お二人さん、あなた方も自分の記憶を探ってごらんよ。わたしの言ってることが真実だってきっと思い出すから。あの入り江で待っているとき、こんなむごい船頭が迎えに来るなんて思いもしなかったよ」

「お婆さんの言葉にも、正しいことが一つだけあります」と船頭が言った。「まれに、二人一緒に島に渡れることもあるんです。めったにないことで、認められるには、二人がきわめて強い愛情で結ばれていることが必要です。ときどきそういう夫婦が現れることは否定しません。ですから、夫婦が――あるいは未婚の男女が――渡し場に現れると、わたしたち船頭はいろいろと詳しくお尋ねすることになっています。二人の絆が一緒に渡れるほど強いのか。それを見極めるのが船頭の役目ですから。このお婆さんは認めたがりませんが、この方とご主人の絆は弱すぎたんです。お婆さん、ご自分の心の中を見つめなおしてごらんなさい。それでも、あの日のわたしの判断が間違いだったと言えますか」

「お婆さんのお考えは？」とベアトリスが尋ねた。

老婆は無言のまま下を向き、不機嫌そうに兎の毛皮をナイフの刃でなでつづけた。

「お婆さん」とアクセルが呼んだ。「雨がやんだら、わたしたちは道に戻ります。ご一緒にどうですか。喜んで途中までお供しますよ。お話しになりたいことがあれば、道中、ゆっくりうかがいましょう。善良な船頭さんをかまうことはもうやめませんか。この屋敷はあとどれほどもつか……。もつ間はゆっくり楽しませてあげましょう。そうやってただすわっていても得になることはありません。お望みなら、お別れするまえに兎をきれいに殺してあげます。どうです」

老婆は何も答えず、アクセルの言葉を聞いたという素振りさえ見せなかった。しばらくして、兎を胸に抱いたままゆっくり立ち上がった。とても小柄で、立ち上がってもマントの裾が床をこする。老婆はそれを引きずりながら、崩れ果てている壁に向かって歩いた。天井の一部から雨水が滴り、体に落ちてしぶきを散らしたが、気にするふうもない。床の端まで来ると、外で降りつづいている雨と、目の前まで迫っている草木を見た。そして、ゆっくりと腰をかがめ、足元に兎を下ろした。兎は——たぶん恐怖から——最初しばらく動けずにいたが、やがて草の間に消えていった。

老婆はかがめていた腰をゆっくりと伸ばし、振り返った。その目は——不思議なほど深く窪んでいて、はっきりは言えないが——船頭を見ているように見えた。「この二人の旅人のせいで食欲が失せたよ。でもね、食欲なんてまた戻るさ、絶対にね」

そう言うと、マントの裾を持ち上げ、そっと草の中に下り立った。深い水溜りにそっと入っていく人のように見えた。雨はやむことなく降りつづき、老婆はフードを深くかぶりなおしてから、丈高い蕁麻の中に分け入っていった。

「お婆さん、待って。一緒に行きますよ」アクセルは背後からそう呼びかけたが、腕にベアトリスの手を感じ、「かまわないで。行かせてあげて、アクセル」というささやきを聞いた。

アクセルは、老婆の足跡をたどるように床の端まで行ってみた。まだその辺でうろうろしているのではないか、と半ば思っていた。草木が邪魔で、思うように進めないだろう、と。だが、老婆の姿はどこにもなかった。

「感謝します、お二人さん」船頭がアクセルの背後からそう言った。「少なくとも今日だけは、心安らかに子供時代の思い出に浸れます」

「わたしたちもお暇《いとま》しますよ、船頭さん」とアクセルが言った。「雨がやんだらすぐにでも」

「急ぐことはありません、お二人さん。賢明なお言葉に感謝しています」

アクセルは雨をながめつづけた。背後でベアトリスが船頭に話しかけるのが聞こえた。

「昔は立派な家だったんでしょうね、船頭さん」

「それは、もう、奥さん。美しい絵画や財宝に、親切で賢い召使……でも、どれほど立派か、子供のころにはわかりませんでした。この家しか知りませんのでね。そこを抜けたところが宴会用の大広間でした」

「こんなありさまでは悲しいでしょう、船頭さん」

「まだちゃんと立っていてくれるだけで感謝ですよ、奥さん。この家も戦争を見てきています。同じような他家は多く焼け落ちて、いまでは地面が多少盛り上がっていることで、そこにあったとわかるだけです。雑草やヘザーに覆われています」

ベアトリスの足音が背後から近づいてきて、アクセルの肩に手が置かれた。「どうしたの、アクセル」とベアトリスが低い声で尋ねた。「心が穏やかでないふうに見えますよ」

「何でもないよ、お姫様。ただ、ここの荒廃ぶりがな……一瞬、わたし自身がここで思い出にふけっているような気がした」

「どんなことを、アクセル」

「わからない、お姫様。あの男が戦争や燃え落ちた家のことを話したとき、何かがよみがえってくるような気がした。おまえと知り合う以前のことだったに違いないんだが」

「わたしたちが知り合うまえなんて、そんなときがあったのかしら、アクセル。赤ん坊のころから知り合いだったような気がしますよ」

「わたしも同じだ、お姫様。こんな妙な場所だから、少しくらい気分がおかしくもなろうさ」

ベアトリスはじっとアクセルを見つめた。その手を握り、そっと言った。「ほんとうに奇妙な場所。雨なんかよりもっと悪いことが落ちてきそうな気がしますよ。もう出ましょう、アクセル。あのお婆さんが戻ってこないうちに。もっと悪いことが起こらないうちに」

アクセルはうなずき、振り返って、部屋の向こう側に呼びかけた。「船頭さん、空が晴れてくる様子です。わたしたちは出かけます。雨宿りをありがとうございました」

船頭は何も言わなかった。だが、二人が荷物を背負っていると、来て手を貸し、杖を手渡してくれた。「安全な旅をお祈りします、お二人さん」と言った。「息子さんが健康で、無事に再会できますように」

二人は船頭にもう一度礼を言い、アーチの下を行きかけた。だが、突然、ベアトリスが足をとめ、振り返った。

「わたしたちがここを出たら、もうお会いすることはないかもしれません」と言った。「一つお尋ねしてよろしいですか」

船頭は壁際の自分の場所に立ち、ベアトリスをじっと見つめた。

「船頭さんは、さっき、渡し舟に乗る夫婦に質問をすると言いましたよね。二人一緒に島に住むことを許されるほど愛情の絆が強いかどうか、それを知るための質問をするって？　それを聞いていて、ふと思いました。絆の強さを知るために、どんな質問をなさるんでしょうか」

一瞬、船頭は迷ったように見えた。そして、「率直に申し上げて、奥さん、わたしはそういう問題については話せないんです」と言った。「そもそも、本来ならわたしたちは今日ここで出会ってはいけなかったんです。でも、不思議な巡り合わせで出会ってしまいました。それを残念とは思いません。お二人は親切だし、わたしに味方してくれましたし、むしろ感謝すべきでしょう。ですから、できるだけお答えしましょう。おっしゃるとおり、島に渡ろうとする全員に質問するのがわたしの役目です。強い絆で結ばれていて、一緒に渡りたいという夫婦には、一番大切に思っている記憶を話してくれるようお願いします。もちろん別々に。まず一人に聞き、つぎにもう一人に聞きます。この方法で、二人を結ぶ絆がどんなものかがわかります」

「でも、人の心にあることなんて、見るのは難しくありませんか、船頭さん」とベアトリスが尋ねた。「見かけはあてになりません」

「そのとおりです、奥さん。でも、わたしたち船頭は長年にわたってたくさんの人を見てきています。偽りを見破るのに、さほどかかりません。それに、一番大切に思っている記憶を話すとき、人は本心を隠すことなど不可能です。愛によって結ばれているという二人の中に、わたしたち船頭は愛でなく恨みや怒り、ときには憎しみすら見ることがあります。あるいは、大いなる不毛とかね。ときには孤独への恐怖だけがあって、それ以外には何もなかったりします。年月を超える不変の愛など、めったに見られるものではありません。それを見たときは、もう喜んでその二人を渡して差し上げます。奥さん、どうも言ってよい範囲を超えてしまいました」

「ありがとうございます、船頭さん。年取った女が好奇心に駆られてお尋ねしただけです。もうお邪魔はしません」

「安全な旅をお祈りします」

*

二人は、来るときにたどった脇道を引き返した。羊歯《しだ》や蕁麻を掻き分けながら進んできた脇道だが、嵐のせいで、足元の地面がさっきより滑りやすくなっていた。だから、屋敷から早く離れたいと焦る気持ちを抑え、二人は慎重な足取りで進んだ。ようやくローマ人の窪んだ道に出た。雨はまだやんでおらず、二人は最初に見つけた大木の下で雨宿りをした。

「びしょ濡れになったか、お姫様」

「心配いりませんよ、アクセル。コートがちゃんと役に立ってくれました。あなたは？」

「なに、太陽が戻れば、すぐに乾いてしまうさ」

二人は荷物を下ろし、木の幹に寄りかかって息を整えた。やがて、ベアトリスがそっと言った。

「アクセル。わたし、なんだか怖い」

「どうした、お姫様。もうなんの危険もないよ」

「黒いぼろを着た見知らない女を覚えている？　あの日、棘の木の横でわたしと話をしていた人……？　頭のおかしい放浪者に見えたかもしれませんけどね、アクセル、あの人から聞いた話には、いまのお婆さんの話と共通するところがとても多かったですよ。あの人にもご主人がいてね、船頭に連れていかれ、自分は岸に取り残されたんですって。それで独りぼっちで、寂しくて、泣きながら入り江から戻ってくるとき、ふと気づくと、深い谷を見下ろす縁を歩いていたそうです。道は前方にも背後にも長くつづいていて、そこを同じように泣きながら歩いている人がたくさんいたんですって。この話を聞いたときも怖いとは思いましたけど、まあ、わたしには関係ないことだからって、そう自分に言い聞かせました。でもね、話はまだつづいて、この国は健忘の霧に呪われている、って言いはじめて……。これ、わたしたち自身がよく話題にしていることじゃなくって？　で、最後に、『分かち合ってきた過去を思い出せないんじゃ、夫婦の愛をどう証明したらいいの？』って。あれからずっと考えてきて、いまでもときどき考えるけど、そのたびにとても怖いの」

「怖がることがどこにある、お姫様。わたしたちはそんな島へ行く予定がないし、行きたいとも思わないよ」

「それでもね、アクセル、これからそういう場所に行くことがあるかもしれない。そのまえに二人の愛がしおれてしまったら……？」

「何を言うんだ、お姫様。二人の愛がしおれる？　愚かな若者だったときより、むしろずっと強まっているんじゃないかな」

「でも、アクセル、わたしたち、そのころを思い出すことさえできずにいるじゃありませんか。そのころも、その後も。派手な喧嘩の思い出も、楽しかった瞬間の思い出もない。息子の顔も、いなくなった理由も思い出せない」

「取り戻せるさ、お姫様。全部、取り戻せる。それに、おまえへの思いは、わたしの心の中にちゃんとある。何を思い出そうと、何を忘れようと、それだけはいつもちゃんとある。おまえもそうじゃないのかい、お姫様」

「ええ、アクセル。でもね、わたしたちがいま心に感じていることって、この雨粒のようなものじゃないかしら。空は晴れて、雨はもうやんでいる。なのに雨粒はまだ落ちてくる。それはさっきの雨で木の葉がまだ濡れているからでしょう？　記憶がなくなったら、わたしたちの愛も干上がって消えていくんじゃないかしら」

「神はそんなことをお許しにならないよ、お姫様」アクセルは静かに――ほとんどささやくように――言った。アクセルの心にも正体不明の恐怖心が湧き上がりつつあった。

「棘の木であの人と話したとき、もう時間を無駄にするなって言われたの」とベアトリスがつづけた。「いいことも悪いことも、二人で分かち合ってきたことを全部思い出すため、できるだけのことをしろって。で、今度はあの船頭さん。廃屋から立ち去るとき、わたしが予想し、恐れていたそのものずばりの答えをくれた。いまのわたしたちにどんな見込みがある？　一番大切にしている記憶は何かなんて問われて、どう答えられる？　ね、アクセル、わたしは怖い」

「ほらほら、お姫様。怖がることはない。わたしらの記憶は消え去ったわけじゃない。このいまいましい霧のせいで、どこかに隠されているだけだ。また見つけるさ、全部一遍にが無理なら、一つ一つだ。だからこの旅に出たんだろう？　息子が目の前に現れたら、それこそいろいろなことがよみがえってくる」

「そうだといい。あの船頭さんの言葉ですっかり怖くなってしまった」

「船頭など忘れなさい、お姫様。あいつの舟にも島にも用はない。おまえの言うとおり、もう雨はやんでいる。この木の下から出たほうがよく乾きそうだ。さあ、出かけよう。もう心配事は終わりだ」

第三章

現代人が遠くの高みからサクソン人の村を見下ろしたとすれば、兎の巣穴のようだったアクセルとベアトリスの村よりよほど「村」らしいと思ったことだろう。サクソン人はたぶん閉所を嫌う感性の持ち主で、だから丘の中腹に横穴を掘るような村造りをしなかった。いま谷の急斜面を下るアクセルとベアトリスと同じ道を現代人がたどったとすれば、眼下の谷底に四十戸かそれ以上の家を見ているはずだ。その家々の並びは、一つの中心を二重に取り巻く同心円状だったろう。まだ遠すぎて、家ごとの大きさの違いや出来栄えの違いはわからなくても、どの家も屋根が草葺きであること、家全体が丸い造りであることは見てとれたはずだ。一見して、自分の――あるいは自分の両親の――育った家がちょうどあんなふうだった、と思う人もいるかもしれない。さて、サクソン人は住まいに開放感を優先したとして、そのぶん安全性を犠牲にしたのだろうか。いや、もちろん、それを補う手立てを用意していた。長い木の柱の先端を巨大な鉛筆のように尖らせ、その柱を何本も結び合わせて柵を作り、それで村全体を囲っていた。柵のどの部分も人の身長の少なくとも二倍はある。そんな柵でさえかまわずよじ登ってやるという元気な侵入者のためには、柵の外側に深い濠《ほり》が巡らしてあった。

　丘を下る途中で一息入れたとき、アクセルとベアトリスにはそういう村が見えたはずだ。太陽はいま谷の向こうに沈みかけている。二人のうちでは目のいいベアトリスが、一、二歩、アクセルの前に出て、雑草やタンポポに腰まで埋まりながら、前のめりになって村をながめていた。

「四人、いえ五人ね、男たちが門を守っているのが見えますよ」と言った。「みんな手に槍を持っているみたい。まえに女たちと来たときは、門番が一人と、あとは犬二匹だけだったのに」

「わたしたちは歓迎してもらえそうかな、お姫様？」

「心配いりませんよ、アクセル。向こうはわたしを見知っているはずですから。それにね、村の長老の一人がブリトン人なの。村人とは血が違うのに、賢い指導者として認められている人。今晩一晩くらい、安全な場所を用意してくれるでしょう。それはそれとして……アクセル、何か起こっているみたいで、そっちが不安。また一人、槍を持った男が来ましたよ。獰猛そうな犬を何匹も連れて……」

「サクソン人のやることはよくわからないな。今晩はほかにねぐらを探したほうがよくはないか」

「でも、すぐに暗くなるし、それに、あの槍はわたしたちに向けられたものではないでしょう。じつはね、この村にぜひ会いたい女の人がいるの。わたしたちの村の誰よりも薬のことをよく知っている人」

アクセルはつぎの言葉を待ったが、ベアトリスが村をながめつづけているのを見て、自分から言った。「なぜ薬のことを知りたいのかな、お姫様」

「ちょっと不快な感じがね、ときどき……あの人ならそれに効く何かを知っているかと思って」

「不快な感じってどんな、お姫様？　どのあたりが不快なのかな」

「何でもないんですよ。ここに泊まる予定だったから、それなら、と思っただけで」

「だが、どのあたりなんだい、お姫様、その痛みは」

「この辺……」ベアトリスは振り向きもせず、脇腹を——肋骨のすぐ下あたりを——手で押さえて、笑った。「話すほどのことでもないですよ。だって、ほら、今日だってちゃんと歩けたでしょう？」

「ちゃんと歩けていたとも、お姫様。止まって休みたがったのは、むしろわたしのほうだ」

「だからそういうことですよ、アクセル。心配することじゃありません」

「遅れもせず、ちゃんと歩けていたよ、お姫様。歳が半分の若い女とも張り合えそうだった。それでもだ、ここに痛みの相談に乗ってくれる誰かがいるのなら、会いに行っても損はないだろうな」

「ですからそう言っているでしょう、アクセル？　薬と交換できる錫も少しは持ってきているし」

「いくら小さくても痛みはいやなものだ。誰だって多少の痛みをかかえているが、できれば取り除きたいな。薬に詳しい人がここにいて、門番が通してくれるのなら、ぜひ会いに行こう」

濠にかかる橋を二人が渡るころには、あたりがほとんど暗くなり、門の両脇に松明《たいまつ》がともされていた。番人はみな大柄で、がっしりしていたが、二人が近づくのを見て、なぜか慌てふためいていた。

「ここで待っていて、アクセル」とベアトリスがそっと言った。「まず一人で行って話してみます」

「槍には近づくなよ、お姫様。犬は静まっているようだが、サクソン人はなんだかひどく怯えている」

「あなたが怖いのよ、アクセル、歳なのにね。怖がるのは間違いだって教えてきます」

ベアトリスは門番に向かって恐れ気もなく歩いていった。門番はベアトリスを取り囲み、話を聞きながら、ちらちらと疑い深そうにアクセルを見ていた。やがて、一人がサクソン語でアクセルに呼びかけた。松明の近くに来い……。おそらく、若者が変装していると疑い、確かめたかったのだろう。ベアトリスとさらにいくつか言葉を交わしたのち、二人を通してくれた。

遠くから見たときは整然とした二重の輪だった村が、いざ中に入って狭い通路を歩いてみると、まるで複雑怪奇な迷路に変わっていた。印象と実際の隔たりの大きさにアクセルは驚いた。確かに暗くなってきてはいる。だが、ベアトリスの後ろを歩いていくアクセルには、ここの村造りの理屈や狙いがまったくわからなかった。目の前に不意に建物が出現して行く手をはばむ。二人は首をひねりながら、やむなくわきの路地にそれる。だが、その路地を行くには、野の道以上に気を遣って歩かねばならない。なにしろ穴ぼこだらけで、それがさっきの嵐でみんな水溜りになっている。それに、サクソン人の無頓着ぶりはあきれるほどで、道の真ん中に瓦礫でもなんでも散らし放題に散らしてある。よく平気なものだと思う。だが、それより何より悩ましかったのは悪臭だ。歩いていくにつれ強くなったり弱くなったりするが、決して消えることがない。アクセルも当時の人間だから、排泄物のにおいには――人間のものであれ動物のものであれ――慣れていた。だが、この村の悪臭はそんなものとは次元が違う。発生源はほどなくわかった。ここの村人は神に供え物をする。あの神この神がいて、家の前であれ道端であれ、ところかまわず山盛りの肉を捧げる。やがてそれが腐り、腐臭を放つ。ある場所でとくに強烈なにおいがして、思わず振り向くと、小屋の軒先に何か吊るしてあるのが見えた。黒い物体だが、その形が目の前で刻々と変わっていく。驚いてよく見ると、無数の蠅がたかっていた。蠅が飛び回るにつれ形が変化した。そのすぐあと、子供たちが豚の耳をつかみ、引きずっているのに出くわした。犬も、牛も、驢馬もいて、だが世話をする人がおらず、放し飼い状態になっている。村人にも何人か出会ったが、みな黙って二人を見つめているか、ドアや鎧戸の後ろに逃げ込むかだ。

「今夜のこの村はどこか変」歩きながら、ベアトリスがささやいた。「いつもなら、みんな家の前にすわっているか、どこかで輪になって笑ったりしゃべったりしているのに。子供たちなんて訪問者の後を追いかけて質問攻めにして、答えしだいで悪態をついたり、逆に親切にしてくれたりするんだけど……いまは気味が悪いほど静か。それが不安よ」

「道に迷っていないかい、お姫様？　泊めてもらう場所に向かってちゃんと進んでいるのかな」

「先に薬のことで例の人に会っておこうと思っていたんだけど、でも、村の様子がこんなだと、とにかく長屋にまっすぐ行ったほうがいいかもしれませんね。危ないことがあるといやだから」

「その薬師《くすし》の家はまだ遠いのかい」

「前と同じなら、もうすぐそこのはずなんですけど」

「じゃ、いるかどうか訪ねてみよう。おまえの痛みがたいしたことないのはわかっているが、さっさと取り除けるものなら、残しておくことに意味はないからな」

「朝まで待っても平気なのよ、アクセル。言われなければ気づきもしないくらいですもの」

「それでもだ、お姫様、もうここまで来ているんだから、ついでに寄っていこう」

「あなたがそこまで言うなら、そうしましょうか、アクセル。わたしは明日の朝でも、また今度ここを通るときでもかまわないんですけど」

そんな話をしながら角を曲がると、村の広場のようなところに出た。中央に大きな篝火《かがりび》が燃え、大勢の村人がそれを取り巻いている。篝火の明かりに浮かび上がっているサクソン人の顔には、親に抱かれた幼子から老人まで、あらゆる年代がそろっていた。最初は、異教の儀式の場に迷い込んでしまったかと思ったが、立ち止まって眼前の光景を見ているうち、全員がとくに何かしようとして集まっているのではないらしい、とわかった。ただ、誰の表情も重苦しい。怖がっているとさえ言えたかもしれない。個々に話し合う声は低く、合わさって心配げなささやきとなり、空気中を伝わってくる。アクセルとベアトリスに向かって吠えかかる犬がいたが、すぐにいくつかの人影に追い払われた。訪問者の存在に気づく村人もいたが、二人の方向をただぼんやりと見るだけで、すぐに視線を戻した。

「いったい何事かしらね、アクセル」とベアトリスが言った。「薬師の家がこの近くでなかったら、さっさと立ち去るところですけど。さて、行き方をまだ思い出せるかしら」

　右手に小屋の並びがあって、二人はそちらに向かって歩いた。途中、物陰にたたずんで、篝火の群衆を黙然と見ている人々がいるのに気づいた。ベアトリスが立ち止まり、そのなかの一人、ある家の戸口に立っていた女に話しかけた。しばらくその様子を見ていて、これが目的の薬師なのだろうな、とアクセルは思った。ほとんど闇夜と言っていい暗さだからよくは見えないが、背すじのしゃんと伸びた背の高い女であることがわかった。もう中年と言っていいかもしれない。両手にショールをにぎり、それで両肩と両腕を覆っていた。薬師とベアトリスは、ときどき群衆のほうを見たりアクセルを見たりしながら、低い声で話しつづけた。やがて、女は自分の家に入るよう二人を身振りで誘ったが、ベアトリスがアクセルのところまで来て、そっと言った。

「あの人と二人きりで話させて、アクセル。荷物を下ろすのを手伝ってくださいな。そして、ここで待っていてね」

「一緒に行ってはだめかい、お姫様。まあ、サクソン人の言葉はほとんどわからないんだが」

「あのね、女だけの問題なの。だから二人きりで話させて。この老いた体をいろいろと診てくれるそうだから」

「ごめんよ、お姫様。考え足らずだった。さ、その荷物を預かろう。いつまでも待っているから、ゆっくり診てもらってくるといい」

女二人が家に入っていったあと、アクセルはひどい疲れを覚えた。とくに肩と脚に疲れがあった。背中の荷物を下ろし、後ろに立つ草塀に寄りかかって、篝火に集まっている人々をながめた。なんだか群衆のいらいらが高じてきているような気がした。周囲の暗闇からいきなり人が現れては、人だかりに加わっていく。逆に、篝火の周りから急ぎ足で立ち去る人もいるが、やはり何か心残りがあるらしく、すぐにまた戻ってくる。炎は揺らめき、取り巻く人々の顔をくっきり照らし出しては、また暗い影で覆う。しばらく見ているうち、結局この人々は待っているのだ、と気づいた。篝火の左手にある木の建物から誰か が——あるいは何かが——出てくるのを、不安な思いで待っている。あの建物は、たぶんサクソン人の集会所か何かだろう。集会所の内部でも火が燃えているらしく、窓がちらちらと明るくなったり暗くなったりしていた。

ベアトリスと薬師のくぐもった声をどこか後方に聞きながら、アクセルは塀に寄りかかったまうとうとしかけていた。突然、人だかりから低いうなりが発し、人の波が膨らんで揺らいだ。見ると、木の建物から数人の男が現れ、篝火に向かって歩いてくるところだった。群衆は二つに割れてその男たちを迎え入れ、何かの発表を期待するように静まり返った。だが、なんの発表もなさそうだと知ると、肩透かしをくったような思いで、また騒がしくなりはじめた。アクセルの見るところ、集会所から最後に出て来た男が注目の的だ。

ほとんどの人がその男を見つめている。せいぜい三十歳くらいか。漂う威厳は生来のものだろう。その辺の農夫と変わらない質素な服装ながら、明らかに村人とは違う。どこがどう違うのかを一言で言うのは難しいが、たとえばマントをつかみ、一方の肩に投げ上げる所作が違っている。もちろん、それによって腰のベルトとそこに吊るされた剣の柄が剝き出しになることも、違うという印象と無関係ではあるまい。さらに、どの村人よりも髪が長い。肩まで届くほど長く、一部を革紐で結んで前に垂れないようにしている。それを見たとき、アクセルの心をごく自然に一つの思いがよぎった。それは、髪を結んでいるのは戦いのとき目に入らないようにするためだ、ということだ。ごく自然に湧いてきた考えだったが、直後に、そこに含まれる意味を意識して驚いた。しかも、その考えにはかつて自身がいつも身近に感じていたことのような手触りがあって、それも意外だった。その男は人だかりの真ん中に歩み入ると、当然のように手を剣の柄に置いた。その動作がもたらす安心と興奮と恐怖の入り交じった感情が、まるでわがことのようにアクセルにもわかった。この不思議な感覚はなんだろうと思った。あとでゆっくり考えよう……。アクセルはそう自分に言い聞かせ、それをいったん心から追い出して、いま目の前で繰り広げられている光景をじっと見つめた。

物腰が、その立ち居振舞いが、この男を周囲から際立たせている。いくら普通のサクソン人で通そうとしても、この男は戦士だ、とアクセルは思った。たぶん、その気になれば、すさまじい破壊をもたらしうる戦士だ、と。

　集会所から一緒に出てきた男たちのなかに、そわそわと戦士の後ろに付いて回る男が二人いた。戦士が人混みのなかに入っていくと、二人もなんとか離れまいと後を追う。まるで、親に取り残されそうで必死になっている子供のように見えた。どちらも若く、やはり剣を下げている。手には槍もにぎっている。だが、どちらもそんな武器に不慣れであることは一目でわかる。恐怖で体を強張らせ、仲間の村人たちから投げかけられる励ましの言葉にも応えられない。背中を叩き、肩に手を置く元気づけにも、視線をうろうろと泳がせるばかりで、まさしくパニック状態にあった。

「あの髪の長い男は、わたしたちより一、二時間まえに来た人だそうですよ」とベアトリスの声が耳元で言った。「サクソン人ですけど、遠い国の人。自分では東の沼沢地から来たと言っているみたい。向こうで、海からの侵入者と戦ったばかりですって」

　少しまえから、二人の女の声がずいぶんはっきりしてきたことには気づいていた。振り向くと、ベアトリスと薬師はもう家から出て、アクセルのすぐ後ろ、戸口の前に立っていた。薬師が低い声でサクソン語をしばらくしゃべりつづけ、そのあと、ベアトリスがアクセルの耳元でこう言った。

「今日、村人が一人、息を切らして、肩に怪我をして帰ってきたんですって。なんとか落ち着かせて事情を聞き出したところ、その人は兄さんと十二歳の甥と三人で釣りに行っていた人で、川沿いのいつもの場所で釣りをしていたら、二匹の鬼が襲ってきたんですって。しかも普通の鬼じゃなかったみたい。大きくて、動きが速くて、これまでに見たどんな鬼よりずる賢かったそうですよ。だから、村の人たちは、それはただの鬼じゃなくて、『悪鬼』だろうって言っています。で、二匹の悪鬼はその場で兄さんを殺して、じたばたもがく甥の少年をさらっていったそうですよ。怪我をしたご本人も川沿いの道を長いこと追いかけられたらしくて、うなり声がすぐ後ろまで迫ってきて、くさい息が首筋にかかるほどだったんですって。でも、まあ、危なくはあったけど、なんとか逃げおおせてね……ほら、アクセル、あそこにいるあの人じゃないかしら。腕に添え木をして、遠国から来た男と話している人。で、自分は怪我をした身だけど甥のためならって、この村の選りすぐりの力自慢十二人を、襲われた場所まで案内して行ったんですって。すると、土手の近くに焚き火の煙が見えたから、男たちが武器を携えてそっと忍び寄ってみると、いきなり灌木の茂みが二つに分かれて……そう、その二匹の悪鬼が待ち伏せしていたんですって。薬師が言うには、逃げようと思う間もなく三人が殺されたそうですよ。あとの男たちはなんとか無傷で逃げ帰ったということだけど、いまベッドの中でうんうんうなって震えているらしいわ。これから出撃するあの人たちに幸運を祈ることもできないほど、まいってしまっているみたい。それにしても、これから暗くなるし、霧も濃くなっていくのに、昼日中に十二人の男でできなかったことを、あれだけの人数でできるのかしら……」

「その十二歳の子はまだ生きているんだろうか」

「わからない。でも、とにかく探しに川まで行くそうですよ。じつはね、最初の捜索隊がほうほうの体で逃げ戻ったあと、長老たちがいくら説得しても、二回目の捜索隊に志願する男は一人もいなかったみたい。でも、運というものなのかしら。突然、遠くの国から見知らぬ男が来て、馬が脚を痛めたので一晩の宿をお願いしたいと言ったんですって。さらわれた少年やその家族とは赤の他人なのに、村の助けになるのならぜひ、って名乗りをあげてくれたそうよ。少年の叔父さん二人が同行するらしいけど、でも、見て、アクセル。あの様子だと、戦士の助けになるより足手まといになるんじゃないかしら。二人とも怖くて震えあがっているじゃありませんか」

「確かにな。それでも勇敢な二人ではあるよ、お姫様。みながこんなに怖気づいてるなかで行くんだから。どうも、歓待してもらうには悪い夜を選んでしまったな。いまもどこかですすり泣きが聞こえるし、夜が明けるまでにはもっと大量に聞こえるかもしれないぞ」

アクセルの言葉がなんとなくわかったようで、薬師がまたサクソン語で何か言い、ベアトリスが通訳した。「すぐに長屋に行きなさいって。朝まで姿を見せないほうがいいって言っていますよ。こんな夜だから、村の中をぶらついていたら、どんな扱いを受けるかわからないから、って」

「わたしも同じ考えだよ、お姫様。この親切な方の言うとおりにしよう。ただ、お姫様は道を覚えているかな」

突然、群衆がどっと沸き立った。声はしだいに歓声に変わり、人だかりがぎくしゃくと形を変えて、やがて一本の行列になった。進む行列の中心に、戦士とその同行者がいる。声援が起こり、名前の連呼が始まり、薬師ら、物陰にいた見物人もその連呼に加わった。行列はアクセルらのいる方向に進んでくる。篝火の明かりからは遠ざかったが、数本の松明が行列とともに移動していて、歩く人々の顔をときどき浮かび上がらせる。恐怖にひきつった顔があり、興奮した顔がある。だが、そのなかで戦士の顔だけは、いつ松明に照らされても静かな表情を保ち、周りから投げかけられる激励の言葉に応えて、右にうなずき、左に笑いかけていた。手はまた剣の柄の上にある。行列はアクセルとベアトリスの前を過ぎ、小屋の並びの間に消えていった。それからもしばらく、くぐもった名前の連呼が響きつづけた。

アクセルとベアトリスはしばらく動かずにいた。その場の雰囲気に呑まれていたのかもしれない。やがてベアトリスが、長屋までの道順を薬師に尋ねはじめたが、アクセルには、二人の女の話し合いがどこかとんでもない目的地に飛んでいっているように思えてしかたがなかった。二人は、村の向こうにある丘の方角を身振りや手振りで指し示しながら話していた。

ようやく今晩泊まる場所に向かって歩きはじめたのは、村中がすっかり静まってからだ。

暗闇のなかで道を見つけるのは、ますます難しくなっていた。曲がり角に松明が置かれていることもあったが、その光は二人の影を踊らせるばかりで、道探しをよけいに混乱させた。二人は、いま、行列が去った方向とは逆に進んでいる。通り過ぎる家々は暗く、人のいる気配すらなかった。

「ゆっくりだ、お姫様」とアクセルがそっと言った。「この道でひどく転んでも、誰も助けにきてくれそうにないからな」

「アクセル、また道に迷ったみたい。最後の曲がり角まで戻りましょう。今度は大丈夫だと思うから」

やがて道はまっすぐになり、気がつくと、二人は丘の中腹から見たあの柵——村を囲んでいる柵——に沿って歩いていた。頭上高く柵が突き立ち、その尖った先端が夜空より一段と黒く見える。進んでいくにつれ、どこか上のほうからつぶやきに似た声が聞こえてきた。どうやら、ここには自分たち二人以外にも誰かがいる、とアクセルは思った。そういう目で探ると、柵の上のほうに一定間隔で黒い影がとりついているのが見えた。あれはきっと見張りだ。柵の上から外を警戒しているのだろう。ベアトリスにも教えようとしたが、その暇もなく、背後から足音が近づいてきた。二人は少し足を速めた。だが、もう松明が近くまで来ていて、さらに前方でも人影が揺れている。たまたま反対方向から来る村人たちと出会ったのかもしれないとも思ったが、どうやらそうではない。アクセルとベアトリスは完全に取り囲まれていた。年齢も体格もさまざまなサクソン人が槍を持ち、鍬や鎌を持って、二人の周りにひしめいていた。しかも人数はどんどん増えつづけている。いくつかの方向から同時に声がかかり、二人に向けて松明が突き出された。顔に炎の熱を感じ、アクセルはベアトリスをかばいながら、どれがリーダーだろうと目をこらしたが、それらしい人物は見当たらなかった。むしろどの顔もひきつっていて、パニック状態を思わせた。ここで不用意な動きをしたら、ほんとうに危ない……。一人、とりわけ剣呑な目つきをし、震える手でナイフを振り上げている若者がいた。アクセルはベアトリスをその若者から遠ざけ、何か言葉をかけようとした。相手にわかるサクソン語がいいだろう。必死で適切な言葉を探したが、何も思いつかず、しかたなく、興奮した馬を鎮めるときのかけ声で相手をなだめようとした。

「やめて、アクセル。子守唄を歌ってあげても感謝はされませんよ」とベアトリスがささやいた。そして、自分からサクソン語で男たちに話しかけたが、状況は少しもよくならない。あちこちで怒鳴り合いが始まり、一匹の犬が紐を引きちぎらんばかりにして男たちの足元を抜け、二人に吠えかかった。

だが、突然、男たちの体から力みが抜けていくように見えた。高ぶった声も静まり、残るは、少し離れたところから聞こえてくる怒りの声一つだけになった。その声がしだいに近づいてくる。男たちが二つに分かれ、その間を通って、ずんぐりした一人の老人が現れた。体に歪みがある。太い杖に頼りながら、光で照らされた場に進み出てきた。かなりの高齢者だ。背中はさほど曲がっていないが、首と頭が肩から異常な角度で突き出している。だが、その権威のほどは疑いようがなく、その場の全員がしゅんとした。犬さえも吠えるのをやめて、影の中にこそこそと消えていった。老人は何を怒っているのだろう……。村人が来客を乱暴に扱ったことも理由の一つには違いない。だが、それがごく小さな一つにすぎないことは、限られたサクソン語しか知らないアクセルにもわかる。老人の怒りは、男たちが見張りの役目を放り出したことに向けられていた。松明の光に照らし出された顔はどれも恐れ入っていた。だが、同時に混乱し、釈然としないふうでもあった。老人の怒りがさらに募り、声が一段と激しくなったとき、男たちはようやく何かを思い出したようで、一人また一人と夜の闇の中に戻っていった。最後の一人が去り、梯子をよじ登る足音が聞こえてきても、体の歪んだ老人は男たちの背中に向かって叱責の言葉を投げつづけていた。

ようやく、老人がアクセルとベアトリスに向き直った。すぐに二人の言葉に切り替えて、しゃべりはじめた。訛《なま》りはない。「まったく、なぜ忘れられるのか。自分たちに勇気がなくてできないことを、戦士と仲間二人がやってくれようと出ていったばかりだというのに。こうも簡単に忘れるのは恥ずかしいからか、ただ怖いからなのか」

「とても怖いんですよ、アイバー」とベアトリスが言った。「蜘蛛が一匹落ちてきただけで、つかみ合いを始めるほどに怖いんでしょう。ありがたい一団を出迎えによこしてくださったこと」

「謝るよ、ベアトリスさん。あなたにもだ、ご主人。いつもはあんな歓迎のしかたをしないんだが、ご覧のとおり、今夜はみんな怖がっている。お二人は生憎《あいにく》な夜にお見えになった」

「長屋へ向かう途中に迷ってしまって」とベアトリスが言った。「方向を教えてくださいな、アイバー。恩に着ます。あの出迎えのあとで、夫もわたしも早く屋内で休みたいですから」

「長屋ではちゃんと歓迎されることを約束したいところだがな、お二人さん。だが、今晩だけはわが隣人たちがどんな振舞いをするか、わしにもわからん。だから、あんたとご主人はわしの家に来てくださらんか。わしと同じ屋根の下に泊まってもらえれば安心できる。邪魔されずに休めることは保証するよ」

「ご親切、感謝します、長老」とアクセルが割って入った。「妻にもわたしにも休息が必要なので」

「では、ついてきなさい。わしのすぐ後につづき、着くまではなるべく声を静かにな」

二人はアイバーの後ろから暗闇の中を行き、一軒の家にたどり着いた。造りはほかの家と同様だが、大きくて、一戸だけ離れて立っている。低いアーチから中に入ると、木を燃やした煙が濃く漂っていて、一瞬、胸が締めつけられるような感じがしたが、同時に心地よさと暖かさも感じられた。部屋の中央で火がくすぶっていて、その周りに絨毯や動物の毛皮が敷かれ、オークやトネリコで作った家具も並んでいる。アクセルは二人の荷物から毛布を引っ張り出しにかかり、ベアトリスは感謝と安堵の表情で揺り椅子に腰をおろした。だが、アイバーは戸口のわきに立ったまま、何かをじっと考え込んでいた。

「さきほどのお二人への村人の態度は、思い出すだけで恥ずかしい。この身が震える」と言った。

「いや、もうお考えにならずに、長老」とアクセルが言った。「長老には、十分すぎるほど親切にしていただきました。それに、今夜は、じつに勇敢な男たちが危険な任務に赴くところも拝見できました。この村を覆う恐怖は、わたしたちにもよく理解できます。普段と違う行動をとる者が出てきても不思議ではありません」

「外から来たあなた方でさえ今回の難儀を覚えているというのに、あのばかどもがもう忘れているというのはなぜなのか。何があっても持ち場を離れるな。村全体の安全がかかっているんだぞ。そう嚙んで含めるように言い聞かせておいたんだ。さらに、わが村の英雄たちが悪鬼どもに追われて門まで逃げ帰ったときは、すぐに助けに出られるように、とも言っておいた。なのに、どうだ。見かけない人間が二人、目の下を通り過ぎた。とたんに命令を忘れ、その理由も忘れて、狂った狼のように二人に襲いかかる。そんな奇妙な物忘れがここではしょっちゅう起こる。これほど頻繁でなかったら、わしの感覚のほうがおかしいのか疑うところだ」

「わたしたちの住んでいるところでも同じですよ、長老」とアクセルが言った。「わたしと妻も、村人の間にそんな物忘れが起こるのを何度も見ています」

「ほう、それはおもしろいことを聞いた、ご主人。わしはまた、その種の病はこのあたりだけのことかと思っておった。それに、こんな疑問もある。周りのみなが忘れても、わしだけが覚えていることがあるのはなぜだろうか。わしが老いているからか。それともサクソン人の中で暮らす唯一のブリトン人だからか」

「わたしのところでも同じですよ、長老。わたしたちはこの奇妙な物忘れを『霧』と呼んでいます。わたしたち二人も霧の影響を免れませんが、それでも若い者たちよりはずいぶんましなようです。その理由は何だとお思いですか、長老」

「いろんな説明を耳にしたが、ほとんどはサクソンの迷信だ。だが、この前の冬に一人の旅人が通りかかって、その問題について一つの説を披露していった。あれ以来、その説についてよく考える。考えれば考えるほど、正しいようにも思えてくる。おや、これはどうしたことだ……」杖を手に、戸口に立ったままだったアイバーが、体の歪みにもかかわらず敏捷な動きで振り返った。「話の途中だが、お許し願いたい、お二人さん。勇敢な三人がもう戻ってきたのかもしれない。お二人は当面ここにいて、顔を出さないほうがよかろう」

アイバーが出ていった。アクセルとベアトリスはしばらく黙ったまま、それぞれの椅子の中で目を閉じ、休める幸運に感謝した。やがてベアトリスがそっと言った。

「アイバーは何を言おうとしたのだと思います、あなた」

「何のことかな、お姫様」

「霧とその発生原因のことを話していたでしょう?」

「聞いたという噂話の一つだ。もちろん、もっと詳しく話してもらおう。なかなか敬服すべき老人だ。ずっとサクソン人の間で暮らしてきたのかい?」

「奥さんがサクソン人だったんですって。ずっと昔のことで、その奥さんがどうなったかは聞いていませんけど。ね、アクセル、霧の原因がわかったらすばらしいと思わない?」

「もちろんだよ。ただ、わかってどうなる、とも思う」

「なぜそんな言い方をするの、アクセル。よくそんな心ないことが言えますね」

「どうした、お姫様」アクセルは椅子に起き直り、妻を見やった。「わたしはただ、霧の原因がわかっても、霧が消えてくれるわけではないと言っただけだよ。この村でも、わたしたちの村でもな」

「霧を解明できるかもしれないのよ、アクセル。大きな変化が起こるかもしれないのに、そんな大切なことをつまらないことみたいに……」

「ごめんよ、お姫様。そんなつもりじゃなかった。ただ、ほかのことで頭がいっぱいで……」

「なぜほかのことなど考えられるの。今日、あの船頭さんからあんな話を聞いたばかりだというのに」

「ほかのことというのはね、お姫様、あの勇敢な男たちは少年を無事連れ帰れるだろうかとか、いきなり踏み込まれた悪鬼たちが復讐を考えるのではなかろうかとか、そうしたらあの震え上がった門番や吹けば飛ぶような門だけでこの村を守れるだろうかとか、そんなことだ。もちろん霧のことも、妙な船頭が言っていた迷信半分の話もそうだが、ほかにも考えるべきことはたくさんあるんだ」

「きつい言葉はやめて、アクセル。喧嘩をしたいわけじゃありません」

「ごめんよ、お姫様。どうも村の空気に影響されてしまったようだ」

だが、ベアトリスは目に涙を浮かべ、「そんなきつい言い方をしなくても……」と独り言のようにつぶやいた。

アクセルは立ち上がり、ベアトリスの揺り椅子まで歩いて、少し膝を曲げ、妻を胸に抱き寄せた。「ごめんよ、お姫様。この村を出るまでには、二人で霧のことをアイバーによく聞こう。必ずだ」そのまましばらく抱き合っていて、こうつづけた。「正直に言うとな、お姫様、一つ、いま特別に気にかかっていることがあるんだよ」

「何なの、アクセル」

「薬師がおまえの痛みについてどう言っていたのかだ」

「何でもないそうです。歳とともに当然起こることだそうですよ」

「じゃ、いつもわたしが言っていたとおりか、お姫様。心配いらないよ、って言わなかったかな」

「わたしは別に心配していませんでしたよ、あなた。今夜のうちに会いに行けと言ったのは、あなたのほうですよ」

「ま、会えてよかった。どちらが心配していたにせよ、もうその必要はなくなったんだから」

ベアトリスはアクセルの腕をほどき、揺り椅子をそっと後ろに揺らした。「アクセル」と呼んだ。「薬師からある修道僧のことを聞いたの。自分よりずっと賢い人だと言っていました。この村にも助けてもらった人は多いそうですよ。ジョナスという名の老修道僧で、東への山道を一日登ったところの修道院にいるんですって」

「東への山道か」アクセルは、アイバーが半開きにしたまま出ていったドアに向かって歩き、暗闇をのぞき込んだ。「なあ、お姫様。明日は森の道を行く予定だったが、山道に変えてもいいんじゃないか」

「山道は大変ですよ、アクセル。登りばっかりだもの。旅の日程が少なくとも一日は延びます。息子がわたしたちの到着を首を長くして待っているのに」

「そうなんだが……残念な気がする。せっかく近くまで来て、賢い修道僧に会わずに去るのはな」

「薬師はね、わたしたちが東に向かうと知っていて、それならついでに、って思っただけなんですよ。息子の村は森の道を行ったほうが簡単だからと言ったら、よけいな時間をかけてまで行くことはないって薬師も言っていました。もともと年齢にともなう痛みだけで、ほかはどこも悪くないんですから」

アクセルは戸口から暗闇を見つめつづけた。「それでもだ、お姫様。もう少し考えてもいいんじゃないか。おっと、アイバーが戻ってきた。苦虫を嚙み潰した顔だ」

アイバーがぜいぜい言いながら入ってきて、毛皮を何枚も積んである幅広い椅子にどすんと腰をおろした。杖が音を立てて足元に転がった。「若いばか者が、柵の外側を悪鬼がよじ登るのを見た、もう柵のてっぺんからこっちを見ている、と言いおる。それで大騒ぎよ。わしはどうすればいい。何人か集めて、ほんとうかどうか見にいかせるよりあるまい？　もちろん、やつが指し示す場所になど、夜空以外に何もありはせん。なのに、悪鬼だ、悪鬼だ、こっちをにらんでいると言い張る。ほかの連中は怖気づいて、子供みたいにこのわしの背中に隠れるしまつだ。手の鍬や槍は何のためだ。やつめ、最後にには白状しおった。見張りの途中で居眠りして、夢の中で悪鬼を見たらしい。だが、そう判明したからって、連中が急いで持ち場に戻るか？　とんでもない。震えるばかりで動こうともせん。ぶちのめすぞ、家族の目にもマトンと見分けがつかんほどに――そう脅してやっとだ」アイバーはまだ荒い息遣いのまま、あたりを見回した。「お相手できなくてすまんな、お二人さん、わしは中のあの部屋で眠らせてもらう。少しは眠らんとな。何もして差し上げられんが、適当にくつろいでくれ」

「とんでもない、長老」とアクセルが言った。「こんなに居心地のいい家にお招きいただいて、感謝しています。もっといい知らせで呼び出されたのならよかったのに、残念でした」

「待つしかあるまい。もっと夜遅くか、朝になるかもしれん。お二人さんは、明日、どちらに向かわれるのかな」

「明朝、東に向かい、息子の村を目指します。きっと首を長くして待っていることでしょう。ですが、そのことでちょっとお知恵を拝借したい。妻とわたしは、いま、どの道を行くか話し合っていたところです。山道を行けば、修道院でジョナスという賢人に会えると聞きました。意見を参考にしたいちょっとした問題がありまして」

「わしは直接会ったことはないが、ジョナスは確かに敬《うやま》われておるよ。ぜひ会いに行くといい。ただ、これは心得ておかれよ。修道院への道のりはそうやさしくない。終日ほとんど上りばかりだ。ようやく平らになってからも、今度は道に迷わないよう注意が必要だ。

そこはもうクエリグの国だからな」

「クエリグとは、あの雌竜のことですか。長いこと噂を聞きませんでした。このあたりではまだ恐れられているのですか」

「もう山を離れることはめったにない。近くを通る旅人を何かの拍子で襲ったりすることもあるようだが、襲撃の噂のほとんどは別の獣か山賊の仕業だろう。わしの見るところ、クエリグの脅威なるものは、実際に何をやったかより、存在していること自体から来ている。あれが自由の身であるかぎり、国のいたるところで悪が——ありとあらゆる悪が——流行り病のようにはびこる。たとえば、今夜の騒ぎのもとになっている悪鬼どもにしてもそうだ。いったいどこから来たものか。あれはただの鬼ではない。ここでは、これまであんなやつらを目にしたこともなかった。なぜここに来て、川沿いになど腰を落ち着けたものか。クエリグ自身はめったに姿を現さないとしても、多くの暗い力があの竜から生じている。いまだに殺されていないのは、じつに嘆かわしい」

「でも、アイバー、そんな竜に挑みたい人がいるのかしら」とベアトリスが言った。「クエリグってすごく獰猛なんでしょう？　険しい場所に潜んでいるとも聞くし」

「そのとおりだ、ベアトリスさん。恐るべき難事業だな。じつはアーサー大王の時代からの生き残りで、昔、当の大王からクエリグ退治を命じられた騎士がいる。山道を行けば、出会うかもしれんな。会えば、すぐわかるよ。錆だらけの鎖帷子《くさりかたびら》を着込んで、くたびれた馬にまたがり、人を見ればわが身に下された神聖なる使命について語らずにおられん男だ。だが、わしが見るところ、あの老いた間抜けに雌竜が不安を覚えたことなど、これまでに一瞬もあるまいよ。あいつが義務を果たすのを待っていたら、わしらはいったいいくつになることか。というわけで、お二人さん、修道院にはぜひ行きなされ。だが、くれぐれも注意を怠らず、日暮れまでには安全な場所に身を隠しなされ」

アイバーは中の部屋に向かったが、ベアトリスが不意に起き直って言った。

「アイバー、さっき霧の話をしていたでしょう？　霧の原因について何か聞いたっていう話？　途中であなたに用事ができて、それきりになったけど、そのお話、もう少し詳しくうかがえないかしら」

「ああ、霧な。霧とは言いえて妙だ。わしが聞くことはどれも噂だから、どれほどの真実が含まれているかわからんよ、ベアトリスさん。あれは去年、馬で通りかかって、ここに泊まっていった旅人が言ったことだ。今夜の勇敢な客人と同じで、その人も沼沢地から来たと言っていたな。言葉に訛りがあって、なかなか聞き取りにくかった。やはり、このぼろ家に泊まってもらった。夜更けまでいろいろと話して、そのなかに、お二人の言う霧のこともあった。この村の不思議な病に興味を持ったようでな、根掘り葉掘り尋ねてきて、そのうえで言った意見だ。聞いた直後はどうとも思わなかったが、その後、折に触れ思い出して、なんとなく考えるようになった。その男が言ったのは、ひょっとして神ご自身がお忘れになったのではないか、ということだ。われらの過去、遠くの出来事、今日のあれこれ――神ご自身が多くを忘れてしまったのではないか。神の頭に残っていないんじゃ、命に限りある人間の頭に残るはずがない、とな」

ベアトリスはアイバーをじっと見つめた。「そんなことありうるかしら、アイバー。わたしたちはみな神のいとし子でしょう？　わたしたちがしたこと、わたしたちに起こったことを、神が忘れるなんて……」

「わしもそう思って男に尋ねてみたよ、ベアトリスさん。で、男も答えられなかった。だが、それ以来、あの男の言ったことをよく考えるようになった。お二人の言う霧の説明としては、ほかより劣るものではないかもしれん。さて、お二人さん、失礼するよ。休めるうちに少しでも休んでおかんとな」

＊

ベアトリスに肩を揺すられ、アクセルは目を覚ました。どれほど眠っていたのかわからない。あたりはまだ暗かったが、外で物音がしている。頭上のどこかでアイバーの声がした。「いい知らせであることを祈ろう。村の最期でないことを」と。アクセルはすぐに起き直ったが、アイバーの姿はもうなかった。「急いで、アクセル。どちらの知らせか見にいきましょう」とベアトリスが言った。

アクセルはかすむ目をこすりながら妻の腕をとり、一緒に夜の道によろめき出た。ともされている松明の数がさきほどよりずいぶん多い。一部は柵の上部に置かれ、下の道を照らしていて、歩くのがだいぶ楽になっていた。いたるところに人の動きがある。犬が吠え、子供が泣いている。やがて、人の動きがしだいに秩序だったものになり、一つの方向に急ぎ足で向かう流れができた。気がつけば、アクセルとベアトリスもそれに加わっていた。突然、流れが止まった。見ると、そこはもう中央広場だ。昨夜はアイバーの家にたどり着くのにあれだけの苦労をしたが、どうやらもっとすんなりとたどれる道があったようだ。篝火が昨夜にもまして盛大に燃えている。あまりの燃え盛りように、一瞬、火の熱さのために前に進めなくなったのかと思ったほどだが、そういうことではなさそうだ。居並ぶ人々の頭越しに前を見ると、そこにあの戦士の姿があった。相変わらず落ち着きはらっている。篝火の左側に立っていて、体の片側だけが光に照らされ、反対側は影だ。篝火側の顔半分が小さな染みで覆われているのが見える。あれは血だろうか……。アクセルは、舞い上がる細かな血しぶきの中を戦士が走り抜けていく姿を思い描いた。長髪はまだ紐で結ばれているが、やや乱れ、濡れているようにも見える。服は泥で汚れ（たぶん、血も混じっているだろう）、出発時に無造作に肩に放り上げられていたマントには、いくつもの破れ目がある。だが、戦士自身はまったく無傷のようだ。アイバーら、村の長老三人と穏やかに話している。腕を曲げていて、肘の内側に何かを抱え込んでいるのが見えた。

いつの間にか、また名前の連呼が始まっていた。最初はそっと、だがしだいに大きくなり、戦士が振り向いて応えるまでやまなかった。戦士の物腰にはこれ見よがしの強がりなどない。群衆に向かってなにやら語りはじめたときも、全員に聞こえる大きな声なのに、親しげな口調でそっと語っている印象を与えた。重い内容を語るのにふさわしい口調に聞こえた。

群衆は静まり返り、一言も聞きのがすまいとじっと耳を傾けていた。ときおり、その口から共感の歓声や恐怖の叫びが漏れた。話しながら戦士がついと後ろを振り向き、背後の一箇所に群衆の注意を向けさせた。篝火がつくる光の輪の端に二人の男がすわっていた。それが戦士と同行した二人であることに、アクセルはそのとき初めて気づいた。二人はまるで高いところから落ち、目がくらんで立ち上がれないといった様子ですわっている。群衆が二人の名前を呼びはじめても、まったく気づかないふうで、目の前の虚空を見つめつづけていた。

戦士はまた群衆に向き直り、何かを言った。その何かで、群衆の連呼の声が弱まり、やんでいった。戦士は篝火に近づき、腕に抱えていたものを反対側の手に持ちかえて、空中に高々と差し上げた。

アクセルの目に顔のようなものが見えた。喉のすぐ下で切断された太い首と、それにのっている顔だろうか。頭のてっぺんから黒い癖毛が垂れて、顔を縁どっているように見えるが、顔そのものには不気味なほどに凹凸が欠けている。両目と鼻と口のあるはずの場所には、ちょうど鵞鳥《がちょう》の羽根をむしったあとのようなぼつぼつのある肉があるだけで、頬とおぼしき場所からは鳥の綿毛のような房がいくつか下がっている。群衆からうめき声が漏れ、同時に全員が一歩後ずさりしたように思えた。そのとき、いま自分が見ているこれは顔などではない、とアクセルは気づいた。これは人間に似てはいるが、何か異常に大きい生き物の肩と上腕の一部だ……。戦士はいま腕を二頭筋の筋頭近くの切り口でつかみ、肩の部分が上になるようにして、戦利品のように掲げている。その状態で見ると、毛に見えたものも毛ではないことがわかった。あれは、切り口からぶら下がっている腱や血管だ……。

戦士はすぐに戦利品を下ろし、そのまま手を放して足元に落ちるにまかせた。残骸の主への大きな蔑みを、これ以上は持ちつづけられないという感じだろうか。群衆はまた一歩後ずさりしたが、気を取り直したように一歩前へ戻り、また戦士の名前を呼びはじめた。だが、戦士がふたたび口を開くと、連呼はすぐにやんだ。戦士の言うことがまったくわからないアクセルにも、周囲の興奮がぴりぴりと肌で感じられた。ベアトリスが耳元でささやいた。

「英雄さんは、怪物を二匹とも殺したそうですよ。一匹は森に逃げ込んだけど、あの深手では夜を越せないだろうって。もう一匹は生意気にも立ち向かってきたから、罰として、いま地面に転がっている部分を切り取ってきたんですって。ほかの部分は痛みを鎮めるために湖まで這っていって、そのまま黒い水底に沈んだそうですよ。子供は見ましたの、アクセル？　あそこにいる子供？」

篝火の向こう、ほとんど光が届いていないあたりに数人の女がいて、石の上にすわっている痩せた黒髪の若者を取り囲んでいた。若者の背丈はもう大人と言っていいほどだが、いま身をくるんでいる毛布の下には、ひょろりとした少年の骨格があるのが見てとれる。一人の女が桶を持ち出し、顔と首から汚れを洗い落としてやっているが、少年はまったく無関心だ。その目は自分の真ん前にいる戦士の背中に釘付けになっている。ときおり頭を傾け、戦士の両脚の向こうに視線を回り込ませて、地面に転がる例の異物を見ている。

少年の無事を見ても、アクセルの心には安堵も喜びも湧いてこなかった。ただ漠然とした不安だけが広がり、なぜだろうと思った。生きたまま助け出され、大きな怪我もしていないようなのに、なぜ……？　最初は、少年自身の振舞いが奇妙なせいかと思ったが、この状況のどこがおかしいのかにすぐ思い当たった。つい昨夜まで、この少年の安否こそが村全体の最大の関心事だったはずだ。なのに、この少年の迎えられ方はどうだろう。とても関心の大きさに合っているとは言えない。村人の態度はどこかよそよそしく、冷たいとさえ見える。村でマルタが行方不明になったときのことを思い出した。マルタ同様、この少年も忘れられようとしているのだろうか。いや、あれとはやはり違う。村人たちは忘れたのではない。現にいま少年を指差している。そして、少年の世話をしている女たちは、弁解がましい態度で村人をにらみ返している……。

「全部は聞き取れないけど、あの子のことで言い争いをしているみたいですよ、アクセル」とベアトリスが耳元で言った。「無事連れ戻されたというのにね。それに、あの子だって、恐ろしいことを見たわりに驚くほど落ち着いているのに」

戦士はまだ群衆に向かって語りかけていた。その声には、いまや懇願の響きが混じっていた。ほとんど非難にも近い口調に、群衆の雰囲気がしだいに変わっていくのが感じられた。畏敬と感謝の気持ちが薄れ、徐々に別の感情に取って代わられていく。アクセルの周りで大きくなるざわめきは、混乱のざわめきだ。しかも、恐怖さえ混じってきている。戦士がまた語りかけた。声に厳しさを響かせ、身振りで背後の少年を指し示している。そのとき、アイバーが篝火の光の中に入ってきた。戦士の横に立って何かを言ったが、群衆の一部から返された反応は、戦士のときより遠慮のない抗議のうなり声だ。アクセルの背後で何かを叫ぶ声が起こり、それが合図だったかのように周囲のいたるところで言い合いが始まった。アイバーが声を荒らげ、一瞬、静寂が生まれたものの、たちまち怒鳴り合いが戻った。光の届かないところでは小競り合いすら起こっていた。

「ね、アクセル、急いでここを離れましょう。ここにはいられない」とベアトリスが耳元で大きな声を出した。

アクセルはベアトリスの肩を抱き、人混みを掻き分けて進みはじめた。だが、何かを感じ、もう一度振り返った。少年は先ほどの場所にそのまますわっている。目の前で起こっている騒ぎにも気づかない様子で、相変わらず戦士の背中を見つめている。だが、世話をしていた女が少年から数歩離れ、不安そうに少年と群衆とを見比べている。ベアトリスがアクセルの腕を引っ張った。「アクセル、お願いよ。連れて出て。怪我をさせられたくない」

村人は、いま一人残らず広場に集まっているのだろう。アイバーの家に戻る道々、二人は人っ子一人見かけなかった。ようやく家が見えたとき、アクセルはベアトリスに尋ねた。

「さっきはどんな話が交わされていたんだい、お姫様」

「よくわからないんですよ、アクセル。もともとよくわからないところに、一度に大勢がしゃべるんですもの。助けられた少年のことで何かあって、みんな癇癪を起こして……。でも、そのうちわかるでしょう。とりあえず離れられてよかった」

＊

翌朝、アクセルが目覚めると、日の光が幾筋も部屋に射し込んでいた。昨夜は床の上に寝たが、柔らかな絨毯を重ねてベッドにし、そこに暖かい毛布を何枚もかけて寝たのだから、自分の家で寝ているよりよほど豪勢だったと言える。目覚めたいま、腕も脚もよく休めた感じがした。また、何やら楽しい記憶が頭の中に漂っている状態で目覚めて、気分もよかった。

ベアトリスが横で身動きしたが、目はまだ閉じたままだ。呼吸も安らかにつづいている。アクセルは妻をしげしげと見た。朝のこんなとき、よくそうしながら胸に静かな喜びが満ちてくるのを待つ。いまも期待どおりに喜びがあふれてきたが、今朝はそこに少しの悲しみが混じっていた。予想外のその感覚にアクセルは驚き、妻の肩にそっと手を滑らせてみた——そうすることで悲しみの影を拭い去れるとでもいうように。

外に物音が聞こえたが、夜中に起こされたときのような騒音ではない。これは、普通の朝に村人が普通に仕事に出かけていくときの物音だ。とすると、ベアトリスと二人、きまりが悪いほどに朝寝坊してしまったことになる。だが、それでもまだ妻を起こす気にはならず、じっと見つめつづけた。やがて注意深くベッドを抜け出し、木のドアまで歩いていって、そっと押してみた。このドアは、木の蝶番で開閉する本物のドアだ。きしみながら少し開いて、その隙間から太陽が力強く押し入ってきた。ベアトリスはまだ眠りつづけている。あまりの熟睡ぶりに少し心配になり、ベッドに戻って、わきにしゃがみ込んだ。しゃがむとき、膝にこわばりを感じた。妻がようやく目を開き、アクセルを見上げた。

「起きる時間だよ、お姫様」ほっとして、だがそれを見せずにアクセルは言った。「村中起き出して、ここの主もとうに出かけた」

「もっと早く起こしてくれればよかったのに、あなた」

「安らかな寝顔だったし、昨日は長い一日だったし、眠れるだけ眠るのがいいと思ってな。今朝のおまえは若い娘みたいに元気そうだ。眠らせておいてよかった」

「何をつまらないことを……夜に何があったのかまだわからないのに。でも、外の物音からすると、互いに殺し合ったってこともなさそうですね。子供の声が聞こえるし、犬も満腹でご機嫌みたいだし。ね、アクセル、顔を洗う水はあるのかしら」

しばらく待ったが、アイバーは戻らない。二人はできるだけ見苦しくないよう服装を整え、何か食べるものを探そうと、からりとして明るい空気の中へ出ていった。今朝の村は、昨夜よりずっと穏やかな場所のように見える。暗闇の中であれほどでたらめに配置されていた丸い造りの家々が、いまは整然と並んで二人の目の前にある。その家々から落ちる影が一本の大通りを形成し、村の中を伸びている。手に道具を持った男や洗濯桶を抱えた女が忙しそうに行き交い、子供たちが集団でその後を追っていく。犬は相変わらずの多さだが、みなおとなしそうだ。昨夜、ここが手の付けられない場所だったことを思い出させるのは、唯一、井戸の前で日の光を浴びながら気持ちよさそうに脱糞している驢馬くらいだろうか。村人のなかには、通りかかる二人にうなずき、小声で挨拶してくれる人までいる。

ただ、さすがに話しかけてくる人はいなかった。

さほど歩かないうちに、通りの前方にアイバーと戦士を見つけた。じつに対照的な二人だが、いま頭を寄せ合って何事か話し合っている。アクセルとベアトリスが近づいていくと、アイバーが一歩下がって、照れくさそうな笑いを浮かべた。

「あまり早く起こしたくなくてな」と二人に言った。「だが、主人としては失格だな。お二人とも餓死寸前だろう。長屋までついてきてくださらんか。腹いっぱいにしてさしあげよう。そのまえに、昨夜の偉大な英雄を紹介しておこう。ウィスタン殿だ。ウィスタン殿はわれわれの言葉もよく解する」

アクセルは戦士に向き直り、頭を下げた。「妻もわたしも、大いなる勇気と寛大さと技を兼ね備えたお方にお会いできて、光栄に存じます。昨夜はすばらしいお手柄でした」

「手柄などと大げさな、ご老人。技も特別なことはありません」戦士の声は昨晩と変わらず穏やかで、目の周りには笑いがあった。「昨夜は運が味方してくれたうえ、勇敢な同志もいて力添えを頼めましたから」

「この方の言う同志は、小便を漏らすのに忙しくて戦いに加わるどころでなかった」とアイバーが言った。「悪鬼を倒したのはこの戦士殿お一人よ」

「長老、もうやめましょう」戦士はアイバーにそう言いながら、いまアクセルをじっと見つめていた。アクセルの顔に何かの印でもあって、それに心を奪われたとでもいうように。

「わたしたちの言葉を上手にお話しになります、戦士殿」相手の真剣な眼差しに驚いて、アクセルが言った。

戦士はアクセルを見つめつづけたが、はっとわれに返って笑った。「お許しを、ご老人。一瞬あなたが……いや、お許しを。この身は骨の髄までサクソン人ですが、ここから遠くない場所で育って、ブリトン人とも交わりがありました。それで、自分の言葉のほかに、あなた方の言葉も覚えました。ただ、最近は遠くの沼沢地に住んでいて、あまり話す機会がありません。あそこではいろいろな言葉を聞きますが、あなた方の言葉だけは聞かないもので。ですから、誤りがあったらお許しください」

「いやいや、戦士殿。あなたならブリトン人でも通ります」とアクセルが言った。「じつは昨晩も、あなたの帯刀のしかたが、普通のサクソン人とは違うなと思っていました。位置が腰に近く、そして高い。歩くときに、手がちょうど柄の上に来ます。ブリトン人のやり方によく似ていると申し上げたら、お気を悪くなさるでしょうか」

ウィスタンがまた笑った。「サクソンの仲間にはいつもからかわれていますよ。帯刀だけでなく、剣の振るい方もです。じつは、わたしの剣技はブリトン人に教わったもので、あれ以上の教えはないといまでも思っています。多くの危険を切り抜けてこられたのも、その剣技があればこそ。昨夜もそうでした。失礼を承知でお尋ねします、ご老人。あなたもこのあたりの方ではないのではありませんか。ひょっとして西の国のお生まれですか」

「わたしたちは隣の国から来ています、戦士殿。ここから一日のところです」

「しかし、昔はもっと西に住んでいたということは？」

「申し上げたとおり、隣国の者です」

「ぶしつけをお許しください、ご老人。遠く西へ旅してきて、子供のころを過ごした国に——もう少し西ですが——郷愁などを感じまして。ここまで来ると、半分覚えている人の面影をいたるところに見るような気がします。お二人はもう今朝のうちにお戻りになるのですか」

「いえ、戦士殿。わたしたちは東にある息子の村へ行きます。二日のうちに着きたいと思っています」

「では、森を通る道を？」

「いえ、山の道を行くつもりでいます。途中に賢人のいる修道院があるとのことで、その方にお会いしたいものと思いまして」

「なるほど」とウィスタンが何やら考えながらうなずき、もう一度、じっとアクセルを見た。「険しい上りだと聞いています」

「わしの客人は朝食がまだだ」とアイバーが口をはさんだ。「だから、失礼するよ、ウィスタン殿。これから長屋までお連れする。できれば、そのあとで、またいまのつづきをしたいが、いかがかな」アイバーは低いサクソン語で話し、ウィスタンがこくりとうなずいた。アイバーはまたアクセルとベアトリスに向き直り、首を振りながら重々しく言った。

「昨夜は戦士殿にたいへんなお骨折りをいただいたのに、村の問題はまだ解決から程遠い。ついてこられよ、お二人さん。腹ぺこだろう」

アイバーは一歩ごとに杖で大地を突きながら、ぎくしゃくとした足取りで進んだ。何かに気をとられているらしく、混雑した路地で二人が遅れはじめても、それに気づかないようだった。数歩先を行くアイバーを追いながら、アクセルがベアトリスに「あの戦士はすばらしい男だ。そうは思わないかい、お姫様」と言った。

「確かにね」とベアトリスがそっと答えた。「でも、あなたをじっと見るときの目つきがおかしかったですよ、アクセル」

もっと何か言いたそうだったが、アイバーが二人を迷子にさせそうになったことに気づき、曲がり角で立ち止まって待っていた。

やがて、三人は日当たりのいい中庭に出た。真ん中を人工の小川が流れ、鵞鳥が放し飼いになっている。小川と言っても、地面に浅い溝を掘っただけのものだが、そこをけっこうな勢いで水が流れている。幅が一番広いところに二枚の平らな岩が並べられ、橋代わりの飛び石として使われている。いま、一方の岩に年長の子供が一人しゃがみ込み、着るものを洗濯している。ほとんど牧歌的とも言えるその光景にアクセルはうたれ、できるものならもっと見ていたいと思ったが、アイバーがかまわずどんどん進んでいく。向かっていく先は、中庭の端にある建物だ。庭の幅いっぱいを使った長く低い建物で、屋根はびっしりと草で葺かれている。

外見はともかく、長屋の中に入ってみれば、現在でもあちこちの施設で見られる丸太づくりの食堂とさして変わらないことがわかるだろう。長いテーブルとベンチが何列にもわたって並べられ、一方の端には厨房と配膳室がある。現代の施設との最大の違いは、とにかく干し草が目立っていることだ。頭上に干し草があり、足元にも干し草がある。テーブルの表面も干し草だらけだが、これは意図されたものではなく、ときおり吹き抜ける突風の置き土産にほかならない。二人の旅人が朝食の席についている今朝のような晴れた日には、舷窓《げんそう》にも似た窓から日の光が射し込み、空中に大量に漂っている干し草の屑までもはっきりと浮かび上がらせていたはずだ。

三人が到着したとき、長屋には誰一人見当たらなかった。だが、アイバーが厨房に入っていってしばらくすると、年配の女が二人、パン、蜂蜜、クッキーと、ミルクと水の入った水差しを持って出てきた。アイバー本人も、小さく切り分けた鶏肉の皿を運んできた。アクセルとベアトリスは感謝してその朝食を食べはじめた。

二人とも、食べてみて初めて自分がいかに空腹だったかに気づき、しばらくは黙々と食べていた。アイバーはそんな二人の向かい側にすわり、遠い目をして、じっと何か考え込んでいた。やがてベアトリスが言った。

「サクソン人の村は重荷ではありませんこと、アイバー？　少年が無事に戻り、鬼も退治されたわけですけど、同族のもとに戻りたいとは思いませんか」

「あれはただの鬼ではないぞ、ベアトリスさん。このあたりでこれまで見たこともない生き物だ。あれが門の外をうろつかなくなったと思うだけで、心底ほっとする。だが、少年はまた別問題だ。戻りはしたが、とても安全とは言えない」長屋の中はまた三人だけになっていたが、アイバーはテーブルに身を乗り出し、声を低くした。「あなたの言うとおり、こんな野蛮人となぜ暮らしつづけるのかとよく思うよ。鼠穴に暮らすほうがましだ、ともな。あの勇敢な旅人は――昨夜、あれだけのことをしてくれた男は――わしらのことをどう思うだろうか」

「何かあったのですか、長老」とアクセルが尋ねた。「わたしたちも、昨晩、篝火のところにいましたが、争いが起こりそうと見て引きあげました。なので、何があったか知りません」

「引きあげてくれてよかったよ、お二人さん。ここの異教徒どもは、互いの目を抉《えぐ》り出しかねないほど興奮していたからな。見知らぬブリトン人二人を間近に見つけたりしたら、どんな扱いをしたことか……思っただけで身の毛がよだつ。少年はエドウィンと言う。無事に戻って、最初は村全体が喜んでいたんだがな、女たちが少年の体に小さな傷を見つけた。わしも他の長老と一緒にそれを確かめた。胸のすぐ下にちょっとな。子供が転んだときにできるかすり傷くらいのものだ。だが、女どもは――少年の親族までもだ――それが噛み傷だと言い張って、今朝にはもう村全体がそれを噛み傷だと呼んでおる。わしは本人の身の安全を考えて、エドウィンを小屋に閉じ込めておかねばならんかった。それでもだ、仲間も家族も、誰も彼もがドアに石を投げつけ、引きずり出して殺そうとする」

「なぜですの、アイバー」とベアトリスが尋ねた。「霧のせいなの？　あの少年がどんな恐怖にさらされたばかりなのか、みんな忘れてしまったのかしら」

「そうだったらどんなにいいか、ベアトリスさん。今回はみんなが全部覚えているようなんだ。異教徒どもは自分たちの迷信しか目に入らん。要するに、悪鬼に噛まれた者はいずれ悪鬼に変わると信じ込んでおる。この村の内部に悪鬼が生まれ、悪さの限りを尽くす、とな。だから、あの少年を怖がる。この村にいるかぎり、あの少年の運命は悲惨だ。ウィスタン殿が救ってくれないほうがよかったということにさえなりかねん」

「ですが、長老、良識のある村人だってきっといるのではありませんか」とアクセルが言った。

「いても、ごく少なかろう。それにだ、一日や二日は制止できても、無知な者どもがのさばり出すのにさほどかかるまいよ」

「では、どうすれば、長老？」

「あの戦士もお二人に劣らんほど心配してくれてな、今朝はずっと相談に乗ってくれていた。で、わしは一つの提案をした。ひどい押しつけだとは思ったがな、この村を出るとき、少年を連れていってくれまいかと頼んだ。そして、ここから十分に遠いどこかの村に世話を託して、新しい人生を始める機会を与えてやってくれまいか、とな。村のために命を賭してくれた人に――しかもその直後に――こんなことを頼むのは心底恥ずかしいが、ほかにできることを思いつかん。ウィスタン殿は、王から頼まれた用事の途中で、馬の怪我や昨夜の問題ですでにだいぶ遅れているらしいが、この提案を考えてくれている。わしは、まずあの少年がまだ無事かどうかを確認して、ウィスタン殿の決定を聞きにいかねばならん」アイバーは立ち上がって、杖を取った。「発つまえに、さよならでも言いにきてください、お二人さん。まあ、いまの話を聞いてしまったら、一目散に逃げ出したくなっても無理はないとは思うがの……」

＊

アイバーの姿が戸口を抜け、日当たりの良い中庭を去っていくのを、アクセルはじっと見送った。「ひどい話だ、お姫様」と言った。

「ええ、アクセル。でも、わたしたちには関係ない。ここでぐずぐずするのはやめましょう。今日の道は険しいもの」

食べ物とミルクはとても新鮮で、二人はしばらく黙って食べつづけた。やがてベアトリスが言った。

「昨夜、アイバーが霧について言っていたことはほんとうなのかしら、アクセル。わたしたちの物忘れは、神様ご自身のせいだってこと……」

「どう考えたらいいのかな、お姫様」

「ね、アクセル、今朝、目が覚めるとき、あることを思いついたの」

「何をだい、お姫様」

「ただの思いつきだけど、神様はわたしたちがしたことの何かに怒っているんじゃないかしら。それとも恥じているとか……」

「ほう、おもしろい考えだ、お姫様。だが、それならわたしたちを罰すればいいのに、なぜ忘れさせるんだろう。ほんの一時間前に起きたことを、ばかみたいに」

「わたしたちを――わたしたちのしたことを――深く恥じて、ご自身でも忘れたがっていたら？　その人がアイバーに言ったように、神様が覚えていないなら、わたしたちが忘れても不思議じゃありませんよ」

「神をそれほど恥じ入らせるとは、わたしたちはいったい何をしたんだろう」

「わからないけど、でも、あなたやわたしがしたことじゃないのは確かですよ、アクセル。神様はわたしたちをいつも愛してくださったもの。神様に祈れば――祈って、せめて大切ないくつかのことくらいは思い出させてくださいって願えば――聞き届けてもらえるかもしれない」

外で笑い声がした。アクセルが少し首を伸ばすと、中庭で子供たちが遊んでいるのが見えた。小川に置かれた二つの平らな岩でバランス遊びをしている。見ている間にも一人が水中に落ち、けたたましい笑い声が起こった。

「さあな、お姫様。修道院の賢人なら、ひょっとして何か説明できることがあるのかもしれないが……。ところで、今朝、目が覚めたときのことと言えば、わたしも思い出したことがあるよ。おまえがそういうことを考えていたのと同じころかもしれない。ちょっとした記憶、単純な記憶なんだが、思い出してとても嬉しかった」

「あら、どんなことかしら、アクセル？」

「市場か祭りだ。二人でそこを歩いていた。村なんだが、わたしたちの村ではなかったな。おまえはあのフード付きの明るい緑色のマントを着ていた」

「それはきっと夢ですよ、あなた。それか、ずいぶん昔の話。だって、緑のマントなんて持っていませんもの」

「確かにずいぶん昔のことだ、お姫様。夏だったが、二人がいた場所には冷たい風が吹いていて、おまえは風よけに緑のマントをまとった。フードはかぶっていなかったな。丘が立っていたのか、何かの祭りだったのか。丘の斜面にある村で、村に入ったとき、囲いの中に山羊がいた」

「で、わたしたちはそこで何をしていたの、アクセル」

「腕を組んで、ただ歩いていた。すると、突然、行く手に見知らぬ人が現れた。村の男だと思う。おまえを一目見ると、まるで女神でも見ているみたいに目が離せなくなった。覚えているかい、お姫様？　若い男だ。もちろん、そのころはわたしたちも若かったんだが……。こんな美しい女は見たことがない――男はそう大声で言って、手を伸ばし、おまえの腕に触れた。覚えていないかい、お姫様？」

「なんとなく思い出すような気もしますけど、はっきりとは……。あの酔っ払いのことを言っているのかしら」

「少しは酔っていたかもしれないが……さてな。言ったように、何かの祝いの日だったからな。とにかく、その男はおまえを見て、目を丸くした。こんなに美しい人を見たことがないと言った」

「じゃ、やはりずいぶん昔のことですよ。あなたが焼きもちを焼いて、その人と喧嘩した日のことでしょう。村から追い出されそうになった日……」

「そういう記憶はないな、お姫様。いま思い出せているのは、おまえが緑のマントを着ていたことと、何かの祭りの日だったこと、そしてその男が言ったことだ。おまえの保護者だと見て、わたしに向かってこんなことを言った――なんたる美女、絶世の美女だ。君、大切に守ってやらんといかんよ、と」

「何となく思い出しましたよ。でも、やはり焼きもちを焼いて、喧嘩したんじゃなかったかしら」

「そんなことをするはずがないさ。だって、その男の言葉に鼻高々だったし、いまでも思い出すと嬉しさがこみ上げてくる。絶世の美女と言ったんだよ。そして、大切に守ってやらんといかんよ、とも言った」

「鼻高々でもあり、焼きもちも焼いたんですよ。相手は酔っ払いなのに、向かっていったんじゃなかったかしら」

「わたしが覚えているのとは違うな、お姫様。まあ、冗談のつもりで、焼きもちを焼いたふりをしたのかもしれない。だが、あの男に悪意がなかったことくらいはわかったと思うよ。とにかく、今朝はそんなことを思い出しながら目が覚めた。ずいぶん昔のことなのに」

「あなたの記憶がそうなら、それでいいのではないかしら、アクセル。この霧があるかぎり、どんな記憶も貴重ですもの。逃さないよう、しっかりとどめておかないと」

「あのマントはどうなったんだろう、おまえが大切にしていたマントは」

「所詮はマントですよ、アクセル。どんなマントも、着ていればすり切れてきます」

「どこかで失くさなかったろうか。日の当たる岩の上に、とか？」

「ああ、思い出しました。それで、あなたをずいぶん責めたんでした」

「確かに責められたっけな、お姫様。責められる理由があったかどうかはいまもってわからないが」

「でも、アクセル。霧がどうであれ、少しでもまだ思い出せることがあるのは救いですよ。神様がもう願いを聞いて、思い出す手助けをしてくださっているのかもしれない」

「思い出すと決めれば、もっといろいろと思い出せるんじゃなかろうか。そうなれば、ずる賢い船頭の口車に乗せられることもなくなる――仮にあんな戯言《たわごと》に耳を傾けねばならん日が来るとしてもな。だが、いまは食べよう。もう日が高い。行く先は険しい山道だ。早く出かけねば」

＊

二人はアイバーの家に向かって歩いていた。前の夜に襲われそうになったあたりを過ぎたところで、どこか上のほうから呼ぶ声が聞こえた。見回すと、柵の高いところに見張り台が設けられていて、そこにウィスタンがいた。

「まだおいででしたか、お二人さん」と戦士は下に向かって言った。

「はい、寝坊をして」とアクセルは柵に数歩近寄って答えた。「ですが、もう出かけるつもりです。あなたは、戦士殿？　今日一日くらいお休みになりますか」

「わたしもすぐに発ちますよ。ですが、ご老人、少しお話ししたいことがあるので、お時間を割いていただけませんか。長くならないことはお約束します」

アクセルとベアトリスは顔を見合わせた。ベアトリスがそっと言った。「いやでなければお話しなさいな、アクセル。わたしは先に戻って、旅の支度をしておきますから」

アクセルはうなずき、ウィスタンに向き直って言った。「いいですよ、戦士殿。上がっていきましょうか」

「よろしければ。わたしが下りていってもいいですが、今日はすばらしい朝で、気持ちが奮い立つような景色が見られます。梯子がいやでなければ、ぜひ上へ。ここでお話ししましょう」

「何の用事でしょうね、アクセル」とベアトリスがそっと言った。「気をつけて。梯子だけじゃなく、気をつけてね」

アクセルは用心しながら一段ずつ上り、戦士のいる台までたどり着いた。戦士が手を伸ばし、引き上げてくれた。狭い台上で体を安定させて見下ろすと、ベアトリスが心配そうに見上げていた。元気よく手を振ってやると、まだ心残りのようながら、後ろを向いて去っていった。その行く先にあるアイバーの家が、この見張り台からならはっきりと見える。しばらくベアトリスを見送ってから、振り向いて柵の外の世界に目を移した。

「嘘ではないでしょう、ご老人？」とウィスタンが言った。二人は顔に風を受けながら横に並んで立っていた。「目の届くかぎり、すばらしい眺望です」

その朝、二人の眼前に広がっていた風景は、現代イングランドの田舎家の高窓から見える風景とさほど違ってはいなかっただろう。右手には谷の斜面があり、規則正しい緑の尾根となって下ってきている。一方、左手には反対側の斜面があるが、こちらは遠い。一面、松の木で覆われている山腹は遠いぶんだけかすんでいて、いつしかおぼろになり、地平線上に並ぶ山々の輪郭に混じり合っていった。前方には、まっすぐにつづく谷底の全景がある。川は平らな地面を緩くうねりながらどこまでも延び、視界の外に消えていく。湿地帯の広がりは果てしなくつづき、遠くで池や湖となる。水辺にはきっと楡や柳が生え、深い森もあっただろう。当時の森は、見る人々の心に不吉な思いを呼び起こしたかもしれない。そして川の左岸、ちょうど日の光が影に変わるあたりには、放棄されて久しい村落の残骸があった。

「昨日、あの山腹を馬で下ってきました」とウィスタンが言った。「とくに急《せ》かしたわけではないのに、馬め、よほど気持ちがよかったのか襲歩《しゅうほ》で走りはじめました。野を越え、湖と川を越え、じつに爽快でしたよ。かつてここに来たという記憶はないんですが、まるで子供時代を過ごした土地に戻ってきたようでした。妙ですね。ごく幼いころに通り過ぎたことでもあったんでしょうか――場所はわからなくても、景色だけは頭に残るというような年齢のとき？　ここの木々に湿地、ここの空。記憶のどこかがちくちくと刺激されるような気がします」

「ありえますね」とアクセルが言った。「この国と、あなたがお生まれになったもっと西の国とは、いろいろ似ているところがありますから」

「そうなんでしょうね、ご老人。東の沼沢地にはこれといった山はないし、木も草もこれほど色鮮やかではありません。ま、昨日は馬が喜んで走りすぎて、蹄鉄を一つ壊してしまいました。今朝、親切な村人が付け替えてくれましたが、蹄を傷めてしまったし、これからはもっとゆっくり行かなければなりませんね。じつは、ご老人、ここに上ってきていただいたのは、風景を楽しむこともですが、内密の話を聞いていただきたかったからです。エドウィンという少年の身の上に起こったことは、もうご存じですね」

「アイバー殿からお聞きしました。あなたが勇敢に救出してくださったのに、なんということでしょう」

「では、少年をこの村に置いたらどうなるかを心配して、長老方からわたしに、今日この村から連れ出してくれるよう依頼があったこともご存じですね。どこか遠くの村に連れていき、路上で腹を減らしていた迷子を見つけたとかなんとか言って、世話を頼むようにとのことでした。喜んでやってあげてもいいんですが、ただ、それでは少年は助からないと思うんです。噂は簡単に広がりますからね。来月か、来年か、少年が結局いまと同じ状況になるのは目に見えています。いや、新参者で、周囲は知らない人ばかりとくれば、状況はもっと悪いでしょう。そう思いませんか、ご老人」

「そこまで見通されて、ウィスタン殿は賢いお方だ」

戦士は、眼前の風景をながめながらしゃべりつづけていた。髪が風に吹かれてもつれ、顔に垂れかかった。それを手で掻き上げながら、突然、アクセルの顔に何かを見たようにぎくりとし、しばらく、しゃべっていたことを忘れたかのように見えた。首をかしげ、アクセルをじっと見つめ、そして小さく笑って言った。

「申し訳ない、ご老人。ちょっと思い出したことがあって……。話に戻りましょう。昨夜以前の少年のことは何も知りません。ですが、つぎからつぎへ襲ってくる恐怖を、この少年が取り乱さず乗り越えてきたことには感銘しています。昨夜わたしと同行した二人は、勇敢に出発したものの、悪鬼の巣に近づくにつれ、恐怖にわれを忘れてしまいました。一方、あの少年は、悪鬼にどうされるかわからない状態を何時間も強いられながら、静かに堪え抜きました。感嘆するしかありません。そんな少年の命運が閉ざされようとしているのは、とても心が痛みます。そこで、助ける道はないものかと考えました。もしご老人と奥さんのお手が借りられるものであれば、まだ望みがあるように思います」

「わたしたちにできることであれば、ぜひ。お考えを聞かせてください、戦士殿」

「少年を遠くの村へ連れていくようわたしに頼んだとき、長老たちの頭には当然サクソン人の村があったと思います。ですが、サクソン人の村でこそ少年の命は保証されません。なにしろ、体の嚙み傷が危険だというのはサクソン人の迷信ですからね。しかし、ブリトン人の村ならどうでしょう。ブリトン人はそんな迷信を信じませんから、いずれ噂があとから伝わってきたとしても平気です。エドウィンは強い少年です。口数は少ない子ですが、さっき申し上げたとおり驚くべき胆力の持ち主です。どの村に住むことになっても、着いたその日からきっと役に立つでしょう。そこで相談です、ご老人。あなたは東へ向かい、息子さんの村へ行くとおっしゃった。きっとブリトン人のキリスト教徒の村でしょう。それこそ、この少年には理想的な村です。あなたと奥さんが、息子さんの力も借りて頼んでくだされば、きっと引き取ってもらえるのではありませんか。もちろん、わたしが行って、わたしから頼んでも、善良な村人は受け入れてくれるでしょうが、やはり見知らぬ人間とあって、村人が恐れや疑念を抱くかもしれません。それに、わたしの都合として、用事のために来ていますので、あまり東まで旅をしたくありません」

「すると、お話というのは、妻とわたしが少年をここから連れ出すと、そういうことですか」

「そのとおりです、ご老人。しかし、用事の途中ではありますが、わたしも途中まではご一緒できます。山の道を行くとおっしゃっていましたよね。少なくとも山の向こう側に出るまでは、少年とお二人に喜んで同道いたしましょう。わたしなどいても退屈するばかりかもしれませんが、山には危険がつきものです。わたしの剣がお役に立つこともないとは言えません。それに、お二人の荷物も馬に運ばせましょう。蹄を傷めていますが、そのくらいは文句を言いますまい。いかがでしょう、ご老人」

「いい作戦です、戦士殿。妻とわたしも少年の窮状に心を痛めていました。尽力できるのであれば、喜んでやらせていただきましょう。おっしゃりようを聞くにつけ、あなたはじつに賢い方だ、戦士殿。確かに、少年の安住の地はブリトン人の村でしょう。息子の村ならきっと受け入れてくれるでしょう。息子も、そこではひとかどの男であることですしね。歳は若くても、実際には長老の一人のようなものです。きっと少年のためにできるだけのことをしてくれると思います」

「ほっとしました。では、アイバー殿にも打ち明け、少年をこっそり納屋から連れ出す方法を考えることにしましょう。お二人はすぐにでも出られますか」

「妻はもう旅支度にかかっています」

「では、南門のわきでお待ちください。わたしはすぐに馬とエドウィン少年を連れていきます。こんな面倒を分かち合ってくださって、心から感謝します、ご老人。あと一、二日ですが、旅仲間でいられるのもよかった」

第四章

うわー、と思った。こんなに遠くから、そしてこんなに高くから、自分の村を見たのは生まれて初めてだ。小さくて、なんだかこの手でつまみ上げられそうに思える。ためしに、午後のかすみの中に浮かぶ村に手を重ね、ぐいと指で包み込んでみた。登るのを心配そうに見上げていた老婦人がまだ木の根元にいて、それ以上登ってはだめよ、と呼びかけている。だが、エドウィンは無視した。だって、ぼくほど木を知っている人はいないから……。戦士から見張りを命じられたとき、エドウィンは慎重に考えて楡の木を選んだ。外見は弱々しくても内にさりげない強さを秘めていて、ぼくを歓迎してくれる。それに、あの橋も、橋までつづく山道も、ここからなら一番よく見える。ほら、馬に乗った男に三人の兵隊が話しかけている。あ、騎手がいま馬から下りた。落ち着かない様子の馬を手綱で押さえながら、兵隊と激しく言い争っている……。

エドウィンは木をよく知っている。たとえば、この楡の木はステッファみたいだと思う。年長の少年たちはステッファのことを「あんなやつ、森に棄てられて腐ってしまえばいいんだ」と言う。「両脚ともきかなくて働けない年寄りなんて、そうなって当然だろう？」と。だが、エドウィンはステッファの何たるかを知っている。ステッファは古強者《ふるつわもの》だ。誰も知らないが強い。物事の理解では長老たちをも超える。村でただ一人、戦場を経験している人間でもある。両脚の働きを失ったのは、その戦場でのことだ。そういうステッファだからこそ、エドウィンの何たるかを見抜くことができた。腕力が強い少年なら何人もいる。おもしろがってエドウィンを地面に転がし、馬乗りになって殴ったりもする。だが、その連中には戦士の魂がない。あるのはエドウィンだけだ。

「君を見ていたぞ、少年」と一度老ステッファに言われたことがある。「降ってくる拳骨《げんこつ》の雨のなか、君の目は冷静だった。一撃一撃を頭に刻み込んでいたのか？　あれこそ最高の戦士の目、荒れ狂う戦いの嵐の中でも沈着に動ける戦士の目だ。遠からず、君は誰もが恐れる男になる」

そして、いま始まった。ステッファの予言どおり、それが現実になりつつある。

強い風で木が揺れた。エドウィンは支えにしている枝を持ち替えて、今朝の出来事をもう一度思い出そうとした。歪んだ叔母の顔が見える。誰なのかわからないほどに歪んだ顔が金切り声で毒づいている。だが、アイバー長老が最後まで言わせず、叔母を納屋の戸口から押し出した。長老の背中にさえぎられ、押し出される叔母の姿が見えなくなった。いつもエドウィンに親切にしてくれていた叔母が、いまはエドウィンを呪う。だが、そのこと自体はたいして気にならなかった。しばらくまえ、「母さん」と呼んでくれないかと言われていたが、エドウィンは決してそう呼ぼうとしなかった。だって、ほんとうの母さんは旅に出ているもの。ほんとうの母さんは、あんなふうに金切り声で怒鳴って、アイバー長老に引きずり出されたりしないもの……。それに、今朝、納屋の中で、エドウィンはほんとうの母の声を聞いた。

アイバー長老はエドウィンを納屋の暗闇に押し戻し、叔母の醜く歪んだ顔を——その他のすべての顔と一緒に——連れ出して、ドアを閉めた。暗い納屋の真ん中に古い荷車があった。最初はおぼろな黒い影でしかなかったが、やがて徐々に輪郭が見えてきた。手を伸ばすと、腐った木の湿っぽい感触があった。外ではいくつもの声がまた叫んでいる。何かがぶつかるような音も始まった。ぱらぱらと散発的に始まり、やがていくつかがまとまって当たる音になり、ものが裂けるような音が加わった。その音がするたび、納屋の中がわずかずつ明るくなるような気がした。

ぼろ壁に石が投げつけられる音であるのはわかっていたが、エドウィンはそれを無視し、目の前にある荷車をじっと見つめた。どれほど昔に使われていたものだろう。なぜこんなによじれた形になっているのだろう。もう使えないのに、なぜ納屋にしまい込まれているのだろうか。

母の声が聞こえたのはそのときだ。外の騒ぎや石のぶつかる音で最初は聞き取りにくかったが、だんだんとはっきりしてきた。「こんなことは何でもないのよ、エドウィン」と母は言った。「全然何でもない。簡単に堪えられる」

「でも、長老たちだって、いつまでも抑えているのは無理じゃないかな」とエドウィンは暗闇に向かって小声で言った。言いながら、手で荷車の側面をなでた。

「何でもないのよ、エドウィン。何でもない」

「壁は薄いから、石を投げつづけたら壊れるよ」

「心配ないのよ、エドウィン。知らなかった？　石はおまえの力でどうにでもなる。ご覧、目の前にあるのは何」

「壊れた古い荷車」

「そう。その荷車の周りを回りなさい、エドウィン。ぐるぐる、ぐるぐる。おまえは大きな輪につながれた騾馬《らば》よ。だから、ぐるぐる回りなさい、エドウィン。おまえが回らないと、大きな輪は回らない。おまえが回らないと、石は飛んでこない。ぐるぐる、ぐるぐる、回りなさい、エドウィン。荷車の周りをぐるぐる、ぐるぐる」

「なんで輪を回さないといけないの、母さん」とエドウィンは言った。言いながら、足はもう歩きはじめていた。

「おまえが騾馬だからだよ、エドウィン。ぐるぐる、ぐるぐる。石が壁を打つ音は、おまえが輪を回していないとつづかない。輪を回して、エドウィン。ぐるぐる、ぐるぐる。荷車の周りを、ぐるぐる、ぐるぐる」

だから、エドウィンは母の言うとおり回った。荷台の板の縁に手を置き、回る勢いを削がないよう右手と左手を置き替えながら回った。もう何度そうやって回ったろう。百回か。二百回か。回るたびに納屋の隅に見えるものがあった。一つの隅には土饅頭《どまんじゆう》か何かのように盛った土があり、別の隅――日光が細く射し込んで、納屋の床を照らしている隅――には、羽根も何もそのままで転がる鳥の死骸があった。薄暗がりの中を回るたび、その二つがエドウィンの目に飛び込んできた。一度「叔母さんはほんとうにぼくを呪ったのかな」と声に出してみた。返事はなく、母さんはもう行ってしまったのかと思った。だが、やがて声が戻ってきた。「やるべきことをなさい、エドウィン」と言った。「おまえは騾馬よ。まだ止まってはだめ。すべてはおまえしだいだからね。おまえが止まれば、あの騒ぎも止まってしまう。だから、恐れてはだめ」

ときには、一度も石の当たる音を聞かないまま、荷車の周りを三回も四回も回ることがあったが、直後、今度はその少なさを埋め合わせるように一度にいくつもの音がして、外の叫び声が一段と大きくなった。

「母さんはいまどこにいるの」とエドウィンは尋ねてみた。「まだ旅をしているの？」

答えはなかったが、さらに何回りかしたあとで母の声がした。「弟や妹を生んであげられたのにね、エドウィン。それも、たくさん。でも、おまえ一人きりだ。だから、わたしのために強くなっておくれ。十二歳なら、ほとんど大人だよ。一人で、四、五人ぶんの息子になっておくれ。強くなって助けにきて」

また風が吹いて、楡の木が揺れた。あの納屋だろうか、とエドウィンは思った。狼が村に来た日、みんなが隠れたというのはあの納屋だったのだろうか。そのときの話は、老ステッファから何度も聞いている。

「君はまだ幼かった。だから覚えていないかもしれないな。昼日中に狼が三匹、のそのそと村に入り込んできたことがあった」そしてステッファの声には軽蔑がこもる。「村中が震え上がって隠れた。畑に出ていたのも何人かいたが、それでも村には大勢残っていたんだ。それがみんな脱穀小屋に隠れた。女子供だけじゃない。男たちもだ。狼の目つきがおかしい、と言った。だから、へたにちょっかいをかけないほうがいい、とな。狼にとっちゃ楽なもんだ。やりたい放題さ。雌鶏を皆殺しにし、山羊も食らった。それでも、村人はみんな隠れたままだ。自分の家に隠れたのもいたが、ほとんどは脱穀小屋の中だ。おれはこの脚だから、いた場所にそのまま放っておかれた。つまり、ミンドレッドさんの家の外、溝のわきで、動かないこの脚を突き出したまま手押し車の中よ。狼がおれのほうにとことこと歩いてきた。来て食らえ、と言ってやった。たかが狼ごときで、おれは納屋に隠れたりせんぞ……。だが、狼はおれに目もくれず、目の前を通り過ぎていった。やつらの毛皮がこの役立たずの足をこするかと思うほど近かった。狼はすっかり満足して出ていった。

この村の勇敢な男たちが、おっかなびっくり隠れ場所から這い出してきたのは、それからずいぶん経ってからだ。昼日中に狼が三匹。立ち向かう男は一人もなしさ」

エドウィンはステッファの話を思い出しながら、荷車の周りを回りつづけた。「母さんはまだ旅をしているの？」と、もう一度尋ねた。今度も返事はなかった。脚がだんだくたびれてきていた。土の山と烏の死骸を見るのが、心底いやになってきていた。そのとき、ようやく母が言った。

「もういいよ、エドウィン。よくがんばったね。さあ、もう戦士を呼んでもいいよ。終わりにしましょう」

エドウィンはこれを聞いてほっとしたが、そのまま荷車の周りを回りつづけた。ウィスタンを呼ぶには多少の努力では足りないとわかっていた。前の晩と同様、ウィスタンが来てくれることを、心の奥底から強く願わなければならないと思った。

そして、そのために必要な強さをなんとか絞り出し、回りつづけた。戦士がこちらへ向かっているという確信を得てから、ようやく足取りを緩めた。そう、いくら騾馬でも、一日の終わりが近くなれば多少は鞭の手加減が必要になる。足取りを緩めたとたん、石の当たる音が間遠になり、それに気づいてエドウィンはにこりとした。だが、完全に足を止めたのは、投石がやみ、静けさが長くつづいたあとのことだ。荷車にもたれて息を整えていると、突然、納屋のドアが開き、目もくらむほどの光の中に戦士が立っていた。

　ウィスタンは、背後のドアを大きく開け放したまま入ってきた。それは、ついさっきまで外に集まっていた悪意ある人々への、軽蔑の表明のように思えた。納屋の中に日の光の大きな四角形ができ、エドウィンは周囲を見回した。暗闇の中ではあれほど存在感のあった荷車が、いまは見るも無残なぽんこつと化していた。あのあとすぐ、ウィスタンはぼくを「若き同志」と呼んだんだっけ……？　よく思い出せなかったが、戦士に光の四角形の中へ導かれたことは覚えている。そこでシャツを引き上げられ、傷の様子を調べられた。そのあと、ウィスタンはまっすぐに背を伸ばし、注意深く肩越しに後ろを振り返ってから、低く言った。

「さて、君は昨夜の約束を守ってくれたかな。その傷についての約束を？」

「はい、言われたとおりにしました」

「誰にも言わなかったな。君のやさしい叔母さんにも？」

「言っていません。みんなこれが鬼の嚙み傷だと言って、それでぼくを憎みますけど、誰にも言っていません」

「勝手に思わせておけ、若き同志。どうしてその傷がついたか、ほんとうのことを知られるより十倍もいい」

「でも、一緒に来た叔父さん二人はどうなんですか。あの二人は知っていませんか」

「君の叔父さん二人は勇敢な人たちだが、気分が悪くなって鬼の巣には入らなかった。だから秘密を守るのは、君とわたしの二人だけだ。傷が治れば、もう妙なことを考える人もいなくなるしな。できるだけ清潔にして、絶対に引っ掻くな。昼も夜もだ。わかったか」

「はい」

さっき、谷の斜面を上ってくる途中、エドウィンは立ち止まってブリトン人の老夫婦を待ちながら、この傷ができた前後のことを思い出そうとしてみた。点々と生えるヘザーの間に立ち、ウィスタンの雌馬の手綱を引きながら一所懸命考えたが、そのときはすべてがまだ曖昧模糊としていて、よく思い出せなかった。だが、楡の木に登り、枝の間に立って橋の小さな人影を見下ろしているいま、いろいろなことが心によみがえりつつあった。あの湿った空気と暗さ、小さな木の檻にかぶせられた熊の毛皮のきついにおい、檻が揺れたとき頭や肩に落ちてくる小さな甲虫の感触……。檻が地面を引きずられていたことも、檻が飛び跳ねるたび体があちこちへと投げ出されそうになって、慌てて姿勢を変え、目の前の格子にしがみついたことも、その格子がぐらぐらしていたことも思い出した。檻が急停止し、すべてがまた静まったときは、これから何が起こるかわかっていたこともだ。これから熊の毛皮が取り除かれ、檻に冷たい空気が流れ込み、近くの火の明かりで夜の様子がうかがえる……。なぜわかったかと言えば、その夜、同じことがもう二度起こっていたからだ。その繰り返しの中で恐怖の感覚も少し鈍っていた。もっと思い出したこともある。鬼の放つ悪臭とか、檻の格子に体当たりを繰り返してきた小さくて凶暴な生き物とか……

あれを避けるため、できるだけ檻の後ろ側に下がっていなければならなかったことも。

その生き物はじつに動きがすばやくて、姿をはっきりとらえるのが難しかった。エドウィンの印象では若い雄鶏くらいの大きさで、形もそれに似ていたが、嘴《くちばし》はなく、羽根もなかった。歯と鉤爪で攻撃し、攻撃中ずっと甲高《かんだか》く耳障りな声で鳴きつづけた。歯と鉤爪の攻撃は木の格子で食い止められていたが、ときおり、何かの拍子で尻尾が格子を強く叩くことがあって、そんなとき、エドウィンの目には格子が突然ずっと頼りないものに見えた。幸い、まだ子供らしく――とエドウィンには思えた――自分の尻尾の威力には気づいていないようだった。

攻撃されているときは永遠にも等しく思えたが、いま思い返してみると、攻撃時間はさほど長くなかったような気もする。むしろ、つないである紐ですぐに引き戻されていたのではなかったか。そして熊の毛皮がどさりとかぶせられ、また真っ暗になり、檻が別の場所に引かれていき、エドウィンは格子にしがみつきつづけた。

その繰り返しが何度あったのだろう。二、三回ですんだのか。それとも十回とか、いや十二回ほどもあったのか。いや、実際にあったのは一回だけで、あんな状況ながらぼくは眠ってしまい、残りは夢で見たのではなかろうか……。

最後のときは熊の毛皮がなかなか取り除かれなかった。エドウィンは耳を澄ませて待ちつづけた。例の生き物の鳴き声がときには遠く、ときには近くから聞こえた。鬼どうしが話をするときの、うなるようなゴロゴロという音が聞こえた。これまでとは違う何かが起ころうとしている、と思った。恐れに満ちたその予感のなかで、エドウィンは救助者の出現を願った。自分という存在の根底から願った。ほとんど祈りと言ってよいものだったろう。その願いが心の中で一つの形になっていったとき、この願いがかなえられることをエドウィンは確信した。

檻が振動した。見ると、檻の前面が――あの生き物から身を守ってくれていた格子ともども――横に引かれていくではないか。エドウィンは気づくと同時に身を縮め、後ろに下がったが、下がりきらないうちに早くも熊の毛皮が引き剝がされ、あの獰猛な生き物が一直線に飛びかかってきた。檻の中で尻をついた状態では、できることなどあまりない。本能的に両足を持ち上げて蹴ろうとしたが、相手の動きがあまりにも速く、結局、拳と腕で振り払うのが精一杯だった。一度など完全にやられたと思い、目を閉じたが、思い直してまた開くと、ちょうど相手が伸び切った紐で引き戻され、鉤爪で虚空を搔きむしりながら宙に停止しているのが見えた。相手の速さに翻弄されつづけていたのに、この稀有の一瞬、エドウィンは相手の姿をはっきりと見た。そして、第一印象がさほど間違っていなかったことを知った。確かに羽根をむしられた鶏によく似ている。ただ、頭が鶏ではなく蛇だ。紐で攻撃を邪魔されたその生き物は、再度向かってきた。それをなんとかしのいでいると、突然、檻の前面がまたもとに戻され、つづいて熊の毛皮がかぶせられて、闇が戻った。小さな檻の中で丸まっているエドウィンが、左の脇腹に——肋骨のすぐ下あたりに——ちくちくする痛みを感じ、同時に粘りつくような湿り気を感じたのは、そのあとのことだ。

エドウィンは楡の木の上で少し足の位置を変え、右手を下ろして、そっと傷口に触れてみた。もう深い痛みはない。谷の斜面を上ってくるときは、シャツの粗い生地でこすれて、思わず顔をしかめるようなときもあったが、こうやってじっとしていれば、ほとんど何も感じない。今朝、納屋の戸口で戦士に見てもらったときでさえ、小さな穴がぽつぽつといくつかあいている程度の傷になっていた。傷としてはごく浅い。これよりひどい怪我をしたことなど何度もある。なのに、村人が鬼の嚙み傷だと信じたばかりに、こんな大騒ぎの原因になった。あの生き物にもっとうまく立ち向かっていたら、怪我さえせずにすんだかもしれないのに、と思った。

だが、今回のことで自分に恥じることは何もないのをエドウィンは知っていた。恐ろしさのあまり叫んだこともないし、鬼に命乞いをしたこともない。あの小さな生き物の最初の突進には不意をつかれたが、そのあとは真正面から立ち向かった。しかも、あの生き物がまだ子供だと気づくだけの心の余裕があって、ならば人間が行儀の悪い犬にやるように、相手に恐怖心を叩き込んで士気をくじくこともできるはずだ、と判断した。だから、じっと目を見開き、相手をにらみつけ、恐れ入らせようとしながら、こういうぼくなら母もきっと自慢に思ってくれるだろうと思いつづけた。しかも、あれは無駄な行為ではなかったはずだ。いま思うと、最初の奇襲のあと、あの生き物の攻撃には鋭さが欠けていたように思う。戦いの主導権はしだいにぼくの手に移りつつあった……。あの生き物が鉤爪で虚空をつかんでいる瞬間を、エドウィンはまた心に描いてみた。あれは戦いつづけたいという闘争心の表れではなく、伸び切った紐に首を絞められ、ただパニックになっていただけではなかろうか。うん、ありうる。というより、鬼はあの時点で戦いの勝者をぼくと判定し、だから急いで終わらせたのではなかろうか……。

「君を見ていたぞ、少年」と老ステッファは言った。「君にはたぐいまれな何かがある。いずれ誰かに出会い、戦士の魂にふさわしい技を教えてもらえる日が来るだろう。そのとき、君は誰もが恐れる男となる。狼が何匹か村に入ってきたくらいで、納屋に隠れて好きなようにさせる男にはならん」

それがいま実現されつつある。戦士はエドウィンを選んだ。二人は一緒に使命を果たしに行く。だが、その使命とは何だろう。ウィスタンははっきり話してくれていない。ただ、遠い沼沢地にいる王が、この瞬間にも、その使命の結末を待っているとしか言わない。それに、なぜブリトン人の老夫婦と一緒に旅をするのだろう。道が曲がるたびに休みたがるような二人と……。

エドウィンは老夫婦をじっと見下ろした。二人はいま戦士と何事か真剣な顔で話し合っている。さすがの老婦人も、エドウィンを呼び下ろすことはあきらめたようだ。三人で二本の松の大木の後ろに隠れ、橋の上の兵隊を見ている。木の上にいるエドウィンには、騎手がまた馬上に戻り、何やら身振り手振りを交えて言っているのが見える。三人の兵隊は納得したのか、馬から離れていく。騎手が馬の鼻面の向きを変え、橋を下りて、全速力で山を下っていく。

これまで山の本道を極力避け、谷の急斜面に開かれた切通しばかりをたどってきたのが、エドウィンには不思議でしかたがなかった。だが、いまはわかる。ああいう騎手とできるだけ出会いたくなかったからだ。でも、これからどうするのだろう。旅をつづけるには本道に出て、滝の前を通るあの橋を行くしか方法がない。なのに兵隊は橋から動いてくれない。下のウィスタンの位置からは、騎手がもう去ったことが見えただろうか……。エドウィンはそのことをウィスタンに伝えたいと思った。だが、木の上から大声を出すのはまずい。兵隊が聞きつけないともかぎらない。やはり木を下りて、ウィスタンのところまで行くしかない。仮に相手が四人だと思って直接対決をためらっていたのなら、橋に三人しかいなくなったいま、戦士の考えが変わるかもしれない。最初からエドウィンと戦士の二人だけなら、もうとうに兵隊のいる橋に出て、なんとかしていたところだろうが、実際にはあの老夫婦がいる。ウィスタンはあの二人のために慎重になっているに違いない。ウィスタンなりの事情があって連れてきたのだろうし、あの二人はエドウィンに親切にしてくれている。だが、やはりいらいらする同行者ではある。

　エドウィンはまた叔母の醜く歪んだ顔を思い出した。叔母は金切り声をあげてエドウィンに毒づこうとした。だが、そんなことはもうどうでもいい。エドウィンは戦士と一緒にいて、母と同じように旅をしている。途中で母に出会うことだってないとは言えない。出会えたら、戦士と並んでいるエドウィンを見て、母は自慢に思ってくれるだろう。そして、母と一緒にいる男たちは震え上がるだろう。

第五章

一行は朝の多くをきつい上りに費やした。だが、流れの速い川に行く手をさえぎられ、しかたなく、びっしりと木が生えそろった森の中を少し下って、本道を探すことにした。本道を行けば、きっと橋があって、川を渡れるだろうと思った。

そのとおり橋はあったが、そこには兵隊がいた。ただ、一見したところ、橋の監視に遣わされた兵隊ではなく、馬を休ませて、ついでに自分たちも滝の前でのんびりしているだけのように見えた。これならきっとすぐに立ち去るだろうと予想し、一行は松林で一休みしながら待つことにした。だが、もうかなりの時間が経つのに、兵隊は一向に動く気配を見せない。代わりばんこに腹ばいになり、橋から手を伸ばして川の水をばしゃばしゃはね飛ばしてみたり、橋の上に腰をおろし、木の手すりに背中をもたせかけて、さいころ遊びを始めたりした。そこへさらに四人目が馬でやってきた。慌てて立ち上がった三人になにやら指示を与えて、また去っていった。

木の上のエドウィンほどではないにせよ、木の背後から様子をうかがうアクセルとベアトリスと戦士にも、橋の上で起こっていることはよく見えた。馬で乗りつけた四人目がまた去っていくのを見て、さてどうしたものかと顔を見合わせた。

「ずっといつづけるのかもしれませんね」とウィスタンが言った。「だが、お二人は修道院に急いでおられる」

「できれば日暮れまでには」とアクセルが言った。「あのあたりには雌竜のクエリグが徘徊すると聞きます。暗くなって出歩くのは愚か者だけだ、とも。あれはどんな兵士たちだとお考えになりますか、戦士殿」

「ここからではよくわかりません、ご老人。この土地の服装についてはまるで無知なもので。たぶんブリトン人だと思いますから、ブレヌス卿の兵隊でしょうか。むしろ、奥様の考えをお聞きしたい」

「老いた目には遠すぎて……」とベアトリスが言った。「でも、たぶんそうでしょう、ウィスタン様。ブレヌス卿の兵隊があああいう黒っぽい制服を着ているのをよく見かけましたから」

「とすると別に隠すようなこともないか」とアクセルが言った。「説明すれば、すぐ通してくれるのではないかな」

「そうだとは思いますが……」戦士はそう言って、橋を見下ろしながらしばらく考えていた。橋の上では兵隊がまたすわり込み、さいころ遊びを再開していた。「そうではあっても、兵隊の目の前を通って橋を渡るのであれば、せめてこうさせてください、アクセル殿」と戦士はつづけた。「あなたと奥様が先に立って、男たちをうまく丸め込んでください。少年が馬を引いてお二人につづきます。わたしは少年の横を行きます——こうやって、口をだらしなく開け、目は落ち着きなくきょろきょろと。あれは唖者で白痴だ、と兵隊には言ってください。わたしと少年は兄弟で、借金のかたにお二人に貸し与えられたということでどうでしょう。剣とベルトは馬の荷物の底に隠しておきますが、もし見つかったら、あなたの剣だと言ってください」

「そのお芝居、ほんとうに必要でしょうか、ウィスタン様」とベアトリスが言った。「兵隊ですから態度が荒っぽかったりしますけど、これまでは出くわしてもとくに何事もありませんでしたよ」

「なるほど、奥様。しかし、武器を持って、指揮官から遠く離れている兵隊というものは油断できません。そのうえ、わたしは異国の人間ですから、からかうには恰好の相手に見えるかもしれません。少年を呼び下ろして、いまの方法でいきましょう」

＊

一行は、橋から少し離れたところで森から出た。兵士たちが目ざとく見つけ、立ち上がった。

「それではだめです、ウィスタン様」とベアトリスがそっと言った。「いくら間抜け面《づら》をよそおっていても、いまのあなたは、一目見るだけでやはり戦士です」

「大根役者はわかっていましたが……。奥様、ご助言を。何をどうすればもっとうまくできますか」

「まず歩き方です」とベアトリスが言った。「いまのままでは間違いなく戦士です。もっとちょこちょこと。そして、つまずいて転びそうになる感じで、ときどき大きな一歩を」

「ははあ、なるほど。いいご助言をどうも、奥様。では、唖者のわたしはもうしゃべりません。アクセル殿、あとはよろしく。うまく切り抜けてください」

水が岩を流れ落ち、一行を待ち受ける三人の兵士の下を流れていく。橋に近づくにつれ、その水音が強くなってきて、アクセルはそこに何か不吉なものを感じた。苔むした地面に馬の足音が響く。それを背後に聞きながら先頭を進み、兵士らまで声が届く距離に来たとき、足を止めた。

兵士たちは鎖帷子も着ず、兜もかぶっていなかったが、全員が同じ黒っぽいチュニックを着て、右肩から左の腰へ革紐を下げていた。そこに剣を吊るしているとあれば、身分は疑いようがない。いまのところ剣は鞘に収まったままだが、一行の前に立ちはだかる二人は柄に手を置いている。そのうちの一人は背が低く、太くて、筋肉質。もう一人は年齢がエドウィンとさほど変わらないような若者で、やはり小柄だ。どちらも髪を短く刈り込んでいる。その二人とは対照的に、三人目の兵士は背が高い。髪は灰色で、肩まで届く長さがあるが、頭にぐるりと巻いた紐で後ろにまとめられていて、手入れも行き届いている。ほかの二人とは外見が違うし、見るからに態度が違う。背の低い二人は橋の通行を止めようと身を硬くして立っているが、長身の兵士は数歩後ろにひかえ、のんびりと柱に体を預けて、胸の前で腕を組んでいる。まるで、夜、焚き火の前にすわって、そこで交わされる話を聞いている者の風情だ。

ずんぐりした兵士が一歩前に踏み出した。アクセルがその兵士に向かって話しかけた。

「ご苦労様です、兵隊さん。怪しい者ではありません。どうぞ通してください」

ずんぐりした兵士は何も答えなかったが、一瞬、顔に迷いの色が浮かんだ。パニックと侮蔑の混在する表情でアクセルをにらみつけると、助けを求めるように後ろの若い兵士を見やった。だが、とくにいい知恵がもらえそうにないと見て、視線をアクセルに戻した。

どうやら勘違いしているらしい、とアクセルは思った。この兵隊たちが待ち受けていたのは誰か別人だ。だが、間違えていることにまだ気づいていない……。そこで、「わたしたちはただの農夫です、兵隊さん」と言った。「息子の村へ向かう途中です」

ずんぐりした兵士は気を取り直し、むやみに大きな声でアクセルに言った。「同行の者は何者だ、百姓。見たところ、サクソン人ではないのか」

「わたしたちが預かることになった兄弟です。これから仕事を仕込んで、役に立ってもらわねばなりませんが、ご覧のとおり一人はまだ子供。もう一人はおつむに難のある唖者とあって、仕込み甲斐となると、なんとも……」

アクセルがそう言ったとき、長身で灰色の髪の兵士が、突然、寄りかかっていた柱から体を離した。何かを思い出したかのように、首をかしげてじっと考えている。一方、ずんぐりした兵士は、怒りの表情でアクセルとベアトリスの背後を見ていたが、剣の柄に手を置いたまま二人のわきをすり抜け、後ろの二人に近づいた。エドウィンは馬の手綱を持ち、近づいてくる兵士を無表情で見ていた。ウィスタンは目をきょろつかせ、だらしなく口を開けて、けたけたと笑っていた。

兵士は何か手掛かりでも探すように、二人を交互に見ていた。そして、ついにいらいらに堪えきれなくなったのか、ウィスタンの髪をつかみ、怒りにまかせて引っ張った。「髪も切ってもらえないのか、サクソン人」戦士の耳元でそう怒鳴ると、もう一度引っ張った。引き倒すか、せめてひざまずかせたいという勢いだったが、ウィスタンはよろめきはしたものの倒れず、代わりに哀れっぽい悲鳴をあげた。

「しゃべれないんです、兵隊さん」とベアトリスが言った。「ご覧のとおりばかな子で、少しくらい手荒く扱われても気にしませんけど、癇癪を起こすと手に負えなくなります」

ベアトリスがしゃべっているとき、どこかで何かが動いたような気がした。アクセルは振り返り、橋の上の兵士たちを見た。背の高い灰色の髪の男が腕を持ち上げていた。五本の指で何かを指し示す形を作りかけ、寸前でその気をなくしたのか、結局は無意味な手の動きで終えて、最後には腕そのものを下ろした。だが、男の目は不承知の色をたたえ、同僚の兵士をじっと見ていた。アクセルはその様子を見て、灰色の髪の男の気持ちがわかった。既視感があり、男の気持ちの動きが読めたと思った。あの男は腹を立て、たしなめようとしたのだろう。言葉が口から出かかったが、直前、ずんぐりした同僚に指図する立場にないことを思い出した……。かつてどこかで自分も同じような経験をしている、とアクセルは思った。だが、その思いを強引に払いのけ、なだめる口調で言った。

「お仕事で忙しいみなさんをお騒がせして申し訳ありません。ここを通していただければ、すぐにこの目障りな姿を消しますので」

だが、ずんぐりした兵士はまだウィスタンを痛めつけていた。「おれに向かって癇癪など起こしてみろ。どんなことになるか思い知らせてやる」と怒鳴った。

兵士はようやくウィスタンを放し、また橋の上の持ち場に戻っていった。何も言わず、怒りながらも、その怒りの原因をすっかり忘れてしまったように見えた。

張り詰めた空気が、流れ落ちる水の音でさらに張り詰めたものになった。ここで回れ右をし、全員で森の中に退散したら、兵隊たちはどう反応するだろうか、とアクセルは思った。そのとき、灰色の髪の兵士が他の二人の横に並んで、初めて口をきいた。

「この橋は板が何枚か壊れていてね、おじさん。おれたちがここに立っているのは、たぶん、あんたら善良な通行人に注意するためだと思う。気をつけて渡らないと、流れに落ちて山腹をまっさかさまだぞ、とね」

「どうもご親切に、兵隊さん。では、注意して渡ります」

「さっきから見ていると、あんたのその馬、歩き方がおかしいようだ、おじさん」

「蹄を一つ傷めておりまして、ひどくないことを願っています。ですから、ご覧のとおり、人は乗せません」

「橋の板が水しぶきで腐っていて、危険だからここで見張っている。ただ、そこにいる同僚はもっと重大な任務でここにいるはずだと言ってきかない。そこでお尋ねするんだが、おじさんと奥さん、ここへ来る途中で怪しい者を見かけなかったかい」

「わたしたちもこの辺は初めてなんですよ、兵隊さん」とベアトリスが言った。「ちょっと見ただけで怪しいかどうかなどわかりませんけど、この二日間、とくに変わったことはありませんでした」

ベアトリスを見て、灰色の髪の兵士の目が和《なご》み、笑ったように見えた。「女の足で、しかもお年なのに、息子さんの村まで長い道のりを歩くのはたいへんだね、奥さん。道中、どんな危険にさらされるかわかったもんじゃないのに。いっそ息子さんと一緒に暮らして、毎日、苦労がないように面倒を見てもらったほうがいいんじゃないかな」

「そうできれば、とは思いますよ、兵隊さん。息子に会ったら、夫とわたしで話してみます。でもね、最後に会ってからずいぶん経ちますし、すんなり受け入れてもらえるものかどうか……」

灰色の髪の兵士はベアトリスにやさしい目を向けつづけ、「それは取り越し苦労かもしれないよ、奥さん」と言った。「おれも両親とは遠く離れていて、ずいぶん長く会ってないな。一度や二度、激しい言葉のやり取りだってあったかもしれない。けど、もし明日、両親がお二人みたいに長い道のりを歩いて訪ねてきたら、おれはきっと飛び上がるほどに嬉しいと思うな。お二人の息子さんがどんな男か知らないが、奥さん、きっとおれと同じだと思うよ。賭けてもいい。お二人を見た瞬間、喜びの涙を流すんじゃないかな」

「兵隊さんは親切な方ですね」とベアトリスが言った。「きっとそうでしょう。夫ともいつもそう言っているんですけど、人様から、それもご自分でも家から遠く離れている方からそう言っていただけると、安心します」

「よい旅を、奥さん。万一、反対方向からおれの両親が来るのに出会ったら、やさしく声をかけてやってください。何も心配せずそのまま進め、と。がっかりする旅にはならないから、と」灰色の髪の兵士はそう言って、わきによけ、一行に道をあけた。「危ない板があることを忘れずに、おじさん。馬は自分で引いていったほうがいいよ。子供やその男には無理だと思うから」

ずんぐりした兵士は不満そうに見ていたが、仲間がかもす自然の威圧感には逆らえないようだった。くるりと全員に背を向けると、ふてくされた様子で手すりから身を乗り出し、水面を見ていた。少年のような兵士はしばらくためらっていたが、灰色の髪の男の横に立った。アクセルがもう一度礼を言うと、二人して礼儀正しくうなずいた。アクセルは馬を引き、下が見えないようその目を覆いながら橋を渡った。

＊

兵隊と橋が見えなくなると、ウィスタンが足を止めた。また本道を離れ、森の中を上る細道を行こう、と言った。

「わたしには本能的な選択で、森を通る道を見るとつい行きたくなるんです」と言った。「それに、この道を行けばかなり近道になるはずなんです。少なくとも、兵隊も歩くが山賊も歩くという、こういう広い道よりずっと安全ですよ」

その後しばらく戦士が一行の先頭に立ち、どこかで拾った棒切れで茨の藪を叩き、掻き分けながら進んだ。エドウィンは馬の口輪をとり、ときどき話しかけて落ち着かせながら、戦士のすぐ後ろにつづいた。おかげで、二人の後から行くアクセルとベアトリスにとって、その近道――なのかどうか――はかなり歩きやすくなっていた。だが、それでも山道はやはり山道だ。しだいに険しく、歩きにくくなっていった。周囲の木が密になり、もつれた木の根やアザミが顔を出して、一歩一歩に注意が必要だった。道中の二人は、いつもどおりほとんど言葉を交わさなかったが、途中、前の二人からかなり後れたとき、ベアトリスが「いるの、アクセル」と後ろを呼んだ。

「いるよ、お姫様」と、実際には数歩後ろにいるだけのアクセルが答えた。「心配いらない。このあたりの森にはとくに危険だという噂はないし、大平野からは遠いしな」

「いま考えていたの、アクセル。あの戦士は役者としてかなりのものですよ。あの演技ならわたしだって騙されたかもしれない。あんなに髪の毛を引っ張られても地を出さなかったしね」

「確かによく演じていたな」

「いま考えていたの、アクセル。わたしたち、村をかなり留守にするわけでしょう？　よく行かせてくれたと思わない？　だって、まだまだ種まきだってあるし、柵や門の修理だってあるし。手が必要なときにわたしたちがいないって、そのうち文句が出るんじゃないかしら」

「それは確かにあるだろうな、お姫様、だが、長く留守をするわけではないよ。それに息子に会いたいという気持ちは、司祭だって理解してくれているさ」

「そうだといいけど、アクセル。ただね、一番忙しいときにいなくなって……なんて言われたくなくて」

「そういうことを言う人はいつだっているさ。だが、ましな人たちはわかってくれるし、同じ立場だったら自分もそうすると思っているよ」

二人はしばらく黙って歩きつづけた。やがて、「いるの、アクセル」とベアトリスがまた呼んだ。

「いるよ、お姫様」

「あれは間違っていたわよね、わたしたちの蠟燭を取り上げるなんて」

「もうどうでもいいじゃないか、お姫様。それに夏になるし」

「いま思い出していたの、アクセル。わたしのこの痛みって、蠟燭がなかったせいなんじゃないかしら」

「それはどういうことかな、お姫様。どうしてそうなる」

「暗さのせいで痛みが始まったんじゃないかと思うの」

「おっと、そこに棘の木があるよ、お姫様。そこで転んだらたいへんだ」

「気をつけます。あなたもね、アクセル」

「暗さのせいで痛くなったって、どういう意味かな、お姫様」

「この前の冬、村の近くに妖精が出るって噂が流れたのを覚えている、アクセル？　自分では見ていないけど、闇を好む妖精だっていう話だったわよね。わたしたちって、長い間ずっと闇の中で過ごしていたわけだし、その妖精が知らないうちにときどき来ていたんじゃないかしら。寝室に入り込んで、いたずらをしたんじゃないかと思うの」

「部屋に入られたら、いくら暗くてもわかったろうよ、お姫様。たとえ真っ暗闇でも、動き回る音とか溜息とか、何か聞こえたはずだ」

「いま思うとね、アクセル、この前の冬は、夜中に目が覚めたことが何度かあったのよ。あなたは横でぐっすり眠っていた。でも、わたしは何かの物音で目が覚めた、と確かに思ったの」

「鼠か何かの生き物じゃないのかな、お姫様」

「そういう音じゃなかったし、聞こえたと思ったのは一度きりじゃないのよ。それでね、いま思うと、痛みが始まったのも同じころだったの」

「まあ、妖精のせいだとしても、それがどうだと言うんだ、お姫様。おまえの痛みはちょっと気になる程度なんだろう？　悪い妖精というよりいたずら好きのやつの仕業だろうな。エニッドさんの編み物籠に鼠の頭を入れた悪がきがいたろう。ただ、びっくりするのを見たかったっていう、あれと同じだ」

「そうよね。そうだわ、アクセル。悪さというより遊び半分ね。そのとおりだと思う。それでもね、あなた……」ベアトリスはしばらく口を閉じ、幹が触れ合っている二本の古木の隙間を抜けることに専念した。そしてつづけた。「それでも、村に帰ったら、やはり夜には蠟燭がほしいわね。妖精ならまだしも、もっとたちの悪い何かに変なことをされたくないもの」

「なんとかするさ。心配いらないよ、お姫様。村に戻ったら、すぐに司祭に話そう。それに、これから行く修道院で痛みの治し方を坊さんたちに教えてもらえるかもしれない。そうしたら、これまでのいたずらはもうなくなるも同然だ」

「そうね、アクセル。もともとそんなに心配しているわけじゃないの」

＊

近道になるというウィスタンの言葉が正しかったのかどうか、判断は難しい。いずれにせよ、真昼を少し過ぎたころ、四人は森を出て本道に戻った。そのあたりはいたるところ轍《わだち》だらけで、ぬかるみも点在していたが、やはり本道だけあって、歩きやすさは段違いだ。しかも先へ行くにつれて地面は乾き、平らになっていった。頭上に差しかかる木々の枝の合間から心地よい日の光が射し込み、四人は上機嫌で旅をつづけた。

やがてウィスタンがまた停止の合図を出した。道の前方を指差し、「一騎、前に行っていますね。さほど遠くありません」と言った。さらに少し行くと、道の前方片側に空き地が見え、真新しい足跡がそこへ向かってつづいていた。四人は顔を見合わせ、慎重に前進した。

空き地に近づいた。かなりの大きさがある。かつて繁栄していた時代に、ここに誰かが家を建てようとしたのかもしれない。きっと果樹園で囲まれた家になるはずだったろう。本道から分かれる脇道は、いまでこそ雑草に覆われているが、よく見れば丁寧に掘られていて、その終点に大きな円形の空き地がある。上に天があるだけの空っぽの地面だが、中央に一本、オークの大木が立ち、大きく枝を広げていた。一行がいまいる場所からも、その大木の下に一つの人影が見えた。木の影に覆われた地面にすわり、木の幹に背中を預けている。いまは横からの輪郭しか見えないが、どうも甲冑をまとっているようだ。金属に覆われた二本の脚をどすんと草の上に投げ出しているところが、なんだか子供を思わせる。幹から突き出している枝葉のせいで顔がよく見えないが、兜はかぶっていない。近くで、鞍を置いた馬がのんびり草を食《は》んでいた。

「名乗られよ」と男の声が木の下から呼んだ。「山賊や盗賊ならば、剣を手にお相手つかまつる」

「返事を、アクセル殿」とウィスタンがささやいた。「何のつもりか探りましょう」

「ただの旅人です、騎士殿」とアクセルが答えた。「どうぞこのままお通しください」

「総勢何人か。馬の足音も聞こえるようだが」

「蹄を傷めた馬一頭に人間四人です、騎士殿。わたしと妻は老いたブリトン人。連れは、まだ髭もないサクソンの少年と、半白痴で唖者の兄です。兄弟の親類縁者からわたしどもに託されました」

「では、こちらへ参られよ、友よ。分かち合えるパンがある。休息をお望みであろう。わしも話し相手がほしい」

「行くの、アクセル？」とベアトリスが言った。

アクセルが返事をするまえに、「行きましょう」とウィスタンが言った。「けっこうなお歳のようだし、危険はないでしょう。ですが、お芝居はつづけましょう。わたしはまた例の口と目に戻ります」

「でも、甲冑姿で、武器を持っていますよ、ウィスタン様」とベアトリスが言った。「あなたの剣は毛布や蜂蜜の壺と一緒に馬の背です。いざというとき間に合いますか」

「剣は、疑り深い目から隠しておくのが一番です、奥様。大丈夫、必要なときにはすぐに取り出せます。エドウィンが手綱を持って、馬がわたしからあまり遠く離れないようにしていてくれますから」

「友よ、こちらへ参られよ」見知らぬ男は強張った姿勢のまま、身じろぎ一つせずに言った。「心配は無用。わしは騎士で、やはりブリトン人だ。確かに武装しておるが、近くに寄れば、ただの髭もじゃの老いぼれにすぎぬことがわかる。身につけているこの剣と甲冑は、わが敬愛する王、かの偉大なるアーサー王に命じられた任務を果たすためのもの。王が天国に旅立たれてから、はや何年か。わしが怒りのうちにこの剣を抜いたのも、同様に昔のことよ。そこにおるわが軍馬ホレスも老いた。哀れな。これだけの金物をずっと背負いつづけてきて、見よ、脚は曲がり、背中は垂れておる。わしがまたがるたびに苦しむ。だが、わがホレスは大きな心の持ち主だ。この生き方以外、断じて受け付けないことをわしは知っておる。だからこうして、偉大な王の名のもとに完全武装で旅をつづけておる。わしかホレスがもう一歩たりと進めなくなるまで、旅はつづく。さあ、友よ。恐れずともよい」

一行は脇道から空き地に入り、オークの大木に向かった。近づくにつれ、騎士の言葉どおり、恐れるには及ばないことがアクセルにもわかってきた。とても背が高そうな騎士だが、甲冑の中身は筋金入りというより、ただ痩せ細っているだけに見える。甲冑はぼろぼろで、錆が目立つ。たぶん、修繕に修繕を重ねてきたものだろう。本来は白かったと思われるチュニックにも、繕いの跡が歴然としている。甲冑から突き出した顔はやさしそうで皺だらけだし、頭はほぼ禿げていて、白い長い毛が数本飛び出し、風になびいている。両脚を大きく開いて投げ出し、地面にへたり込んでいる姿は、普通なら哀れをもよおす光景だったろう。だが、ちょうど頭上の枝の合間から日の光が射し、男の体に光と影のまだら模様を作っていた。男はまるで玉座にすわる人物のように見えた。

「あわれなホレスは、今朝、食事の機会を逸した。目覚めたのが、たまたま岩だらけの場所だったのでな。しかも、わしが朝じゅう急がせた。さよう、不機嫌で、休みもやらず歩かせつづけたことを認めよう。ホレスの歩みはどんどん遅くなったが、わしもいまではこいつの芸を知りつくしていて、譲らなかった。疲れてなどおらんはず——そう言って、少し拍車をくれさえした。これは多芸な馬でな、いろんな技を仕掛けてくるが、わしは聞く耳持たんのが常だ。だが、今朝はなぜか足取りが重くなる一方で……そこで非情になりきれんのがわしの悪い癖だ。こいつがあざわらっているのを承知で、よしよしと言ってしまった。止まっていいぞ、ホレス。食え、と。こうして、諸君の前に、馬にまでばかにされたじじいの身をさらしているというわけだ。さあ、参られよ」騎士は、甲冑をがちゃがちゃ言わせながら手を伸ばし、目の前の草の上に置いてあった袋から一塊のパンを取り出した。「焼き立てだ。通りかかった粉屋でもらった。一時間も経っておらん。さあ、友よ、すわれ。食おうではないか」

アクセルに腕を支えられ、ベアトリスがオークの節くれだった根に腰をおろした。アクセルも妻と老騎士の間にすわった。すわってみて、背後の苔むした幹に背を預けられることをありがたいと思った。頭上からは、樹冠を飛び回る鳥の歌声が聞こえる。回されてきたパンは焼き立てで柔らかかった。ベアトリスはしばらくアクセルの肩に寄りかかり、荒い呼吸に胸を波打たせていたが、やがておいしそうに食べはじめた。

ウィスタンはすわらなかった。しばらくケタケタと笑い、愚かさのほどを騎士にたっぷり見せつけてから、ふらふらと去っていった。向かう先には、馬の手綱をもって丈高い草の中に立っているエドウィンがいる。ベアトリスがパンを食べ終え、身を乗り出して老騎士に話しかけた。

「ご挨拶が遅くなって申し訳ありません、騎士様」と言った。「でも、本物の騎士様を見ることなどめったにありませんから、畏れ多くて。お怒りでないといいのですけど……」

「怒ってなどおりませんよ、ご婦人。お会いできて嬉しいかぎりだ。先はまだ遠いのですかな」

「息子の村に行きます。この山中にある修道院の賢者にお会いしたくて山道を来ましたから、あと一日というところでしょうか」

「ああ、修道僧の面々か。あなた方なら親身にしてもらえよう。わしも昨春はホレスのことでずいぶん助けてもらった。蹄に毒が入ってしまってな、もう生き延びられないかと心配した。わし自身も何年か前、落馬の怪我から回復するとき、修道院の痛み止めにはたいへん世話になった。だが、あの唖者の治療を求めておるのなら、あの唇に言葉を取り戻すのは神にしかできぬ業であろう」

騎士はそう言いながらウィスタンを見やったが、そのウィスタンは白痴の表情を顔から拭い去り、まっすぐ騎士目がけて歩いてくるところだった。

「驚かせて申し訳ありません、騎士殿。言葉を取り戻しました」と言った。

老騎士はあっけにとられ、ついで甲冑をきしませながら身をよじって、問い質《ただ》したそうにアクセルを見た。

「友人を責めないでください、騎士殿」とウィスタンが言った。「わたしの頼みでしていたことです。あなたを恐れる理由がないとわかりましたので、偽りのしぐさをやめます。どうぞお許しを」

「気にはせんよ」と老騎士が言った。「この世では用心するに越したことはない。だが、今度はわしがそなたを恐れなくていいように、何者か教えてもらえるかな」

「東の沼沢地から来たウィスタンと言います、騎士殿。王の用事で、このあたりを旅しています」

「それはまた遠くからだ」

「はい、遠くから。このあたりの道は見慣れていないはずなのですが、なぜか、角を一つ曲がるごとに遠い昔の記憶が騒ぐような気がします」

「では、いつか来たことがあるに違いない」

「おそらく。わたしの生まれは沼沢地ではなく、ここよりもっと西の国だと聞かされています。ですから、お目にかかれたのはますます幸運でした、騎士殿。あなたはガウェイン卿ではありませんか。西国のご出身で、いまはこのあたりを巡っておられるという……？」

「わしは確かにガウェインだ。かつて英知と正義でこの国を治めた偉大なるアーサー王の甥、ガウェインだ。数年前までは西国に腰を据えていたが、いまはホレスとともに気の向くまま旅をしておる」

「好きに時間が使えるものなら、わたしも今日にも西に向かい、かの国の空気をこの胸に吸ってみたいものです。ですが、早く王の用事をすませ、知らせを持ち帰らねばなりません。偉大なアーサー王の甥、騎士ガウェイン殿にお目にかかれたのはじつに光栄です。サクソン人のわたしでも、王の名には尊崇の念を抱いています」

「それを聞いて、わしも嬉しい」

「ガウェイン卿、わたしの言葉が奇跡的に回復したところで、お尋ねしたいことがあります」

「なんでも」

「あなたの横にすわっているご老人は、アクセル殿と言います。ここから二日のところにあるキリスト教の村に、農夫として暮らしておいでです。年齢的にはガウェイン卿ご自身と近いでしょう。そこで、このご老人のお顔をご覧ください。かつてあなたが見知っていた誰かに似ていませんか」

「何をまた、ウィスタン様」眠っているとばかり思っていたベアトリスがそう言って、身を乗り出した。「それはどういう意味ですの」

「悪気はありません、奥様。ガウェイン卿は西国の方です。昔、あなたのご主人を見かけたことがないかな、と思いまして。別に悪いことではないでしょう？」

「ウィスタン殿」とアクセルが呼んだ。「最初に出会ってから、ときどき不思議そうな顔でわたしを見ておられるので、いつか理由を、と思っていました。わたしを誰だとお思いでしたか」

見下ろすように立っていたウィスタンが膝を折ってしゃがみ、オークの下に並んですわる三人と顔を突き合わせた。威圧感を与えないようにという配慮からしたことかもしれないが、アクセルには、三人の顔をもっとよく見たくてしたことのように思えた。

「とりあえず、ガウェイン卿、お願いです」とウィスタンが言った。「頭を少し回すだけですむことです。子供の遊びと思っていただきたい。どうでしょう。横のご老人を見て、過去に会ったことがあるかどうか教えてください、ガウェイン卿」

ガウェインはフフフと笑い、上体を前に動かした。まるで遊びへの参加を求められて、積極的に楽しもうとしているかに見えた。だが、アクセルの顔を見つめているうち、表情が驚きのそれに変わった。衝撃を受けた人の表情と言ってもいいかもしれない。アクセルが本能的に顔をそむけるのと同時に、老騎士も上体を引き戻し、また木の幹に寄りかかった。

「どうですか、ガウェイン卿」と、じっと見ていたウィスタンが尋ねた。

「この御仁とわしは今日まで会ったことがないと思う」とガウェインが答えた。

「確かですか。年月は人の見かけを変えることがありますが……」

「ウィスタン様」とベアトリスが割り込んだ。「夫の顔に何をお探しですの。なぜこの騎士様に――いままでまったく見知らぬ人だったこの方に――そんなことをお尋ねになるのです」

「お許しを、奥様。この土地は、わたしの中にあるいろいろな記憶を呼び覚ましてくれます。ですが、どれも落ち着きのない雀のようで、たちまち風の中に逃げていってしまいそうです。今日はずっと、あなたのご主人の顔を見るたびに何か重要な記憶につながりそうな感じがありました。正直に申し上げると、同行を申し出たのはそれが理由でした。ですが、お二人が安全に旅をなさるようにというのも、わたしの心からの願いです」

「でも、夫はこの近くの国にずっと住んできましたのに、なぜ西国で会ったなどと？」

「気にすることはないよ、お姫様。ウィスタン殿は誰か別の人と混同しておられるのだろう」

「そうに違いあるまい、友よ」とガウェインが言った。「ホレスとわしも、よく過去の誰かと見間違えることがある。おい、ホレス、見よ、とわしが言う。わしらの前を歩いていくのは昔懐かしいチューダーではないか。バドン山で倒れたと思っておったが……。で、この近寄ると、ホレスが鼻をぶるぶる鳴らし、なんたるばか者だ、ガウェイン、と言う。この男はチューダーの孫でも通る歳じゃないか。そのうえ、全然似ていないぞ、とな」

「ウィスタン様」とベアトリスが言った。「せめて教えてください。夫は、子供のあなたが好きだった人に似ているのですか。それとも嫌った人？」

「立ち入らないでおこうよ、お姫様」

だが、ウィスタンはしゃがんだまま、そっと体を揺らしながらアクセルを見つめつづけた。「好きだった人、と信じていますよ、奥様。今朝お目にかかったとき、心が喜びでいっぱいになりましたから。でも、やがて……」ウィスタンはまるで夢でも見るような目つきで、黙ってアクセルを見つづけた。その顔がしだいに暗くなり……戦士は立ち上がって、そっぽを向いた。「お答えできません、奥様。自分でもよくわからないんです。ご一緒に旅をすれば思い出がもっとよみがえってくれると踏んだのですが、いまのところはまだ……ガウェイン卿、どうされました」

ガウェインの頭がぐったりと前に垂れ下がっていた。だが、すぐに上体を起こし、一つ溜息をついた。「大丈夫だ。お気遣い、感謝するよ。ホレスとわしは、柔らかいベッドもちゃんとした雨よけもなしに幾晩も過ごしてきたからな、疲れておる。それだけのことだ」そう言いながら、手を上げて額の一箇所をなでた。だが、ほんとうは違う、とアクセルはふと思った。すぐ横にある顔をもう見たくなかったのではないか……。

「ウィスタン殿」とアクセルが呼んだ。「こうして腹蔵なく話し合えるようになったところで、今度はわたしからお尋ねしてよろしいですか。あなたは王の用事でこの国に来たと言われる。この国は平定されて久しい。なのになぜ姿を偽って旅をすることにこだわるのでしょうか。妻と哀れな少年も一緒に旅をする以上、わたしとしてはもう一人の旅仲間のことをよく知っておきたいのです。その人の友人は誰で、敵は誰なのか……」

「ごもっともです、ご老人。言われるとおり、この国は平定されて、穏やかです。ですが、ここでのわたしは、ブリトン人の支配する土地を旅するサクソン人です。とくにこのあたりはブレヌス卿の支配地域で、その兵隊が我が物顔に歩き回り、穀物や家畜を税として徴収しています。誤解がもとで争い事になるのは避けたくて、そのために別人のふりをしてきました。結果的に、だからここまで安全に来られたのだと思います」

「そうかもしれません、ウィスタン殿」とアクセルが言った。「ですが、橋の上にいたブレヌス卿の兵隊はただ遊んでいたのではないでしょう。目的があって配置されていたはずです。もし霧で心が曇っていなければ、ウィスタン殿にもっと厳しく接していたかもしれません。あなたはブレヌス卿の敵とみなされているのではありませんか」

一瞬、ウィスタンは考え込んでいるように見えた。節くれだった根の一つがオークの幹から出て、足元を過ぎ、少し向こうでまた地面に潜っている。ウィスタンは目でそれを追っていた。やがて、また三人に近寄り、今度は短い草の上に腰をおろした。

「よろしい、ご老人。全部お話ししましょう」と言った。「あなたとこの騎士殿の前なら包み隠さず申し上げられます。東方で、ある噂を聞きました。この土地のサクソン人がブリトン人に迫害されているという噂です。王が同胞のことを心配され、実際はどうなっているのか見てくるよう、わたしに命じられました。それだけのことです。平和裏に視察の任務についていたのですが、馬が脚を傷めてしまいました」

「君の立場はよくわかるぞ、ウィスタン殿」とガウェインが言った。「ホレスとわしもサクソン人の支配する土地に行くときは、同様に気を遣う。甲冑など脱ぎ捨て、百姓に身をやつそうかと思ったりするが、問題はこの金物をどうするかだ。どこかに隠したとして、また見つけられるかどうか。それにアーサー王の崩御から何年も経つ。いまこそこの誇りある紋章を高く掲げ、万人の目に触れさせるのが、残された者の義務ではなかろうかとも思う。だから、わしは堂々と行く。人々がわしをアーサー王の騎士と認めるとき、その眼差しのやさしさにわしは感激する」

「ガウェイン卿がこの地で歓迎されるのは、いわば当然でしょう」とウィスタンが言った。「ですが、アーサー王を敵として恐れた地域もあります。そこではどうでしょうか」

「ホレスとわしは、わが王の名が広く受け入れられているのを見てきた。ウィスタン殿の言う国々でもそうだ。王は打ち破った敵に寛大であった。だから、敵からもすぐに王として愛されるようになった」

先ほどから――アーサー王の名が出たときから――アクセルは正体不明の不安感にまと

わりつかれていた。だが、いまウィスタンと老騎士の話を聞いていて、ようやく記憶の断片がよみがえってきた。ほんの断片にすぎないが、それでも、手に取って見つめられる何かができたことで心が安堵した。記憶の中のアクセルは、テントの内部に立っていた。軍隊が戦場近くに組み立てるような大きなテントで、外には風が出ているらしく、テントの壁が外に吸い出されては、また内に押し戻され、大きくはためいていた。夜らしく、蠟燭が使われて、その炎も激しく揺れていた。テントにはアクセルのほかにも誰かがいた。たぶん何人もいた。だが、顔は思い出せない。テントの中でアクセルは怒っていた。同時に、少なくとも当面はその怒りを内に秘めておくことが重要だともわかっていた。

「ウィスタン様」とベアトリスが横から呼んだ。「わたしたちの村で一番尊敬されている人々には、サクソン人の家族もいくつか含まれておりますよ。それに、今朝出てきた村でもご覧になったでしょう？　あの村は富んでいました。確かに、あなたが退治してくださったような悪鬼に苦しめられることも、ときにはあるでしょうけど、それはブリトン人の手によるのではありませんし……」

「ご婦人の言うとおりだ」とガウェインが言った。「わが敬愛するアーサー王はブリトン人とサクソン人に恒久の平和をもたらした。遠くの地ではまだ戦《いくさ》があるとも聞くが、ここでは互いに友であり、もはや縁者でもある」

「わたしが見たかぎりでも――山の向こうの国々はまだですが――おっしゃるとおりで

す」とウィスタンが言った。「この嬉しい報告を早く王のもとへ持ち帰りたいものです。ガウェイン卿、あなたのような賢い方に好きにものを尋ねる機会などもうないかもしれません。ここでうかがうことをお許しください。偉大な王はどのような魔法で戦の傷を癒されたのですか。旅をしていて、この国土にはもう戦の痕跡すらあるかなきかです」

「さすがによく見ておる。そうさな、叔父は決してみずからを神以上などと思わない支配者だった、と答えようか。常に導きを賜るよう祈っていた。だから、叔父とともに戦った者はもちろん、征服された者たちもその公明正大さを見て、自分らの王となってくれるように望んだのだと思う」

「そうだとしても、つい昨日自分の子を殺された人が、殺した男を同胞と呼ぶのは不自然ではありませんか、ガウェイン卿。しかし、アーサー王はまさにその不自然を成し遂げたように見えます」

「それこそが物事の核心よ、ウィスタン殿。子を殺した、とそなたは言う。だが、アーサーの命は、戦いの混乱に巻き込まれた無辜《むこ》の者を助けよ、だった。常にわれらにそう命じていた。さらにだ、女子供と年寄りは、ブリトン人とサクソン人の区別なく助け、保護せよ、とも命じていた。猛烈な戦闘がつづいておる一方で、その命にもとづく行動の上に信頼の絆が築かれていった」

「おっしゃることには心打たれますが、それでも、まれにみる驚異のように聞こえます」

とウィスタンが言った。「アクセル殿は、アーサー王によるこの国の統一を驚異的と思われませんか」

「あの、ウィスタン様」とベアトリスが大きな声を出した。「夫を誰とお考えなのですか。夫は戦いのことなど何も知りません」

だが、突然、全員の注意がほかにそれた。いつの間にか本道に迷い出ていたエドウィンが、大声で叫んでいた。そして、急速に接近してくる馬の蹄の音が聞こえてきた。後から思い返してみると、このとき、ウィスタンは確かに過去への不思議な思いにとらわれ、気もそぞろだったに違いない。いつも油断なく周囲に気を配っている戦士にしては反応が遅れ、立ち上がったときは、もう馬が空き地に乗り入れてくるところだった。騎手は見事な手綱さばきで速度を落とし、跑足《だくあし》でオークの大木に向かってきた。

長身の騎手を見て、それが誰なのか、アクセルにはすぐにわかった。橋の上でベアトリスにやさしい言葉をかけてくれた灰色の髪の兵士だ。しだいに近づいてくるその顔にはまだかすかな笑みがあったが、手には鞘から抜いた剣があった。いまのところ剣先は下を向き、柄は鞍の縁に置かれている。兵士はオークまであと数歩というところで馬を止めた。

「いいお天気です、ガウェイン卿」そう言って、小さく頭を下げた。

老騎士はすわったまま、感心しないという眼差しで兵士を見上げた。「抜身をひっさげて登場とは、いったいどういう料簡か」

「お許しを、ガウェイン卿。あなたとご一緒のその者たちに尋ねたいことがありまして」

そう言って、ウィスタンを――またぽかんと口を開け、くすくすと意味不明な笑い声を立てているウィスタンを――見た。そのまま目を離さず、「少年、馬を近づけてはならん」と怒鳴った。エドウィンがウィスタンの馬を引き、兵士の背後から近づいてこようとしていた。「言うことを聞け、少年。手綱を放して、前に来い。おまえの兄というこの痴呆の横に立て。おれを待たせるな、少年」

言葉はわからなくても、兵士の言いたいことはわかったようだ。エドウィンは馬から離れ、ウィスタンの横まで歩いてきた。そのエドウィンの移動に合わせ、兵士が馬の立つ位置と向きを少しずつ変えていくのが見てとれた。この兵士はなかなかの戦術家だ、とアクセルは思った。自分とウィスタンの間に一定の角度と距離を保ち、何かが突発的に起こっても、自分の優位が崩れることのないようにしている。先ほどの位置だと、ウィスタンを攻撃するのに馬の頭と首が邪魔になって、最初の一撃が一瞬遅れる。一瞬の隙は相手にどう利用されるかわからない。たとえば、馬が動揺するようなことを何かされたらいやだし、馬の左側に回り込まれるのも困る。左側はいわば死角だ。右手の剣を馬の頭越しに左に振らねばならず、必然的に届く距離が短くなるうえ、あまり力も入らない。だが、馬の位置と向きを少し調整したことで、丸腰のウィスタンが馬上の兵士に奇襲をかけることは、いまや自殺行為も同然となった。それだけではない。兵士はウィスタンの馬の位置も巧みに計算に入れている。馬はいま兵士の後方、少し離れたところにいて、ウィスタンがそこまで走っていくためには、騎手の右側を大きく遠回りするしかない。それでは、馬にたどり着くまえにほぼ確実に後ろから串刺しにされてしまう。

アクセルは逐一見抜きながら、兵士の作戦能力に感嘆し、同時にその意味するところを思って愕然とした。そして、自分もかつて同じ経験をしていることを思い出した。あのときは馬を少し前進させ、同僚の馬と鼻面を並べさせたのだった。小さくてわかりにくい動きだが、決定的な動きだったと思う。あの日、わたしはいったい何をしていたのだったか……。わたしともう一人は広大な灰色の荒れ地を見渡しながら、馬上で何かを待っていた。あの瞬間まで同僚の馬が前にいて、その尻尾が目の前で左右に振られ、揺れ動いていたのを覚えている。見ながら、この動きのどこまでが馬の反射運動なのだろうと考えていた。どこからが、何もない地表を吹き渡る風のせいなのか……。

そんな思いのあれこれを振り払い、アクセルは立ち上がった。手を貸して、妻も立たせた。体がオークの根元に張りついてしまったかのようなガウェイン卿は、すわったまま新しい来訪者をにらみつけていたが、「起きるから手を」とそっとアクセルに言った。

アクセルとベアトリスとで左右の腕をとり、二人がかりで老騎士を引っ張り起こした。立ち上がり、甲冑姿のまま背すじを伸ばして胸を張ったガウェイン卿は、やはりなかなかの騎士ぶりだ。だが、むっつりと兵士を見やるばかりで何をするでもなく、結局、口を開いたのはアクセルだった。

「兵隊さん、なぜ追っていらしたのです。わたしらはただの旅人です。それに取り調べなら、滝の前でもうすんだのではありませんか。お忘れですか」

「よく覚えているよ、おじさん」と灰色の髪の兵士が言った。「だが、橋の上ではなぜか全員に変な魔法がかけられたみたいでな、なんのためにあそこにいたのかをすっかり忘れていた。交代が来て、野営地に戻ろうとしたら、途中で急に思い出した。あんたのことを思い出したよ、おじさん。あんたらがすり抜けていったこともな。だから大急ぎで追いかけてきたんだ。動くんじゃない、少年。兄貴の横でじっとしていろ」

エドウィンはすねたようにウィスタンの隣に戻り、うかがうようにその表情を見た。ウィスタンはまだくすくす笑いをつづけていて、口の端からは涎が垂れ、目はきょろきょろとあたりをさまよっていた。だが、実際は注意深く馬と敵までの距離を測っているはず、とアクセルは思った。そして十中八九、自分と同じ結論に達しているはず、とも思った。

「ガウェイン卿」とアクセルはささやいた。「何か面倒が起こったら、妻を守るのに手を貸していただけませんか」

「わが名誉にかけて、アクセル殿。安心めされよ」

アクセルは感謝の意を込めてうなずいた。灰色の髪の兵士が馬から下りはじめている。その動作の巧みさと、裏に隠れている深謀遠慮に、アクセルはふたたび感嘆した。兵士はいまウィスタンと少年の正面に立っている。計算された正確な距離と角度を保ち、手ににぎる剣も腕に負担をかけない持ち方だ。背後からの不意の攻撃には、馬を背中に置いて備えている。

「橋の上で会ったとき、おれたちが何を忘れていたか教えてやるよ、おじさん。サクソンの戦士が、怪我をした少年を連れて近くの村を出た――そういう報告があったんだ」兵士はエドウィンを顎で指し示した。「そのくらいの歳の少年だそうだ。さて、おじさん、あんたと奥さんがどう関わっているかがわからない。狙いはこのサクソン人と少年だけだから、正直に話してくれれば、あんたらに危害は及ばない」

「戦士などいません、兵隊さん。わたしらはあなたにも、たぶんあなたがお仕えになっているブレヌス卿にも、無関係の人間です」

「何を言っているか、わかってるのかい、おじさん。敵をかくまえば、責任を問われる。いくらご高齢であってもだ。一緒に旅をしているこの唖者と少年は何者なんだい」

「さっき申し上げたとおりです、兵隊さん。借金のかたに、穀物と錫の代わりにわたしどもに託されました。一年働いて、家族の借金を払ってもらいます」

「ほんとうにそうかい、おじさん」

「兵隊さんが誰を探しているか知りませんが、この哀れなサクソン人ではありますまい。ここで時間を無駄にしている間に、敵はどこかに逃げてしまいますよ」

兵士はしばらく考えていた。アクセルの声には予想外の確からしさがあって、兵士の心に迷いが生じた。「ガウェイン卿」と呼んだ。「この連中はどういうお知り合いです」

「ホレスとここで休んでいたら、通りかかった。ただの素朴な村人のように思ったぞ」

兵士はもう一度ウィスタンの顔をじっと見た。「口がきけない痴呆だと?」兵士は二歩前進し、剣を持ち上げて、切っ先をウィスタンの喉元に向けた。「だが、おれら同様、死ぬのは怖かろうよ」

兵士が初めて過ちを犯した、とアクセルは思った。相手に近づきすぎた。これでウィスタンにも――もちろん恐るべき危険をともないはするが――チャンスが生まれた。突然動いて、剣が伸びてくるまえに、その剣を持つ腕を押さえることができる……。だが、ウィスタンはくすくす笑いをつづけ、意味もなく大きな笑顔を横のエドウィンに向けた。兵士のとった行動がガウェインの怒りを掻き立てたようだ。

「ほんの一時間前には赤の他人であったが、君にそうやって無礼な扱いを受けるのは見たくないぞ」と大声で言った。

「あんたには関係ないことです、ガウェイン卿。引っ込んでいてください」

「そのほう、アーサー王の騎士にそのような口のきき方をしてよいのか」

「この痴呆が、姿を変えた戦士だと……?」兵士はガウェインを完全に無視してつぶやいた。「そんなことがあるだろうか。まあ、近くに武器はなし。どちらでもかまわんか。どっちであれ、この剣の切れ味でなんとかなる」

「こいつめ、よくも……」とガウェインがつぶやいた。

不意に自分の過ちに気づいたのか、灰色の髪の兵士ははっとしたように二歩下がり、さっきとまったく同じ位置に戻った。剣を腰の高さまで下げて、「少年」と呼んだ。「おれの前まで進め」

「その子はサクソンの言葉しかわかりません、兵隊さん。それに人見知りで」とアクセルが言った。

「しゃべる必要はないんだよ、おじさん。ただシャツを持ち上げてくれればいい。それで、戦士と一緒に村を出た少年かどうかわかる。少年、もう一歩前だ」

近づいてくるエドウィンに、兵士が空いているほうの手を伸ばした。少年が振り払おうとして揉み合いになったが、所詮は大人と子供。すぐにシャツの裾がめくり上げられ、少年の胴がむき出しになった。あばら骨の少し下の皮膚が腫れているのが見えた。そしてその腫れを取り巻くように、小さな乾いた血の塊が点々と並んでいるのも見えた。アクセルの左右でも、ベアトリスとガウェインがもっとよく見ようと身を乗り出していたが、兵士自身はウィスタンから目を離すのが怖く、まだ見られずにいた。しばらくためらったあと、ようやく首をすばやくひねって見ようとしたが、その瞬間を狙ったように、エドウィンが耳に突き刺さる甲高い声で叫んだ。いや、叫びというのではなかろう。むしろ途方に暮れた狐の鳴き声のように聞こえた。一瞬、兵士はそれに気をとられた。隙が生じ、少年が兵士の手を振り払った。アクセルはそれを見ながら、違う、と思った。これは少年が発した声ではない。ウィスタンだ……。それまでのんびりと草を食んでいた戦士の雌馬が、突然、音に応えるように振り向き、一行を目がけて突進してきた。

兵士の馬がパニックに陥ったように背後で暴れはじめ、兵士をさらに慌てさせた。ようやく落ち着きを取り戻しはしたが、そのとき、ウィスタンはもう兵士の剣先のはるか彼方まで逃れていた。ウィスタンの馬が前を蹴散らす勢いで近づいてくる。ウィスタンは右へ、つぎに左へ、フェイントをかけるような動きをしたのち、もう一度あの鋭い声をあげた。馬がスピードを緩め、ウィスタンと兵士の間に割って入った。と、つぎの瞬間、馬のその動きを利用して、ウィスタンは大木から数歩離れた位置に楽々と移動していた。馬はそこでもう一度向きを変え、主人の後につづいた。じつに利口な馬だ。ウィスタンはきっと馬に前を通らせ、その背に乗るつもりだろう……。アクセルはそう思ったし、事実、馬の向こうに姿が隠れる直前、戦士の腕は確かに鞍に向かって伸ばされていた。だが、駆け足で通り過ぎた馬の背に、騎手の姿はなかった。馬は無人のまま、さっきまで草を食んでいた場所に戻っていった。ウィスタンは場所を動かず、静かに立っていた。いま、その手には剣がにぎられていた。

ベアトリスから小さな驚きの声が漏れ、アクセルは妻の体に腕を回して、引き寄せた。

反対側からはガウェインのうなり声が聞こえた。このうなり声は、ウィスタンの動きの見事さへの賞賛だろう。老騎士は地表に盛り上がったオークの根の一つに片足を乗せ、その膝に手を置いて、興味津々の表情で見つめていた。

灰色の髪の兵士は三人に背中を向けている。向こうにウィスタンがいて、これと相対《あいたい》さねばならないのだから、そうせざるをえない。さっきまであれほど落ち着き払い、戦い慣れている感じだった兵士の背中に、いま狼狽があらわだった。さっきのパニックで走り去った馬があそこにいる。兵士は、まるで何か頼るものがほしいかのように馬を見やってから、剣を上げた。剣先が肩の高さより少し上になるようにして、両手で力いっぱい握りしめている。まだこの体勢をとる段階ではないはず、とアクセルは思った。いまからやっていたら腕の筋肉を疲労させるだけなのに、と。対照的に、ウィスタンは無関心に見えるほど平然としている。前の晩、鬼退治に村から出ていったときの様子とまったく変わらない。ウィスタンがゆっくりと兵士に向かって歩いた。片手に剣を下げ、あと数歩というところで止まった。

「ガウェイン卿」と兵士が呼んだ。声の調子が変わっている。「後ろで動く音が聞こえます。おれと組んで、この敵と戦ってくれるんですか」

「わしはこの善良なる夫婦を守るためにおる。それ以外のことに関わるつもりはない。引っ込んでいろ、と誰かに言われたことでもあるしな。この戦士はそなたの敵かもしれんが、わしの敵ではない」

「こいつはサクソンの戦士ですよ、ガウェイン卿。悪さをしにやってきてるんです。一緒にやっつけてくださいよ。おれは義務を果たしますが、探していた男だとすると、なんかすごいやつらしいですから」

「このあたりの人間ではないというだけで、この男に対して武器をとれとな？　だいたい、この静かな場所に荒っぽく乗り込んできたのはそなたのほうではないか」

しばらく静けさがあって、兵士がウィスタンに言った。「口がきけないままでいるつもりか。こうして向かい合った以上、名乗るつもりはないのか」

「わが名はウィスタン。王の用事でこの国を訪れている東方の戦士です。あなたの主人ブレヌス卿は、理由は不明ながら、静かに旅をしているだけのわたしを痛めつけることにご執心のようだ。どうやら、何の罪もないあの少年をも傷つけようとしているらしい。ならば、その企てをくじかねばなりますまい」

「ガウェイン卿」と兵士が叫んだ。「ブリトン人はブリトン人を助けるべきでしょう。もう一度頼みます。この男がウィスタンなら、海からの侵略者を一人で五十人以上も倒したってやつですよ」

「獰猛な侵略者を五十人も倒した？　ならば、老いぼれ騎士一人が加勢したぐらいで、どうなるものでもなかろう」

「ふざけてないで、頼みます、ガウェイン卿。こいつは恐ろしいやつです。ほら、打ちかかってきますよ。目でわかります。いま倒しておかないと、みんなひどいことになる」

「ひどいこととは、たとえば？」とウィスタンが言った。「野の獣や山賊から身を守るための剣を一本荷物に忍ばせて、お国を静かに旅しているわたしの罪とは何ですか。あるなら言ってみてください。あなたを打ち倒すまえに、ぜひうかがっておきたい」

「そっちの罪がどんなものか、おれにはわからん。だが、ブレヌス卿を信じる。卿はおまえの排除を望んでおられる」

「言えるほどの罪はなし、か。なのに殺しにここへ急いだわけだ」

「ガウェイン卿、お願いです。助太刀を。恐ろしいやつですが、作戦を立てて二人がかりなら、勝てるかもしれません」

「わしはアーサー王の騎士であって、ブレヌス卿の歩兵ではない。ただの噂や血の違いだけを理由に、異国の人間に武器を向けるようなことはせん。それにだ、この男に敵対すべき納得できる理由を、わしはまだそなたから聞いておらんように思う」

「ならば言いましょう、ガウェイン卿。ブレヌス卿ご自身から聞かされたこととはいえ、本来、おれみたいな下級兵士が言っていいような秘密じゃないんですが、この男はクエリグを殺すよう命じられてこの国に来たんです。それが、この国でのこいつの任務です」

「クエリグを殺す？」ガウェイン卿は心底驚いたようだ。オークの根本を離れて前へ歩き、初めて会った人を見るような目でウィスタンを見つめた。「ほんとうなのか」

「アーサー王の騎士に嘘はつけません。申し上げましょう。わたしは、すでにご存じの任務に加えて、この国を徘徊する雌竜を殺すよう王から仰せつかっています。しかし、この任務に異議を唱える人などおりますまい？　国全体に等しく危険をもたらす獰猛な竜です。兵士殿、この任務を果たそうとするわたしがなぜブレヌス卿の敵になるのか、お教え願いたい」

「クエリグを殺す？　本気でクエリグを殺すつもりでおるのか」ガウェイン卿は叫んでいた。「だが、それはわしに与えられた任務であるぞ。知らぬのか。わしがアーサー王その人から託された大事だ」

「そのことはまたの機会に、ガウェイン卿。まずはこの兵士です。おとなしく通行していたわたしと友人たちを敵呼ばわりする者、まずはこの兵士とかたをつけさせてください」

「ガウェイン卿、助太刀してくれないんなら、たぶん、これがおれの最期です。どうぞ、ガウェイン卿、アーサー王とその思い出をブレヌス卿がいかに大切にしているかご存じのはず。このサクソン人相手に剣を……」

「クエリグ退治はわしの任務だ、ウィスタン殿。ホレスとわしはやつをおびき出す周到な計画を練っておる。誰の助けも借りぬ」

「剣を下ろせ、兵士殿」とウィスタンが兵士に言った。「そうしたら命はとらない。それともこの場所で命を終えるつもりか」

兵士はためらっていた。だが、やがてこう言った。「一人で討ち取れると過信したおれは愚か者だ。どうやら、そのうぬぼれの罰をここで受けることになりそうだ。だが、剣は置かんぞ。おれは卑怯者ではない」

「そなたの王には何の権利があるのか」とガウェインが叫んだ。「なぜはるばる遠国から人をよこし、アーサー王の騎士の任務を横取りさせるのか」

「お許しを、ガウェイン卿。しかし、卿がクエリグ退治を命じられてから長い年月が経っています。当時の子供はすでに大人です。わたしが災厄の元凶を取り除ければ、この国のためにもなるでしょう。なぜお怒りになる」

「なぜ怒るかだと。そなたは何に頭を突っ込もうとしておるのかわかっておらぬ。クエリグ退治を簡単だと思うか。獰猛で、それに劣らず賢い。思い上がって臨めば、怒らせることにしかならぬ。その怒りの前に国全体が苦しむ。ここ数年、クエリグはすっかり鳴りをひそめておるというのにだ。ことは慎重のうえにも慎重を要する。さもないと、国中の無辜の民に災厄が降り注ぐ。すでに長い年月が経った？　ホレスとわしがどう時間を過ごしておったと思うのだ。どこかで一つ間違うと、結果は重大なのだぞ」

「ならば助太刀を、ガウェイン卿」と、もう恐怖を隠そうともせずに兵士が叫んだ。「二人でこいつを始末しましょう」

ガウェイン卿は眉をひそめて兵士を見たが、一瞬、誰なのか思い出せないように見えた。少し落ち着いた声で言った。「助太刀はせぬよ、兵士殿。そなたの主人はわが友ではない。むしろ、その心に秘める暗い思いを恐れておる。そなたがこの方々にもくろむ仕打ちも気に入らぬ。仮にわれらを巻き込む謀略があるにせよ、この方々は無縁であろう」

「ガウェイン卿、おれは蜘蛛の巣につかまった蠅も同然。生と死の境で揺れています。もう一度だけお願いします。どういうことなのか全部わかってるわけじゃありませんが、このいつがなぜこの国にいるか考えてください。悪さのためでなきゃ、なんです」

「何の用事でここに遣わされてきたかは、いま聞いた、兵士殿。杜撰きわまりない計画に怒りはするが、そなたと力を合わせて彼を打ち倒す理由にはならぬな」

「さあ、兵士殿」とウィスタンがなだめるような口調で言った。「さっさと終わらせましょうか」

「ウィスタン様」と、突然、ベアトリスが言った。「この兵隊さんに剣を差し出させ、馬で帰らせたらいけませんの。橋の上では親切にしてくださったし、たぶん、悪い方ではないはずなのに」

「残念ながら、奥様、この兵士はわたしたちの知らせを持ち帰って、すぐに三十人、いや、それ以上の兵士を引き連れて戻るでしょう。そのとき、わたしたちへの慈悲など少しも期待できません。少年にも何かするつもりであることをお忘れなく」

「裏切らないという誓いを立ててくださるかもしれません」

「ご親切、痛み入ります、奥さん」と、灰色の髪の兵士がウィスタンから目を離さずに言った。「ですが、おれは悪党じゃないんで、奥さんの親切に付け込むつもりはありません。このサクソン人の言うとおりですよ。おれを助けたら、いまこいつが言ったとおりのことをします。兵士ですから、ほかにやりようがないんです。ですが、思いやりに感謝しますよ、奥さん。これがおれの最期だとしても、そのお言葉で少しは心安らかに逝けそうです」

「まだですよ、兵隊さん」とベアトリスがつづけた。「橋の上で頼まれたご両親のことも忘れていませんからね。冗談半分だったんでしょうし、わたしたちがご両親に出会うなんてこと、あまりありそうにないけど、でも、もし出会えたら、兵隊さんがどれだけ会いたがっていたかを必ず伝えます」

「それもありがとう、奥さん。ですが、おれはいまは感傷的になっているときじゃないんで。それに、どんなにこの男の評判が高くたって、おれが負けると決まったものでもないしね。おれが勝ったら、奥さんは情けをかけたことを後悔するかもしれないよ」

「きっとそうでしょうね」とベアトリスは溜息をついた。「では、ウィスタン様、わたしたちのために最善を尽くしてください。わたしは殺し合いを見たくないので、後ろを向いています。エドウィンにもそうさせてくださいませんか。あなたの言葉しか聞かないでしょうから」

「お許しを、奥様」とウィスタンが言った。「少年には、これから起こることをすべて見てもらいます。わたしも同じ年頃にそうさせられました。大丈夫、戦士のあり方を見て、腰を抜かしたり吐いたりする子ではありません」そして、少し離れたところにぽつんと立っているエドウィンにサクソン語で短く何かを言った。少年はうなずき、大木まで歩いてアクセルとベアトリスの横に立った。大きく目を開け、瞬きすらしないように見えた。

アクセルの耳に、灰色の髪の兵士の息遣いが聞こえた。一息ごとに低いうなりが入って、普段より大きな息遣いに聞こえる。兵士がいきなり剣を頭上に高く振りかぶり、突進した。いかにも粗野で、自殺行為にも等しい、と見る者に思わせる攻撃だった。だが、ウィスタンを剣の間合いにとらえる直前、兵士は突然進路を変えて、左へフェイントをかけた。同時に剣を腰の高さまで下ろした。一か八かの攻撃だ、と哀れみに胸を痛めながらアクセルは思った。機が熟するのを待っていては勝ち目がない……兵士はそう踏んで、この捨て身の攻撃にすべてを賭けたのだろう。だが、ウィスタンはそれを予期していた。それとも、本能的に動くだけで十分だったのか。攻撃をきれいに横にかわすと、突進してくる兵士に向かって剣を無造作に一閃させた。兵士の体が音を立てた。井戸に水桶を投げ入れて、それが水面を打つときの音に似ていた。兵士が前のめりに地面に倒れ、ガウェインが祈りの言葉をつぶやいた。「終わったの、アクセル」とベアトリスが言った。

「終わったよ、お姫様」

エドウィンはほとんど表情も変えず、倒れた男をじっと見つめていた。少年の視線をなぞっていくと、その先に蛇がいた。兵士が倒れたことで眠りを妨げられでもしたか、いま兵士の体の下から這い出してくる。全体は暗い色合いで、そこに黄色と白の斑点が入っている。蛇は全身を徐々に現し、地面をかなりの速度で這いはじめた。アクセルの鼻に人間の内臓の強烈なにおいが届いた。蛇が足元に這い寄ってくる。アクセルはベアトリスを促し、本能的に横に一歩移動した。だが、依然、蛇は二人に向かってくる。途中でアザミの草叢にさえぎられたが、まるで岩で流れが分かれるように、蛇はそこで二つに分かれ、草叢を過ぎるとまた一つに合わさって、さらに這い寄ってきた。

「おいで、お姫様」アクセルはベアトリスの手を引いて言った。「終わってよかった。理由はよくわからないが、この男はわたしらに危害を加えるつもりだったのだからな」

「知るかぎりのことをお伝えしておきましょう、アクセル殿」とウィスタンが言った。地面の草で剣を拭い終え、立ち上がってアクセルに向かって歩いてきた。「この国のサクソン人同胞があなた方と仲良く暮らしていることは承知しています。ですが、ブレヌス卿の動向についての報告がありました。卿はこの国を征服し、そこに暮らすすべてのサクソン人に戦をしかけるつもりでいるようです」

「わしも同様に聞いておる」とガウェインが言った。「鱒《ます》のように腹を裂かれたそこの哀れぬ兵士に、わしが味方しなかった理由の一つだ。ブレヌス卿という輩、アーサー王がもたらした平和を無に帰させようとしているのかもしれぬ」

「国ではもっと聞いています」とウィスタンが言った。「ブレヌス卿は城に危険な客を招いているとか。竜を手なずける術を持つ北方人だそうです。わが王が恐れているのは、クエリグが捕えられ、ブレヌス軍の戦力に加えられるのではないかということです。この雌竜は強大な力を発揮するでしょう。そうなると、ブレヌス卿の野望にも実現の芽が出てきます。だからこそ、反ブレヌス勢力に対して竜が放たれるまえに、それを始末するようにとの命がわたしに下されました。ガウェイン卿は啞然としておられるようですが、これが真実です」

「わしが啞然としておるとしたら、そなたの言葉に疑えぬ響きがあるからよ。若かったころ一度だけ、敵軍にいる竜に立ち向かったことがある。なんとも恐ろしいやつだった。一瞬前まで手柄に飢えていたわが同志らが、その姿を見て恐怖で凍りついた。だが、そんな竜でも、クエリグに比べたら力でも狡猾さでも遠く及ばない。クエリグがブレヌス軍に加わり、卿の意のままに動くとしたら、確かに新しい戦をしたくもなろう。だが、クエリグは人に使われるようなやわな竜ではない。わしはそう信じる」ガウェインは口をつぐみ、倒れた兵士を見やって首を横に振った。

ウィスタンはエドウィンの立っているところまで歩き、腕をつかんで、そっと死体のそばまで引いていった。そのまましばらく並んで立ち、兵士を見下ろしていた。ウィスタンが静かな口調で何事か語っている。ときおり何かを指で差し、エドウィンの顔をのぞき込んで反応を確認している。一度、指で空中に滑らかな線を描いているのが見えた。たぶん、あれは剣の軌跡だろう。その軌跡をたどった理由などを説明していたのだろうか。その間、エドウィンはずっと無表情で、倒れた男を見つめつづけていた。

ガウェインがアクセルの横に立って言った。「じつに悲しいことだ。この静かな場所は、すべての疲れ切った旅人への神からの贈り物だったに違いないのに、それが血で汚された。誰かがここを通りかかるまえに、早いところこの男を埋めてやろう。馬は、わしがブレヌス卿の野営地まで引いていく。山賊の一団に襲われるところに行きあわせたと知らせ、仲間に墓の場所を教えてやろう。そして、そなたには……」とウィスタンに声をかけた。「まっすぐ東へ引き返すことをお勧めするぞ。クエリグのことはもう考えるな。ホレスとわしに任せよ。今日はいろいろなことを聞かせてもらったゆえ、以前に増してクエリグ退治に邁進しよう。さて、友よ、手を貸せ。この男が心安らかに創造主のもとへ戻れるよう、土に埋めてやろう」

第二部

第六章

くたびれているのに、アクセルはなかなか寝つけずにいた。修道院に着いて、階上の部屋をあてがわれた。地面から伝わってくる冷えを気にしなくてすむのはいいが、アクセル自身はこれまで地面と離れたところですぐに眠れたためしがない。納屋や馬小屋で寝るときでさえ、梯子を上るだけで、下に大洞窟が生じたような感じがして、その空間が気になってしかたがなかった。だが、今夜の落ち着かなさには、頭上の暗闇に潜む鳥の影響が大きいのかもしれないとも思う。いまはほぼ静まっているが、それでもときおり羽根のこすれ合う音や、羽ばたきの音がする。そのたびに、不潔な羽毛が空中を舞い落ちてくるのではないかと気になって、横で眠るベアトリスの体を腕で覆ってやりたくなる。

一行が初めてこの部屋に入ったとき、鳥はもうそこにいた。鳥に黒歌鳥に森鳩……。思えば、垂木にとまってこちらを見下ろしていたその様子に、最初から何か不吉なものを感じていたような気がする。いや、いまそんなふうに思うのは、その後に起こった出来事に影響されているのだろうか。

それとも、眠れないのはこの音のせいだろうか、とアクセルは思う。ウィスタンの薪割りの音がいまも修道院の中庭に響いている。ベアトリスは気にならないらしく、さっさと眠ってしまった。部屋の真ん中には、いまは黒い影にしか見えないが、さっき食事に使ったテーブルがあって、その向こうでエドウィンが穏やかないびきをかきはじめている。ウィスタンはたぶんまったく眠っていない。さっきまでずっと部屋の片隅にすわり、修道僧の最後の一人が中庭を出て夜の闇に消えていくのを待っていた。そのあとは――ほら、また聞こえる――ジョナス神父から注意されたのに、中庭で薪を割りつづけている。

修道僧らは、会議を終えて出てきてからもすぐには散らず、何やら話し合っていた。せっかくまどろみかけていたアクセルが、話し声で眠りから起こされることが何回かあった。声の主はときに四、五人。いつもひそひそ声だが、そこに怒りや恐怖がこもっていることもある。その声が少し前からやんで、アクセルはまたうとうとしはじめた。だが、声はやんでも、窓の下に修道僧がたむろしているという感じがなくならない。それも数人ではなく、僧衣をまとった人影が数十人だ。月光の下に黙然と立って、地面に響くウィスタンの鉈《なた》の音をじっと聞いているような気がする。

先ほど、まだ午後の太陽が部屋に射し込んでいるとき、アクセルは窓から外をのぞいた。

そこに見えたものがこの修道院の全容かどうかはわからないが、修道僧は四十人以上をかぞえた。それが中庭のあちこちに数人ずつかたまって、何かを待っていた。隠密ムードが支配的で、何を話すときも小声だ。それぞれに自分の言葉が周囲に漏れ聞こえないよう気を遣っているらしかった。険悪な視線が交わされる光景も何度か見た。僧衣はみな同じ茶色で、人によってフードがなかったり、袖がなかったりする。どうやら、向かいの大きな石造りの建物に入るのを待っているようで、それが遅れているためにいらいらが募っているようだった。

しばらく中庭を見下ろしていると、下で物音がした。窓からさらに身を乗り出し、真下を見た。いまいる建物の外壁が見えた。色あせた石が日の光に照らされて黄色っぽい。その外壁に、地面からアクセルのいる方向へ石段が刻まれていて、その石段を上ってくる修道僧が——というか、その頭のてっぺんが——見えた。お盆を持ち、そこに食べ物とミルク入りの水差しを載せている。途中で立ち止まり、盆をバランスよく持ち直した。アクセルの目には、じつに危険な動作に見えた。この石段は、段ごとに摩耗の程度が一様ではない。しかも外側に手すりがついておらず、上る人は常に建物の外壁に体を押しつけるようにしていないと、地面に敷き詰められた硬い敷石にまっさかさまに墜落しかねない。よりにもよって、この修道僧は脚が悪いようだ。それでも僧は上ってくる。ゆっくり、着実に上ってくる。

アクセルはドアまで飛んでいって、修道僧からお盆を引き取ろうとした。だが、僧は——すぐにブライアン神父という名であることがわかった——自分でテーブルまで運ぶと言ってきかず、「お客様にはお客様としてのおもてなしをいたしませんとな」と言った。

ウィスタンと少年はそのときもう部屋にいなかった。思えば、薪割りの音がすでに始まっていたかもしれない。だから、アクセルとベアトリスは並んで木のテーブルにつき、パンと果物とミルクを二人だけでありがたくいただいた。二人の食事中、ブライアン神父は嬉しそうに——ときにはうっとりと——過去にここを訪れた客人のことや、近くの川で釣れる魚のこと、長年住み着いていてついに昨冬に死んだ迷い犬のことをしゃべりつづけた。ときどき、歳に似合わない元気さで立ち上がると、悪い脚をひきずり、部屋中を歩きまわりながらしゃべった。思い出したように窓際に行き、下にいる修道僧たちの様子を見ることもあった。

食事中、頭上では鳥が屋根の下を飛びまわり、羽毛を落としてよこした。ときには、それがミルクの表面に舞い落ちることもあって、アクセルとしては全部追い払いたい気持ちだった。だが、修道僧らがかわいがっている鳥かもしれないと思い、我慢した。だから、外の石段を駆け上る音がして、黒い顎髭をたくわえた大柄な修道僧が部屋に飛び込み、顔を真っ赤にして怒鳴りはじめたときは、あっけにとられた。

「悪魔め、悪魔め」と僧は垂木を見上げて叫んだ。「きさまら、血まみれにしてやるぞ」

乱入した僧は藁で作った袋を持っていて、中に手を突っ込むと石を一個取り出し、鳥を目がけて放った。「悪魔め、穢《けが》れた悪魔め、悪魔、悪魔！」

その石があちこちに当たりながら落ちてきた。僧は二個目の石を、さらに三個目の石を投げた。どの石もテーブルから離れた場所に落ちたが、ベアトリスが両腕で頭を覆った。アクセルは立ち上がり、顎髭の僧に向かって動こうとした。だが、ブライアン神父のほうが速かった。僧の両腕をつかみ、諭すように言った。

「イラスムス、やめよ。頼むから、落ち着け」

鳥は狂乱状態で叫び、四方八方を飛びまわっている。その騒音を圧倒する大声で顎髭の僧が叫んだ。「見ればわかる。お見通しだ」

「落ち着け、イラスムス」

「止めないでください、神父。あいつらは悪魔の手先です」

「だが、神の使いかもしれないぞ、イラスムス。まだなんとも言えない」

「悪魔の手先とわかっています。あの目をご覧ください、神父。神の使いがあんな目でわれらを見るでしょうか」

「イラスムス、落ち着け。ここにはお客様がいる」

これを聞いて、顎髭の僧はアクセルとベアトリスに気づいた。怒った顔で二人をにらみ、ブライアン神父に言った。「こんなときに客人を院に招き入れるとは、なにごとです。この二人はなぜここに来たのです」

「旅の途中に立ち寄られた良き方々だ。お客様は喜んでお迎えするのが、ここの良き習慣ではなかったのか？」

「ブライアン神父、われらの大事を旅人に教えるおつもりか。これは探りにきた輩でしょう」

「探りに来られたのではないし、われらの問題にも関心など持たれてはおらん。おそらく、ご自分の問題で手一杯であろうからな」

突然、顎髭の僧はまた石を取り出し、投げようと身構えた。だが、ブライアン神父がなんとかそれをとどめた。「下に戻れ、イラスムス。この袋を放せ。ほら、わたしに任せよ。そんなふうにあちこち持ち歩くものではない」

顎髭の僧は年上の僧の手を振り払い、取られまいと、必死で袋を胸に抱きかかえた。ブライアン神父はここは譲ることにし、袋を抱いたままのイラスムスを戸口へそっと導いた。イラスムスはそこでもう一度振り向き、屋根の下の鳥をにらんでいたが、神父にそっと石段まで押し出された。

「戻れ、イラスムス。下でみなが待っているぞ。落ちないよう気をつけて戻れ」

顎髭の僧がようやく出ていくと、ブライアン神父は部屋に戻ってきて、空中に漂っている羽毛を手で払った。

「お二人にはすまないことをしました。悪い男ではないのですが、ここの暮らしがもう無理なようです。さ、おすわりになって、安心して召し上がってください」

「ですが、神父様、あの方の言い分ももっともではありませんか」とベアトリスが言った。「ご都合の悪いときにお邪魔してしまったようです。ご負担をおかけしたくありません。できるだけ早く賢人ジョナス神父様に会わせていただければ、お知恵を拝借して、すぐに立ち去ります。いつお会いできるか、まだわかりませんか」

ブライアン神父が首を横に振った。「先ほど申し上げたとおりです、奥様。ジョナスはこのところ体調がすぐれず、誰にも会わせるなという院長の厳命がありました。もちろん、院長の許可があればそのかぎりではありません。ジョナスに会いたいというお二人の望みと、そのためになさったご苦労は承知しています。ですから、ご到着直後から院長のお耳に入れようと努力しているのですが、ご覧のとおり、いまは繁忙の時期でして、ついさきも重要な訪問者がお一人ご到着になりました。いま院長はその訪問者との会見に臨んでおられます。そのためにわたしどもの会議も遅れておりまして、会見の終了をみなで待っているところです」

ベアトリスは窓際に立ち、顎髭の僧が石段を下りていくのを見送っていた。突然、指を差して言った。「神父様、あれは院長様がお戻りになったところではありませんか」

アクセルもベアトリスの横に来て見た。ひょろりと細いが侵しがたい雰囲気を持った人物が、中庭の中央に出てくるところだった。僧らは会話を中断し、みなその人物に向かって移動を始めた。

「ああ、そうです。院長が戻られました。では、食事をすませてしまってください。ジョナスのことは、いましばらくご辛抱を。この会議が終わるまでは、院長の決定をお伝えできないと思いますので。しかし、忘れはしません。お約束します。ご希望は必ず伝えます」

確かあのときも、いまのように戦士の鉈の音が中庭に響いていたのではなかったか……。アクセルは思い出した。そう、修道僧が向かいの建物にぞろぞろと入っていくのを見ながら、わたしは音に気づき、薪を割っているのは一人なのか二人なのかと自問したのだった。はっきり覚えている。最初の音から二番目までの間隔がとても短く、二番目が最初の音の反響なのか、実際に薪を割った音なのかの判断がつかなかった……。アクセルは暗闇の中に横たわりながら、エドウィンとウィスタンが二人並んで薪を割っているところを想像した。ウィスタンに遅れずについていけるほどだから、少年もあの歳でもう薪割り名人に違いない。あの少年には驚く。今日の午後、修道院に着くまえにも、その辺に転がっていた二個の平らな石で手際よく穴を掘ってみせてくれた……。

まだ修道院まで山登りがつづくから体力を残しておいたほうがいい、とウィスタンに説得され、アクセルはもう掘るのをやめていた。代わりに、まだ血がにじみ出ている兵士の死体のわきに立ち、木の枝に集まりはじめた鳥からそれを守ることにした。ウィスタンは死者の剣を使って墓を掘っていた。こういう仕事に自分の剣を使って、切れ味を鈍らせたくない、と言った。ガウェインの意見は違った。「この兵士は名誉の死を遂げた。主人の悪巧みはさておき、この男の墓を掘るのに騎士の剣を使って惜しいということはあるまい」と言った。だが、そんなことを言いながら、二人ともいまは手を休めていた。そして、原始的な道具だけでどんどん掘っていくエドウィンの手際のよさを、目を丸くして見ていた。やがてまた作業に戻るとき、ウィスタンが言った。

「ガウェイン卿、お考えの筋書きではブレヌス卿が納得しないのではありませんか」

「納得するさ」と、ガウェインは掘りながら答えた。「わしとあやつの関係は微妙だが、あれはわしをばかのつく正直者と思っておるからな、話をでっち上げられるとはつゆ思うまい。そうさな、わしの腕の中で血を流しながら死んでいくとき、山賊にやられた、とつぶやいたことにしておいてもいい。嘘は罪深いと思うかもしれぬが、なに、さらなる流血を防ぐためとあれば、神も慈悲の目で見てくださるだろうよ。ブレヌスにはきっと信じさせる。だが、そなたの身が危険であることは変わらぬ。早く国に帰るのがよかろう」

「そうしますよ、ガウェイン卿。用事が終わりしだい、ただちに。馬の足がすぐに治らないようなら、別の馬と交換することも考えます。沼沢地までは長い道のりですから。ただ、あれは稀有の雌馬で、できれば手放したくありません」

「まさに稀有の馬だ。わしのホレスには、悲しいかな、もはやあの敏捷さはない。かつては、そなたの馬のいまの働きにも劣らず、何度もわしを助けてくれたのだが……。稀有の馬。失うのは惜しかろう。とはいえ、いまは速度こそ大事。すぐにでも帰途につき、用事など忘れるがよかろう。雌竜のことは、わしとホレスで十分よ。そなたまで雌竜のことをあれこれ思い煩う必要はない。いずれにせよ、考えてみると、ブレヌス卿がクエリグを自軍に引き込むことなど絶対にありえぬ。あれは野生そのもの、手なずけることなど不可能な生き物だ。敵に火を吐くかもしれぬが、ブレヌス軍にも吐こう。思いつきそのものが愚劣だ。もう忘れることだ、ウィスタン殿。敵に追いつめられぬうち、故郷に急ぐがよい」

そして、何も答えずに掘りつづけるウィスタンを見て付け加えた。「約束がなったと思ってよいのだな、ウィスタン殿」

「何の約束です、ガウェイン卿」

「もはや雌竜のことは忘れ、帰途につくという約束だ」

「どうしてもそう約束させたいようですね」

「そなたの安全だけではない。クエリグが怒り狂うとき危険にさらされるすべての民の安全を考えておる。それに、同行の旅人はどうするつもりだ」

「そう、あの友人らの安全が気がかりです。修道院まではついていくつもりです。何があるかわからない道を無防備のまま行かせるわけにはいきませんからね。その後は、分かれるのがいいかもしれません」

「では、修道院から故郷へ向かうか」

「帰る用意ができたら帰ります、ガウェイン卿」

死者の内臓から立ち上る悪臭に、アクセルはやむをえず死体から数歩離れた。離れることで、ガウェイン卿の姿が目に入った。いま腰まで地中に埋まり、大量の汗で額を濡らしている。表情からいつもの人の好さが消えているのは、そのせいだろうか。ウィスタンに向けられる視線に強烈な敵意が込められているのが気になった。一方、ウィスタンはそんなことを気にもとめず、ひたすら掘りつづけていた。

ベアトリスは兵士の死に動揺しているようだった。墓が深く掘られていくのを見ていられないのか、オークの大木までゆっくりと戻ると、またその陰にすわって、頭を前に垂れていた。アクセルも行って一緒にすわってやりたいと思ったが、烏があれだけ集まってきていてはそれもできなかった。いま暗闇の中で横になっていると、殺された兵士への哀れみと悲しみが心に湧き上がってくる。小さな橋の上で兵士が二人に礼儀正しく接してくれたこと、ベアトリスへの語りかけがやさしかったことを思い出した。初めて空き地に馬を乗り入れてきたときの見事な位置取りが心によみがえった。あのとき、兵士の行動の何かが心の奥底から記憶の断片を引き出した。いま、夜の静けさの中で、アクセルは荒れ地の起伏と、陰鬱な空と、ヘザーを掻き分けてやってくる羊の群れを思い出していた。

　あのときアクセルは馬上にいた。すぐ前に、やはり馬に乗った同僚がいた。名前はハービー。その肥満体から放たれる体臭は、馬のそれをも圧倒する。二人は遠方に何かの動きを認め、風の吹き渡る荒れ野の真ん中に立ち止まっていた。だが、とくに恐れるものではないと見て、すでに長時間馬に乗りつづけだったアクセルは、思い切り両腕を伸ばし、ハービーの馬が尻尾を左右に振るのを見ていた。尻に蠅が止まらないよう追い立てているようだと思った。後ろにいてハービーの顔は見えなかったが、その背中の形に、いや体勢全体に、近づいてくる一行への悪意がにじんでいるのを見た。ハービーの背中越しに前方を見るアクセルの目に、黒い点々が映った。これは羊の顔だ。その点々に交じって四人の男が進んでくる。一人は驢馬に乗り、他の三人は歩いている。犬は見当たらない。羊飼いには、最前からこちらが見えていたに違いない。空を背景に騎手が二人立っているのだから、気づかないはずがない。なのに進んでくる。不安を感じなかったのだろうか。それとも不安を押し隠して、あの恐れ気のないゆっくりした前進をつづけているのだろうか。いずれにせよ、ここは荒れ野を通る一本道だ。羊飼いが騎手二人を避けようとすれば、道を引き返すしか方法はなかったのも事実だ……。

　羊飼いの一行が近づいてくる。四人の男はとても年寄りとは言えないが、いずれも不健康に痩せ細っている。そう見てとると、アクセルの心が沈んだ。あの様子ではハービーの残忍さがいっそう掻き立てられる……。アクセルは、声を出せば届くほどの距離に一行が入るのを待ち、馬を少し前へ促して、慎重にハービーの馬と鼻面を並べさせた。アクセルと馬が占めたこの位置は、本来なら羊飼い四人と群れの大部分が通っていくはずの場所だ。鼻面を並べたと言っても、ハービーの馬よりわずかに後ろに位置し、これで同僚がわずかでも優越感に浸ってくれれば、と願った。大事なことは、自分がいま羊飼い一行の盾になっているということだ。ハービーが突然に鞭で――あるいは、鞍からぶら下げている棍棒で――羊飼いに襲いかかろうとしても、自分の体が邪魔になる。もちろん、それは秘めた目的であり、表面上は単に二人が仲間として並んでいるようにしか見えなかったろう。いずれにしても、隠された目的を察するほどには、ハービーの心は繊細でも鋭くもない。現に、アクセルが馬を寄せたとき、ハービーはただぼんやりとうなずいただけだ。そして、すぐに荒れ野に顔を向け、むっつりと前方を見ていた。

　アクセルが羊飼いのことを心配していたのにはわけがある。数日前、サクソン人の村であることが起こった。あの晴れた朝にアクセルが受けた衝撃は、村人の驚きと嘆きに劣らず大きかった。なんの前触れもなく、ハービーがいきなり馬に拍車をくれると、井戸で水汲みの順番を待っていた人々の列に突っ込んで、めったやたらに打擲《ちょうちゃく》を始めた。あのときハービーが使ったのは鞭だったか、棍棒だったか……。荒れ野で羊飼い一行と出会ったあのとき、アクセルはそれを必死で思い出そうとした。通りかかる羊飼いに使うのが鞭なら、攻撃の範囲は広くなり、腕もあまり大きく振らなくてすむ。その気になれば、アクセルの馬の頭越しに攻撃することもできるだろう。一方、棍棒なら、アクセルの位置取りからして、ハービーは自分の馬を前に出し、半ば旋回させないと攻撃ができない。そんな大きな動きは、意図を見透かされる危険があるとしてハービーの嫌うところだ。ハービーは残忍だが、自分の残忍さを衝動的、自然発生的なもののように見せかけることを好んだ。

あの予防的な行動で実際に羊飼いの一行が救われたのかどうか、アクセルは思い出せない。羊の群れが何事もなく通り過ぎていったような感覚は、不確かながら残っている。だが、羊飼いたちのことになると、井戸のわきで襲撃された村人のことと入り交じって、記憶は混乱している。そもそも、あの朝、二人であの村を訪れたのはどんな用事だったのだろう。アクセルは怒りの叫びと子供の泣き声、村人の憎しみの表情を覚えている。自身が感じた怒りも覚えている。ハービーへの怒りというより、こんな同僚を押しつけてきた人々への怒りだった。二人に与えられた任務は、達成できれば、確かにこれまでに類を見ない偉業となっていただろう。人間が神に一歩近づいた——そう神ご自身が認めるほどのものになっていたはずだ。だが、こんな野獣のような同僚を重しにつけてよこして、いったいどうしろというのか……。

灰色の髪の兵士が橋の上で見せた小さな身振りが思い出された。同僚のずんぐりした兵士がウィスタンを怒鳴りつけ、その髪を引っ張ったときだ。灰色の髪の兵士は腕を持ち上げかけた。手は何かを指し示す形を作ろうとし、口からは叱責の言葉が出かかっていた。

だが、身振りは完成せず、兵士は腕を下ろした。あの瞬間に灰色の髪の兵士が経験したことのすべてを、アクセルは完全に理解できた。あのあと、兵士は特別にやさしい口調でベアトリスに話しかけた。橋の前に立つベアトリスの表情が見る見る変わっていった。暗く警戒した表情から、アクセルが愛してやまない柔らかくほほえんだ表情に変わり、アクセルは心の内で兵士に感謝した。いま、あの光景がアクセルの心をわしづかみにし、同時にアクセルを恐れさせた。見知らぬ人間から——それも、危険な敵にもなりうる人間から——親切な言葉を二つ三つかけられただけで、ベアトリスはすぐに世界への信頼を取り戻した。その考えはアクセルを不安にし、すぐ横に寝ている肩にそっと手を滑らせたいという思いにさせた。だが、待て。思えば、ベアトリスはいつもそうだったのではないか。それもまたベアトリスというかけがえのない存在の一部ではなかったのか。そうやってとくに大きな痛手も受けず、ベアトリスはこの長い年月を生き抜いてきたのではなかったか。

「それがローズマリーのはずはありません」ベアトリスにそう言われたのを思い出す。緊張で強張った声だった。晴れた日で、地面が乾き、アクセルはその地面に片膝を突いていた。ベアトリスはアクセルの背後に立っていたに違いない。手で下生えを掻き分けたとき、影が森の地面に伸びていたのを覚えている。「ローズマリーのはずがありません。だって、黄色い花の咲くローズマリーなんて見たことがありませんもの」

「では、わたしの記憶違いか」とアクセルは言った。「それでも、よく見る花であるのは確かだし、娘さんに悪さをする花でもなかろう？」

「あなたは草木に詳しい方ですの？　この国に生える野の草のことなら、母から全部教わっていますけど、あなたの前にあるそれは見たことがありません」

「では、どこかほかから最近やってきた草なのだろうか。だが、なぜそんなに困った顔を、娘さん？」

「困ります。だって、それはたぶん、恐れなさいと母から教わってきた草ですもの」

「なぜ草を恐れる。毒でもあるならわかるが、それでも触れないようにすればいいだけだろう。しかも、君はいま手を伸ばして触れているし、わたしにも同じことをさせている」

「あら、毒草じゃありません。少なくとも、おっしゃっているような意味では。でも、母はある草のことを詳しく話してくれて、若い娘がそれをヘザーの中に見つけたら災難だと言っていました」

「どんな災難です、娘さん」

「そんなこと言えるほど図々しくありません」

そう言いながら、その若い女は——あの日のベアトリスは——アクセルの横にしゃがみ込み、信じて疑わない目で笑いかけてきた。一瞬、二人の肘と肘が触れ合った。

「見るのが災難？　では、わざわざわたしを道から引っ張り込んでまでこれを見させるというのは、いったいどんな親切ですか」

「あら、あなたにはなんでもありません。未婚の娘にとって災難なんです。でも、あなたみたいな若い男に災難をもたらす花もあるんですよ」

「それはどんな花か、ぜひ教えてください、娘さん。あなたがこの花を怖がるように、わたしもそれを怖がらねば」

「わたしをからかって楽しいですか。でも、きっといつか、転んだ拍子に鼻先にその花を見つけますよ。そうしたら笑いごとですむかどうか……」

手で掻き分けたヘザーの感触、頭上の枝を吹き抜ける風、すぐ横にいる若い女――アクセルはいま思い出すことができた。あれは、二人が初めて口をきき合ったときだったろうか。いや、それ以前から、少なくとも互いに見かけてはいたはずだ。いくらベアトリスでも、まったく初対面の男にあれほど親しげに接するということはあるまい……。

しばらくやんでいた薪割りの音がまた始まった。ウィスタンは今晩一晩ずっと外で過すつもりかもしれない――アクセルはふとそう思った。戦いの中でさえ冷静沈着な男だが、それでも昨夜から今日一日は緊張の連続で、さすがに神経が昂ぶっているのではなかろうか。ああやって単調な動作を繰り返すことで昂ぶりを鎮めようとしているのかもしれない。それにしても、ウィスタンの行動は妙だったと思う。ジョナス神父から、もう薪割りをしないようはっきりと注意されたのに、またやっている。それも日がすっかり暮れたこの時刻に。今日の午後、ここに到着した直後には、修道院への単なるお礼の行為のように見えた。だが、すでにその時点で、ウィスタンには薪割りをする理由があったのだと知った。

「薪小屋はいい位置にあります」と戦士は説明した。「少年とわたしとで、薪を割りながら人の出入りをよく観察できました。さらにいいのは、割った薪をあちこちに届けながら、気ままに歩き回って、周囲を見られたことです。まあ、開かないドアもいくつかありましたが」

アクセルとウィスタンは、周囲の森を見下ろす高い修道院の壁の上で話し合っていた。そのころにはもう修道僧の会議が始まっていて、敷地全体が静まり返っていた。部屋でうとうとしているベアトリスを残し、少し前、アクセルは夕方近い日の光の中へ散歩に出た。すり減った石段を上っていくと、そこにウィスタンがいて、密に生い茂る森の緑をながめていた。

「ですが、なぜそこまでするのです、ウィスタン殿」とアクセルが尋ねた。「ここの良き僧らを疑っているのですか」

戦士は手をあげ、額にかざしながら言った。「あの小道を上ってくるときは、早く部屋の隅に丸まって眠りこけたいとしか思いませんでしたが、いざ着いてみると、どうもこの場所は危険だという気がしてなりません」

「疲れのせいではありませんか、いろいろと気になるのは。ウィスタン殿はいったい何が怪しいと?」

「はっきりこれだと言えるようなことは、まだ何も。ですが、こういうことがありました。さっき厩《うまや》に馬の様子を見にいきました。そのとき、馬房の背後で物音がすることに気づいたんです。どうやら仕切りの壁の向こうに別の馬房があって、そこから馬の物音が聞こえてくるらしいんです。でも、到着後そうそうに馬を引いていったときは、そんな物音はしませんでした。そこで反対側に回ってみると、馬房らしきものがあって、ドアに大きな錠がぶら下がり、固く鍵がかかっていました」

「説明はいくらでもつくのではありませんか、ウィスタン殿。牧草地に出されていた馬が戻ってきた、とか？」

「ええ、そのことを僧に尋ねてみました。その僧が言うには、修道僧の生活が楽になりすぎないように、ここでは馬を使わないのだそうです。ですから、わたしたちの到着後、別の訪問者があったのでしょう。その訪問者は来たことを知られたくないようです」

「それでしたら、ブライアン神父が言っていたあれかもしれません。重要な訪問者が院長に会いにきているそうです。その人が来たために会議が遅れている、と言っていました。この修道院で何が行われているかわかりませんが、たぶん、わたしたちには関係のないことではないでしょうか」

ウィスタンは何やら考え込んだ様子でうなずいた。「アクセル殿のおっしゃるとおりかもしれません。少し眠れば、疑いも消えるでしょうか。それでも、少年にこの場所を少し探ってもらうことにしました。大人より子供のほうが好奇心旺盛を言い訳にできますからね。ついさっき戻ってきて、あのあたりでうめき声を聞いたそうです」ウィスタンは体をねじって指で差した。「痛みに苦しむ男の声のようだったとか。音の出どころを探って忍び込むと、閉じた部屋があって、その外に血痕があったそうです。古いのも新しいのもあった、と」

「確かに妙ですね。でも、僧が思わぬ事故にあうというのはありうることでしょう。その石段でけつまずくとか。妙でもなんでもないのかもしれません」

「確かに、アクセル殿。別に疑う確たる理由があるわけではないんです。ただ戦士の本能が、もう農夫の真似事はいやだ、ベルトに剣を下げていたい、とだだをこねているだけかもしれません。それか、この壁が過去の出来事を語りかけてくることから生じる恐怖か……」

「どういうことです、ウィスタン殿」

「たとえば、この場所はもとからの修道院ではなくて、さほど遠からぬ昔は丘の砦だったはずなんです。敵を撃退するための砦で、よく考えて造られています。今日上ってきた険しい山道を思い出してください。くねくねと曲がって、体力を奪っていったでしょう？　あそこをご覧ください、アクセル殿。その山道の上に胸壁がめぐらしてありますね？　下を通る敵の頭上に、あそこから矢を射たり、岩を落としたり、熱湯を注いだりしたんです。

門にたどりつくのもたいへんだったはずですよ」

「確かに。楽な道程でなかったのはわかります」

「それに、これはかつてサクソン人の砦だったはずです。アクセル殿にはわからないでしょうが、わが同族の印があちこちに見てとれます。たとえば、あそこ」と、四方を壁で囲まれた場所を指差した。玉石が敷き詰められている。「あそこに二つ目の門が立っていたはずです。最初の門よりずっと頑丈ですが、山道を上ってくる侵入者には見えません。侵入者は最初の門だけを見て、全力でこれを攻めます。しかし、その門はサクソン人の言う『水門』です。川の流れを制御する堰《せき》に仕組みが似ているところから、そう呼ばれていました。敵はこの水門を抜けて侵入してきますが、それは守る側が意図的に許していることで、一定数の敵が入り込んだところで水門が閉ざされ、後続が閉め出されます。二つの門に挟まれて孤立した敵、あそこに閉じ込められた敵はたいへんです。人数で圧倒されたうえ、再度上から攻撃されて、たちまち皆殺しです。そのあと、また水門が開かれて、同じことが繰り返されます。仕組みはおわかりでしょう？　ここは今日でこそ平和と祈りの場所ですが、さほどくまなく探さなくても血と恐怖の痕跡が見つかります」

「なるほど、ウィスタン殿。いまの説明に身が震えます」

「ここにはサクソン人の家族がいたでしょう。賭けてもいい。保護を求めて、遠くから逃れてきた家族だったはずです。女子供、怪我人、年寄り、病人。さっき修道僧が集まっていた中庭を見てください。戦いのときは、重病人以外の全員があそこまで出てきたでしょう。なんのために？　敵が二つの門に鼠のように捕えられ、叫びながら殺されていくのをよく見るためです」

「それは信じられません、ウィスタン殿。きっと建物の中に隠れて、身の安全を祈っていたのでは……？」

「そういう臆病者もいたかもしれませんが、ほとんどはあの中庭で見物していたはずです。下に地獄絵図を見られるならと、矢や槍が飛んでくるこの場所まで上ってきた者もいるかもしれません」

　アクセルは首を横に振った。「たとえ敵の血であっても、その人々が流血を楽しんだとは信じられません」

「いえいえ、アクセル殿。わたしが話しているのは、残虐に彩られた道の終点にたどり着いた人々です。子供や親族を切り刻まれ、犯された人々です。苦難の長い道を歩み、死に追いかけられながら、ようやく最後の砦であるここにたどり着きました。そこへまた敵が攻めてきます。勢力は圧倒的です。この砦は何日もつでしょうか。数日？　もしかしたら一、二週間くらい？　ですが、最後には全員虐殺されることがわかっています。いまこの腕に抱いている赤ん坊も、やがて血まみれのおもちゃになって、玉石の上を蹴られ、転がされるでしょう。もうわかっています。そういう光景から逃げてきた人々ですから。家を焼き、人を切り殺す敵。息も絶え絶えで横たわる娘を順番で犯していく敵。そういう敵を見てきました。そういう結末が来ることを知っています。だからこそ、包囲されて過ごす最後の数日くらいは――のちの残虐行為の代償を先払いさせうる最初の何日かくらいは――十分に生きなければなりません。要するに、アクセル殿、これは事前の復讐です。正しい順序では行えない人々による復讐の喜びの先取りです。だからこそ、わがサクソンの同胞はここに立ち、歓声をあげ、拍手をしたはずなのです。死に方が残酷であればあるほど、その人々は陽気に楽しんだことでしょう」

「わたしには信じられない。まだなされていない行為をそれほど激しく憎むことなどできるものでしょうか。ここに逃げ込んだ善良な人々は、最後まで希望を持ちつづけたのではないのですか。友であれ敵であれ、すべての苦しむ人々を恐怖と哀れみの目で見ていたのでは……？」

「年齢はあなたのほうがずっと上です、アクセル殿。ですが、流された血の問題では、わたしこそが年長で、あなたが若者かもしれません。わたしは老女や幼子の顔に海より深い底なしの憎しみを見てきました。自分でもそういう憎しみを感じたことがあります」

「受け入れたくありません。それに、いま語り合っているのは、もう永遠に去ったはずの過去の野蛮で、これからどうなるという話ではないでしょう」

戦士は不思議そうにアクセルを見、何か言おうとして、急に気が変わったようだ。背後に並ぶ石造りの建物を振り返りながらこう言った。「さっき、腕いっぱいに重い薪を抱えてうろついているとき、角を一つ曲がるごとに興味深い過去の痕跡を見つけました。どうやら、二番目の門が破られても、この砦にはまだまだたくさんの罠が仕掛けられていたようです。恐ろしいほど巧妙な罠もありました。この修道僧はそれを毎日目にしながら、何であるかを知らずにいます。しかし、もうやめましょう。そうだ、二人だけのこの静かな時間を利用して謝っておきたいことがあります。さっきは、あなたのことでガウェイン卿に妙な質問をして、不愉快な思いをさせてしまいました。お許しください、アクセル殿」

「いえ、ウィスタン殿。多少驚いただけで、たいしたことではありません。妻も同じでしょう。わたしを誰かとお間違えになった。よくあることです」

「お許しいただき、感謝します。その方を最後に見たのは、わたしがまだほんの子供のころでしたが、わたしには絶対忘れられない方です」

「それは西国で？」

「ええ。わたしが連れていかれる前のことです。その方は戦士ではありませんでしたが、剣を下げ、すばらしい馬に乗っていました。わたしの村にもよく来ていて、百姓や船頭しか知らないわたしたち子供には光り輝いているように見えました」

「ああ、わかります」

「村中どこまでも、少し離れた後ろからついていったのを覚えていますよ。村の長老と話したり、村人を広場に呼び集めたりなど、切迫した感じで動きまわることもありましたし、出会う村人に誰彼の区別なく声をかけながら、のんびりと歩くこともありました。わたしたちの言葉はあまり知らないようでしたが、川沿いにあって舟の行き来も多い村でしたから、その方の言葉を話す村人が多くて、話し相手には困らなかったでしょう。ときどきわたしたち子供に笑顔を向けてくれて、幼かったわたしたちは、わっと散って隠れました」

「では、ウィスタン殿はその村でわたしたちの言葉を覚えられたのですか」

「いえ、それはもっとあと、連れていかれたあとです」

「連れていかれたとは、ウィスタン殿？」

「兵士らに村から連れていかれたんです。行った先で小さいころから訓練されて、ご覧のような戦士になりました。ブリトン人の兵士でしたから、すぐにその言葉を学び、戦い方も学びました。ずいぶん昔のことで、それだけ時間が経つと思いの形も変わります。今日、あの村で初めてアクセル殿を見たとき、朝の光の加減もあったのか、まるであのころの子供に戻ったような気がしました。マントをなびかせ、豚と牛がひしめく村の中をライオンのように闊歩する人と、それを物陰から盗み見る小さな子供ですね。笑ったときの口の端とか、出会った人に挨拶するとき頭をちょっと下げるしぐさとか、何かがそう思わせたんでしょう。でも、いまは間違いだったとわかります。あなたがあの方だったはずはない。

この話はもう終わりにしましょう。奥様はいかがです。あまりお疲れでないといいですが……」

「ご心配、ありがとうございます。息はもう整いましたが、もう少し休んでいるように言ってあります。どのみち、僧らが会議から戻るまで待たざるをえませんしね。賢人ジョナス医師に面会できるよう、院長の許可が出るのを願うだけです」

「しっかりした方ですね、奥様は。文句一つ言わず、ここまで歩いてこられた。おっと、少年がまた戻ってきました」

「あの子は傷によく堪えていますね。ウィスタン殿、あの子もジョナス神父のもとへ……」

だが、ウィスタンは聞いていなかった。壁を離れ、エドウィンに向かって小さな石段を下りていった。二人はしばらく顔を近づけ、小声で何やら話し合っていた。少年が身振り手振りを交えて話し、戦士が眉をひそめ、ときどきうなずきながら聞いていた。アクセルが石段を下りて同じ高さまできたとき、戦士が静かに言った。

「エドウィンがおもしろい発見をしたようで、一見の価値がありそうです。行ってみましょう。ですが、あの老僧はわたしたちの監視役として残ったのかもしれませんから、ただぶらついているように見せてください」

言われてみれば修道僧が一人、中庭を掃いていた。近づくと、何やらぶつぶつと独り言を言っていた。自分だけの世界に籠もっているように見えた。エドウィンを先頭に三人が中庭を横切り、二つの建物の合間に入っていっても、一瞥すらくれようとしなかった。三人は、不規則に起伏する傾斜地に出た。細い草に覆われているなかに、修道院から遠ざかる並木道があった。並木といっても、人間の背丈ほどもあるかどうかの枯れ木の列だ。暮れていく空の下をエドウィンの後ろから歩きながら、ウィスタンがそっと言った。

「この子には驚きます、アクセル殿。息子さんの村に預けるという計画は、考え直したほうがいいかもしれません。もう少しわたしの手元に置いておきたい気がします」

「それはまたなぜ、ウィスタン殿」

「あの子は、豚に餌をやり、冷たい土を掘り返す暮らしを望んでいないと思います」

「しかし、あなたのそばにいて、あの子はどうなります」

「用事を終えたら、東の沼沢地に連れて帰るつもりです」

「沼沢地で何をさせるおつもりです。ずっと侵略者と戦わせるのですか」

「そのようにしかめ面で言われるが、あの子にはたぐいまれな戦士の素質があります。きっと……シッ、さて、何を見せてくれるのかな」

小道のわきに木造の小屋が三軒並んで立っていた。どれもひどく破損していて、互いに支え合うことでようやく立っているように見えた。湿った地面には車輪の跡が残っていて、エドウィンは一瞬立ち止まってそれを指で示し、また歩き出して、三軒の小屋のうち一番遠くの小屋に二人を連れていった。

小屋にはドアがなく、屋根も大半は壊れていて空が見えた。三人が入っていくと、鳥が数羽、けたたましい鳴き声とともに飛び立っていった。あとには陰気な空間が残り、そこに一台の荷車が見えた。粗末な作りから見て、修道僧の手になるものかもしれない。二つの車輪が泥の中に沈み込んでいた。目を引いたのは、荷台に大きな檻が取り付けられていたことだ。近寄ってみると、檻自体は鉄製なのに、その真ん中を太い木の柱が背骨のように貫いて、檻を荷台の板にしっかり固定していた。この柱からは鎖やら手錠やらがいくつもぶら下がっている。頭の位置には黒い鉄の仮面とも見えるものもあるが、仮面にしては、口のあたりに小さな穴が一つあるだけで、目となるべき穴がない。荷車とその周辺には鳥の羽毛と糞が積もっていた。エドウィンが檻の扉に手を伸ばし、開いた。つづいて開けたり閉めたりを何度か繰り返した。そのたびに蝶番がきしり音を立てた。エドウィンがなにやら興奮し、またしゃべり出した。ウィスタンは小屋全体に探るような視線を投げかけながら、ときどきうなずき返した。

「こんなものが修道僧に必要とは、不思議ですね」とアクセルが言った。「宗教的儀式に使うものなのでしょうか」

戦士は淀んだ水溜りを注意深くよけながら、荷車の周りを歩きはじめた。「前にも一度、こういう物を見たことがあります」と言った。「一見すると、中に囚われた人間を自然の残酷さにさらすための道具と思われるかもしれませんが、これを見てください。格子と格子の間が広くあいていて、ほら、わたしの肩が楽に通ります。そして、これも見てください。固まった血で鳥の羽根が鉄格子にくっついています。ここにつながれた者は、山の鳥に捧げる生贄ということでしょう。両手が手錠で固定されていては、飢えた嘴を払いのけることもままならなかったでしょうね。この鉄仮面は恐ろしい代物に見えますが、じつは慈悲の品です。これを被せられていれば、少なくとも目だけは食われずにすみますから」

「もっと穏やかな使い道があるのではないでしょうか」とアクセルが言ったが、エドウィンがまたしゃべりはじめていた。ウィスタンが振り返って小屋の外を見た。

「外の小道をたどっていったら、近くにある崖の縁に出たそうです」と、聞き終えて戦士が言った。「そこの地面にも車輪の跡がたくさんついていたと言いますから、荷車がよくそこまで引かれていったと見ていいでしょう。つまり、すべての印がわたしの想像を裏づけています。この荷車はごく最近も使われたと考えられます」

「どういうことかわかりませんが、わたしも不安になってきました、ウィスタン殿。こんなものを見ただけで、背すじに寒気が走ります。妻の横に戻ってやりたくなりました」

「それがいいですね。もうここを出ましょう」

だが、先頭に立って小屋から出たエドウィンが、不意に立ち止まった。その背中越しに前方の薄暗がりを見やると、そこに僧衣をまとった人影があった。三人からすぐ近くの、よく伸びた草の間に立っていた。

「さっき中庭を掃いていた僧でしょう」とウィスタンが言った。

「こっちが見えているでしょうか」

「見えているし、見られたことも承知でしょう。なのに、まるで木のように突っ立っている。こちらから行きますか」

僧は、三人の進む小道のわきに、膝まで草に埋まりながら立っていた。近づいても身動きしなかったが、風のせいで僧衣が揺れ、長い白髪がなびいていた。単に痩身と言うより、痩せさらばえていると言ったほうがいいかもしれない。飛び出した目で三人を無表情に見つめていた。

「わたしたちの様子をご覧になっていたのなら、いま何を発見したかもご存じですね」と、足を止めてウィスタンが言った。「この修道院ではあれを何に使うのか、お教え願えませんか」

僧は何も言わず、ただ修道院の方向を指差した。

「沈黙の誓約をしているのかもしれません」とアクセルが言った。「それか、ウィスタン殿がやったように啞者のふりか……」

僧が草の中から小道へ出てきた。その不思議な目で三人を順番に見渡して、もう一度修道院の方向を指差してから、歩きはじめた。三人は少し距離を置き、あとにつづいた。僧は幾度も肩越しに三人を振り返った。

暮れてゆく空を背景に、修道院の建物はすでに暗い影になっている。近づいていきながら、僧はいったん立ち止まり、口に人差し指を当ててみせてから、いままでより注意深い足取りになった。誰にも見られたくないということだろう。とくに中央広場を通りたくないようで、建物の裏側にある狭い路地に三人を案内した。その路地は表面がでこぼこのうえ、かなりの急坂になっている。一行は前傾姿勢をとり、ひたすら壁沿いに進んだ。途中、頭上の窓から物音が聞こえた。あの中で修道僧の会議が進行中なのだろう。騒音がして、それを圧するように一人の声が響いていたが、そこにもう一人の声が加わって、静粛を呼びかけた。二番目の声の主は院長だったろうか。だが、聞き耳を立てている暇はない。一行は先を急ぎ、やがてアーチ道に出た。アーチ道の先に中央広場が見える。案内役の僧は一段と厳しい表情になり、できるだけ速く、できるだけ静かに進め、と身振りで示した。

こうして、せっかく松明が燃えていて明るい広場には出ず、列柱の陰に隠れてその一角を通過することになった。つぎに修道僧が立ち止まったとき、アクセルが声をひそめて話しかけた。

「お坊様、わたしらをどこかへ連れていってくださるとお見受けします。妻を呼んできてはいけませんか。独りで残しておくのは不安です」

僧は即座に振り向き、アクセルをじっと見つめた。そして首を横に振ると、薄暗がりの中を指差した。指の先を追うと、そこにベアトリスの姿があった。回廊を少し先へ行ったところの戸口に立っている。アクセルはほっとし、妻に手を振った。そちらに向かってまた進みはじめたとき、背後の会議室では怒声が湧き起こっていた。

「大丈夫かい、お姫様」アクセルはそう言って、ベアトリスが伸ばしてきた両手をとった。

「静かに休んでいたらね、アクセル、この無口なお坊さんが目の前に現れて……幽霊かと思いましたよ。とてもどこかへ連れていきたそうだから、ついていくのがいいんじゃないかしら」

僧は、静かに、という身振りを繰り返した。そして手招きをして、ベアトリスが立っている戸口から中へ入っていった。

トンネルのような廊下があった。村の家々をつないでいる地下通路に似ているなと思った。壁に設けた小さな窪みでランプが燃えているが、暗さを追い散らすにはあまり役立っていない。片腕にはベアトリスがすがりついている。アクセルは反対側の腕を前に伸ばし、手探りするようにして進んだ。トンネルから外に出る一瞬もあったが、耕された二つの菜園に挟まれたぬかるんだ地面を渡ると、また石造りの低い建物に入った。ここの廊下はさっきより広く、火も大きくて明るかった。案内の僧も、ここへ来てようやくほっとしたようだ。しばらく息を整え、後ろにつづく四人をもう一度見てから、待つように合図して、アーチの下に消えていった。しばらくしてまた現れ、一行を先導して部屋に向かった。中から「どうぞお入りなさい、お客人」とか細い声がした。「お迎えするには粗末な部屋ですが、歓迎しますよ」と。

＊

眠りが訪れるのを待ちながら、アクセルはいま一度、五人が――一行四人と沈黙の修道僧が――小さな部屋にぎゅうぎゅう詰めになったところを思い出していた。ベッドわきで蠟燭が一本燃えている。ベッドに横たわる人物を見てベアトリスが思わず後ずさりし、しかし一つ深呼吸して、思い切って部屋に踏み入る。最初は五人も入れる空間はないかと思えたが、やってみれば、ベッド周りのやりくりはどうにでもつく。戦士と少年は一番遠くの隅へ。アクセルの背中は石の壁に押しつけられて、ひんやりと冷たい。ベアトリスは一番前にいる。病人の真ん前に立ち、元気づけの言葉でも言うように少し前のめりになっている。かすかに嘔吐と小便のにおいがする。沈黙の僧はベッドに寝る男の世話をしていて、いま、座位に起き直らせている。

部屋の主は白髪の老人だった。大柄で、つい最近まで元気よく活動していたと思われるが、いまはベッドに起き直る程度の動作でさえ、体中にいくつもの痛みを引き起こすようだ。上体が起き上がると、まとわりついていた粗織りの毛布が滑り落ち、血の染みついた寝間着が剝き出しになった。だが、さっきベアトリスを後ずさりさせたものは、それではなく、ベッドわきの蠟燭でくっきり照らし出された老人の首と顔だ。顎の片側に大きな腫れがある。周辺こそ黄色に薄れているが、全体として濃い紫色で、この腫れのために頭が常に斜めになっている。腫れの頂上は割れ、膿《うみ》と古い血が固まってかさぶたができている。顔にも傷がある。頰骨のすぐ下から顎にかけて深い溝が走り、口内と歯茎が一部見えている。表情を少し変えるだけでもたいへんな痛みがあるだろうに、起き直って姿勢が安定すると、僧はにっこりほほえんでみせた。

「ようこそ。私がジョナスです。遠いところをよく会いに来てくださいました。そんな哀れみの目で見ないでください、みなさん。この傷は昨日今日できたものではなくて、もう以前ほど痛みません」

「面会禁止を命じた院長様のお気持ちが、いまよくわかりました、ジョナス様」とベアトリスが言った。「許可されるまで待つつもりでいましたが、こちらの親切なお坊さんが連れてきてくださいました」

「私が一番信頼する友、ニニアンです。沈黙の誓約をしていますが、私とは完全に理解し合えます。あなた方が到着されてから、ニニアンがお一人お一人をずっと観察し、逐一報告してくれていました。院長は何も知りませんが、お会いする潮時かなと思いました」

「どうしてそんなお怪我を、ジョナス様」とベアトリスが尋ねた。「やさしさと賢さで知られたお方が……」

「それは置いておきましょう、ご婦人。私のいまの体力ではさほど長く話せません。あなたとそこにいる勇敢な少年、お二人が私の助言を求めておられるのですね。では、まず少年から。傷があるそうですね。こちらへ。光の中に入ってください、君」

僧の柔らかい声には自然の威厳が備わっていて、エドウィンは言われるままに一歩踏み出そうとした。だが、ウィスタンがさっと手を伸ばし、少年の腕をつかんだ。蠟燭の炎のせいだったのか、それとも背後の壁に揺れる戦士の影のせいだったのか、一瞬、怪我をした神父に向けられるウィスタンの視線に、奇妙な――憎しみともとれる――強い感情がこもるのを、アクセルは見たように思った。戦士は少年を壁に引き戻し、託されたものを守る庇護者のように自分が一歩前に出た。

「どうしました、羊飼い殿」とジョナス神父が尋ねた。「私の傷から毒が流れ出て、弟さんを害するのが怖いのですか。では、手で触れることはいたしますまい。一歩近づけてください。この目だけで傷を見ましょう」

「この子の傷はきれいです」とウィスタンが言った。「あなたの助けを求めているのは、このご婦人だけです」

―ウィスタン様、なぜそのようなことを」とベアトリスが言った。「いまはきれいに見えても、たちまち熱を持つこともあるのはご存じでしょうに。ぜひ、この子にも神父様の診察を」

だが、ベアトリスの言葉が聞こえていないのか、ウィスタンは無言で僧を見つめつづけた。ジョナス神父も、まるで珍しいものでも見るように戦士をじっと見ていた。しばらくして神父が言った。

「羊飼いにしては驚くほど肝のすわったお方だ」

「職業上の必要でしょうか。羊飼いは、夜の闇に集まってくる狼どもにいつも目を光らせていないといけませんので」

「確かにそうでしょう。それに、きっと羊飼いにはすばやい判断が求められるでしょう。暗闇に聞こえた物音が危険の前触れなのか、友人の接近なのか。それを早く的確に判断できるかどうかに多くがかかっていると想像します」

「小枝の折れる音を聞き、暗闇に影を見て、交代の友が来たと思い込むようなのは、ばかな羊飼いだけです。羊飼いはもともとが用心深いんです。加えて、たったいま、納屋であんな道具を見せられたら、ますます警戒したくもなります」

「ああ、いずれ見つけるだろうとは思っていました。で、見つけてどう思われましたか、羊飼い殿」

「腹が立ちました」

「怒りですか」ジョナス神父は、自身も急に怒りが湧いたかのように、声を絞り出すように言った。「なにゆえの怒りですか」

「間違っていたら言ってください。思うに、この修道院では、僧が順番に体を野の鳥に差し出すのが習慣になっているんでしょう。それは、かつてこの国で犯され、罰せられないままできた悪行への償いになることを願ってのことでしょうし、いまわたしが目の前にしている醜い傷も、そうしてできたものではないのですか。しかし、それで生じる苦しみなど、どうせ信仰で癒され、痛みは和らぐのでしょう。あなたの顔のひどい傷を見ても、わたしは哀れみなど感じません。最悪の行為をベールで覆い隠しておいて、どうしてそれを償いなどと呼べるでしょうか。あなた方キリスト教徒の神は、自傷行為や祈りの一言二言で簡単に買収される神なのですか。放置されたままの不正義のことなど、どうでもいい神なのですか」

「私たちの神は慈悲の神です、羊飼い殿。異教の徒であるあなたには理解しがたいかもしれません。その神に罪の許しを乞うのは――罪がいかに大きいとしても――愚かな行為ではありません。私たちの神の慈悲は無限です」

「無限の慈悲を垂れる神など何の役に立つのです、神父。あなたはわたしを異教の徒とあざけるが、わが祖先の神は法を明確に示し、その法に背いた者を厳しく罰する神でした。あなた方キリスト教徒の言う慈悲の神のもとでは、人は強欲に衝き動かされるまま、土地を欲しがり、血を欲しがる。わずかな祈りと苦行で許しと祝福が得られるとわかっていれば、そうならざるをえません」

「この修道院にも、いまだにそう信じている者が確かにいます、羊飼い殿。しかし、これは申し上げておきましょう。ニニアンと私はとうの昔にその幻想を捨てていますし、私たち二人だけに限ったことではありません。神の慈悲を悪用してはなりません。しかし、この修道院の兄弟たちには――院長も含め――それを認めようとしない者が少なくありません。あの檻と不断の祈りで十分だといまだに信じています。しかし、最近見るようになった真っ黒な鳥は、神の怒りの表れでしょう。これまで見たことがありません。ほんの昨冬でさえ、風の鋭さは私たちのうちで最強の者を泣かせるほどでしたが、鳥はただのいたずら小僧でした。その嘴はわずかな苦痛しかもたらさず、鎖をじゃらりと鳴らし、一声あげるだけで、すぐに遠ざかったものです。しかし、新種がやってきました。大型で、大胆で、目に憤怒があります。この鳥どもは激することなく、淡々と私たちを切り裂きます。いかに抵抗しようと泣き叫ぼうとおかまいなしです。この数カ月で、私たちは三人の友を失い、多くが深い傷を負いました。間違いなく神の怒りの表れでしょう」

ウィスタンの態度はしだいに和らいできていたが、頑として少年の前からは動こうとしなかった。「つまり、わたしにもこの修道院に友がいるということですか」と言った。

「はい、羊飼い殿、この部屋に。ここ以外ではまだ二つに分かれていて、これからどうすべきかをいまも熱心に議論しています。院長は、これまでどおりつづけることを主張するでしょう。私たちと見解を同じくする者は、もうやめるべきだと言うでしょう。いまの道の先に許しなどない、隠されていたことを公《おおやけ》にして過去と向き合おう……そう言うでしょう。ですが、残念なことにそういう声は少なく、世の大勢《たいせい》とはなりません。羊飼い殿、私を信じて、その少年の傷を見させてくれませんか」

一瞬、ウィスタンはじっと立っていたが、やがてわきに寄り、エドウィンに前へと合図した。沈黙の僧がすぐにジョナス神父を支え、もっとまっすぐにすわり直させた。僧二人の興奮がなぜか急に高まったように見える。ニニアンがベッドわきの燭台を取り上げ、エドウィンをさらに近くに引き寄せて、待ちきれないように少年のシャツを引き上げた。そこをジョナス神父がのぞき込んだ。光をあちこちに移動させながら、二人の僧はずいぶん長い間少年の傷を見ていた。少年と僧の三人だけが、別空間にある小世界にいるかに思えた。最後に二人の僧が顔を見合わせたとき、アクセルはそこに勝利の表情が浮かぶのを見た。だが、つぎの瞬間、ジョナス神父が震えながら後ろの枕の上に倒れ込んだ。その表情は、諦めに——あるいは悲しみに——近いものに変わっていた。ニニアンは慌てて燭台を置いてジョナス神父のそばに寄り、エドウィンは影の中に戻ってウィスタンの横に立った。

「ジョナス様」とベアトリスが呼びかけた。「この子の傷はいかがですか。きれいですか。自然に治るものでしょうか」

ジョナス神父は目を閉じたまま、依然、荒い呼吸をつづけていた。だが、落ち着いた声で「手当てをつづければ治るものと信じます」と言った。「この場所から発つまでに、ニニアン神父に塗り薬を用意させましょう」

「ジョナス様」とベアトリスがつづけた。「ウィスタン様とのいまの会話を、すべて理解できたわけではありませんが、でも、とても興味深く拝聴しました」

「そうですか、ご婦人」ジョナス神父はまだ荒い息のまま、目を開けてベアトリスを見た。

「昨夜、下の村でのことです」とベアトリスが言った。「薬のことをよく知る女人と話をしました。その人はわたしの病気についていろいろと教えてくれましたが、話が霧のことになると――ほんの一時間前のことを、何年も前の朝の出来事同様にすっかり忘れさせてしまう霧のことになると――なぜなのかも、誰の仕業なのかもわからない、と言っていました。わかる人がいるとすれば、それは修道院の賢者、ジョナス神父様だろうとも言っていました。わたしと夫はそれを聞いて、まだかまだかと待っていてくれる息子の村へは多少遠回りになることを覚悟で、この山道を参りました。どうぞ霧のことをお教えください。いったい霧とは何で、どうすれば逃れられるのです。わたしは愚かな女かもしれませんが、お二人の話をうかがっていて、羊飼いの話は霧の話でもあるような気がしました。わたしたちの過去がどれほど失われたのかがとても気になります。ジョナス様、ウィスタン様、お尋ねします。お二人はこの霧がわたしたちを襲うようになった原因をご存じなのですか」

ジョナス神父とウィスタンは顔を見合わせた。ウィスタンが静かに言った。

「竜のクエリグです、奥様。このあたりの峰をうろつくクエリグが、奥様の言う霧の原因です。ですが、竜はここの修道僧らに守られています。もう何年も前から、いまに至るまでそうです。ここの修道僧がわたしの正体に気づけば、きっと兵隊を呼んでわたしを殺させるでしょう」

「ほんとうなのですか、ジョナス様」とベアトリスが尋ねた。「霧が雌竜の仕業だというのは？」

神父は、一瞬、遠くの世界にいるように見えたが、ベアトリスに顔を向け、「羊飼い殿の言うことは真実です、ご婦人」と言った。「クエリグの息がこの地を満たし、私たちの記憶を奪います」

「聞いた、アクセル？　雌竜が霧の原因ですって。ウィスタン様でも誰でも、道で会ったあの老騎士でも、雌竜を殺してくれれば、わたしたちの記憶が戻るんですって。アクセル、なぜ何も言わないの」

そのとき、アクセルは確かにぼんやりと何か考え込んでいた。妻の言葉を聞き、その興奮ぶりに気がついてはいたが、できたのは妻に手を差し伸べることだけだった。言うべき言葉が見つからないうちに、ジョナス神父がウィスタンに言った。

「羊飼い殿、その危険を知りながら、なぜぐずぐずしているのです。なぜ少年を連れて先を急がないのです」

「この子には休息が必要です。わたしもです」

「休んでいないではありませんか、羊飼い殿。あなたは薪を割り、腹をすかせた狼のようにうろついている」

「ここに着いたとき、薪の山がだいぶ低くなっていました。山の夜は寒いですから」

「もう一つ、わからないことがあります、羊飼い殿。あなたはなぜブレヌス卿に追われているのですか。もう何日も、ブレヌス卿の兵隊がこの国であなたを探しています。昨年も、クエリグを狩ると言って東国から男がやってきたとき、ブレヌスはあなたかもしれないと思い、兵隊を出して探させていました。ここにも探しにきましたよ。羊飼い殿、あなたはブレヌスの何なのです」

「小さいころからの――この少年より幼いころからの――知り合いです」

「この国には用事があって来られたのでしょう？　昔の遺恨のためにその用事を台無しにするのですか。少年を連れて、さっさとお発ちなさい。僧らが会議を終えて出てこないうちに、羊飼い殿」

「ブレヌス卿が、今夜、わたしを追ってここへ来てくれるのなら、わたしは出迎えて対決しますよ」

「ウィスタン様」とベアトリスが呼びかけた。「ブレヌス卿との間に何があったか存じませんが、でも、あなたの使命が竜のクエリグを退治することなら、どうぞほかのことにかかずらわないで。過去の決着なら、いずれできるときはありましょうに」

「ご婦人の言われるとおりです、羊飼い殿。あなたの薪割りの目的、私にはわかってしまったような気がします。私たちの願いを聞き入れてください。この少年が、あなたに千載一遇の好機をもたらすでしょう。連れて、お発ちください、羊飼い殿」

ウィスタンは何事か考えながらジョナス神父を見て、丁寧に頭を下げた。「あなたに会えてよかったです、神父殿。さっきは無礼な口をきいたことを謝ります。お許しください。わたしと少年はこれで失礼いたします。ご婦人はまだあなたに相談したいことがおありのようです。善良で勇気ある方です。どうぞ、この方の相談に乗ってあげられるだけの体力を回復されますように。ご助言に感謝します。では、失礼」

依然、暗闇に体を横たえたまま、眠りが早く来てくれることを願いながら、アクセルは心の中で振り返りつづけた。ジョナス神父の部屋で、わたしはいつになく口数が少なかった。あれはなぜだろう。いや、理由はあった。ベアトリスが霧の原因を知って有頂天になり、振り返って叫んだときも、わたしは何も言わないまま手を差し伸べることしかできなかった。あのとき、わたしはじつに強烈で、じつに奇妙な感情の真っただ中にあって、部屋の中で話されている言葉は一つ残らずはっきりと耳に届いていたものの、まるで夢の中にいるような気分だった。たとえれば冬の川に浮かぶ舟の中に立ち、濃い霧に包まれた前方を見つめながら、その霧がさっと分かれて陸地が鮮明な姿を現す瞬間をいまかいまかと待っているような……。一種の恐怖を感じながら、同時に好奇心にも――いや、もっと強く、もっと暗い何かに――捕らわれていた。そして、「何であれ、見せてくれ、見てみたい」と自分に強く言い聞かせていた。

　その言葉を、アクセルはいま実際に声に出して言っていたのかもしれない。ベアトリスがアクセルのほうへ寝返りを打ち、興奮した声で、「聞いた、アクセル？　雌竜が霧の原因ですって」と言った。

　ウィスタンと少年がジョナス神父の部屋を出ていったあと何があったのか、アクセルはよく思い出せない。沈黙の僧ニニアンも一緒に出ていったと思う。少年の傷に塗る薬を用意しに行ったのか、それともこっそり逃がすため手引きに行ったのか。いずれにせよ、アクセルとベアトリスの二人だけがジョナス神父の部屋に残った。きっと傷が痛み、疲れもあったろうに、神父はベアトリスを詳しく診察してくれた。衣服をぬがずにすむ診察だったのでほっとしたのを覚えているが、そのあとのことがぼやけている。一つだけ、ジョナスがベアトリスの脇腹に耳を押し当てている光景が心に残っている。深く集中して目を閉じ、内部から伝わってくるかすかな兆候を聞き取ろうとしているようだった。目をしょぼしょぼさせながら、矢継ぎ早にベアトリスに質問していたことも覚えている。水を飲んだあと気分が悪くならないか。首の後ろに痛みを感じたことはないか……。ほかにもいくつもの質問があったが、もう思い出せない。ただ、そのどれにもベアトリスが「ない」と答えていて、それを聞くたびにほっとし、嬉しくなった。一つだけ「ある」と答えた質問があった。それは、尿に血が混じることはないかと聞かれたときで、ときどきあるというベアトリスの答えには不安になった。だが、ジョナスはただうなずいただけで、すぐつぎの質問に移っていった。その様子は、誰にもよくあること、とくに異常ではないと言っているかに思えた。あの診察はどう終わったのだったか。アクセルの記憶では、最後にジョナス神父がにこりと笑い、「では、なんの心配もなく息子さんを訪ねられますよ」と言っていた。それを聞いて、アクセルも「ほらな、お姫様、いつも言っていたとおりだろう」と言ったと思う。診察が終わると、神父はそっとベッドに横になり、注意深く仰向けになって、荒くなった息を静めようとしていた。不在のニニアンに代わり、アクセルが神父のカップに水差しの中身を注いで、それを病人の口元へ持っていった。血が一滴、下唇からカップに落ちて、水中に広がるのが見えた。ジョナス神父がベアトリスを見上げて、こう言った。

「ご婦人、霧と呼ぶものの正体がわかって嬉しそうですね」

「はい、神父様。これで前に道が開けました」

「気をつけることです。一部の者には何をおいても守りたい秘密ですから。もはや秘密などにしておかないのがよいのでしょうが……」

「秘密かどうかは、どうでもいいのです、神父様。ただ、アクセルとわたしがそれを知って、そこから出発できるのが嬉しいのです」

「ですが、この霧から解放されたいという お気持ちは確かですか、ご婦人。隠されたままでいてほしいと思うこともあるのではありませんか」

「そう思う人もいるかもしれません、神父様。でも、わたしとアクセルは違います。二人で分かち合っていた幸せなときを思い出したいのです。それを奪われたままでいるのは、夜中に泥棒に入られ、大切な宝を盗まれたのと同じです」

「しかし、霧はすべての記憶を覆い隠します。よい記憶だけでなく、悪い記憶もです。そうではありませんか、ご婦人」

「悪い記憶も取り戻します。仮に、それで泣いたり、怒りで身が震えたりしてもです。人生を分かち合うとはそういうことではないでしょうか」

「悪い記憶も恐れないということですか、ご婦人」

「何を恐れることがありましょう、神父様。アクセルとわたしの心の中には、お互いへの思いがあります。それがあれば、霧に何が隠されていても、今日からの道に危険などありません。幸せな結末が待っているお話と同じです。途中どんな紆余曲折があっても、恐れる必要などないことは子供でも知っています。アクセルとわたしは一緒に人生を思い出します。どんな形だったにせよ、二人の大切な人生ですもの」

鳥が一羽、天井際を飛んだようだ。その羽音がアクセルを驚かせた。では、わたしはいま眠っていたのか、と思った。同時に、もう薪割りの音は聞こえていない、とも思った。修道院の中庭は静かだ。戦士はこの部屋に戻ってきたのだろうか。アクセルの耳には何も聞こえない。部屋のエドウィン側で——黒い影のようなテーブルの向こう側で——ほかに誰かが眠っているという気配もない。ベアトリスを診察し、あれこれ質問したあと、ジョナス神父はなんと言ったのだったか。はい、とベアトリスは答えた。尿に血が混じっていたことがあります、と。だが、神父はにこりとして、すぐ別の質問に移っていった。ほらな、お姫様、とアクセルも言った。いつも言っていたとおりだろう、と。そして、きっと傷が痛み、疲れてもいるだろうに、ジョナス神父はにこりと笑い、なんの心配もなく息子さんを訪ねられますよ、と言った。いや……ベアトリスが恐れていたのはそんな質問ではない。恐れていたのは船頭の質問だったはずだ。あれはジョナス神父の質問よりずっと答えるのが難しい。だからこそ、ベアトリスは霧の原因がわかってあんなに喜んだのではないか。聞いた、アクセル？　ベアトリスは有頂天だった。聞いた、アクセル？　ベアトリスは顔を輝かせてそう言った。

第七章

しきりに揺する手があった。だが、アクセルが起き直ったとき、その手の主はもう部屋の反対側に行って、エドウィンの上にかがみ、「君、起きなさい。早く。シーッ、音を立てないように」と言っていた。アクセルの横でベアトリスも目を覚ました。アクセルはよろよろと立ち上がり、空気の冷たさに驚きながら、腰を折って、伸ばされてきた妻の手をつかんだ。

夜はまだ真っ暗だったが、外では声が飛び交っている。窓から見える向かい側の壁が、ところどころ明るく照らされている。下の中庭で松明がともされているようだ。アクセルを揺り起こした修道僧が、まだ半分眠ったままの少年を二人の側まで引っ張ってきた。暗闇から現れた顔を見るまでもなく、この引きずるような足音はブライアン神父のものだ。

「なんとか助けて差し上げたい、友よ」と、ブライアン神父がひそひそ声のまま言った。「ですが急いで。わたしの言うとおりにしてください。兵隊が来ました。二十人、いえ三十人ほどもいます。あなた方を捕えるつもりです。年長のサクソン人はもう囲まれてしまいましたが、元気そうな方ですから、しばらくは兵隊の注意を引きつけていてくれるでしょう。逃げるならいまです。動かないで、君。わたしのそばを離れないで」窓際に行こうとしたエドウィンを、ブライアン神父が腕をつかんで引き止めた。「安全な場所にお連れします。ですが、まず見つからずにこの部屋を出なければなりません。下の広場には兵隊が行き交っていますが、サクソン人の閉じ籠もる塔に注意が向いています。神のお助けがあれば、外の石段を下りていっても気づかれずにすむでしょう。無事に下りられれば、最悪は脱します。兵士に聞こえるような音は絶対に立てないで。そして石段でつまずかないように。わたしが最初に下ります。合図をしたらつづいてください。いえ、奥様、荷物は忘れて。とにかく助かることが先決です」

三人はドアの近くにしゃがみ、ブライアン神父の足音がゆっくりと――堪えがたいほどのろのろと――下りていくのを聞いていた。しばらくして、アクセルがそっと戸口から外をのぞくと、中庭の奥でいくつもの松明が動いているのが見えた。何が行われているか知りたくて目を凝らしたが、事態が飲み込めるまえに、真下に立っているブライアン神父が必死に合図しているのに気づいた。

石段は壁の外側を斜めに下っている。その大部分は影の中にあるが、地表近くの一部分だけが満月に近い月の光で明るく照らされていた。

「ぴったり後ろについてくるんだよ、お姫様」とアクセルが言った。「広場の向こうを見てはいけない。常に足元を――つぎの段がどこにあるかだけを――見ていなさい。さもないとまっさかさまで、助けにきてくれるのは敵だけだ。少年にも伝えておいておくれ。さあ、やってしまおう」

自分で注意したことなのに、下りる途中、アクセルは中庭を見渡さずにはいられなかった。奥に円筒形の石造りの塔があって、さっきまで修道僧が会議を開いていた建物を見下ろすように立っている。兵隊は、いまその塔の周りに集まっていた。赤々と燃える松明などが振られていて、なんだか隊列に乱れがあるように見える。石段を半分下りたところで、二人の兵士が隊列を離れ、広場を走ってくるのが見えた。これでは見つかると肝を冷やしたが、二人は一つの戸口まで来てその中に消えていき、アクセルは胸をなでおろした。そのあとすぐ、ベアトリスとエドウィンを地上に下り立たせ、ブライアン神父の待つ柱廊の陰に連れ込んだ。

僧の後ろから狭い廊下を進んだ。いくつかは、さっき沈黙の神父ニニアンに導かれて通った廊下と同じだったろうか。真っ暗闇の廊下も多く、そんなときは、案内人が足を引きずって立てるズッズッというリズミカルな音を頼りに進んだ。ようやく目的の部屋にたどり着いたらしい。天井が一部抜け落ちていて、月の光が射し込み、木箱や壊れた家具の山を照らしていた。アクセルの鼻に黴《かび》と淀んだ水のにおいがした。

「さあ、一安心」とブライアン神父が言った。もうささやき声ではない。部屋の片隅に行って、積まれていたがらくたをどかしはじめた。「もう、ほぼ安全です」

「救っていただいて感謝しています、神父殿」とアクセルが言った。「いったい何があったのですか」

ブライアン神父は隅の物を片づけながら、顔も上げずに「当方にも謎です」と言った。「今夜、兵隊が招かれもせずにやってきて、門からなだれ込み、わがもの顔で僧の居宅にまで踏み込んできました。若いサクソン人が二人来ているはずだから、出せ、と。あなたと奥様のことは何も言っていませんでしたが、まあ、丁重に扱ってくれそうにはありませんな。この少年のことは、明らかに殺したがっているようでした。兄のほうは言わずもがなで、いま必死でそれをやっています。あなた方はまずご自分の命を救ってください。兵隊の目的など、あとでゆっくり考えればよろしい」

「ウィスタン様はほんの今朝お会いした方ですけど、ひどい目にあわれているのに、わたしたちだけ逃げるのは気がとがめます」とベアトリスが言った。

「どのドアにも鍵をかけずに逃げてきましたから、兵隊がすぐそこまで来ているかもしれません、奥様。それに、あの方が命がけで逃げる機会をつくってくれているのですから、ありがたく利用させてもらったらいかがでしょう。この跳ね上げ戸の下には大昔に掘られたトンネルがあって、地下から森へ抜けられます。追っ手を一気に引き離せます。ご主人、引っ張り上げるのを手伝ってください。わたし一人では重すぎるので」

　二人がかりでも引き上げるのはたいへんだったが、戸はようやく急角度で立ち上がり、四角い下り口が現れた。周囲より一段と深い闇がのぞいていた。

「まず少年に下りてもらいましょう」と僧が言った。「もう何年も使っていない階段ですから、いつ崩れるかわかりません。足も体も軽い少年なら、仮に落ちてもひどいことにはなりますまい」

　だが、そのエドウィンがベアトリスに何か言っていた。「ウィスタン様を助けに行きたいそうです」とベアトリスが言った。

「トンネルから逃げおおせれば助けに行ける、と言ってやっておくれ、お姫様。どういう言い方でもいいから、早く説得してもらえると助かる」

　ベアトリスの話を聞いているうち、エドウィンの態度が変わってきた。床にあいた穴をじっと見つめていて、その目には、月の光で見ると不思議な何かが宿っているように思えた。いわば、徐々に魔法にかかっていくというような……。そして、ベアトリスの話がまだつづいているのに跳ね上げ戸に向かって歩きはじめ、そのまま振り返りもせずに、四角い闇の中に姿を消していった。エドウィンの足音が小さくなっていく。アクセルはベアトリスの手を取った。

「わたしらも行こう、お姫様。わたしから離れないようにな」

　地下へ下りる階段は、地中に埋め込まれた平らな石でできていて、一段一段が浅く、危ない感じはなかった。頭上の開いた跳ね上げ戸から射し込む光で、前方を少しは見通すこともできた。だが、ブライアン神父と話そうとして、アクセルが振り返ったとき、雷のような大音響とともに戸が閉まった。

三人は立ち止まり、しばらくじっとしていた。アクセルが予想していたほど空気は淀んでおらず、かすかながら流れている感じさえした。二人より前方のどこかでエドウィンが何か言っていて、ベアトリスがささやくようにそれに答えていた。アクセルにこう言った。

「ブライアン神父がなぜ戸を閉めたのかって聞いています。兵隊がいつ部屋に入ってくるかも知れず、早くトンネルを隠したかったんでしょう、とは言っておきましたけど、でもね、アクセル、わたしもちょっと変だと思いますよ。それに、ほら、いま戸の上に物を置いているのは絶対に神父様でしょう？　この先、もし道が土砂や水でさえぎられていたら――だって、最後に使われてから何年も経っているって神父様ご自身が言っていましたもの――どうやってあの戸から出たらいいの。戸そのものが重いし、上に物なんて置かれたら……」

「確かに妙だが、修道院に兵隊が入り込んだのは事実だしな。それはお姫様もいま見ただろう？　ここは先へ行って、このトンネルが無事に森まで連れていってくれることを願うしかないな。少年には前に行くように言っておくれ。ただし、ゆっくりと。そして、この苔の生えた壁をいつも手で触れながらな。この先はもっと暗くなるだろうと思うから」

だが、進んでいくと、実際には弱いながら光があって、ときには互いの体の輪郭さえも見分けられた。いきなり水溜りが現れて足を濡らした。歩きながら、アクセルは前方に物音を聞いたと思うことが一度ならずあったが、エドウィンもベアトリスも平然と歩いていて、これは神経の昂ぶりからくる自分だけの空耳なのだろうと思った。だが、不意にエドウィンが立ち止まり、アクセルはもう少しでぶつかりそうになった。背後にいるベアトリスも手をとりにきた。しばらくの間、三人は暗闇の中でじっと立っていた。ベアトリスがさらに身を寄せてきて、「聞こえる、アクセル?」とささやいた。温かい息がアクセルの首にかかった。

「何がかな、お姫様」

エドウィンの手が警告するようにアクセルに触れて、二人はまた黙った。やがて、ベアトリスが耳元でささやいた。「わたしたちのほかに何かいますよ、アクセル」

「たぶん蝙蝠《こうもり》だよ、お姫様。それか鼠だ」

「違いますよ、アクセル。聞こえる。人の息ですよ」

アクセルはまた耳を澄ませた。カチリと鋭い音がした。何かを打ちつけるような音が三回、四回と繰り返された。三人がいま立っている場所のすぐ先だ。明るい火花が散り、ついで小さな炎が現れた。炎は一瞬大きくなって、地面にすわる男の姿を浮かび上がらせたが、すぐまた暗闇に戻った。

「怖がらんでよいぞ、友よ」と声がした。「わしだ、アーサー王の騎士ガウェインよ。この火口が燃えてくれれば、互いの顔もよく見えようというもの」

さらに何度か火打石の音がして、やがて蠟燭に火がつき、安定した光を放ちはじめた。ガウェイン卿は黒く盛り上げた土の上にすわっていた。明らかに理想的な腰掛けとは言いがたく、姿勢が妙な角度に傾いていて、いまにも倒れそうな巨大な人形のように見えた。手の蠟燭がその顔と上体を照らし、同時に影もつくっていて、その影の揺れぐあいから、なぜか息が荒いとわかる。昼間と同様、チュニックと甲冑をまとっている。鞘から抜かれた剣が、盛り土の裾に近い地面に斜めに突き刺してあった。ガウェインは蠟燭を移動させながら、一人一人の顔を怖い目で見つめた。

「よし、全員そろっておるな」と最後に言った。「ほっとした」

「驚きました、ガウェイン卿」とアクセルが言った。「こんなところに隠れて、どういうおつもりです」

「しばらく前からここにいる。そなたらの前を歩いておった。だが、この剣と甲冑であろう？　しかもこの背の高さだ。どうしてもけつまずくし、頭を下げて歩かねばならん。速くは歩けぬので、ここでそなたらに見つかった」

「説明になっていません、ガウェイン卿。なぜわたしらの前を」

「そなたらを守るためよ。憂うべき真実を明かすとな、僧どもがそなたらをだましたのだ。

この地下には一匹の獣がいる。連中はそれにそなたらを殺させるつもりだった。幸い、僧全員が同じ考えではない。沈黙の僧ニニアンがわしをこっそりここに入れてくれた。わしが安全な場所に案内しよう」

「それは驚きです、ガウェイン卿」とアクセルが言った。「まず、その獣のことからお聞かせください。どんな獣です。いまここにいるだけで危険なのですか」

「そう思ったほうがよい。獣と鉢合わせさせるつもりがなければ、そなたらをここに送り込んだりはせぬ。修道僧のいつものやり方よ。キリスト者として、剣を使うなどもってのほか。毒さえもだ。だから死んでほしい者はここに送り込む。一、二日後には、そんなことをしたことすら忘れてしまう。そうよ、それが連中のやり方だ。とくに院長のな。日曜日までには、そなたらを兵隊から救ってやったのだと信じ込んでおるかもしれぬ。このトンネルをうろつく獣など自分とは無関係と言うだろう。いや、むしろその獣は神の意志、などと言うかもしれぬな。だが、アーサー王の騎士がそなたらの前を歩く今夜、神の意志がどう働くか見てみようではないか」

「では、ガウェイン様、修道僧がわたしたちの死を願っているとおっしゃるのですか」とベアトリスが言った。

「この少年の死を願っているのは確実ですぞ、ご婦人。そんな必要はないと口をすっぱくして説いたし、なんならわしがこの国から遠くへ連れていってやる、誓ってもよいと言ってみたが、だめだ。聞く耳持たぬ。この少年を野に放つことはできぬ、たとえウィスタンを捕え、殺したとしても、誰がどこから来てこの少年を見つけるかわかったものではない、と言う。だから、わしが遠くへ連れていくのにと言うと、だめだ、何が起こるかわからぬ、やはり死んでもらわねば、と言う。ご婦人とアクセル殿は、命までは取られなかったと思うが、しかしこれから連中の行為を目の当たりにすることは避けられまい。こうなることが事前にわかっていたら、わしはこんな修道院まで足を運んだろうか。ま、わからぬ。あのときはわしの義務にも思えた。だが、この少年と無辜のキリスト教徒夫婦に連中がもくろんでおることは、断じて認められぬ。幸い、すべての修道僧が同じ考えではない。あの沈黙のニニアンがわしをそっとここに導いてくれた。そなたらの前をもっと先まで行っておるつもりだったが、この甲冑と身長が邪魔をした。昔からこの背の高さを何度呪ってきたことか。そもそも背の高さなど、男にとってなんのよいことがあるのか。高くにぶら下がる梨をもごうとするたび矢が飛んでくる。背の低い男なら頭の上を通り過ぎていくものを」

「ガウェイン卿、それはどんな獣ですか」とアクセルが言った。「ここにいるという獣は」

「見たことはない。僧らに送り込まれた者がその獣によって死ぬことしか知らぬ」

「生身の人間が普通の剣で殺せる獣でしょうか」

「何を言う。わしが生身の人間であることは否定せぬが、幼少より偉大なアーサー王に育てられ、鍛えられた騎士であるぞ。いかなる困難にも、たとえ恐怖で骨の髄が凍っていようとも、喜び勇んで立ち向かえと教えられた。わしらの命は有限であるがゆえ、だからこそ、この地上を歩んでおる間は神の目に立派に輝いて見せねばならぬ。アーサー王とともに立ちしすべての騎士同様、わしもまた魔王ベルゼブブとも怪物とも、はたまた人間のどす黒い企みとも戦い、いかなる猛烈な戦いにおいても常に大王の範に従ってまいった。なのにそなたは何をほのめかす。よくも言う。そなたはあそこにいたのか。わしはいた。いて、いまそなたを見ているこの目ですべてを見たのだぞ。だが、よい。だが、よい、友よ。これはまたの機会に話し合うべきこと。すまぬ。いまはほかに取り組むべき問題がある。もちろん、あるとも。そなたは何を尋ねたのであったか。おお、そうだ、あの獣か。うむ。このうえなく獰猛と聞いておる。だが、悪魔であれ幽霊であれ、この剣で切り殺せないものなどあるものか」

「でも、ガウェイン様。何に出くわすかわかっていて、それでもこのトンネルを進むべきだとお考えですか」とベアトリスが言った。

「ほかの道があろうか、ご婦人。わしの見当違いでなければ、修道院に戻る道は閉ざされておろう。しかも、その戸はまたいつ開いて、このトンネルに兵隊を送り込んでくるかわからぬ。進みつづけるよりほかあるまい。邪魔なのはその獣一匹のみ。これを始末すれば、森へ出て追っ手から逃れられる。これが確かに森へつづくトンネルであり、保存状態もよいことは、ニニアンが保証してくれている。だから先に進もう。この蠟燭が燃え尽きるまえに。蠟燭はこの一本しかない」

「信じていいのかしら、アクセル」と、ガウェインに聞かれることもかまわず、ベアトリスが言った。「なんだかめまいがしそう。あの親切なブライアン神父に裏切られたなんて信じたくない。でも、ガウェイン卿の言うこともほんとうに聞こえる」

「ここは前進しよう、お姫様。ガウェイン卿、よろしくお願いいたします。わたしたちを安全な場所にお連れください。その獣が居眠りをしているか、夜の狩りに出ていますように」

「そんな幸運は望めまいよ。だが、行こう、友よ。勇気を持って前進だ」老騎士はゆっくりと立ち上がり、蠟燭を持った手をいっぱいに伸ばした。「アクセル殿、そなたがこの火を持ってくださらぬか。わしは両手を空けて、いつでも剣を使えるようにしておきたいのでな」

一行はトンネルの中を進んでいった。ガウェインが先頭に立ち、蠟燭を持つアクセルがつづき、その後ろからベアトリスがアクセルの腕にすがり、エドウィンが一番後ろを進んだ。通路は細いので、一列になって進むほかない。天井からは苔や細い根が垂れ下がり、それがだんだん低くまで下りてきて、やがてベアトリスまでも腰をかがめるほどになった。

アクセルは蠟燭をできるだけ高く掲げようとしたが、トンネル内の空気の流れが強くなっていた。ときには下ろし、空いた手で炎をかばうこともあった。だが、ガウェインは決して不平を漏らさず、剣を肩にかついで先頭に立つ姿は、どこまで行っても変わらないように見えた。ベアトリスが叫び声をあげ、アクセルの腕を引いた。

「どうした、お姫様」

「アクセル、止まって。さっき足に何か触れたの。でも、蠟燭の進むのが速すぎて」

「すまない、お姫様。だが、前へ進まねば」

「アクセル、子供だと思う。足に触れて、見たとたんに光が通り過ぎてしまったけど、あれはずいぶん昔に死んだ小さな子供だと思う」

「そんな……自分を苦しめてはいけないよ、お姫様。それはどこにあったのかな」

「待て、友よ」ガウェインが暗闇の中から呼んだ。「ここには見ずにすませたほうがよいものが多いぞ」

ベアトリスは騎士の言うことを聞いていないようだった。「こっちよ、アクセル。火をこちらへ。あそこ、アクセル。下のほうを照らして。あの哀れな顔をもう一度見るのは怖いけど」

見ないほうがいいと言っていたのに、ガウェインが引き返してきた。エドウィンもベアトリスの横にいる。アクセルはしゃがんで身を乗り出し、蠟燭であちこちを照らしてみた。

湿った地面、木の根、石ころ……。つぎに見えたのは、仰向けに横たわっている大きな蝙蝠だった。翼を大きく広げ、まるで静かに眠っているようだ。毛皮は湿り、べとついているように見えた。豚に似た顔は無毛で、広げた翼の窪みには小さな水溜りができていた。一見、眠っているだけのようだが、胴体の前面に何かがあった。アクセルが蠟燭をさらに近づけ、全員がのぞき込んだ。蝙蝠の胸のすぐ下から腹にかけて丸い穴が開き、胸郭の一部までがもぎとられていた。傷口は奇妙にきれいで、たとえれば誰かが堅い林檎から一口分を齧りとったかのようだった。

「こんなことができるのは何だろう」とアクセルが言った。

言いながら、蠟燭を少し速く動かしすぎたのだろうか。そのとき炎が大きく揺れて消えた。

「心配いらぬぞ、友よ」とガウェインが言った。「また火口を探してみる」

「言ったでしょう、アクセル？」とベアトリスが泣き出しそうな声で言った。「足が触れた瞬間、赤ん坊だってわかりましたよ」

「何を言っているんだい、お姫様。あれは赤ん坊じゃない。何を言っている」

「哀れな子に何があったんでしょう。あの子の両親は？」

「ただの蝙蝠だったよ、お姫様。ああいう蝙蝠は暗い場所によく集まる」

「いいえ、赤ん坊よ、アクセル。絶対にそう」

「蠟燭が消えて残念だよ、お姫様。もう一度見せてあげられたのに。あれは蝙蝠で間違いない。だが、わたしもあれの下にあったものはもう一度見てみたい。ガウェイン卿、あの生き物の寝床を見ましたか」

「いや、なんのことかな」

「あの生き物が骨の寝床に寝ているように見えました。頭蓋骨が一つ二つあって、あれは人間の頭蓋骨に違いないでしょう」

「何を言っておる」ガウェインの声が不注意なほど大きくなった。「何の頭蓋骨だと。頭蓋骨など見ておらぬぞ。不運にも落ちた蝙蝠だけだ」

ベアトリスが声を出さずに泣きはじめ、アクセルは上体を起こして妻を抱きしめた。

「子供ではなかったよ、お姫様」とやさしく言った。「悲しまなくていい」

「とても寂しい死に方。両親はどこなんでしょうね、アクセル」

「何が言いたい。頭蓋骨だと？　頭蓋骨などわしは見ておらぬ。古い骨が二、三本あるからといって、それがどうした。おかしなことなのか。尋常ならぬことなのか。地下ならば当然であろう。骨の寝床などわしは見ておらぬぞ。何が言いたい、アクセル殿。そなたはあそこにいたのか。偉大なるアーサー王とともに立ったのか。わしは立ち、それを誇りに思う。アーサーは雄々しく、慈悲深い王であった。さよう、わしだ。院長に会いにきて、聖なるウィスタンの正体とその目的を明かしたのはわしだ。ほかにどうしようがあった。聖なる男どもの心がどれほど黒くなれるか、最初から知っておけと言うのか。そなたのほのめかしは不当だ。偉大なるアーサー王とともに立ったすべての男への侮辱だ。骨の寝床などここにあるものか。それに、わしはそなたらを救いにここに来ておるのではないか」

「ガウェイン卿、声が大きすぎます。いま、この瞬間も、兵隊がどこにいるかわかりません」

「わしに何ができたろう。そのまえに、わしは何をしたのだ。ここに乗りつけ、院長に話した。だが、あの男の心の黒さなど事前に知りえようか。ましな男は――ああ、哀れなジョナス――肝臓をついばまれ、もう長くない。なのに院長は、鳥どもに引っ掻かれもせずに生きながらえるのか……」

ガウェインが不意に口をつぐんだ。トンネルの前方から何かの物音が聞こえてきた。遠いのか近いのかもわからないが、あれは間違いなく獣の鳴き声だ。狼の遠吠えに似ている。いや、もっと深い声、熊の吠え声にも似たところがある。長くつづいたわけではないが、アクセルは反射的にベアトリスを抱き寄せ、ガウェインは地面から剣を引き抜いた。そして、四人はしばらく黙って立っていた。また聞こえてくるか……。だが、それ以上聞こえてくる音はなく、ガウェインが突然笑い出した。声を立てず、息もつかずに笑った。ガウェインは笑いつづけ、ベアトリスはアクセルの耳元で「ここを出ましょう、あなた」と言った。「あんな寂しいお墓をもう思い出したくありません」と。

笑いがやみ、「聞こえたのは獣の声だったかもしれぬ」とガウェインが言った。「だが、ここは進むしかない。友よ、いさかいは終わりだ。いずれまた蠟燭をともすが、光が獣を呼び寄せるやもしれぬ。しばらくは蠟燭なしで行ってみよう。見よ、淡い光がある。歩くだけなら、これで十分。さあ、行こう、友よ。いさかいはやめだ。剣をこの手に、進むぞ」

トンネルはさらに曲がりくねり、四人の足取りはいっそう慎重になった。つぎの角を曲がったとき、何に出くわすか……。だが、結局、何も出てこず、鳴き声ももう聞こえなかった。トンネルは急な下りになり、それがかなりつづいて、大きな地下の空間に出た。

四人は立ち止まって息を整えながら、一変した周囲を見回した。これまで土に頭をこするようにして歩きつづけてきた身に、これほど高い天井は新鮮だ。しかも、高さだけではない。材質も、ただの土よりずっとしっかりしているように見える。ガウェインがまた蠟燭をともしたとき、この部屋が一種の霊廟であることにアクセルは気づいた。周囲の壁に壁画の名残やローマ文字の痕跡がある。前方に立つ一対の太い柱は、隣の部屋への入り口だろう。隣の部屋も、こちらの部屋と同等の大きさがあるようだ。二つの部屋の境目に、いま目にまぶしいほどの月の光が射し込んでいる。どこから来る光かよくわからないが、二本の柱に高いアーチが渡されているから、きっと、あのアーチの裏のどこかに隙間があるに違いない。月から射す光の角度と隙間の傾斜とが、この瞬間、たまたま一致したということだろう。光は、苔や黴の付着した柱の表面の多くを照らし、隣室の床の一部を照らしていた。その床は瓦礫で覆われているように見えたが、アクセルはすぐに違うと思った。あれは骨が厚く積み重なってできた床だ。そして、自分の足元も同じなのではないか、とふと思った。きっと、骨の床は二つの部屋全体に広がっている……。

「ここは古い時代の埋葬地なのでしょう」とアクセルは声に出して言った。「それにしてもすごい数の人が埋葬されています」

「埋葬地か」とガウェインがつぶやいた。「うむ、埋葬地だ」それまで片手に剣、片手に蠟燭を持ち、部屋の中をゆっくり歩きまわっていたガウェインが、今度はアーチに向かった。だが、隣の部屋の手前まで来て、まぶしい月の光に怖じ気づきでもしたか、突然立ち止まった。剣を地面に突き刺し、それに寄りかかった。疲れ切ったガウェインの影法師が手の蠟燭を上下に動かしているのを、アクセルはじっと見ていた。

「いさかいの必要はない、アクセル殿。ここには人の頭蓋骨がある。否定はせぬ。腕もあり、脚もある。だが、いまはもう骨だ。古い時代の埋葬地……そうかもしれぬ。だが、あえて言わせてもらえば、わが国土のすべてが同じよ。美しい緑の谷。目に快い春の木立。だが、地面を掘ってみよ。雛菊や金鳳花《きんぽうげ》の咲くすぐ下から死体が出てくる。キリスト教による埋葬を受けた者だけではないぞ。この土地の下には昔の殺戮の名残がある。ホレスとわしは……わしらはもうくたびれた。くたびれて、若くはない」

「ガウェイン卿」とアクセルが言った。「人は二人でも、剣は一本だけです。ふさぎ込んで、近くの獣をお忘れになりませんように」

「獣を忘れてはおらぬさ。目の前にあるこの入り口を観察しておるだけよ。上を見よ。見えるか」ガウェインが蠟燭を差し上げると、アーチの下の縁に沿って槍の穂先のようなものが一列、地面を向いて並んでいるのが見えた。

「落とし格子ですか」とアクセルが言った。

「そのとおり。この門はさほど古くない。わしら二人より若かろう。何者かがわしらのために引き上げてくれてある。ここを通れ、ということであろう。ここを見よ。格子門を操作するためのロープと、こちらは滑車だ。何者かはよくここへ来て、格子を上げ下げしておると見える。獣への餌やりのためであろうか」ガウェインが一方の柱に近寄った。一歩ごとに足元で骨が砕けた。「このロープを切れば、門は下に落ちて、われらの行く手をさえぎる。だが、獣が向こう側におるのなら、われらはこの門で守られる。待て、あれはサクソンの少年か、それともここに忍び込んだ妖精か」

後方の影の中でエドウィンが歌いはじめていた。最初、歌声はかすかで、少年が神経の昂ぶりを鎮めようとしているのか、とアクセルは思った。だが、声は徐々に大きくなっていった。ゆっくりした子守唄のように聞こえた。エドウィンは顔を壁に向け、体をそっと揺らしながら歌っていた。

「何かに魅入られでもしたか」とガウェインが言った。「まあ、よい。かまうな。いまは決めねばならぬ、アクセル殿。このまま歩きつづけるのか。それともロープを切って、向こうに潜む何かから瞬時の安息を得るのか」

「切りましょう、ガウェイン卿。また上げたいときは、上げる方法があるはずです。まず落として、その間にどんな獣か確かめたらどうでしょう」

「いい考えだ。そのようにしよう」

ガウェインはアクセルに蠟燭を渡し、一歩前に出て剣を振りかぶると、柱を目がけて振り下ろした。金属が石を打つ音がした。下部が揺れたが、門全体は依然浮いたままで、落ちてはこなかった。ガウェインは少し決まり悪そうにして溜息をついた。あらためて体勢を整えると、また剣を振りかぶって、再度打った。

今度はロープがぷつりと切れる音がした。大音響とともに門が落下し、もうもうと埃が舞い上がるのが月明かりで見えた。落下音に驚いてか、エドウィンの歌がやんだ。さあ、これで何が出てくるか……。アクセルは、眼前に立ちふさがる鉄格子の向こうをじっとにらんだ。だが、獣らしきものが現れる気配はなく、しばらくすると全員がほっと息を吐いた。

格子門が下りたことで、じつは進退を封じられたようなものだが、四人はなんとなくほっとした気分になっていた。それぞれに霊廟の中を歩きまわりはじめた。ガウェインは剣を鞘に収め、鉄格子の前に立って、そっと手を伸ばした。

「頑丈な鉄だ。破れはすまい」と言った。

ここしばらく無言だったベアトリスがアクセルの前に来て、頭を夫の胸に押しつけた。アクセルは妻の背中に腕を回し、その頬が涙で濡れているのを見た。

「どうした、お姫様」と言った。「大丈夫。すぐに外に出て、胸いっぱい夜の空気を吸えるよ」

「この頭蓋骨よ、アクセル。なんてたくさんの頭蓋骨。ほんとうに獣がみんな殺したの？」

ベアトリスの声は低かったが、ガウェインが耳ざとく聞きつけて、二人に振り向いた。

「何を言いたいのかな、ご婦人。わしが虐殺の張本人だとでも？」その口調はいかにも疲れていて、トンネル内で見せたあの怒りはかけらもなかった。だが、声に不思議な熱があった。「なんてたくさんの頭蓋骨――ご婦人はそう言われる。だが、ここは地下ではないのか。何をほのめかしておられる。アーサー王の騎士たった一人でこれほど多くを殺せるものか」ガウェインはまた門に向き直り、鉄棒に指を滑らせた。「一度、何年も前、夢で敵を殺している自分を見たことがある。はるか昔、夢の中だ。敵は何百人といた。そう、これと同じくらいだったかもしれぬ。わしは戦って戦って戦った。ただのばかげた夢だが、まだ思い出せる」溜息をついて、またベアトリスを見た。「どう答えたらいいかわからぬよ、ご婦人。わしは、神のお気に入るようにと行動した。あの不埒な僧どもの心があれほど黒くなれるなど、どう知ればよかったのだ。ホレスとわしは、太陽がまだ空にあるうちに修道院に来た。そなたらよりさほど遅れてはおらぬ。院長に緊急に話す必要があると思っておったのでな。だが、そこであやつがそなたらに何を企んでおるかを知り、同意をよそおって、暇乞いをした。立ち去ったと思わせ、ホレスを森に置いて、夜の闇に紛れて歩いて戻った。幸い、修道僧全員が同じ考えでいるわけではない。良きジョナスなら迎えてくれるとわかっておった。そして、ジョナスから院長のもくろみを聞き、ニニアンの手引きでこっそりこのトンネルに入って、そなたらを待っておった。くそっ、小僧がまた始めたか」

エドウィンがまた歌っていた。さっきほど大声ではなかったが、歌うときの体勢が奇妙だった。体を前に曲げ、左右のこめかみに拳を当てて、まるで舞踏の中で動物の役を与えられた役者のように、暗い影の中をゆっくりと動きまわっていた。

「打ちのめされても不思議ではないほどの出来事の連続でしたから」とアクセルが言った。「不屈の心は驚異的です。外に出たら、できるだけのことをしてやりましょう。ですが、ガウェイン卿、教えてください。修道僧はなぜこんな無垢な少年を殺そうとするのです」

「わしがどう挑んでも、院長に少年を殺すと言い張る。だから、ホレスを森に残し、わしはここへ引き返した……」

「ガウェイン卿、教えてください。これは悪鬼の傷と関係があるのですか。修道僧といえばキリスト教を学ぶ人々なのに……」

「少年の負った傷は、悪鬼の噛み傷などではない。あの傷は竜がつけたものよ。昨日、あの兵士が少年のシャツをめくり上げたとき、わしにはすぐ分かった。どこでどう竜に出会ったかは知らぬ。だが、あれは竜の噛み傷だ。やがて、あの少年の血の中で雌竜との出会いへの欲望が湧き上がってくる。雌竜のほうも同じだ。少年のにおいを嗅げるほど近くに来れば、少年に会いにくる。ウィスタンがあの少年をかわいがるのは、それが理由よ。いずれクエリグに導いてくれると信じておる。僧と兵士らがあれを殺したいと思っておるのも同じ理由からだ。見よ、少年はますます野性的になっていくぞ」

「たくさんの頭蓋骨はいったい何ですの、ガウェイン様」と、ベアトリスが唐突に尋ねた。「なぜあれほどたくさん……みな赤ん坊のものですか。手のひらに収まるほど小さな頭蓋骨もあります」

「やめなさい、お姫様。ここは埋葬地だ。それだけのことだ」

「何を言いたいのか、ご婦人。赤ん坊の頭蓋骨？　わしは男と戦い、ベルゼブブと戦い、竜と戦った。赤子の殺戮とな？　何ということを言う、ご婦人！」

突然、エドウィンが歌いながら三人の間をすり抜け、格子門まで行って立つと、鉄格子に体を押しつけた。

「戻れ、少年」ガウェインはそう言いながら、エドウィンの両肩をつかんだ。「ここは危ない。歌ももうやめよ」

エドウィンは両手で鉄格子をつかみ、老騎士ともみ合ったが、一瞬ののち二人はさっと離れ、門からも飛びのいた。ベアトリスもアクセルの胸元で小さく悲鳴をあげた。だが、アクセルはエドウィンとガウェインに視野をさえぎられ、その瞬間を見損なった。やがて獣が月の光の中にのそりと入ってきて、アクセルもそれをはっきりと見た。

「神よ、お守りください」とベアトリスが言った。「大平野から抜け出してきた生き物よ。空気まで冷たくなっていく……」

「心配はいらないよ、お姫様。この鉄格子は破れない」

ガウェインはもう剣を引き抜いていた。そして静かに笑い出した。「恐れていたほどものすごくはないな」と言い、また少し笑った。

「十分にものすごいですよ、ガウェイン卿」とアクセルが言った。「一人ずつ食い殺していくなど簡単でしょう」

目の前に見る大きな動物は、皮を剝がれているという形容がぴったりだったかもしれない。腱や関節を密に覆っているのは毛皮ではなく、羊の胃袋の内壁のような不透明の粘膜に見える。いま月影に照らされたその姿は、大きさも形もほぼ雄牛のようだ。だが、頭だけは明らかに狼に似て、色合いもほかの部分より黒ずんでいる。それも、自然な黒ずみというより、印象としては炎で焼かれた黒さという感じだろうか。顎は巨大で、目は爬虫類を思わせた。

ガウェインはまだ独り笑いをしていた。「あの陰気なトンネルを歩いてくる間、わしはもっとひどいものをいろいろと想像しておった。かつてドゥマムの沼で醜悪な老婆の顔を持つ狼と戦い、カルウィッチ山では、雄叫びをあげながら血を吐きかけてくる双頭の鬼と対決したわしだ。あやつらを思えば、そこにいるのはただの怒った犬っころにすぎぬ」

「ですが、それが行く手を通せんぼしていますよ、ガウェイン卿」

「わかっておる。そこでだ、背後のトンネルから兵隊どもが来るまで、一時間ほどもこいつをながめているか、それともいま門を上げて、さっさとかたをつけるかだ」

「わたしにはただの猛犬よりもっとすごい敵に見えますよ、ガウェイン卿。あまり油断なさらないほうが……」

「わしはもう歳だ。怒りに任せてこの剣を振るったのは、もう何年前のことか。だが、いまも鍛錬を積んだ騎士であることは変わらぬ。これがこの世の獣であるならば、倒してみせよう」

「アクセル、あの獣、なんだかエドウィンを見ているみたいですよ」とベアトリスが言った。

エドウィンは妙に静かになっていた。いま何かを試すように、まず左へ、つぎに右へと歩いている。歩くエドウィンを獣は目で追いつづけ、その獣をエドウィンも見返しつづけていた。

「犬はあの子に飢えておるな。あの怪物の中で竜でも孵《かえ》りつつあるのか……」とガウェインが首をひねりながら言った。

「どんな獣なのか、妙に辛抱強くこちらの出方を待っているようです」とアクセルが言った。

「では、こういうのはどうだ」とガウェインが言った。「狼をおびき寄せるには子山羊《こやぎ》を杭につないで餌に使う。このサクソンの少年を囮《おとり》に使うのはいやなのだが、勇敢な子のようだし、武器なしでその辺を歩きまわるのも危険度では変わらぬしな。だから少年に蠟燭を持たせ、部屋の奥に立っていてもらおう。アクセル殿には、なんとかして門をもう一度引き上げてもらう。良きご婦人も手を貸してくださるだろう。門が上がって通れるようになれば、獣はまっしぐらに少年に向かっていく。突進の道筋がわかっておれば楽なものだ。わしがそこに立って、通り過ぎる瞬間にやつを切り殺す。この計画でいかがか、アクセル殿」

「一か八かですね。ですが、このままでは、いずれ兵隊がこのトンネルを見つけるでしょう。やってみましょう、ガウェイン卿。妻とわたしがともにロープにぶら下がってでも、なんとかして門を引き上げます。お姫様、エドウィンに計画を説明してくれるかい。やってくれるか尋ねておくれ」

だが、説明されるまでもなく、エドウィンはすでにガウェインの作戦を飲み込んでいるようだった。蠟燭を受け取り、また影の中に戻っていった。骨の上を大股で十歩歩いてこちらを振り向いたとき、胸の前に保たれた蠟燭はほとんど揺れもせず、格子の向こうの獣にひたと当てられた燃えるような目を照らしていた。

「では、急ごう、お姫様」とアクセルが言った。「わたしの背中に登って、ロープの端をつかんでおくれ。ほら、あそこにぶら下がっているやつだ」

最初は二人一緒に転びそうになって、柱で体を支えるようにやり方を変えた。アクセルの背中でしばらく手探りをしていたベアトリスが、「つかみましたよ、あなた」と言った。「放して。ロープと一緒に下りていきます。いっぺんに落ちそうだったら、つかまえてくださいね」

「ガウェイン卿、準備はいいですか」とアクセルがそっと呼んだ。

「万端だ」

「もし獣を止められなかったら、その勇敢な少年は終わりです」

「わかっておる。通させはせぬ」

「ゆっくり下ろしてね、アクセル。ロープを持って宙づりのままだったら、手を伸ばして引っ張って」

　アクセルは手を放した。だが、ベアトリスは宙に浮いたままで、門を引き上げるには体重が足りないようだ。アクセルもロープに手を伸ばし、ベアトリスがつかんでいるすぐ下のあたりを握って引っ張った。最初は何も起こらなかったが、やがて二人分の体重が何かに打ち勝ち、振動音とともに門が上がりはじめた。だが、引っ張りつづけるアクセルには効果のほどがわからず、「まだ足りませんか、ガウェイン卿」と呼んだ。

　一瞬、間があって、声が返ってきた。「犬はこっちをにらんでおる。いつでも出てこられるぞ」

　アクセルが体をひねり、柱の向こう側を見たとき、ちょうど獣が飛び出してきた。月の光の中で、驚いたような老騎士の顔が見えた。剣が振り下ろされた。だが、遅すぎたのか……。獣はガウェインの前を通り過ぎ、一直線にエドウィンに飛びかかった。

　少年は目を大きく見開いたが、蠟燭を取り落とすこともなく、ただ横に動いた。まるで獣が自由に通れるよう、礼儀正しく道を譲ったように見えて、アクセルは驚いた。だが、道を譲られた獣が、そのまま、四人がさっき出てきたトンネルの暗闇の中へ走り去ったことに、もっと驚いた。

「門は開いています。早く向こうの部屋へ」とアクセルは叫んだ。

　だが、横のベアトリスも、すでに剣を下ろしているガウェインも聞いていなかったようだ。エドウィンでさえ、いま横を走り抜けていった——だが、すぐに戻ってくるはずの——

―恐ろしい獣を忘れてしまったかに見える。少年は胸の前に蠟燭を持ち、老騎士が立っている場所まで行って、一緒に地面を見下ろした。

「ひとまず下ろされよ、アクセル殿」とガウェインが顔も上げずに言った。「いずれまた持ち上げればよい」

老騎士と少年の前の地面で何かがうごめいていて、二人がそれに見入っていることにアクセルは気づいた。ロープを放し、門をまた落下させた。ベアトリスが言った。

「ぞっとしますよ、アクセル。わたしは見たくありませんけど、あなたは見たければどうぞ。何が見えたか教えてくださいな」

「トンネルの中に走っていったように見えたがな、お姫様」

「一部分はね。足音が止まったのもわかりましたよ。騎士様の足元にあるものだけでも見ていらっしゃいな」

アクセルが寄っていくと、ガウェインとエドウィンが夢から覚めた人のように身震いし、場所を空けてくれた。月の光の中に獣の頭が転がっていた。

「顎がいつまでも動きおる」と顔をしかめながらガウェインが言った。「もう一度こいつに剣を振るうことも考えたが、死者への冒瀆になって、さらなる悪を呼び寄せはしないかと恐れる。だが、なんとか動きを止めたいものだ」

切り落とされた頭ながら、死んでいるとはとても信じがたかった。横向きに転がっていて、見えるほうの目が海の生き物のようにぬめぬめと光っている。顎は不思議な力でも蓄えているのか律動をつづけていて、歯の間から垂れ下がる舌も、つられるように、命あるもののようにうごめいていた。

「おかげで助かりました、ガウェイン卿」とアクセルが言った。

「ただの犬だ。もっとすごいやつにも喜んで立ち向かったさ。だが、このサクソンの少年の勇気はたいしたものだ。この子の役に立ててよかったよ。さて、急がねばな。しかも用心深くだ。地上で何が起こっているかわからぬし、ことによったらこの部屋の向こうに二匹目がいるかもしれぬしな」

探すと、一本の柱の裏側に巻上げ機が見つかった。四人はロープの端をそれに巻きつけ、今度は難なく門を引き上げることができた。獣の頭はそのままにして、落とし格子の下をくぐった。剣を構えたガウェインがまた先頭に立ち、エドウィンが末尾に回った。

霊廟の二番目の部屋は、明らかに獣の巣として使われていたようだ。古い骨に交じって最近のものと思われる羊や鹿の骨があったし、ほかにもなんの動物かはわからないが、黒くて悪臭を放つ大小の死骸があった。やがてまたトンネルが始まり、四人は腰をかがめ、息を切らしながら、曲がりくねった道を進んでいった。もう途中で獣と出くわすこともなく、ようやく鳥の鳴き声が聞こえてきた。遠くに光が見えて、とうとう森の中の地表に出た。すでに夜明けが始まっていた。

めまいにも似た感覚があった。二本の巨木の間に何本もの根が盛り上がっているところがあって、アクセルはベアトリスの手を取り、その根の一つに腰を下ろさせた。最初は息切れでしゃべれないほどだったベアトリスが、やがて顔を上げて、こう言った。

「ここにもすわれますよ、あなた。とりあえず安全なのでしょう？　一緒にすわって、消えていく星を見ましょう。あの気味の悪いトンネルを無事に抜けられてよかった」そして、ふと思い出して、「エドウィンはどこかしら、アクセル。見当たらないけど」と言った。

薄明かりの中を見回すと、近くにガウェインの姿が見えた。夜明けを背景に、頭を垂れ、片手を木の幹に置いて体を支えながら、息を静めようとしていた。だが、少年の気配はどこにもなかった。

「たったいま後ろにいたんだがな。地表に出たとき、わっ、と大きな声を出したのも聞いた」とアクセルが言った。

「少年なら、急ぎ足で行くのを見たぞ」とガウェインが振り返りもせずに言った。息はまだ苦しそうだ。「わしらのような年寄りと違って、オークに寄りかかってハーハー、ゼーゼーする必要がない。おそらくウィスタンを助けに修道院に戻ったのではないか」

「止めてはくださらなかったんですか、ガウェイン卿。危険の真っただ中に戻るなんて。ウィスタン殿はもう殺されたか、捕えられているでしょうに」

「わしにどうせよと言う。できることはすべてやったではないか。空気も通らぬ穴倉に隠れ、勇敢な先人を多く食い殺してきた獣をほふり、ようやくここへたどり着いた。なのに、助かった当の少年が修道院に駆け戻るとは……！　この重い甲冑をまとい、剣を吊るしたまま追えと言うのか。もうへとへと、もう動けぬ。わしがいまなすべきことは何か、立ち止まって考えねばならぬ。アーサー王なら、何をお命じになるか……」

「でも、ガウェイン様」とベアトリスが言った。「そもそも、ウィスタン様が東国から来たサクソンの戦士だということ、院長にお話しになったのはガウェイン様ではありませんか」

「なぜ蒸し返す、ご婦人。わしはそなたを助け出さなかったか。この甘い夜明けに逃れ出るまで、多くの頭蓋骨を踏んでこなかったか。なんという多さだ。足元を見る必要すらない。一歩踏み出すごとに砕ける音がするのだからな。何人死んだ。百人か。千人か。数えたか、アクセル殿。それとも、そなたはいなかったのか……」木のわきに立つ人影の言葉は、鳥が早朝の合唱を始めたいま、ときに聞き取りにくかった。

「昨夜来の経緯《いきさつ》がいかなるものだったにせよ、ガウェイン卿にはお礼の言葉もありませんとアクセルが言った。「卿の勇気と技はまったく衰えておりません。一つお尋ねしてよろしいでしょうか」

「勘弁してくれ、アクセル殿。もうよかろう。森の斜面を行く敏捷な少年を、わしがどうして追える？　もう空っぽよ。息だけでなく、何もかもがだ」

ぬともかぎらぬ」

「勘弁してくれ。わしは、今晩、義務を果たした。それで十分ではないか。ホレスを見つけに行かねばならぬ。さまよわぬよう枝に結んではあるが、それはそれで狼や熊にやられぬともかぎらぬ」

「わたしの過去は濃い霧に覆われています」とアクセルは言った。「ですが、最近、ある任務を思い出すことがあるのです。わたしに託された重大な任務——あれは法だったのか。あらゆる人間を神に近づける偉大な法だったのか……。卿の存在と、卿の語るアーサー王の話が、長く隠れていた記憶を騒がせます、ガウェイン卿」

「わしの哀れなホレスは夜の森をひどく嫌う。梟《ふくろう》がホーと鳴き、狐がケンと鳴くだけで、震えあがる。矢の雨だったら、身じろぎもせずに受け止めるのだがな。あいつを探してやらねばならぬ。お二人には、あまりここに長居をせぬようにお勧めするぞ。サクソンの若者二人のことは忘れるがよかろう。いまは、村でお二人を待っている大切な息子殿のことだけを考えることだ。毛布も食べ物もなくされたいま、できるだけ早く先へ急がねばなるまい。この近くに川があって、東へ流れている。速い流れだ。艀《はしけ》が通るから、その船頭に丁寧に頼み込めば、下流へ乗せていってもらえよう。ここでぐずぐずせぬがよい。兵隊がいつやってくるかわからぬからな。では、神のご加護がありますように、友よ」

ガウェインの姿が暗い枝葉の中に消えていく。こすれる音と、地を踏む音がした。やがてベアトリスが言った。

「お別れも言えませんでしたね、アクセル。なんだか申し訳ない気がしますよ。でも、変な別れ方でした。唐突だったし」

「わたしもそう思ったよ、お姫様。だが、いい忠告をしてくれたのかもしれない。最近できた連れのことは忘れて、息子のもとへ急ごう。哀れなエドウィンのことは心配だが、自分から修道院に戻るのでは、もうしてやれることもないしな」

「もう少しだけ休みましょう、アクセル。そしたら、また二人で出かけましょう。うまく艀が見つかって、旅が速まるといいけど。なぜ遅れているのかって、息子もきっと心配しているでしょう」

第八章

若い修道僧は痩せて病弱そうなピクト人で、エドウィンの言葉を上手に話した。年齢の近い連れがいることがとても嬉しいらしく、明け方の霧の中、山を下りながらじつによくしゃべった。だが、森に入ったとたん無口になった。ぼくは案内役のこの人をどこかで怒らせたのだろうか、とエドウィンは心配したが、おそらく、森の中に潜む何かに目をつけられそうで気が気でなかっただけ、というのが一番ありそうな答えだ。この僧の耳には、快い鳥の歌声に混じって妙なささやきやつぶやきが聞こえていたのだろう。だから、エドウィンがもう一度——確認のためというより、ただ沈黙を破りたくて——「兄さんの傷は命に関わるようには見えなかったんだよね」と尋ねたとき、答えはぶっきら棒でさえあった。

「ジョナス神父がそうだって。あの方より賢い人はいないから」

では、ウィスタンの怪我はそんなにひどくないんだ、とエドウィンは少し安心した。きっと少しまえ、まだ暗いうちに、同じこの道を下っていったに違いない。案内役の誰かの腕を借りて、肩に寄りかかりながらだろうか。いや、あの雌馬に乗って下ったのかもしれないな、案内役に手綱を引いてもらって……。

「この少年を桶屋の家まで連れていってあげなさい。そして、修道院を出るところを誰にも見られないように」ジョナス神父にはそう言いつかった、と若い僧は言った。では、戦士とはすぐにまた会える。でも……どんな再会を期待できるだろう、とエドウィンはまた心配になった。最初の課題でいきなりがっかりさせてしまった。戦いの気配を感じたら真っ先に駆けつけなければならなかったのに、ぼくはあの長いトンネルの中に逃げ込んだ。あんなところには、母さんだっていやしなかったのに……。そして、トンネルの出口が闇の中のお月様のように遠くに見えたとき、頭から夢の重い雲がようやく取り払われて、エドウィンは何が起こったかをはっきり思い出し、震え上がった。

　でも、少なくとも朝の肌寒い空気の中に出てからは、できるだけのことをしたと思う。修道院まで戻る道のりのほとんどを走りつづけた。足取りを緩めたのは、一番険しい坂を上るときだけだ。森の中を押し進みながら、道に迷ったと思ったときもあったが、そのとき木がまばらになって、薄明かりの空に修道院が見えた。だから必死で上りつづけ、やっと大門に着いた。息が切れ、脚が痛かった。

　大門のわきにある小さな扉には鍵がかかっていなかった。少しだけ落ち着きを取り戻していて、人目につかないよう、あたりに気を配る余裕もあった。煙が漂っていた。山登りの後半からずっと煙には気づいていたが、ここでは胸を刺し、大きな咳を抑えるのが難しいほどになっていた。では、干し草を積んだ荷車を動かすにはもう遅すぎる、とエドウィンは思い、胸の中に大きな空洞ができたような気がした。だが、あと一瞬だけその思いをわきに押しやり、修道院の敷地に入り込んだ。

万が一にも遠くの窓から見つからないよう、頭を低くして高い壁に沿って進んだ。修道僧も兵隊もまだ見かけてはいないが、さっき大門から入ったとき、その内側にある小さな中庭に兵隊の馬がひしめき合っているのを見た。四方を高い壁で囲まれたなかで、まだ鞍をつけたままの馬はどれもいらいらし、しきりにぐるぐる回っていた。あの狭い場所では、ぶつかり合いを避けるのも難しかったろう。エドウィンは修道僧の居住棟に向かっていた。このくらいの年齢の子供なら、いきなり中央広場を突っ切っていこうとしてもおかしくないが、エドウィンには、建物の配置を思い出し、裏道の記憶をたどりながら遠回りするだけの理性があった。目的の場所に着いてからも、まず石柱の後ろに隠れ、注意深く周囲をのぞき見た。

中央広場は昨夜から様変わりしていた。いま僧衣の人影が三つ、うんざりした様子で地面を掃いている。そこへ手桶を持った四人目が出てきて、敷き詰めた玉石に水をまきはじめた。うろついていた烏が何羽か、驚いて飛び立った。広場のところどころに藁や砂がまかれているのが見える。ほかに粗布で覆われた何かがいくつか転がっていて、エドウィンの目を引きつけた。きっと死体だ、と思った。そんな広場を見下ろすように、古い石の塔がそびえている。ウィスタンがあそこに立て籠もったことを、エドウィンは知っている。塔の様子も昨夜から一変していた。あちこちに焼け焦げや黒ずみがある。とくに入り口のアーチがひどいし、細い窓も一つ残らず周りが焼け焦げている。エドウィンの目には、塔全体が縮んだように見えた。あの粗布で覆われたものの周りにあるのは水溜りだろうか、血溜りだろうか。確かめようと柱から首を伸ばしかけたとき、後ろから骨ばった手が伸びてきて、エドウィンの肩をつかんだ。

体をひねると、沈黙の僧ニニアン神父がいて、じっとエドウィンの目を見つめていた。エドウィンは叫ばず、死体を指差しながら低い声で尋ねた。「サクソン人ウィスタンは……ぼくの兄さんもあそこに倒れていますか」

沈黙の僧は理解できたと見え、強く首を横に振った。そして指を一本、よく見るしぐさで自分の唇に当てて、警告するようにエドウィンの顔をじっと見た。つぎに、そっとあたりを見まわしながら、エドウィンを中庭から連れ出した。

「兵隊がほんとうに来るんですか、戦士さん」エドウィンは前の日にウィスタンに尋ねていた。「ぼくらがここにいるって、誰が言うんです。お坊さんたちは羊飼いとしか思ってませんよ」

「さあな。何事もなく、無事にここを発てるかもしれないが、一人だけ、告げ口をしそうな人がいる。この瞬間にも、お偉いブレヌス殿は命令を出しているかもしれない。よく調べてくれよ、同志。ブリトン人はよく中に平たい木の板を突っ込んで、束を分けることがあるからな。ここは上から下まで完全に干し草だけにしたい」

エドウィンとウィスタンは古い塔の裏の納屋にいた。いまは薪割りを中断して、干し草の積み替え作業をしている。戦士が、なぜか突然、小屋の裏にあった干し草をぼろ荷車にうずたかく積み上げたいという思いに駆られた。この作業に取りかかってから、一定の間隔で、エドウィンは干し草の束の山によじ登り、棒でそれをつつくよう命令されている。戦士はその様子を下からじっと観察しながら、ときどき、ある場所をもう一度つついてみろとか、そこのところは足をできるだけ深く突っ込んでみろとか指示してくる。

「あの聖なる方々は、ほかのことではじつに忘れっぽい」とウィスタンは説明した。「干し草の中にシャベルやらフォークやらを置き忘れる。山の上では道具は貴重だからな、見つけてあげれば、泊まらせてもらったお礼にもなる」

そのとき、戦士は干し草の目的を一言も語らなかったが、エドウィンにはすぐに想像がついた。これから起こる対決と関係があるに違いない。だからこそ、干し草の束をつぎからつぎへ積み重ねていきながら、兵隊のことをいろいろと聞いておきたいと思った。

「誰がぼくらを裏切るんですか、戦士さん。お坊さんたちは少しも疑っていません。聖なる争いに手一杯で、ぼくらには目もくれませんよ」

「そうかもしれないな。そこもだ、君。そう、そこ」

「もしかして、あの老夫婦が裏切るんですか。でも、おばかさんすぎるし、正直すぎると思います」

「ブリトン人でも、あの二人には裏切りの心配などいらない。だが、ばかなどとはとんでもないぞ、君。たとえば、アクセル殿。あの方は人間として深い」

「なぜあの二人と一緒に歩くんですか、戦士さん。遅すぎて、足を引っ張られるばかりです」

「確かにそうだし、もうすぐ別れることになる。だが、今朝出発したときは、どうしても同行してほしい事情があった。それはもう少しつづくかもしれない。言ったとおり人間的に深い方だ。もっと話し合っておきたいこともあるしな。だが、いまは当面の問題に集中しよう。安全に確実に干し草を積み上げるぞ。丸々干し草だけの積荷にする。木や鉄が交じっていてはならない。君が頼りだ、少年」

なのに、エドウィンは戦士の信頼に応えられなかった。なぜあんなに長く眠れたのだろう。そもそも横になったのが間違いのもとだ。部屋の隅にうずくまって、少しでも物音がしたら飛び起きられるように、ウィスタンがやっていたみたいにうとうとするだけにしておけばよかった。なのに、赤ん坊みたいに、あのおばあさんからミルクなんかもらって、部屋の隅で深く眠ってしまった。

夢の中でほんとうの母さんに呼ばれたんだろうか。だから、あんなに長く眠ったままだったのだろうか。そして、あの脚の悪いお坊さんに揺り起こされたとき、なぜウィスタンのもとへ駆けつけず、ほかの人たちにくっついて、あの長い変なトンネルになど入ったんだろう。まるでまだ夢の中にいるみたいに……一体全体なぜ。

確かに母さんの声だった。納屋で呼ばれたときと同じ声だったもの。「わたしのために強くなっておくれ、エドウィン。強くなって助けにきて。助けにきて、助けにきて」でも、前の朝にはなかったような切羽詰まった感じがあった。それに、まだある。開いた跳ね上げ戸の前に立って、暗闇の中につづく階段を見たとき、何かに引っ張られる感じがした。すごい力で引っ張られて、頭がくらくらし、もう少しで吐きそうになった。

道案内の若い僧が棒切れで棘の木を押さえながら、エドウィンを先に行かせようと待っていた。そして、ようやく——だが、小声で——しゃべった。

「近道だよ。もうすぐ桶屋の家の屋根が見えるから」

森を抜けると開けた地面が始まり、退《ひ》いていく霧を追いかけて、その中に消えていっていた。エドウィンの耳は、まだ近くの羊歯の間に気配を聞き、ひそひそ声を聞いていた。

そして、夏の終わりに近いある晴れた夕方を思い出した。あの少女と話をした夕方を……。

あの日、最初は池が見えていなかった。小さな池だったし、繁茂する藺草《いぐさ》で見事に隠されてもいた。目の前を色鮮やかな昆虫の群れが飛んでいて、いつもなら追いかけずにいられないところだが、あの日は水辺から聞こえてくる物音が気になってしかたがなかった。動物が罠にかかっているのかな？　ほら、また……。鳥の鳴き声と風の音の合間に確かに聞こえる。その物音には決まったパターンがあった。激しくもがくような音があり、しばらくつづいて静まる。そして、またじたばたが始まる。用心深く近づいていくと、荒い息遣いが聞こえた。そして、目の前に少女がいた。

少女は草叢に仰向けに寝て、上体を一方によじっていた。たぶん十五か十六か。エドウィンより何歳か年上と思われ、エドウィンを見る目に恐れの色がなかった。少女の奇妙な姿勢が、後ろ手に縛られているせいだと気づくまでにしばらくかかった。周囲の草が平らに寝ているのは、もがきながら脚で体を押し、そのあたりまで動きまわったということだろう。スモックのような上着を腰で締めるようにして着ていた。それが一方の側だけ変色していたのは、水で濡れていたのかもしれない。突き出した両脚の皮膚は異様なほど黒く、アザミでこすったと思われる新しい傷があった。

幽霊かな、妖精かな、とエドウィンは思った。だが、少女がしゃべったとき、その声にはこだまがなかった。

「何の用。なぜ来たの」

エドウィンは落ち着きを取り戻し、「助けてほしい？　助けられるよ」と言った。

「この結び方は難しくないいんだけど、ただいつもよりきついの」

少女の顔と首が汗で濡れていることに、エドウィンはこのとき初めて気づいた。口はしゃべっていても、少女の手は背中の下で忙《せわ》しく動いていた。

「痛い?」とエドウィンがきいた。

「痛くはないけど、いま膝に虫が止まって、噛まれたわ。きっとこれから腫れてくる。あんたって、わたしを助けるには子供すぎるわね。でも、いい。自分でなんとかするから」

顔を強張らせ、上体をよじり、地面から体を浮かせるようにしながらも、少女はエドウィンを見つめつづけた。エドウィンも魅入られたように少女を見つめつづけた。両手が自由になり、体の下から出てくるのを、いまかいまかと待った。だが、少女は敗れた。どすんと上体を落とし、荒く息をしながらエドウィンをにらみつけた。

「助けてあげるよ。ほどくのは得意だから」とエドウィンが言った。

「まだ子供じゃない」

「子供じゃないよ。もうすぐ十二だもの」

「あいつらはすぐ戻ってくる。あんたがほどいたってわかったら、ぶたれるよ」

「大人なの?」

「そのつもりでいるけど、まだ餓鬼よ。でも、あんたよりは上。三人いるのよ。人をぶんなぐるのが大好きな連中。あんたが気絶するまで、そこの泥水に頭を突っ込むかもよ。前にやったの見たことがある」

「村から来た人たち?」

「村?」と少女は軽蔑するようにエドウィンを見た。「あんたの村? 村なんて毎日いくつも通り過ぎてるんだから、あんたの村のことなんて知らないわよ。もうすぐ戻ってくるよ。そうしたらたいへんなんだから」

「怖くないよ。よければ、助けてあげるけど」

「いつも自分で逃げてるもん」と少女はまた体をよじった。

「なぜ縛られてるの」

「なぜって、見たいからじゃないの。わたしがほどこうってするのを見るのよ。でも、いまはいない。食べる物を盗みにいったから」そしてつづけた。「村の人って、一日中働いてるんだと思ってた。あんたのお母さん、なんであんたの好きにさせてるの」

「今日はもう、一人で三つも隅を終わらせたからね」そして付け加えた。「ほんとの母さんは村にいないし」

「どこに行ったの」

「わからない。連れていかれた。いまは叔母さんと住んでる」

「わたしもあんたぐらいのときは村に住んでたのよ」と少女が言った。「いまは旅をしてるけど」

「誰と」

「それは……あいつらと。わたしたち、この道をしょっちゅう通るのよ。まえに一度、縛られて、置き去りにされたことがあった。同じこの場所に。去年の春にね」

「ほどいてあげるよ」とエドウィンが突然言った。「戻ってきても、ぼくは怖くない」

だが、まだ何か行動に移すのを引き止めるものがあった。エドウィンとしては、少女が目をそらすか、少なくともほどきやすいように姿勢を変えてくれるものと思っていた。だが、少女はエドウィンを見つめつづけ、その間も、弓なりにそらした背中の下で両手を動かしていた。少女が長い溜息をついた。ずっと息を止めてたんだ、とエドウィンは思った。

「いつもはできるのに」と少女が言った。「あんたがいなければ、もう終わってるのに」

「逃げないように縛っているの？」

「逃げる？　どこに逃げるのよ。一緒に旅をしてるのに」そして、「なんでここに来たの。お母さんを助けにいけばいいのに」と言った。

「母さんを？」エドウィンは心から驚いた。「どうして母さんがぼくに助けてほしいなんて思うのさ」

「連れていかれたって言わなかった？」

「言ったけど、もう昔のことだよ。いまは幸せにしてる」

「どうして幸せになれるのよ。誰かに助けにきてもらいたがってるって思わないの？」

「ただ旅をしてるだけなんだよ。ぼくに助けてほしいだなんて……」

「まえは子供だったから、そう思わなかったかもしれない。でも、もうほとんど大人でしょ?」少女はまた黙り、もう一度背中をしならせて、ほどく作業に没頭した。だが、力尽き、背中をどさりと地面に落とした。「ときどきね、まだわたしがほどけないうちに戻ってくることがあるけど、そんなときも絶対ほどいてくれないの。自分で何とかして両手を自由にできるまで、何も言わずに、ただ見てるの。そこにすわって、股座《またぐら》から悪魔の角を生やしながらいつまでも見てる。何かしゃべってくれれば我慢もなるんだけどね。でも、じっと見てるだけで、何も言わない」そして少女は言った。「あんたを見たときにね、あんたも同じようにすると思ったの。すわったまま、何も言わずにじろじろ見るつもりか、って」

「ほどいてあげようか。そいつら怖くなんかないよ。ほどくのは得意だから」

「まだ子供じゃない」突然、涙が湧き出た。急なことだったし、表情にはなんの前触れもなかった。だから、最初は汗かと思ったが、すぐに涙だと気づいた。少女の顔は少し横を向いていて、湧いた涙が奇妙な流れ方をした。鼻梁を乗り越え、反対側の頰に垂れて、そこを流れ落ちた。その間も、少女の視線はずっとエドウィンを捉えつづけていた。エドウィンは涙に混乱し、その場に立ちすくんだ。

「じゃ、やって」と少女は言い、初めて横向きになった。視線がエドウィンの顔を離れ、水中の蒲《がま》に移動した。

　エドウィンは、機会を狙っていた泥棒のようにさっと前に出て、草にしゃがみ込むと、結び目を引っ張りはじめた。紐は細く粗く、少女の手首に容赦なく食い込んでいた。対照的に、広げられ、重ねられた手のひらは、小さくて、柔らかかった。最初、結び目はびくともしなかった。だが、エドウィンは気持ちを落ち着かせ、紐の通っている道筋を注意深く調べた。もう一度やってみると、結び目に緩みができた。エドウィンは自信をもってほどきはじめた。ときおり柔らかい手のひらに目をやると、それはおとなしい二匹の生き物のようにじっと待っていた。

　ようやく紐を引き抜くと、少女は起き直り、エドウィンと向かい合うようにすわった。突然、二人の距離が近すぎるように感じられ、エドウィンはどぎまぎした。少女のにおいはほかの人と違う、と思った。古びたうんこじゃなくて、湿った薪を燃やしたときのにおいだ……。

「あいつらが帰ったら、葦《あし》の茂みを引きずり回されて、半殺しにされるわよ」と少女はそっと言った。「行きなよ。村に戻ったほうがいい」少女はおずおずと――自分の命令どおり動くか不確かのように――手を伸ばし、エドウィンの胸を押した。「行って。早く」

「ぼく、怖くないよ」

「うん、あんたは怖くない。でもね、怖くなくてもやられるの。あんたは助けてくれた。でも、もう行って。早く、早く」

　エドウィンは夕暮れ前にその池に来てみた。少女が寝ていた場所は草が倒れたままだったが、それ以外に少女がいたことを示すものはなかった。ただ、不気味なほど静かな場所に思えた。エドウィンはしばらく草の上にすわり、風に揺れる蒲を見ていた。

　エドウィンは少女のことを誰にも話さなかった。すぐに悪魔だと騒ぎ立てる叔母はもちろん、少年たちの誰にも話していない。だが、その後の数週間というもの、思いがけないときに少女の面影が鮮明によみがえってくることが何度もあった。ときには夜、夢の中で。だが、多くは昼日中、たとえば地面を掘っていたり、屋根修理の手伝いをしていたりするとき。そんなとき、決まって股座に悪魔の角が生えてくる。最後に角は消えるが、あとに恥の感覚が残る。少女の言葉がよみがえってくる。「なんでここに来たの。お母さんを助けにいけばいいのに」

　でも、母さんのところへどうやって……。少女自身も、エドウィンのことを「まだ子供じゃない」と言っていた。その一方で、「もうほとんど大人でしょ」とも言っていた。その言葉を思い出すたび、恥ずかしさが戻る。先へどう進めばいいのか、道はなかなか見えずにいた。

　だが、ウィスタンが納屋のドアを開け放ち、そこから目もくらむような光が押し入ってきたとき、すべてが変わった。使命を果たすべく選ばれた男――ウィスタンはエドウィンをそう呼び、そしていま、二人はここにいる。これから国中を旅してまわる。きっと母さんとも遠からず出会えるだろう。そのとき、母さんと一緒に旅をしている連中は震え上がる。

だが、ぼくはほんとうに母さんの声でトンネルに導かれたのだろうか。ただ兵隊が怖かっただけではないのか……。若い僧の後ろについて、流れ下る小川沿いにまだ人の足で踏まれたことなどないような小道を歩きながら、エドウィンはそんな疑問をもった。目が覚めて、古い塔の周りを兵隊が走りまわっているのを窓から見た。あれで怖くなっただけではないのか。違うとはっきり言えるのか……。だが、いますべてを注意深く思い出してみて、自分に恐れはなかったとエドウィンは確信した。それに、もっとまえ、日のあるうちに戦士とあの塔に入り、二人でいろいろと話したときも、感じたのは待ちきれないという思いだけだった。ぼくは早く戦士と並び立ち、やってくる敵を迎え撃ちたい……。

修道院に到着した直後から、ウィスタンはあの古い塔をずっと気にしていた。二人で薪小屋に籠もり、丸太を割っていたときも、しきりに塔を見上げていたのをエドウィンは覚えている。そして手押し車を押しながら敷地内をめぐり、薪を届けて歩いたときも、わざわざ塔の近くを通るために順路をはずれたことが二回あった。だから、修道僧が会議のために姿を消し、中庭が空っぽになったとき、戦士が薪の山に斧を立てかけて「出るぞ」と言っても、エドウィンは少しも驚かなかった。「君も来い、若き同志。あそこでわたしたちを見下ろしているのっぽでお年寄りの友に、ご機嫌伺いといこうではないか。どこへ行っても、わたしたちを見ているようだ。一度くらい挨拶しておかないと、怒られるかもしれない」

低いアーチをくぐり、塔のひんやりとした薄暗さの中に入った。「気をつけろ」と戦士が言った。「中に入ったと思うだろう？　だが、足元を見てみろ」

下を見ると、足元前方に掘割りのようなものがあった。それは円形の壁沿いに伸び、全体として円環状の濠をつくっていた。大人でも飛び越えられないほどの幅があり、中央部分の土の床へは、二枚の板でできた簡単な橋で渡るようになっていた。エドウィンはその橋の上から真っ黒な濠の中を見下ろした。後ろから戦士が話しかけるのが聞こえた。

「この濠には水がないぞ、若き同志。それに、もし落ちても、ここはきっと君の背丈ほどの深さしかないだろうな。不思議だと思わないか。なぜ塔の内部に濠があるのか。そもそも、こんな小さな塔になぜ濠が必要なのか。いったいなんの役に立つ濠だろう」ウィスタンも橋を通って中央部分に渡り、試すように踵でこつこつとそこの地面を打った。「あるいは、昔の人は動物をほふるためにこの塔を建てたのかもしれないな」とつづけた。「たぶん家畜の処分場だったのだろう。いらない部位は、そこの濠にぽいと落とせばよい。君はどう思う」

「ありえますね、戦士さん」とエドウィンが言った。「でも、動物ですよ。あんな細い板の上を引っ張ってくるのはたいへんだったと思います」

「昔はちゃんとした橋があったのかもしれない」とウィスタンが言った。「どんな太った牛を渡らせても大丈夫なやつがな。ここに来た動物はきっと自分の運命を悟ったろう。最初の一撃で膝を屈しないやつもいたかもしれない。だが、そんな動物も、この構造からはやすやすと逃げられない。体をよじり、必死で逃げ出そうとする。だが、体をどうねじり、どちらをどう向いても、目の前には常に濠がある。橋は小さなのが一本だけで、半狂乱の動物にはなかなか見つけられない。ここはそういう処分場だった。そう考えても、さほど的外れではあるまいよ。さて、上はどうだ。君は上に何を見る」

エドウィンは頭上高くに円形の空を見て、「てっぺんが開いてます」と言った。「煙突みたいです、戦士さん」

「ほう、おもしろいことを言う。もう一度、言ってみてくれ」

「ここは煙突に似ています、戦士さん」

「そこからどういうことが言える」

「昔の人がここを動物の処分場に使っていたなら、ぼくたちがいま立っているこのあたりで火をおこしたかもしれません。関節ごとに切り離して、肉をあぶったんじゃないでしょうか。煙は上って、あそこから出ていきます」

「うん、ありうるな。君の言うとおりかもしれない。ここにいるキリスト教のお坊さんたちは、そういうことをちらとでも考えたことがあるのだろうか。あの方々は、静けさと外界からの隔絶がほしくてこの塔の中に入ってくるんだろう。ここを取り巻く壁の分厚さはどうだ。ここへ入るとき、外では鳥がやかましかったのに、あの騒ぎもこの壁は通れない、それにてっぺんから光が入るのも、お坊さんたちに神の恩寵を思わせるのだろう。君はどう思う」

「確かにここへ来て祈るのでしょうけど、でも、ひざまずくにはこの地面は汚れすぎていると思います」

「立ったまま祈るのかな。まあ、ここが動物を殺して焼くための場所だったとは想像もしないだろうが。ほかに、上を見て思うことはあるかな」

「何もありません、戦士さん」

「何もない？」

「階段しかありません」

「ああ、階段な。その階段をどう思う」

「ここから濠の上をまたぎ壁に向かっています。壁が丸いですから、それに沿って円を描くように上っています。塔のてっぺんまでつづいています」

「いい目だ。よし、よく聞け」ウィスタンは近寄って、声をひそめた。「この場所は――いや、この古い塔だけでなく、ここ全体、いま修道院と呼ばれているこの場所は――かつて戦時にわれわれサクソン人の祖先が築いた山砦《さんさい》だったと思う。山砦であれば、当然、攻め込んでくるブリトン人を迎え撃つため、いろいろと巧妙な仕掛けがほどこしてあったはずだ」戦士はまた離れると、濠を見下ろしながら、しばらく床の縁をゆっくりと歩いていた。やがて、また顔を上げて言った。「ここを砦と想像してみよう。何日にもわたる包囲攻撃が終わり、いよいよ敵が攻め込んできた。どの中庭でも、どの壁の上でも、戦闘が起こる。君は思い描けるかな——そこの中央広場にサクソンの同志が二人いて、大勢のブリトン人を食い止めているところを。じつに勇敢な戦いぶりだが、敵はあまりにも大勢で、同志二人は後退せざるをえない。後退して、ここに逃げ込んだとしよう。そう、この塔の中だ。小さな橋を渡って、この場所で敵に向き直った。ブリトン人は自信たっぷりだ。サクソン人二人を追い詰めたぞ。剣や斧を振りかざし、なだれ込んできて、橋を渡って同志二人に迫った。わが勇敢な同胞は先頭のブリトン人を倒すが、しだいにもっと退かざるをえなくなる。そこを見たまえ。階段だ。二人は壁沿いに階段を上りながら退却する。ますます多くのブリトン人が橋を渡り、濠を越えてきて、わたしたちが立っているここはブリトン人であふれかえる。だが、ブリトン人は人数の利を生かせない。わが勇敢な同胞は階段上で横に並んでいて、侵入者も横には二人しか並べない。二対二で戦うしかない。わが同胞は猛者だ。高く、ますます高く退却していくが、侵入者はこの二人を圧倒できない。ブリトン人はばたばた落ちる。何人落ちても、すぐ後ろの兵隊が前に出てきて、そしてまた落ちていく。これがつづき、わが英雄二人もしだいに疲れてくる。一段ずつ上へ退き、侵入者は一段ずつ攻めてくる。だが、おや、どうした。これは何だ、エドウィン。わが同胞はついに怖じ気づいたのか。敵に背を向け、走り出したぞ。ときおり振り向いて剣を振るいはするが、残りの階段を走って逃げていく。では、もう終わりか。ブリトン人は勝ち誇っている。下から見上げている兵隊も、宴会前の腹減らし野郎みたいに笑っている。だが、よく見ろ。君には何が見える、エドウィン。わがサクソンの同胞がてっぺんの丸い空に近づいていくぞ」ウィスタンはエドウィンの両肩をつかみ、体の向きを変えて、上の開口部を指差した。「言ってみろ、エドウィン。君には何が見える」

「罠が見えます。二人が退却したのは、蜜で蟻を誘うみたいにしてブリトン人を罠にかけるためです」

「いいぞ、少年。それはどんな罠だろうか」

エドウィンはしばらく考え、「階段のてっぺんの少し手前の壁に窪みが見えます。それとも戸口かな」と言った。

「よし。それで、あそこには何が隠れていると思う」

「最強の戦士が十人くらい？　二人の英雄と力を合わせ、ブリトン人を押し戻して、また地上のブリトン部隊に切り込んでいきます」

「もう一度だ、少年。考えろ」

「じゃ、獰猛な熊かな。いいえ、ライオンです」

「君が最後にライオンを見たのはいつのことだ」

「火だ、戦士さん。あの窪みの向こうには火があります」

「いいぞ、少年。遠い昔に何が起こったのか、確実なことはわからないが、あそこには火が隠されていたと見て間違いないだろう。ここからは見えないほどの小さな窪みだが、壁に隠れて松明が燃えていたはずだ。一本と言わず、二本も三本もあったかもしれない。それから？」

「わが同胞はその松明を投げ落とします」

「ほう、敵の頭上にか？」

「いいえ、濠の中にです」

「濠だと。水が張ってあるのにか？」

「いいえ、濠は薪でいっぱいです。ぼくらが一所懸命割ったああいう薪です」

「なるほどな、少年。わたしたちは、月が高くなるまでにもっと割ろう。干し草もいっぱい見つけよう。君は煙突と言ったな。そのとおり、わたしたちがいま立っているここは煙突の中だ。祖先はいま言ったようなときのためにこれを造った。それ以外にこんな塔の使い道があるか。てっぺんに立ったところで、外壁の上から見る景色とさほど変わるわけではない。だが、想像してみたまえ。この濠と呼ばれるものの中に松明が一本落ちる。そしてもう一本だ。さっきこの場所の周りをぐるりと歩いたとき、裏の石壁の、地面にごく近いところに開口部を見つけた。どういうことだ。強い東風が吹いているとき——たとえば今晩だ——火はあおられていっそう高く燃え上がる。ブリトン人はこの地獄をどう逃れる？　周囲をびっしりと石の壁で囲まれ、逃げ道は細い橋が一本だけだ。しかも濠そのものが燃えている。さて、とりあえず出ようか、エドウィン。ここでこれ以上秘密を暴いていると、この古い塔のご機嫌が悪くなるかもしれないからな」

ウィスタンは板を並べた橋に向かったが、エドウィンはまだ塔のてっぺんをじっと見上げていた。

「でも、戦士さん」と呼んだ。「わが勇敢な同胞二人も敵と一緒に炎で焼かれてしまいます」

「たとえそうでも割のいい取引だとは思うが、二人は死ぬ必要がないかもしれない。二人の同胞は、立ち上る炎と競争しててっぺんまで駆け上がり、外へ飛んだかもしれない。どうだ、少年、翼を持たない二人にできると思うか」

「翼はありませんけど、仲間が塔の裏に荷車を引いてきているかもしれません。干し草をうずたかく積んだ荷車です」

「ありうるな。昔、ここで何が起こったかは誰にもわからない。さて、夢物語はひとまずやめて、もう少し薪を割っておこう。夏はまだ先だ。ここのお坊さんたちはまだ何度も寒い夜を過ごさねばなるまいからな」

戦いでは、入念に情報を伝え合う時間などない。一瞬の表情、手の一振り、騒音を圧するように叫ばれる一言――真の戦士はそれで望みを伝え合う。塔の中で過ごしたあの午後のひととき、ウィスタンはそんな戦士のやり方で考えを伝えてくれた。なのに、ぼくは期待を裏切ってしまった、とエドウィンは悲しんだ。

でも、戦士はぼくに期待しすぎだったと思う。老ステッファだって、見込みがあると言ってくれただけだ。いずれ戦士の道を教わったら、どうなれるかを教えてくれた。ウィスタンの訓練はまだ最後まで終わったわけじゃない。そんな状態で、いまのぼくはどう行動すればよかったんだろう。戦士は怪我を負ったらしい。でも、それはぼくだけの責任ではないんじゃなかろうか。

若い僧は小川の縁で立ち止まり、靴の紐をほどいた。「ここで川を渡るよ」と言った。「橋はずっと下流だし、そのあたりは土地が開けすぎていて、隣の丘の上から見つかるかもしれないから」そしてエドウィンの靴を指差し、「上手に作ってあるね。自分で作ったの」と尋ねた。

「ボールドウィンさんに作ってもらった。村で一番上手な靴屋さん。満月のたびに発作を起こす人だけどね」

「じゃ、ぬいで。濡れたら台無しになっちゃうからね。飛び石が見える？　頭をもっと下げて、水面の下を見て。ね、見えた？　あれを使って渡るよ。石さえ見失わなければ、濡れずに渡れる」

ここでも、若い僧の口調はどこかぶっきらぼうだった。ひょっとして、出発してからここまで、あれやこれやを心の中でつなぎ合わせていたのだろうか。そして、今晩のことでぼくが果たした役割に気づいたのだろうか。歩きはじめたときは態度がもっと温かかったし、ひっきりなしにしゃべっていたのに。

この案内役とはジョナス神父の部屋の外で出会った。肌寒い廊下でエドウィンが待っている間、部屋の中ではいくつかの声が言い争っていた。声音は低く抑えられていても、籠もる激情は隠せない。これから何を言われるかと思うと怖さが募った。だから、自分が中に呼ばれる代わりに、若い僧が陽気そうな笑顔を見せて出てきたときは、心からほっとした。

「君の案内役に選ばれました」と若い僧はエドウィンの言葉で得意そうに言った。「ジョナス神父はすぐに発てって。誰にも見られるなって。元気を出しなよ、君。すぐにお兄さんに会えるからね」

若い僧は奇妙な歩き方をした。すごく寒いなかを歩く人のように両腕を僧衣の中に入れ、それで自分の体をしっかり抱え込みながら歩いた。だから、最初、後ろについて山道を下りていきながら、これは腕なしで生まれた人なのだろうか、とエドウィンは思った。だが、修道院から十分に離れ、もう安全と判断したのだろう。僧はエドウィンの横に並び、歩調を合わせて歩きながら、細くて長い腕を衣の下から出して、支えるようにエドウィンの肩に回した。

「せっかく逃げられたのに、こんなふうに戻ってくるなんて、君はばかだよ。ジョナス神父も聞いて怒ってた。でも、こうしてまた抜け出せたし、運がよければ、君が戻ったことは誰にも知られずにすむ。それにしても、なんてことだろう。君のお兄さんはいつもこんなに喧嘩好きなの？　それとも兵隊のほうがすれ違いざまに何か言ったのかな。ね、着いたら、いったい何が始まりだったのか、寝てるお兄さんに聞いてみてよ。ぼくらはまったくのちんぷんかんぷんだからさ。お兄さんが兵隊を侮辱したのなら、よほどすごいことを言ったんだろうね。だって、兵隊は院長に会いに来た用事をすっかり忘れて、怒り狂ったんだもの。生意気なお兄さんに償いをさせようってさ。ぼく自身は怒鳴り声で目が覚めたんだよ。中庭からけっこう遠い部屋なのに。びっくりして走っていったけど、結局、仲間の僧たちとただ立って、見ているしかなかった。もう恐ろしかったよ。仲間の話だと、君のお兄さんが兵隊に追われて古い塔に逃げ込んだって。兵隊もすぐ後を追って入ったみたい。手足を一本ずつ引きちぎってやるっていう剣幕だったらしいよ。お兄さん、必死で抵抗したみたいだね。でも、驚くほど強かったんだって。相手は三十人かそれ以上。お兄さんはたった一人で、しかもサクソン人の羊飼い。ぼくらはね、君のお兄さんの血まみれの死体がすぐにも運び出されてくるって思いながら見ていたんだけど、とんでもない。パニックになってつぎからつぎへ逃げ出してくるのは兵隊のほうでさ。怪我した同僚を運び出してきたり。もうこの目が信じられなかったよ。喧嘩が早く終わりますようにって祈った。だって、最初の侮辱がなんであれ、あんな暴力は必要ないもの。でも、延々とつづいて、最後に恐ろしいことが起こったんだよ。神様ご自身のご意志じゃなかっただろうか。ご自身の聖なる建物であんまり醜い争いがあるのに顔をしかめられ、指を伸ばして火を放たれたんだと思う。まあ、たぶん兵隊の誰かが松明を持ったまま逃げ回って、転んだんだと思う。その過ちがこんな結果になるとはね。なんて恐ろしい。突然、塔が燃え上がったんだよ。あの古くて湿った塔に、あんなに燃えるものがあったなんて。でも、燃え上がって、ブレヌス卿の兵隊も君のお兄さんもその火に巻き込まれた。喧嘩なんか忘れて一目散に逃げ出せばよかったのに、たぶん、火を消そうとしたんじゃないかな。で、結局、逃げ遅れて、気づいたときは炎に飲み込まれてた。ほんとにすごい事故だった。ほうほうの体で逃げ出してきた人たちも、出てきたとたん地面をのたうち回って、結局死んでしまった。君のお兄さんが逃げ出せたのは、もう奇跡中の奇跡だよ。ぼくらが燃える塔を見て、中に閉じ込められた人のために祈っていたとき、君のお兄さんは暗闇のなかをさまよってて、それをニニアン神父が見つけたんだ。ふらふらで、怪我もしていたけど、まだ生きていた。大丈夫、君のお兄さんは生き延びるよ。ジョナス神父ご自身が治療されてね、このことを知る者は絶対に秘密にせよと命じられた。院長にも秘密に、って。というのはね、このことが広まると、ブレヌス卿がもっと兵隊を送り出して、復讐しようとするからだって。ほとんどはお兄さんのせいじゃなくて、事故のせいで死んだんだけどね。君も、誰にも言わないほうがいいよ。少なくとも、君たち二人がこの国を遠く離れるまでは言わないほうがいい。君が修道院へ戻ったことでは、命を危険にさらしたってジョナス神父は怒っていたけど、お兄さんとの再会が簡単になったことは喜んでいた。二人一緒にこの国から旅立たせねば、ってさ。ジョナス神父は最高の人。一番賢い人でもある。鳥たちにあんなことをやられた後でもそう。ジョナス神父とニニアン神父は、君のお兄さんの命の恩人だと思うな」

だが、そんなおしゃべりはさっきまでのことだ。いま、若い僧はよそよそしく、腕はまた僧衣の下に深く隠されている。エドウィンは流れの速い水面下に飛び石を探しながら、僧の後ろについて川を渡った。渡りながら、ふと、戦士に全部話したら、と思った。母さんのこと、母さんに呼ばれたことを話してみよう。正直に、包み隠さず、最初から全部話せば、ウィスタンは理解してくれるのではなかろうか。そして、もう一度チャンスをくれるかもしれない。

その考えに少し元気づいて、エドウィンは両手に靴を一つずつ持ち、次の岩に向かって軽々と飛んだ。

第三部

ガウェインの追憶——その一

あの黒後家《くろごけ》ども。何の目的があって神はあれらをこの山道へ——わしの目の前へ——連れてこられたのだろう。わしの謙虚さを試すおつもりなのか。あの穏やかな夫婦を救い、傷を負った少年を救い、悪魔の犬を退治したのをご覧になりながら、まだ足りぬとお考えなのだろうか。あのあと、露に濡れた落ち葉の上で一時間も眠ったかどうか。目覚めてみれば、わが任務はまだまだ道半ば、ホレスとわしはまた出発せねばならぬと知った。行く先は雨露をしのげる村ではなく、また灰色の空に向かう険しい山道だ。なのに、そこに神はあの黒後家どもをお並べになった。神のなされたことであるに疑いはない。だからこそわしも丁重な対応を心がけた。後家どもがばかげた侮蔑の言葉を投げかけてきても、ホレスの尻に土塊《つちくれ》を投げつけてきても——ふん、そんなことでいまのホレスが慌てふためき、駆け出すものか——わしはやつらを一度たりと振り返らなかった。この程度の試練には堪えきらねばならぬ、そうホレスの耳にささやきつづけた。彼方の峰、いま嵐雲集いつつあるあの峰には、はるかに大きな試練が待っておるのだからな。それに、いまでこそ襤褸《ぼろ》切れを風にはためかせる老女にすぎぬが、あれらもかつては無垢な乙女であった。美しさと気品に恵まれた者もいたし、少なくとも初々しさがあって、男の目に好ましかった。あの女もそうではなかったか。物悲しい秋の日、一日かけても踏破できそうにない広大な土地が——人っ子一人見当たらぬ空虚な土地が——眼前に広がるとき、なぜか思い出すあの女も……？　決して美しくはなかったが、わしの目には十分に快かった。若いころに一度ちらりと見かけただけで、声さえかけたかどうか。それが心にたまに戻ってくる。きっと眠る間に訪れてくれたのだろう。なぜというに、目が覚めて夢は消えつつあるのに、心には不思議な満足が残っておるゆえな。

今朝も、ホレスに起こされたとき、そんな喜びの余韻を感じた。昨夜の奮闘のあと、わしは森の柔らかな地面で一眠りしていて、ホレスの足踏みで起こされた。わしには昔のスタミナがない。あんな夜のあと、短時間眠るだけでまた出発するのは楽ではない。それはホレスにもよくわかっているが、もう森の樹冠の上に太陽が昇っているとなれば、寝かせておいてはくれぬ。やかましく足を踏み鳴らしおって、わしはしかたなく起き上がった。鎖帷子がきしんだ。最近、甲冑が呪わしくてならぬ。ほんとうにこの命を救ってくれたことなどあるのか。せいぜい小さな傷を一つか二つ防いでくれた程度であろう。いまの健康を感謝すべき相手は、甲冑でなく剣のほうよ。わしは立ち上がり、周囲の落ち葉を観察した。夏はまだ始まったばかりなのに、なぜこれほど大量に落ちているのか。雨除けになってくれたこの木々が病んでいるのだろうか。日の光が一筋、高い枝葉を貫いて、ホレスの鼻面に当たった。ホレスめ、鼻を左右に動かしおる。うるさくして困らせる蠅と同じ扱いではないか。ホレスにも快適な夜ではなかったようだ。四方から起こる森の物音を聞きながら、主人の身にどんな危険があったのかと心配しておったろう。早くから叩き起こされて気分は最悪だったが、わしはホレスに近づき、その首を両腕に抱いて、一瞬ではあったが頭をたてがみに埋めてやった。厳しい主人であることはわかっている。疲れていると知りながら先を急がせるし、悪いこともしておらぬのに叱咤し、ののしる。そしてこの金物は、わしにも重荷だが、ホレスにはそれ以上だろう。あとどれほど、ともに旅ができるだろうか。わしはホレスをそっとなで、「すぐに親切な村を見つけよう」と言った。「いま食ったのよりましな朝食がもらえる村をな」と。

こんな言葉が出たのも、ウィスタンの問題が解決したと信じていたからだ。だが、小道を行きかけたとたん、まだ森から出てもおらぬうちに、みすぼらしく汚れ、靴も破れた修道僧が一人、ブレヌス卿の陣地に向かって前を歩いていくのを見かけた。その僧がなんと言ったか。ウィスタンが修道院から逃げた、と。追っ手は皆殺しで、なかには焼け焦げた骨しか残らなかった者もいる、と。なんという男だ。それを聞いてわしの心が喜びでいっぱいになったのも妙な話だが、それはそれとして、ようやく終えたはずの任務が未完了と判明しては、もうホレスに干し草、わし自身にあぶり肉と話し相手どころではない。それをあきらめ、こうしてホレスともどもまた山道を上っておるしだいだ。まあ、あの呪われた修道院から遠ざかれることはありがたいし、僧どもやブレヌス卿の手でウィスタンが殺されなかったことにほっとしているのも事実だ。それにしても、なんという男だ。あの男の手にかかって日々流れる血は、セバーン川をもあふれさせよう。ウィスタンは負傷したと僧は言っていた。だが、あれほどの男が簡単に転がって死ぬとも思えぬ。あのエドウィンという少年を戻らせたのは失敗だった。この際、あの二人がどこかで出会わないほうに賭けるものなどおるまいよ。じつに愚かな失敗だった。あのとき、わしは疲れきっていたし、ウィスタンが逃げおおせるとはこれっぽっちも考えていなかった。なんという男だ。あれがわれらの時代に生きていたら、サクソン人ながらきっとアーサー王の目にとまり、賞賛されていただろう。最強の騎士でさえ、やつに敵としてまみえることを恐れただろう。だが、昨日、ブレヌスの兵士と戦うのを見たとき、やつの左側に小さな隙を見たような気がする。あれはとっさの戦術だったのか。もう一度戦うのを見れば、確かなことがわかる。だが、腕の立つ戦士であり、あの隙に気づけるのはアーサー王の騎士くらいのものだろう。だが、昨日の戦いで、わしは見たと思った。おっと、見ろ、左に小さな隙ありだぞ、とつぶやいた。あそこを突く抜け目ないやつはいるだろうが、あいつを戦士として尊敬しないやつは一人もおるまい。

だが、あの黒後家ども。なぜわしらの行く道におるのだろう。あやつらがおらんでも、わしの一日は十分に忙しいし、わしの忍耐力は十分に試されておるのに。おい、ホレス、つぎの峰で一休みするぞ――山道を上りながらホレスにそう言った。黒い雲が湧いていて、おそらく嵐になるが、それでも一休みしよう。雨宿りできるような木がなくても、ちびたヘザーにすわりこんで、どうしても休むぞ……。道がようやく平坦になる。おや、あそこに見えるのはなんだ。巨大な鳥が何羽も岩にとまっているな。おっと飛び立った。だが、暗くなりつつある空に向かわず、なぜわしらに向かってくる……。そしてわかった。あれは鳥ではない。老いた女どもがマントをはためかせ、わしらの行く手に立ちふさがっているだけだ。

なぜわざわざこんな不毛の地に集まるのか。ケルンもないし、目印となる涸れ井戸もない。太陽や雨に苦しむ旅人を慰める細い木一本、藪一つない。あるのは、女たちがしゃがんでいた岩、道の両側の地面に半ば沈んでいる白っぽい岩だけだ。確かに女か、とわしはホレスに尋ねた。わしの目よ、しっかりせい。まさか襲いくる山賊ではなかろうな。いや、違う。剣を抜く必要はない。よかった。昨夜、眠る前に地面に何度か深く突き刺しておいたが、あの悪魔犬のぬめりがまだとりきれず、剣は悪臭がする。ともあれ、あれは確かに老いた女たちだ。まあ、楯の一、二枚もあれば、よけるのに重宝したところだが……。ようやく通り過ぎたぞ、ホレス。これからはあの連中をご婦人方として思い出そうではないか。なぜと言って、やはり哀れみをもって接するべきだろう。いくら物腰に怒りたくなっても、決してババアなどと呼んではならぬ。かつて美しさと気品の持ち主であった者もいるのだ。それを忘れずにおいてやろう。

「あいつが来たよ。騎士の名をかたるやつが」と一人が叫び、わしが近づくにつれ他の女もそれに加わった。そのつもりなら一気に駆け抜けることもできたろうが、わしは逆境に尻込みする男ではない。女たちの真ん中でホレスを止めた。もちろん、女たちには目もくれず、つぎの峰の方角をながめて、垂れ込める雲の様子を見ていた。女たちの襤褸切れが周囲ではためき、怒鳴り声が圧力となって迫ってきたとき、わしはようやく鞍から地上の女たちを見た。数は十五人か、二十人か。みな手を伸ばし、ホレスの脇腹に触れてくる。落ち着け、ホレス、とわしはなだめた。そして背すじを伸ばし、「ご婦人方」と呼びかけた。「話をしたければ、まずその騒ぎをやめてくれぬか」それで静かにはなったが、表情は怒ったままだ。わしはつづいて「ご婦人方はわしに何をお望みか。なぜこの道で待ち伏せしておられたのか」と言った。女の一人が「与えられた任務も果たせない臆病者のばか騎士だからさ」と言った。別の女が「あんたが神に頼まれたことをさっさとやってたら、こんなふうに悲しみのうちに国をうろつかなくてすんだんだよ」と言い、さらに別の女が「義務を果たすのが怖いって顔に書いてある。義務が怖いんだ」と言った。

わしは怒りを抑え、わかるように説明してほしいと言った。すると、なかでまともそうな女が前に出てきた。「お許しを、騎士様。この空の下をさまよって、もう長くなります。今日は騎士様ご本人が大胆にもこちらへ来られるのが見えましたので、どうしても嘆きをお聞かせせずにいられなくなりました」

「ご婦人、寄る年波は隠せぬが、わしはいまでも偉大なアーサー王の騎士だ。そなたの悩みを話してくだされば、できるだけお力になろう」

すると、女たちが――まともそうなのも含めて――みな厭味たらしく笑いはじめた。わしはあっけにとられた。「さっさと雌竜を殺してくれてたら、わたしら、こんなふうに惨めにうろつかなくてすんだんだよ」と誰かが言った。

これにはかっとなって、思わず叫んだ。「そなたらに何がわかる。クエリグの何がわかる」だが、ここは我慢が必要と思い直し、落ち着いて話しかけた。「説明してほしい、ご婦人方。なぜこのように道を歩きつづけておられるのか」後ろから耳障りな声が答えた。

「わたしがなぜさまようか？　喜んで、騎士様。船頭がわたしに質問をしたとき、最愛の夫はもう舟の中で、早く乗れと手を差し伸べてくれていた。でもね、一番大切にしていた記憶が盗まれていることに気づいたのよ。そのときはなぜかわからなかったけど、いまはわかる。クエリグの息が泥棒。それがわたしの記憶を盗んだ。はるか昔に騎士様が殺してくれていたはずのクエリグのね」

「なぜそれを知っておられる、ご婦人」わしはもう驚きを隠せずに尋ねた。流浪の女たちがなぜ。厳重に隠された秘密をなぜ知っている。さっきのまともな女が奇妙な笑いを浮かべ、「わたしたちは後家ですのよ、騎士様」と言った。「いまさらわたしたちから隠しおおせるものなどありません」

そのときホレスが身を震わせた。わしは思わず「ご婦人方は何者か。生きているのか死んでいるのか」と尋ねていた。それを聞いて、女たちはまた噴き出した。あざける響きがあって、ホレスが不安そうに足を踏み替えた。わしはそっとなでながら、「ご婦人方、なぜ笑う。それほど愚かしい質問であったのか」と言った。後ろの耳障りな声が「ほら、怖がってるよ」と言った。「竜が怖いだけかと思ったら、あたしたちまで怖いらしいよ」

「なにをばかな、ご婦人」ホレスが勝手に一歩下がり、静止させようと手綱を引いたため、つい声に力が入った。「わしは竜など恐れぬ。クエリグは獰猛だが、わしはかつてはるかに大きな悪にも立ち向かっている。退治するまでに時間がかかっているのは、クエリグが恐るべき狡猾さであの高い岩山に身を潜めているからだ。ご婦人はわしを非難する。だが、いまどきクエリグの噂などお聞きか？　過去には毎月のように村を——村々を——襲っていた。だが、最後にそんな噂を聞いたのはいつだ。そのころの子供は、いま大人になっている。クエリグは、わしが迫っていることを知っている。だからこそ、この山々の外に姿を現そうとはせぬ」

わしがそう説いているとき、一人の襤褸布のようなマントが開き、土塊がホレスの首に当たった。もう我慢ならぬ、とわしはホレスに言った。行くぞ。あの女どもにわしの使命の何がわかる……。そしてしきりに促したが、ホレスはなぜか凍りついたように動かぬ。しかたなく拍車をくれて、無理に前進させた。幸い、黒マントの女の群れはわれらの前で二つに分かれた。だが、わしの目にまた遠くの峰が見えた。そして、あの荒涼たる高みを思い、心が沈んだ。あそこを吹く冷たい風に身をさらすくらいなら、この不愉快きわまりない女どもに囲まれているほうがよいとさえ思った。そんな感傷からわしを解放してくれたのは、皮肉なことに、女たちが背中に投げつけてきた連呼だ。もちろん、泥も飛んできた。だが、連呼されているこの言葉はなんだ。まさか「臆病者」か。わしはよほどきびすを返し、怒りをぶつけようかと思ったが、思い直した。臆病者、臆病者か。あいつらに何がわかる。あいつらはあそこにいたのか。遠い昔のあの日、われらがクエリグとの対決に出かけたあの日、あのときのわれらを見て、わしを――いや、五人の誰をも――臆病者なとど呼べたか。そして、あの困難きわまる任務から三人となって戻った直後、わしはほとんど一休みもせずに谷の縁に急がなかったか、ご婦人方。一人の若い娘との約束を果たすために？

名前はエドラ、とのちに教えてくれた。決して美しくはなかったし、着るものもごく質素だった。だが、ときどき夢に見るもう一人同様、わしの心を捉える華があった。両腕に一本の鍬を抱えて、道端にいるのを見た。女になったばかりで、小さくて細くて、無垢そのものであった。わしがいまあとにしてきたばかりの戦場の恐怖……そのすぐ近くを無防備で歩きまわる姿に、任務への途中ではあったがどうしても通り過ぎることができなかった。

「戻りなさい、娘さん」と馬上から呼んだ。ホレス以前の馬だ。わしも若かった。「そんなほうに行ってはいけない。この谷で激しい戦いが行われているのを知らないのか」

「よく知っています、騎士様」とエドラは言った。恐怖のかけらも見えなかった。「長く旅をしてやっとここまで来ました。すぐに谷を下りていって、戦いに加わります」

「妖精の魔法にでもかかったか、娘さん。たったいま谷底から戻ったおれが言う。百戦錬磨の戦士でさえ恐怖のあまり胃を吐き出すほどの惨状だぞ。あの戦場の遠いこだますら娘さんには聞かせたくない。それに、体に似合わぬ大きな鍬は、なぜ」

「わたしの知るサクソン人の領主がいまこの谷にいます。その人が倒されないよう、神様にしっかり守られるよう、心から祈っています。なんとしても、わたしのこの手で殺したいですから。あいつが母と姉妹にしたことは許せません。そのときに使うための鍬です。冬の朝に凍った地面を耕せるなら、サクソン人の骨を断つこともできるでしょう」

わしは馬から下り、振り切ろうとする娘の腕をつかまえた。名前はエドラ、とのちに教えてくれた。まだ生きておるなら、そなたたちくらいの歳かのう、ご婦人方。そなたたちの一人であってもおかしくないが、わしには知るすべがない。飛び抜けた美人ではなかったが、もう一人同様、わしはその無垢に打たれた。「行かせて、騎士様」とエドラが叫び、「だめだ」とわしが言う。「谷のこの先へは行かせられない。縁から見ただけでも卒倒してしまう」「そんなひ弱じゃありません。行かせてください」わしとエドラ。道端で喧嘩をしている子供のようであった。思いとどまらせるため、わしは最後にこう言った。「なるほど、娘さん。どうしても思いとどまってはくれないようだ。だが、君が一人で復讐を遂げることがどれほど難しいか、考えてみなさい。一方、おれが加勢すれば、難しさは何分の一にも減る。だから、いまは我慢して、この辺の日陰で待て。ほら、あそこ。あのニワトコの木がいい。あの下にすわって、おれの帰りを待ちなさい。おれはこれから四人の同志と任務に向かう。危険な任務だが、さほど長くはかからない。もし死ねば、この馬の鞍に括りつけられ、この道を戻ってくるのが見える。そのときは、君との約束は果たせない。だが、生き延びれば必ず戻って、君と一緒に谷に下り、復讐を手伝うと誓う。だから、いまは待ちなさい、娘さん。君の復讐が正当なら――おれはそう信じる――おれたちが探し当てるまでその男が倒されないよう、神が計らってくださるだろう」

あれが臆病者に言える言葉であろうか、ご婦人方。あの日、クエリグに立ち向かいにいく途中だったわしのあの言葉は？　そして任務のあと――五人のうち二人が倒れ、わしは死を免れた――疲れ果ててはいたが、急いで谷の縁のニワトコの木に戻った。娘は鍬を抱えてちゃんと待っていた。わしを見てさっと立ち上がる姿に、また心を打たれた。とはいえ、再度、娘の決意を変えさせようともしてみた。娘があの谷に入るなど、できれば見たくなかったのでな。だが、娘は怒り、「あなたは嘘つきですか、騎士様」と言った。「わたしとの約束を守らないおつもりですか」と。わしは馬を下り、娘を鞍に乗せて、手綱をとらせた。手綱をとりながらも胸にはしっかり鍬を抱えておったよ。わしが先導して谷の斜面を下り、馬と娘を谷底へ連れていった。戦の響きが聞こえてきたとき、娘は青ざめたと思うか。戦闘域の周辺で、追っ手に迫られて死に物狂いで逃げるサクソン人と出くわしたときはどうだ。消耗しつくした戦士が地べたに這いつくばり、傷口を地面に引きずるようにしてわしらの行く手を横切って行ったとき、娘はうつむいたと思うか。小粒の涙が湧き、持っていた鍬が震えるのが見えた。だが、顔を背けることはなかった。なぜといって、娘の目には果たすべき役割があったからな。あの血塗れの野原の左を見、右を見、遠くを見、近くを見て、探していた。わしも鞍にまたがった。娘をおとなしい子羊のように前に置いて、戦の真っただ中に乗り込んだ。剣を左右に打ち振り、楯で娘をかばい、馬を右へ左へ操りながら進み、ついには二人して泥の中へ放り出されたあのときのわしを、ご婦人方は臆病者と呼べるのか。娘はすぐに立ち上がり、鍬を拾い上げ、歩きはじめた。潰れた死体に、八つ裂きの死体。死体の合間を縫って歩いた。聞き慣れない叫び声が耳に押し寄せても、娘には聞こえない。敬虔なキリスト教徒の娘の耳には、道ですれ違う男どもの下卑た誘いなど聞こえないのと同じことよ。わしはまだ若く、足が速かった。剣を持って娘の周りを走りまわり、危害を加えそうなやつらを斬り倒した。降り注ぐことをやめない矢からは楯で守った。そしてついに、探していた相手を娘が見つけた。だが、まるで荒い波の間を漂っているようなものでな、島はすぐそこに見えるのに、潮の流れが邪魔して、どうしても近づけぬ。その日はずっとそんなふうだった。わしは戦い、打ち、娘を守った。二人して目的の男に近づくまで、まるで永遠のようであった。だが、まだ男の護衛三人がいた。わしは娘に楯を与え、「よく身を守れ。復讐はなったも同然」と言って、護衛と相対した。三人とも戦士の技を持っておったが、それを一人また一人と倒し、ついに娘の憎むサクソン領主の目の前に立った。男の膝には血糊がべっとりとつき、どんなところを歩いてきたかを物語っていたが、この男自身は戦士ではなかった。わしは男を打ち倒した。男の脚はもう役に立たぬ。地面に転がったまま、荒い息をし、憎しみのこもった目で空を見上げていた。娘が来て、男の横に立ち、楯を放り捨てた。そのとき娘の目にあった光は、悲惨な戦場に見るどんな光景よりもわしの血を凍らせた。娘は鍬を下ろした。振り下ろしたのではないぞ。鍬でちょんとつついたのだ。そして、もう一回。いわば、土中に物を探すときの鍬使いだ。また一回。わしは叫ばずにいられなかった。「とどめを、娘さん。おれがやってもいい」だが、娘が言った。「好きにさせて、騎士様。あなたには感謝していますが、ここまででけっこうです」「君が無事にこの谷を出るまで、おれの仕事は終わらない、娘さん」だが、娘はもう聞いておらぬ。身の毛もよだつ作業をこつこつとつづけていた。ほんとうはもっと諫めたかったが、そのとき、人の群れから彼が現れた。彼とは、わしがいまアクセル殿として知る男だ。もとより、いまよりもっと若かったが、当時から賢そうな顔をしていた。彼を見たとき、戦場の騒音がわしの周囲からさっと引いていくように思えた。

「なぜそのように無防備で立っておられる」とわしは言った。「しかも剣がまだ鞘の中とは？　せめて楯を拾って、身を守りなされ」

だが、彼の遠くを見るような表情は変わらぬ。まるでかぐわしい朝に雛菊の野に立っておるかのようだ。「矢をこちらへ飛ばすことを神が選ばれたのなら、わたしは邪魔をしますまい」と言った。「お元気そうで何よりです、ガウェイン卿。あとからお見えになったのですか。それとも最初から？」

まるで夏祭りかどこかで出会ったような口調だ。わしはもう一度叫んだ。「身を守りなされ。ここにはまだ敵がひしめいていますぞ」そして、相変わらず景色をながめつづける相手に、先ほど問われたことを思い出して答えた。「戦いの最初からいましたが、途中、アーサー王に五人の一人として選ばれ、ある重要な任務に出かけました。いま戻ったところです」

わしの言葉に興味をひかれたようで、「重要な任務ですか。うまくいきましたか」と言った。

「残念ながら二人の同志を失いましたが、マーリン殿が満足なさるほどにはうまくいきました」

「マーリン殿ですか」と言った。「賢人かもしれませんが、あのご老人を見ると身震いがします」そして、もう一度あたりを見まわして、「ご友人を亡くされてお気の毒です。ですが、日が暮れるまでにはもっと亡くされるでしょう」と言った。

「だが、勝利はわれわれのものです」とわしは言った。「呪われたサクソン人め。ありがたがるのは死神だけなのに、なぜ戦いつづけるのか」

「純粋な怒りと、われわれへの憎しみからでしょう。もう彼らの耳にも届いているに違いありません。村に残っていた人々の身に何が起こったか。わたし自身、いまそういう村から来たところですから、サクソン人に知らせが届いていないはずがない」

「どんな知らせです、アクセル殿」

「皆殺しの知らせです。女子供や年寄り、生まれたての赤ん坊までもが全員です。誰がそんなことを？　われらです。なぜそんなに無防備だったか？　われらとの間に神聖な協定があったからです。立場が逆だったら、われらも猛烈に怒らないでしょうか。彼ら同様、傷ができるたび薬を塗りながらでも、最後の一人になるまで戦わないでしょうか」

「なぜそんなにこだわるのです、アクセル殿。今日のわが勝利は揺るがず、後世に残りましょう」

「なぜ？　今日襲われたのが、アーサー王の名のもとにわたしが親しくしていた村々だからです。ある村で、わたしは平和の騎士と呼ばれていました。ですが、今日、わが兵士十余人が馬で乗りつけ、無慈悲に駆け抜けるのを見ました。立ち向かうのが、わたしの肩ほどもない少年たちばかりでは……」

「それはじつに悲しいことです。ですが、お願いですから、いまはとにかく楯を……」

「訪れる村という村が同じです。わが兵士らが、したことを自慢げに語り合っていました」

「ご自分もわが叔父も責めなさるな。アクセル殿のご尽力で施行された法は、有効だった間はすばらしいものでした。それによって何人の罪のないブリトン人とサクソン人が救われたことか。法が永遠につづかなかったのは、アクセル殿の責任ではありません」

「今日の今日まで彼らは協定を信じていました。かつて恐れと憎しみしかなかった両者間に、信頼を、と説いたのはわたしです。今日のわれらの行為で、わたしは嘘つきとなり、殺戮者となりました。アーサー王の勝利を喜ぶことなどできません」

「恐ろしいことをおっしゃる。アクセル殿が反逆を考えておいでなら、さっさとかたをつけましょう。ぐずぐずしてもしかたがない」

「あなたの叔父上に何もするつもりはありません。ですが、ガウェイン卿、これほどの代償を支払って得た勝利、どう喜びますか」

「アクセル殿、今日サクソンの村々で行われたこと、叔父はほかに平和を維持する方法を知らず、沈痛な思いで命じられたはずです。考えてください。アクセル殿が心を痛めておられるサクソンの少年たちは、やがて戦士となり、今日倒れた父親の復讐に命を燃やしていたはず。少女らは未来の戦士を身籠ったはず。殺戮の循環は途切れることがなく、復讐への欲望は途絶えることがありません。いまでさえ、あの美しい乙女をご覧なさい。わたし自身がこの戦場へ連れてきたあの娘は、いまだに鍬を振るいつづけています。今日の大勝利は千載一遇の好機ではないでしょうか。悪の連鎖を終わらせる絶好の機会が訪れました。偉大な王たるもの、この好機を大胆に活かさねばなりますまい。これは来《きた》るべき平和の始まりの日かもしれません、アクセル殿。いや、そうしなければなりません」

「わたしには理解できません、ガウェイン卿。今日、われわれは戦士も赤ん坊も区別せず、サクソン人を血の海に沈めました。ですが、サクソン人はいたるところにいます。東から船でやってきて、海岸に着き、日々、新しい村を造っています。憎しみの連鎖は途切れるどころか、今日の出来事によって鍛えられ、強化されるでしょう。わたしはこれからあなたの叔父上に会い、見てきたことを報告します。神が笑顔でいると、そう心から信じておられるのかどうか、お顔から判断するつもりです」

赤ん坊殺し……それがあの日のわれらだったのだろうか。わしが戦場に付き添ったあの娘はどうなったろう。そなたらのなかにあの娘がいるのか、ご婦人方。任務に赴くわしを、なぜこのように取り巻く。この老人を悩ませず、ただ行かせてくれ。赤ん坊殺しか。だが、わしはその場にいなかったぞ。たとえいたとしても、わしの叔父でもある偉大な王に文句などつけられぬ。わしは嘴の青い騎士にすぎなかった。それに、以来過ぎ去った一年一年が王の正しさを証明しているのではないか。そなたらも平和の時代に歳をとってきたのではないのか。ならば、背中に侮蔑の言葉など投げつけず、互いの道を行こうではないか。無垢の法……偉大な法、人を神に近づける法であった。アーサー王ご自身がそう言っておられた。いや、言ったのはアクセル殿だったか。当時はアクセラムかアクセラスの名で通っていた。いまはアクセルか。いい奥さんがいる。なぜわしをあざける、ご婦人方。そなたらが嘆き悲しむのはわしのせいなのか。わしももう長いことはないが、そなたらのように舞い戻って、この地をうろつきまわったりはせぬぞ。わしは満ち足りた心で船頭に挨拶し、揺れる舟に乗り込もう。舟端《ふなばた》に打ちつける水の音を聞き、船頭の櫂の音を聞きながら、しばらく眠るかもしれぬ。やがて眠りから半分目覚め、太陽が水の向こうに沈むのを見る。岸はさらに遠ざかる。こっくりこっくり、また夢に戻り、船頭の柔らかな声がまた耳の中に響くまで眠る。もし、噂どおり船頭が質問を投げかけてきたら、わしは正直に答えよう。隠すことなど何があろう。妻は——ときに望んだこともあったが——おらぬ。わしは最後まで忠実に義務を果たした良き騎士であった。そう言おう。船頭には嘘でないことがわかるはずだ。船頭のことはもう気にすまい。日が穏やかに沈む。船頭が舟の右から左へ、左から右へと動くたび、その影がわしにかかる。だが、こんな空想はあとでよい。いまはホレスとともにこの灰色の空に向かって上らねばならぬ。つぎの峰に向かって荒れ果てたこの斜面を進まねばならぬ。わが任務はいまだ終わらず、クエリグがわれらを待っておる。

第十章

エドゥィンが戦士をいつわろうとしたのではない。いわば、いつわりがそっとその場所を覆い、二人を包み込んだ。

桶屋の小屋は深い溝のようなところに建てられていた。草葺きの屋根は地面に届きそうなほど低く、エドゥィンは頭を下げてその下をくぐりながら、まるで穴の中に入るようだと思った。だから、中の暗さは予想していたが、むっとする暖かさと濃い煙に驚いて、激しく咳き込むことで到着を知らせることになった。

「無事でいてくれてよかった、若き同志」

くすぶる火の向こうから、ウィスタンの声が暗闇を伝わってきた。目を凝らすと、草のベッドの上に戦士の体の輪郭が見えた。

「傷はひどいの、戦士さん」

ウィスタンの上体がゆっくりと起きて、火の明かりの中に入ってきた。顔と首と両肩が汗にまみれている。だが、火に向かって伸ばされた手は、寒くてたまらないように震えている。

「傷自体はたいしたことがないが、そのせいで熱が出た。さっきまではもっとひどくてな、どうやってここへ連れてこられたかよく覚えていない。坊さんたちの話では、馬の背に括りつけて運んでくれたそうだ。道中、きっとうわごとを言いつづけたんだろうな。森の中で演技した痴呆を地でいったわけだ。君はどうだ、同志。怪我などしていないか……あの傷は別として」

「はい、大丈夫です、戦士さん。でも、こうして前に立っているのが恥ずかしいです。あなたが戦っているのに眠りほうけていたなんて、同志として失格です。ののしって追い出してください。当然の報いです」

「そう急ぐな、エドウィン。昨夜は期待外れでも、償いの方法はある。あとで話そう」

戦士はそっと両足を土の床に下ろし、下に手を伸ばして薪を一本とると、火の中に放《ほう》った。そのとき、左腕が麻布できつく巻かれ、顔の片側には大きな青あざがあって、片目がほとんどつぶれているのが見えた。

「確かにな」とウィスタンが言った。「燃え盛る塔のてっぺんから下を見て、あれほど念入りに準備した荷車が来ていないと知ったときは、君を呪いたい気持ちにもなったよ。この高さ、下は石を敷き詰めた地面、周りはもうもうたる熱い煙。上がってくる敵の絶叫を聞きながら、わたしは自分に問うた。灰になって、やつらと混ざり合うのがいいのか。夜空の下、一人だけ地面に叩きつけられるのがいいのか。だが、答えを決めるまえに、なぜか荷車がやってきた。引いているのはわたしの雌馬で、手綱をにぎるのは坊さんだ。この坊さんは敵か味方かなどと考えもせず、煙突のてっぺんから飛んだ。事前の準備は十分に合格点だったぞ、同志。まるで水に飛び込んだみたいに干し草の中に沈んだが、体に突き刺さるものは何もなかった。気がついたらテーブルに寝かされていて、ジョナス神父の仲間の僧にずらりと囲まれていた。夕食に食われるのかと思ったぞ。傷のせいか猛火のせいかはわからんが、もう熱が出ていたんだろうな。坊さんたちが言うには、あんまり大声でわめきちらすから、安全なその場所に運び込まれるまでずっと猿轡《さるぐつわ》だったそうだ。ま、神々のご加護で、熱は間もなく収まるだろう。そうしたらすぐ出発して、用事を終わらせよう」

「それでもぼくの恥ずかしさは変わりません、戦士さん。目を覚まして、塔の周りに兵隊がいっぱいいるのを見たのに、妖精に体を乗っ取られたまま、あのブリトン人の老夫婦にくっついて修道院から逃げ出したんですから。どうぞ怒鳴りつけて、殴ってください。でも、償う方法があるといまおっしゃいました。昨夜の恥をすすぐ方法があるなら、それを教えてください、戦士さん。どんなことでも一所懸命やります」

エドウィンがこれを言おうとしたとき、母の声がして、小屋の中に響き渡った。だから、実際に口に出して言ったかどうかよくわからなかったが、たぶん言ったのだろう。ウィスタンがこう答えたから。

「君を勇気だけで選んだと思っているのか、若き同志。君にはすばらしい勇気と戦士の魂がある。今回の用事を無事終えることができたら、真の戦士になるために必要な技を教えよう。確かにいまの君はまだ粗削りで、刃と呼べる段階にはない。それでも、ほかの誰でもなく君を選んだのはな、エドウィン、君が戦士の魂に劣らぬ狩人の才を持っていると見たからだ。この二つを持ち合わせる人間はめったにいない」

「狩人の才？　まさか、戦士さん。狩りのことなんか何も知りません」

「子狼は、母狼の乳を飲んでいるときから、山野にいる獲物のにおいを嗅ぎ分ける。それは天賦の才だ。自然からの贈り物だと思う。わたしの熱が引いたら、一緒にあの山々に分け入ろう。どの道を行くかは、きっと空が君にささやきかけてくれる。そして、わたしたちはすぐに雌竜の巣の真ん前に立っているだろう」

「戦士さん、見当違いじゃないかと思います。だって、ぼくの親族に狩りの技を誇った人はいませんし、ぼくを狩人とみなした人もいません。戦士の魂があると言ってくれたステッファだって、狩りの技のことは何も言っていませんでした」

「では、わたし一人で思っていることにするよ、若き同志。少なくとも君は自信過剰ではなかった、と言おう。熱が下がったらすぐ東の山に向かって出発だ。どんな噂でも、クニリグの巣はそこにあることになっている。途中、分かれ道に出たら、わたしは常に君の行くほうに従うよ」

いつわりが始まったのは、そのときだ。エドウィンがいつわろうとしたわけではなく、まるで小妖精のようにするすると暗い隅から出てくるそれを歓迎したわけでもない。母の呼びかけがつづいていた。「わたしのために強くなっておくれ、エドウィン。おまえはほとんど大人だ。強くなって助けにきて」戦士の面前で名誉を回復したい強い思いもあったが、それよりむしろ母を慰めたくて、エドウィンはこう言っていた。

「妙です、戦士さん。あなたがそう言っただけで、ぼくにはもう雌竜の気配が感じられます。風に漂うにおいというより、風で届く味わいが。ぐずぐずせずに出かけましょう。この感じがいつまでつづくかわかりません」

そう言いながら、エドウィンは心の中に急速に広がるある光景を見ていた。野宿しているところに踏み込んで、仰天させている。やつらは半円形になってすわり、母が逃れようと必死でもがくところを黙って見ている。いまではもう大人になっているだろう。たぶん髭を生やし、でっぷりと太っている。もう、あの日、威張りくさって村に入ってきたすばしこい若者たちではない。図体のでかい、粗暴な男ども。慌てて斧に手を伸ばすが、エドウィンの背後に戦士を見て、その目に恐怖が宿る……。

だめだ、どうして戦士をいつわれるだろう。ぼくの師であり、ほかの誰よりも敬っている人、その戦士をいつわる……？　だが、目の前でウィスタンが満足げにうなずきながら言っている。「君を見てすぐにわかったよ、エドウィン。川岸であの鬼どもから助け出したときにもうわかった」と。エドウィンはやつらが野宿しているところに踏み込み、母を助ける。図体のでかい男たちは殺される。いや、山の霧の中に逃げ込むなら見逃してやってもいい。でも、そのあとどうなるだろう。ぼくは戦士に説明しなければならない。差し迫った用事をすませに急ぐ途中、ぼくがなぜ戦士をいつわることにしたのかを……。

撤回するにはもう遅すぎると感じ、その苦しい思いから気をそらそうとして、エドウィンは言った。「戦士さん、お聞きしたいことがあります。生意気だと思われるかもしれませんが……」

ウィスタンはまた暗闇の中に退き、ベッドに横たわろうとしていた。いまエドウィンに見えるのは、ゆっくり左右に揺れる裸の片膝だけだ。

「言ってみろ、若き同志」

「不思議に思っているんです、戦士さん。あなたとブレヌス卿との間には何か特別な遺恨があるんでしょうか。さっさと修道院から逃げていれば、半日分はクエリグに近づいていられたはずなのに、用事をわきに置いてまで兵隊と戦うことにしたのは、よほど大きな理由があったんでしょうか」

沈黙があまりに長くて、この息苦しい空気の中で戦士は気を失ったのか、とエドウィンは思った。だが、その間も膝はゆっくりと動きつづけていて、やがて暗闇の中から声が聞こえてきた。さっきまであった熱によるかすかな震えが、いまはもう感じられなくなっていた。

「弁解の余地はないな、若き同志。ばかさ加減を白状するしかない。なすべきことを忘れるなという神父からのありがたい忠告もあったのにな。君の師匠の決意などそれほど頼りないものだ。だが、わたしは何よりもまず戦士なのだ。勝てるとわかってる戦いから逃げるのは難しい。君の言うとおり、わたしたちはいまごろ雌竜の巣穴の前に立ち、出てこいと叫んでいられたかもしれない。だが、相手がブレヌスと知り、直接出向いてくることもありえたとなると、どうしてもとどまって歓迎してやらざるをえなかった」

「では、ぼくの思ったとおり、ブレヌス卿との間には遺恨があるんですね、戦士さん」

「遺恨というほど大層なものではない。ブレヌスとは、いまの君くらいの歳からの知り合いだ。ここからはるか西の国に厳重に守られた砦があって、そこであいつも含めてわたしたち少年が二十人余り、ブリトン軍の戦士になるために日夜訓練を受けていた。その仲間たちとは大の仲良しになった。みんなすばらしい連中で、全員が兄弟同然に暮らしていた。例外がブレヌスだ。あいつは領主の息子で、わたしたちと仲間付き合いするのを嫌っていた。だが、訓練は一緒に受けることが多かった。やつの技は拙《まず》かったが、訓練であいつの相手をするわたしたちは、木剣での立合いにしろ、砂場での組打ちにしろ、必ず勝たせてやらねばならなかった。領主の息子様が常に華麗に勝つ。それ以外の結果だと、わたししたち全員が罰を受けた。君には想像できるかな、若き同志。みな誇り高い少年たちだ。それが腕の劣る相手に来る日も来る日も負けつづけるのだぞ。なお悪いことに、わざと負けてやっているわたしたちに、ブレヌスは侮辱的な行為をして喜んだ。地面に転がった相手の首を踏みつけてみたり、蹴ってみたりな。わたしたちがどんな気持ちでいたか想像できるか、同志」

「わかります、戦士さん」

「だが、いまは、ブレヌス卿にある意味感謝してもいる。惨めな運命から救ってくれたからな。さっき言ったように、わたしはあの砦の仲間たちを——わたし以外全員ブリトン人だった仲間たちを——ほんとうの兄弟のように愛しはじめていた」

「別に恥ずかしいことではないのではありませんか、戦士さん。ともに困難に向き合いながら一緒に暮らしていたのなら」

「いや、恥ずべきことだ、少年。仲間に抱いていた愛情を思い出すたび、わたしはいまでも恥じ入る。そんな過ちに気づかせてくれたのがブレヌスだ。当時からわたしの技量は抜きんでていたのかもしれない。立合いの相手として、わたしはブレヌスのお気に入りでな、わたしのためにいつも精一杯の侮辱を用意してくれていた。サクソン人であることは恰好の材料だ。それを利用して、やがてわたしから仲間を一人一人引き離していった。以前は一番親しかった少年までが、わたしへのいじめに加わるようになった。わたしの食べ物に唾を吐いたり、厳しい冬の朝、教師の怒りを恐れながら訓練に向かおうとするわたしの服を隠したりな。ブレヌスはわたしに貴重な教訓を垂れてくれた。ブリトン人を兄弟のように愛することがいかに恥ずべきことか。それを理解したとき、わたしはあの砦を去ろうと決めた。壁の外には一人の友も親族もいなかったが……」

ウィスタンはしばらく口を閉じた。その間も、荒い息遣いが火の向こうから聞こえてきた。

「それで、その場所を出るまえにブレヌス卿に仕返しをしたんですか、戦士さん」

「仕返しかどうかは君が判断してくれ、同志。わたし自身は決めかねている。見習い兵士は一日の訓練を終えたあと、夕食後の一時間を自由にしてよいのがあの砦の習慣だった。よく庭で焚き火をし、その周りにすわって、あの年頃の少年がするようにふざけ合って過ごしたものだ。もちろん、特別待遇のブレヌスはそんなところに出てこない。ところが、あの晩はどういう風の吹きまわしか、あいつが庭を通り過ぎていくのが見えた。わたしは焚き火の輪からそっと抜け出した。それを不審に思う仲間はいない。砦には必ず秘密の通路があるものでな、あの砦にもたくさんあって、わたしはそのすべてを知っていた。だから先回りをして、胸壁が黒い影を落としている人気のない隅に潜んだ。ブレヌスが歩いてきた。一人きりだ。わたしが物陰から出ていくと、あいつは立ち止まり、恐怖の表情でわたしを見た。これが偶然の出会いであるはずがないことはすぐに悟ったろう。しかも、いいつものように威張るだけで片づけられないことも悟ったはずだ。いつもふんぞり返っている領主の息子が、目の前で、恐ろしさのあまり小便をもらしかねない幼児に変わった。実際に見ると奇妙なものだぞ、エドウィン。よほど言ってやろうかと思った。『若君様、お腰に剣をお召しのようです。じつに見事に振るわれますから、わたしめと手合せなどいかが。まさか尻込みなどなされますまい？』だが、言わなかった。この暗い隅でこいつを痛めつけたりしたら、壁の外で暮らすというわたしの夢はどうなる。だから何も言わず、あいつの前にただ黙って立っていた。じつに長い時間に思えたろうよ。わたしとしても絶対に忘れられない時間にしてやりたかった。縮みあがり、助けを求めて叫びたかったと思う。だが、誇りの残滓がそれを許さなかった。それをやったら、永遠の屈辱になるからな。互いに何も言わずにいて、わたしは頃合いを見計らって立ち去った。というわけで、エドウィン、あのときの二人の間には何も交わされなかったが、同時にすべてが交わされたというわけだ。わたしはその夜、そのまま抜け出すことにした。久しく戦のない時代だったから、見張りも厳重ではない。そっと衛兵のわきをすり抜け、誰にも別れを告げず、たちまち月明かりの下を独り行く少年になった。愛した仲間は砦の中。親族はすでに殺されて、この世にない。あるのは勇気と習い覚えた戦闘技術のみ。それだけを持ってわたしは旅に出た」

「ブレヌスが戦士さんを探しているのは、まだ当時のことでの復讐を恐れているからですか」

「あのばか者の耳に悪魔が何を吹き込んでいるか、誰にもわからない。いまではこの国と隣の国で偉大な領主様だ。なのに、この土地を通るのが東から来たサクソン人と聞くだけで、ひどく恐れる。あの晩の恐怖に餌をやりつづけ、それがいまでは巨大な虫になって、やつの腹に寄生しているのかもしれない。それとも雌竜の息のせいで、わたしを恐れる理由を忘れたのか。理由を失えば、そのぶんだけ恐怖は怪物的になる。つい昨年のこと、沼沢地から来たサクソンの戦士が、この国をただのんびり旅していただけで殺された。わたしもよく知っている男だ。それでも、わたしは教訓を与えてくれたブレヌス卿には恩義を感じているよ。あれがなければ、いまでもブリトン人を戦士仲間と思っていたかもしれないからな。どうした、若き同志。そんなに足を踏み替えて落ち着かない。まるでわたしの熱が移ったみたいではないか」

では、ぼくは不安を隠しきれていないのか、とエドウィンは思った。でも、ウィスタンがぼくのいつわりに気づいたはずはない。だって、母さんの声が聞こえたはずがないんだもの。戦士がしゃべっている間、母さんはずっと呼びつづけていた。「わたしのために強くなってくれないの、エドウィン。結局、まだ幼すぎるのかしらね。わたしを助けにきてくれないの、エドウィン。あの日、約束してくれたのに」

「すみません、戦士さん。ぼくの狩人の本能がうずいて、いても立ってもいられません。

においを失いそうです。外では朝の太陽がもう高く昇って……」

「わたしが馬の背にすわれるようになったら、すぐに発とう。だが、もう少しだけ時間をくれ、同志。熱で剣も持てないようでは、とても竜のような大敵には立ち向かえないからな」

第十一章

　太陽がこちらにも照って、ベアトリスを暖めてくれるといいのに、とアクセルは思った。向こう岸はあちこちに朝の光が射しているのに、川のこちら側は相変わらず陰になってばかりで、冷たい。歩くうち、ベアトリスがしだいに体をあずけてきているのを感じるし、震えも徐々にひどくなっている。またしばらく休もうか、と言おうとしたとき、柳の木の向こうに、水面に突き出している屋根を見つけた。

　船小屋まで、ぬかるんだ斜面を下りていくのにかなり時間がかかった。小屋の低いアーチをくぐって中に入ると、そこは暗く、おまけに打ち寄せる水に近くて、ベアトリスがいっそう震え出したように思えた。二人は湿った木の板の上を歩き、奥に入った。張り出した屋根の向こうに藺草や背の高い雑草、そして川の広がりが見える。左手の影の中から男の姿が立ち上がり、「どちら様でしたかな、お客さん」と言った。

「神のご加護がありますように、ご主人」とアクセルが言った。「お休みのところをお邪魔したのなら申し訳ありません。ただのくたびれた旅人です。川を下って息子の村に行こうとしています」

　男は中年で顎髭を生やし、肩幅の広い体に何枚も動物の毛皮を着込んでいた。光の中に出てきて、二人をしげしげと見つめた。やがて問いかけてきた声は、決して不親切そうではなかった。

「奥さんはご病気ですか」

「くたびれているだけですが、残りの道のりを歩くことができません。艀か小舟をお貸しいただけませんか。ただ、つい昨日のこと、もっていた荷物を失うという不運があって、お支払いに使うべき錫貨も失ってしまいました。いまはご主人の親切にすがるほかありません。見たところ、浮かんでいる舟は一隻だけですが、もしあの舟をお貸しいただき、荷物を託していただけるなら、少なくとも安全に運ぶことだけはお約束します」

　主人は、屋根の下で小さく揺れている舟を見やり、またアクセルを見た。「この舟が下流に向かうのは、もう少ししてからです、お客さん。あれに積む大麦をいま仲間がとりにいっていて、それを待っているところです。しかし、お疲れのようだし、不運にあわれたばかりだとのこと。こういうのはいかがです。あそこをご覧なさい。籠が見えるでしょう」

「籠ですか、ご主人」

「頼りなく見えるかもしれませんが、よく浮きます。あなた方の体重なら籠一つにお一人ずつ、それで大丈夫です。いつもはあれに穀物でいっぱいにした袋を詰めたり、ときにはほふった豚を入れたりして運びます。舟につなげば、少しくらい流れが激しくても危険はありません。今日はご覧のとおり水が穏やかですから、何の心配もないでしょう」

「ご親切にどうも、ご主人。ですが、二人一緒に乗れる大きな籠はありませんか」

「一つの籠に一人です。それ以上は溺れる覚悟で行かないと。でも、籠二つをつないで差し上げることはできますよ。そうすれば籠一つと変わりません。下流に行って、ここと同じ側に船小屋が見えたら、そこで船旅は終わりです。籠二つ、小屋にしっかり結わえつけておいてください」

「アクセル」とベアトリスがささやいた。「離れ離れはいや。一緒に歩いていきましょうよ。のろいかもしれないけど」

「もう歩きは無理だよ、お姫様。二人とも暖かさと食べ物が必要だ。川で行けば、息子の村に早く着ける」

「お願い、アクセル。離れ離れはいや」

「しかし、この親切なご主人が籠を二つつないでくださる。それなら腕を組んで行くのと変わらないだろう?」そして主人に向き直り、「感謝します、ご主人」と言った。「おっしゃるとおりにいたします。どうぞ、籠二つ、固く結んでください。速い流れで別々に流されることのないように」

「危ないのは速い流れではなくて、むしろ遅い流れなんですよ。岸近くの水草にでもつかまったら、身動きならなくなりますからね。しかし、そんなときのために頑丈な杖をお貸ししましょう。それで押せば、また動きだします」

船小屋の主人が桟橋の縁に行き、籠をロープでつなぎはじめた。ベアトリスがささやき声でアクセルに言った。

「アクセル、お願い。離れ離れはいや」

「離れ離れにはならないよ、お姫様。見てごらん。あの方がしっかりつないでくれている」

「あの人がなんと言おうと、流れで離れ離れになるかもしれない。ね、アクセル」

「大丈夫だよ、お姫様。あっという間に息子の村だ」

主人に呼ばれ、二人は小さな石の並びを注意深く歩いていった。水に浮かぶ二つの籠を、主人が長い竿で押さえていた。「皮でしっかり裏打ちされていますから、水の冷たさなどほとんど感じませんよ」と言った。

アクセルは腰をかがめた。腰が痛んだが、ベアトリスが最初の籠に入り、しゃがむまで、両手で妻を支えつづけた。

「立ち上がってはいけないよ、お姫様。籠が転覆しかねないからね」

「あなたは乗らないの、アクセル？」

「わたしはおまえのすぐ横のやつに乗る。ご覧。ご主人がしっかり結んでくださってある」

「わたしをここに取り残さないでね、アクセル」

そう言いながらも、ベアトリスはどこかほっとした表情で、これから眠ろうとする子供のように籠にうずくまった。

「ご主人」とアクセルが呼んだ。「妻が寒くて震えています。何かかけるものをお貸しいただけませんか」

主人もベアトリスを見ていた。いま横向きになって丸まり、目を閉じている。不意に主人が着込んでいた毛皮を一枚ぬぎ、前かがみになって、それをベアトリスにかけた。ベアトリスは目を閉じたままで、気がついていないようだ。代わりにアクセルが礼を言った。

「かまいませんよ、お客さん。下流の船小屋に着いたら、全部置いていってください」そう言いながら、手の竿で二人を流れに押し出した。「姿勢を低く、杖はいつでも手元に。いいですね」

川の上は身を刺すような寒さだった。あちこちに板状の氷が浮いていたが、二人の籠はときどき軽くぶつかり合いながら、軽快にその間をすり抜けていった。籠の形状はほとんど舟に近い。舳先《へさき》も艫《とも》もある。だが、やはり舟よりは回転しやすくて、もう川の上流に遠ざかっていったはずの岸の船小屋が、ときに正面に見えたりした。

籠の周囲で波打っている草の向こうから、夜明けの光が射し込んできた。主人が言っていたとおり、川の流れは緩やかだ。それでも、アクセルは絶えずベアトリスの籠を見やらずにいられなかった。いま動物の毛皮ですっぽり隠されている。下にベアトリスがいることは、髪のごく一部が見えることでしかわからない。一度、「あっという間に着いてしまうよ、お姫様」と声をかけてみた。だが、返事がなく、手を伸ばして妻の籠を手繰《たぐ》り寄せた。

「お姫様、眠っているのかい」

「そこにいるの、アクセル?」

「もちろん、いるよ」

「またわたしを置いていったんじゃないかと思って、アクセル」

「なぜおまえを置いて?　あの人が二人の籠をしっかりつないでくれたじゃないか」

「夢だったのかほんとうのことだったのか、もうわからないけど、わたしね、真夜中に部屋の中に立っていたことがあるんですよ。ずいぶん昔のことだわ。あなたからの心を込めた贈り物、穴熊の毛皮のマントをしっかり身に巻きつけた恰好で立っていたんです。それも、いまの部屋ではないわね。あれはまえに住んでいた部屋ですよ。だって、壁に山毛欅《ぶな》の枝があって、左から右へ重なり合うように伸びてましたもの。その壁を芋虫がゆっくり這っていてね、こんなに夜遅くなのに芋虫はなぜ眠らないのかしらって考えてました」

「芋虫のことなどどうでもいいが、おまえはそんな真夜中に目を覚まして、壁など見つめて何をしていたんだい」

「あなたがいなくなって、取り残されたからだと思いますよ、アクセル。船小屋のご主人がこの毛皮をかけてくれたから思い出したのかしら。あなたが穴熊の毛皮で作ってくれたあのマント、あれをしっかり手で押さえながら立ってましたもの。でも、あのマントも火で焼けてしまったんだった……。芋虫を見ながら、なぜ眠らないのか尋ねてみたり、こういう生き物にも昼と夜の区別がつくのかしらなんて考えてみたり。あれはあなたが行ってしまったせいですよ、アクセル」

「とんでもない夢だ、お姫様。熱でも出かかっているんじゃないかな。だが、わたしらはすぐに火で暖まれるよ」

「そこにいるの、アクセル？」

「いるとも、お姫様。船小屋が見えなくなってからもうずいぶん経つ」

「あの夜、あなたはもう出ていって、いなかった。わたしたちの大切な息子もね。息子は、あなたが戻ったとき家にいたくないからって、あの夜のほんの一、二日前に出ていったんでした。だから残されたわたしは以前の部屋に独りぼっち。でも、当時は蠟燭があったから、真夜中でも芋虫が見られたんですよ」

「それはじつに変な夢だ、お姫様。寒くて熱が出かかっているに違いない。さっさと太陽が昇ってくれればいいのにな」

「ええ、アクセル。ここは、毛皮をかぶっていても寒いわ」

「わたしが腕に抱いて暖めてやりたいが、この川では無理だ」

「ね、アクセル。ある日、息子が怒って出ていって、もう戻るなって、わたしたちがドアを閉ざしたなんてことがあるかしら」

「お姫様、前方の水上に何か見えるぞ。ひょっとして葦にでも引っかかった舟かな」

「離れていかないで、アクセル？　声がほとんど聞こえない」

「わたしはここだ。すぐ横にいるよ、お姫様」

アクセルは両脚を前に投げ出し、姿勢を低くしてすわっていた。だが、いまそっと体を起こし、籠の両縁をつかんで、しゃがむ姿勢になった。

「よく見えてきた。小さな手漕ぎ舟だ。川が曲がるところで、葦に引っかかっている。わたしたちの籠も同じほうに進んでいるから、注意しないと、同じように引っかかってしまう」

「アクセル、離れていかないで」

「おまえの横にいるよ、お姫様。だが、この杖を使わせておくれ。葦をよけないと」

籠はしだいに速度を落としながら、湾曲した川の内側へ引き込まれていった。そこは水が淀み、汚泥のようになっている。アクセルは杖を水中に突っ込んでみた。川底には簡単に届いたが、いざ強く突いてみると、底が軟らかすぎた。なんの手応えも返ってこず、ただ力が吸い取られるばかりで、籠を流れに押し戻すことなどできそうになかった。いま、丈高い草の上に朝日が射し、二つの籠の周囲を明るく浮かび上がらせた。雑草が密に茂り、絡み合っている。まるでこの淀んだ場所から出すまいとしているかのようだ。手漕ぎ舟はもうほとんど目の前にあり、籠はそちらに向かってのろのろと漂っていた。アクセルは杖を伸ばし、舟の艫に引っかけて、籠を止めた。

「船小屋に着いたの、あなた?」

「いや、まだだ」アクセルは、川の外側を勢いよく流れ下っている水を見やりながら言った。「ごめんよ、お姫様。葦につかまってしまった。だが、目の前に手漕ぎ舟がある。もし使える舟のようなら、残りの川下りはあれに乗り換えていこう」水を杖で掻きながら、アクセルは籠をゆっくりと舟の横腹につけた。

低くから見上げる目に、舟は迫ってくるほどに大きく見えた。舟腹の板はざらざらで傷つき、舟端の下側には蠟細工のような小さな氷柱《つらら》の列ができていた。アクセルは水中に杖を突き立て、籠の中でそっと立ち上がると、舟の中をのぞき込んだ。

舳先に襤褸切れの山がうずたかく積まれていた。そのあたりがオレンジ色の光で照らされていたこともあって、それが実際には年老いた女だと気づくまでにしばらく時間がかかった。黒っぽい小さな布切れを無数にはぎ合わせて作った服を着ていて、それがアクセルにはあまり馴染みがないものだったこともあるし、顔が煤を塗りたくったように汚れていたことも、目がだまされた一因だったろう。加えて、すわり方も不自然きわまりなく、頭が舟底につきそうなほど一方に大きく傾けられていた。老婆の服装の何かがアクセルの記憶を刺激したが、そのとき老婆が目を開いて、アクセルを見た。

「助けて、旅の人」と無理な姿勢を変えようともせず、女は静かに言った。

「ご病気ですか、ご婦人」

「腕が言うことを聞きません。これさえ聞いてくれれば自分で櫂をとるのに。助けて、旅の人」

「誰と話しているの、アクセル」とベアトリスの声が後ろから呼んだ。「悪魔じゃないか確かめて」

「わたしらと同じか、もう少し上のご婦人だ。舟の中で怪我をしている」

「わたしを忘れないでね、アクセル」

「おまえを忘れる？　そんなことがあるものか、お姫様」

「霧のせいでたくさん忘れてしまったもの。二人がお互いを忘れることだってないとは言えない」

「そんなことはありえないさ、お姫様。いまはこのかわいそうなお婆さんを助けよう。うまくいけば、この舟で三人一緒に下流へ行けるかもしれない」

「旅の人。いまのお話、聞こえました。喜んでお乗せしますよ。でも、いまは助けて。倒れてしまって、痛い」

「アクセル、置いていかないでね。わたしを忘れないで」

「すぐ横にある舟に乗り移るだけだよ、お姫様。このかわいそうなお婆さんの具合を見てあげるだけだ」

アクセルの手足は寒さで強張っていて、舟に乗り込むとき、もう少しでバランスを崩しそうになった。だが、体勢を立て直し、舟の中を見回した。

舟は単純な造りで、頑丈そうに見えた。これといって浸水の様子もない。艫の近くに積み重ねられた荷物があったが、女がまた何かを言ったこともあって、アクセルはとくに関心を払わなかった。いま朝日がまともに女を照らし、その視線がなぜか強くアクセルの足元に向けられているのが見えた。あまりの凝視ぶりに、アクセルも思わず自分の足元を見たが、とくに変わったことはなく、そのまま女に向かって歩いていった。舟の横材を注意深くまたいだ。

「旅の人。あなたは若くないようですが、まだ力はお持ちでしょう。やつらを脅して。怖い顔で追い払って」

「さあ、ご婦人。ちゃんとすわり直せますか」こう言ったのは、女の不自然な姿勢が気になったからだ。女の結われていない灰色の髪がばらばらに垂れ下がり、湿った舟底の板をこすっていた。「ほら、手伝います。体を起こしましょう」

アクセルが前かがみになって女に触れたとき、その手に握られていた錆びたナイフが舟底に落ちた。その瞬間、何か小さな生き物が女の襤褸切れのような服から走り出て、影の中に隠れるのが見えた。

「鼠に悩まされていたんですか、ご婦人」

「あそこにいるんです、旅の人。怖い顔で脅してやって。お願い」

この女はわたしの足元を見ていたのではないのか、とアクセルは思った。もっと後ろ、舟の後方にある何かを見ていたのだろう。アクセルは振り返った。だが、まだ低い位置にある太陽に目がくらみ、そこにうごめくものが何かを見分けることはできなかった。

「あれは鼠ですか、ご婦人」

「あなたを怖がっています、旅の人。わたしのこともしばらくは怖がりましたが、少しずつわたしを弱らせて……そういうやつらです。来てくださらなかったら、いまごろ全身を覆われていました」

「少し待っていてください、ご婦人」

アクセルは低い太陽を手でさえぎりながら、艫に向かって歩き、影の中に積み重なっているものを見た。絡み合った漁網とびしょ濡れの毛布があり、その上に鍬のような長柄の道具が置かれていた。蓋のない木箱もあって、これは捕獲した魚をできるだけ長く新鮮に保つために漁師が使うものだろう。だが、アクセルが中をのぞき込むと、そこには魚ではなく、皮を剝がれた兎がいた。小さな手足が絡まり合って見えるほどに、かなりの数がひしめき合っていた。アクセルがそうやって見ている間にも、その大量の腱と肘と足首の集まりがもぞもぞと動きはじめ、目が一つ、また一つと開いて、アクセルは思わず後ずさりした。なにやら物音がした。振り返ると、まだオレンジ色の光に照らされているあたりで、老婆が舳先にぐったりと寄りかかり、その体に数えきれないほど多くの小妖精が群がっているのが見えた。一見、老婆は満ち足りた顔をしていた。小さな痩せこけた生き物が老婆の襤褸布のような服に入り込み、顔に乗り、肩に乗り、いわばそのすべてから愛情を寄せられて、老婆は愛情過多で窒息しそうになっていた。小妖精はあとからあとから川から出てきた。舟端を乗り越えて、次から次へ入ってきた。

アクセルは目の前にある長柄の道具に手を伸ばした。だが、なにやら平和な感覚に包まれつつあって、絡んだ漁網から長柄を引き抜く動作が、われながらなんとのんびりしていることか、と思った。生き物が水中からどんどん上がってきている。それはわかっている。いったいこれまでに何匹上がってきたのか。三十四か。六十四か。その唱和する声は、遠くで遊ぶ子供たちの声のようだ。長柄の道具をどうする。振り上げろ、とアクセルに残る意識が言った。長柄の先端が空に向かって上がっていく。これは鍬だろう。なぜなら、あの先端についているものは錆びた刃ではないのか。それとも生き物が一匹しがみついているのか。舟端を乗り越えようとしている小さな手や膝が見える。振り下ろせ、とアクセルに残る意識が言った。轟音とともに振り下ろせ。よし、もう一振りだ。今度は、皮を剝がれた兎の入っている箱をやれ。あの箱からも小妖精がどんどん出てくるぞ。だが、剣士としてのわたしは高が知れているな、とアクセルは思った。わたしの技は剣ではなく交渉に――必要なら謀《はかりごと》に――ある。そして、その技によってわが身に勝ち得た信頼を、わたしは裏切ったことはない。逆だ。裏切られたのはわたしのほうだ。ま、剣にも多少の心得はあるさ。あちらへ、こちらへ、アクセルは長柄の道具を振り下ろした。なぜなら……なぜ？　そうだ。この湧き出る生き物からベアトリスを守るためではなかったのか。こいつらはどんどん来る。箱からも来るし、川の浅瀬からも来る。この瞬間、籠で眠っているベアトリスの周りにも集まりつつあるのではないか。いまの一撃はかなり効いたぞ。生き物が数匹、ひっくり返って水中に落ちた。もう一撃。今度は二匹、いや三匹が空中にすっ飛んだ。あの老婆など、ベアトリスの前では所詮他人だ。わたしがなんら責任を負うべき存在ではない。だが、そこにいる、見知らぬ老婆がそこに。うごめく生き物の下になって、いまやほとんど見えもしない。アクセルは鍬を振り上げたまま舟の反対側まで歩いた。空中に何度も弧を描き、見知らぬ老婆を傷つけずにできるだけ多くを引き剝がそうとした。だが、連中のなんとしつこくかじりついていることか。おや、今度はしゃべりかけてくるぞ。いや、しゃべっているのは下に埋まる老婆なのか。

「女は任せなさい、旅の人。女はわれらに任せよ。女は任せよ、旅の人」

アクセルはまた鍬を振り下ろした。空気が水のように抵抗した。それでも鍬は目標に当たって、何匹もの生き物を飛び散らせた。だが、新しいやつらがどんどん湧いてくる。

「女はわれらに任せよ、旅の人」老婆がもう一度言い、アクセルははっと気づいて、底なしの恐怖に身を震わせた。この話し手の言う女とは、目の前で死にかけている見知らぬ老婆のことではない。ベアトリスのことだ。慌てて、葦に捕らわれているベアトリスの籠を振り向くと、籠の周囲の水が手足や肩で沸き立っているのが見えた。アクセル自身の籠も、よじ登ろうとする生き物に引っ張られて転覆寸前だが、すでに入り込んだ連中が安定用の重しとなって転覆を免れている。連中の目的はわたしの籠ではない、と思った。わたしの籠は隣へ移るための飛び石だ……。ベアトリスの体を覆う動物の毛皮に、すでに生き物が集まってきているのが見える。アクセルは一声叫び、舟端を乗り越えて水中に飛び込んだ。

水は予想したより深く、腰の高さまであった。だが、驚いて息を呑んだのは一瞬だけだ。遠い過去の記憶から呼び戻された戦士の雄叫びをあげ、アクセルは鍬を高く掲げて籠を目指して水中を突き進んだ。衣服を引っ張るものがあり、水は蜂蜜のように濃かった。だが、鍬を自分の籠に振り下ろしたとき、それはいらいらする遅さで空気中を落下したものの、いざ籠を打つと、思いもよらないほどたくさんの生き物を水中に転落させた。つぎの一振りの効果はいっそう大きく、たぶん刃を立てて振り下ろしたせいだろうか、日の光の中に舞い上がったものは、血しぶきをあげる肉片ではなかったか。それでも、ベアトリスはまだずっと先にいる。何事もないように浮いている籠の周りで、生き物が水中から湧き出している。いまでは陸地にも湧き出て、岸の草陰から雪崩をうってくる。鍬にぶら下がっているのもいる。アクセルはそれを水中に振り落としながら、突然、ベアトリスのそばにいられるなら、ほかに何もいらないと思った。

水草を掻き分け、蒲を折り、足にまとわりつく泥を蹴散らして進んだ。だが、ベアトリスは遠い。これまで以上に遠い。また見知らぬ老婆の声が聞こえてきた。いま水中にいるアクセルには老婆を見られるはずなどなかったが、心の目には老婆の像が驚くほど鮮明に映っていた。老婆は、朝日に照らされる舟にいた。舟底にくずおれていて、その体の上を小妖精が自由に動きまわっていた。そして老婆の声が言った。

「女は任せなさい、旅の人。女はわれらに任せよ」

「呪われろ」アクセルはそうつぶやき、前進をつづけた。「絶対にベアトリスはあきらめない。絶対にだ」

「あなたは賢明なはずだ、旅の人。女を救える治療法などないことは、もう以前からわかっているのだろう？　どう堪える。女にはこのさき何が待つ。いずれ最愛の妻は苦しみにのたうち、あなたはそれを見ながら、やさしい言葉をかける以外に何もできない。女をわれらに任せなさい。苦しみを和らげてあげよう。これまでも大勢にやってあげてきたように」

「呪われろ。ベアトリスは絶対に渡さないぞ」

「女を渡しなさい。痛みを取り去ってあげよう。川の水で洗ってあげよう。年月が洗い落とされ、女は快い夢のなかに移り住む。なぜ手放さない。あなたは女に、ほふられるまえの動物の苦しみ以外の何をくれてやれるのか」

「どけ。おまえらはベアトリスから離れろ」

アクセルは両手を組み、腕を棍棒のように伸ばして、右へ左へ振り回した。そうやって道をつくりながら水中を進んだ。ようやく籠にたどり着いたとき、ベアトリスはまだ中でぐっすり眠っていた。その体を覆う毛皮には小妖精がべったり取りついていて、アクセルはそれを一匹ずつ引き剝がしては、放り投げた。

「なぜ女をわれらに任せない。なぜそんな不親切をする」

アクセルは籠を押して水中を進んだ。やがて川底が浅くなり、籠は水草や蒲の生える泥の上に止まった。アクセルは腰をかがめ、妻を腕に抱き取ると、籠から持ち上げた。ベアトリスがある程度目覚め、首にしがみついてくれて、運ぶ作業が少し楽になった。二人は一歩ずつ、ときによろめきながら進み、まず川岸を上って、そこからさらに野原に移動した。足の下に固く乾いた地面を感じたとき、アクセルはようやくベアトリスを下ろし、二人は草の上にすわった。アクセルは息を整え、ベアトリスは徐々に目覚めていった。

「アクセル、わたしたちのいるここはどこなの」

「気分はどうだい、お姫様。ここはとどまってはならない場所だ。おまえをおぶっていくよ」

「アクセル、びしょ濡れじゃありませんか。川にでも落ちたの」

「ここはひどく悪い場所だ、お姫様。すぐにでも立ち去ったほうがいい。わたしがおぶっていくよ。若くて、能天気で、暖かい春の日を二人して楽しんだときのように、おぶっていくよ」

「川から離れるの？　川を行けばどこへでも早く着けるって、ガウェイン卿も言っていたじゃありませんか。ここは山の中の高い土地みたい。わたしたち、こんなに高くまで来たことがあったかしら」

「やむをえないよ、お姫様。ここからできるだけ遠ざからねばな。おいで、おぶってあげよう。さ、肩につかまって」

第十二章

下から戦士の声が聞こえてくる。もっとゆっくり登れと言っている。だが、エドウィンは無視した。ウィスタンは遅すぎる。いまがどんなに切羽詰まった事態なのか、わかっていないいんじゃなかろうか。この崖をようやく半分ほど登ったあたりで、なんと言ったと思う。「いま頭の上を飛んでいったのは鷹かな、若き同志」だって。鷹だったらどうだっていうんだろう。熱のあと、戦士は心も体も甘くなったんじゃないか。

あと少しだ。あと少しで、少なくともぼくは崖を乗り越えて、ちゃんとした地面に立てる。そうしたら走れる。ああ、早く走りたい。でも、走ってどこへ行くんだろう。二人の目的地がどこだったか、いまはぼんやりとしか思い出せない。それに、戦士には何か重要なことを話さなければならなかったような気がする。ぼくは何かのことでウィスタンをいつわってきた。そろそろ正直に言うべきときだと思う。くたびれ果てた馬を山道わきの灌木につないで、崖を登りはじめたときは、てっぺんに着いたら全部話そうと決めていた。だが、てっぺんはもうすぐそこなのに、ぼくの心には辻褄の合わない話の断片が散らばっているばかりだ。

最後の岩を乗り越え、体を断崖の上に引き上げた。目の前には剝き出しの土地、風にえぐられた土地が広がり、水平線上に見える青白い峰に向かって徐々に上っていっている。近くにはヘザーとマウンテングラスの群落があるが、人のくるぶしより高いものはない。だが、奇妙なことに、なかほどのところに林らしきものがあって、吹きつける風にも平然として青々とした木が立っている。どこかの神が、なんの気まぐれか、大森林の一部を指でつまみ上げ、この荒涼の土地にどさりと置いたかのようだ。

急な登りで息が切れていたが、エドウィンは体を前に倒して走り出した。あの木々こそ、ぼくがいるべき場所に違いない、と思った。あそこに行けば何もかも思い出せる、と。どこか後ろのほうでウィスタンが何か言っている。では、戦士もやっとてっぺんにたどり着いたんだ。だが、エドウィンは振り返らず、いっそう速く駆けた。あの木々に着くまで、告白は後回しだ。あの林に守られていてこそ、ぼくははっきり思い出せるし、風の吠え声に邪魔されずに二人だけの話ができる。

いきなり地面が立ち上がってきた。ぶつかって、うっと息が詰まった。あまりに意外な出来事に何がなんだかわからず、エドウィンはしばらくそこに寝転がっていた。また跳ね起きようとしたとき、何か柔らかくて強力なものに押さえつけられているのに気づいた。ウィスタンの膝が背中にあり、エドウィンは後ろ手に縛られていた。

「なぜロープを持ち運ぶのかと聞いていたな」とウィスタンが言った。「ほら、役に立っただろう？」

エドウィンは下の山道であったやり取りを思い出した。必要なものを二つの袋に入れて運ぶことになり、戦士が鞍から袋への移し替えをやっていた。その慎重な仕事ぶりに、早く登りたい一心のエドウィンがいらいらした。

「急ぎましょう、戦士さん。なぜそんなにいろいろなものがいるんですか」

「ほら、これを運んでくれ、同志。雌竜はただでさえ強敵だ。こっちが寒さと空腹で弱れば、もっと強敵になる」

「でも、においが消えてしまいます。それに、ロープなんか必要ですか」

「必要になるかもしれないぞ、若き同志。山の木の枝に生《な》るものではないからな」

そのロープはエドウィンの両手首を縛り、腰にも回されていた。ようやく立ち上がって前進を再開したとき、エドウィンはロープの引きの許す速度でしか進めなくなっていた。

「戦士さんは、もうぼくの友でも師匠でもないんですか」

「その両方だし、加えて君の保護者でもある。ここからはもっとゆっくり進んでもらう」

実際に歩いてみると、ロープは気にならなかった。ロープに制限されるこの足取りは、騾馬の足取りと同じだ、と思った。そして、つい最近、ちょうどそんな動物になって荷車の周りをぐるぐる回ったことを思い出した。ロープに引き戻されながらこの斜面をめげずに上っていくぼくは、あのときと同じ騾馬だろうか、と思った。

　エドウィンは引っ張りに引っ張り、ときには、つぎにロープに引き戻されるまでに五、六歩も進むことがあった。耳で声が鳴っていた。わらべ歌を半分は歌い、半分は唱えていた懐かしい声、幼いころからよく知っていた声だ。聞いていると心が休まり、同時に気に障ったが、ロープを引っ張りながら一緒に歌うと、気に障る響きが少しは消えるような気がした。だから、エドウィンも歌った。最初は小声で、しだいに大胆に風に向かって歌った。「エール入りのコップを倒したのは誰、竜の尻尾を切り取ったのは誰、手桶の中に蛇を入れたのは誰、それは君のいとこのアドニーさ」。そのあとはエドウィンの知らない歌詞がつづく。だが、あの声と一緒に歌ってさえいれば、正しい歌詞が自然に口をついて出てくることに驚いた。

　木立はもう近い。戦士がふたたびエドウィンを引き戻した。

「ゆっくりだ、若き同志。この妙な木立に入るには、勇気だけでは足りない。あそこを見ろ。この標高なら松の木があるのは不思議ではないが、横に立っているのはオークと楡ではないか」

「林にどんな木が生えようが、空にどんな鳥が飛ぼうが、いいじゃありませんか、戦士さん。時間がないんです。急ぎましょう」

　二人は木立の中に入った。足元で地面が変化した。柔らかい苔があり、蕁麻があり、羊歯までもあった。密な枝葉は頭上で天蓋を造り、二人はしばらく灰色の薄明かりの中を進んだ。だが、結局、これは森ではない。なぜなら、すぐに目の前に空き地が現れ、その上には丸く開けた空があった。エドウィンはふと考えた。これが神の手になる木立だとしたら、その目的は、この先にあるものを木々で覆い隠すことではなかろうか。そして、怒りを込めてロープを引っ張りながら、言った。

「なぜぐずぐずしてるんです、戦士さん。もしかして怖いんですか」

「この場所をよく見ろ、若き同志。君の狩人の本能は期待どおりだった。いまわたしたちの目の前にあるこれは、まさしく竜の巣に違いない」

「狩人はぼくですよ、戦士さん。そのぼくが違うと言っているでしょう。あの空き地には竜などいません。そのもっと先へ急がないと。先はまだ長いんです」

「君の傷はどうだ、若き同志。きれいなままか、ちょっと見せてくれないか」

「傷なんてどうでもいいです。においが消えるんですよ、戦士さん。ロープを放して。あなたがどうでも、ぼくは走っていきますから」

それを受けてウィスタンがロープを放し、エドウィンはアザミや絡み合った根を押し分けて進んだ。両手を縛られたままで、体勢が乱れたとき手で支えることができず、何度かバランスを崩して転んだ。だが、傷を負うことなく空き地にたどり着くと、その縁に立って、目の前の光景を食い入るように見つめた。

　空き地の中央に池があった。全面が凍っていて、勇気ある人なら──あるいは思慮分別の足りない人なら──二十歩ほどで渡りきれただろう。氷の表面はとても滑らかで、邪魔するものは、向こう岸の近くで水中から突き出ている枯れ木だけだ。朽ちて空洞になっている。その木からさほど離れていない岸に大きな鬼がいた。鬼は水辺にしゃがみ、両膝と両肘を突いて、頭全体を水中に突っ込んでいた。たぶん、水を飲んでいたのだろう。それとも、水面下に何かを探していたのだろうか。そのとき急に水面が凍って、逃れられなかったのだろうか。不注意な観察者には、頭のない鬼の死体と見えたかもしれない。喉の渇きを癒そうと這いつくばったとき、首をはねられた、とか？

　池の上空から鬼に奇妙な光が射していた。エドウィンはしばらく鬼をながめながら、それがいまにも生き返り、紅潮した不気味な顔をもたげるだろうと、半ば期待していた。そして目の端に入ってきたものに、ぎくりとした。向かい側右手の岸にも、まったく同じ姿勢の二匹目がいる。いや、そこにもいる。三匹目はエドウィンの立つ側の岸に、半分覆い隠されていた。

　いつものエドウィンなら、鬼には嫌悪感しかない。だが、池の周りで死んでいる鬼たちには、不自然な姿勢のどこかに哀れみを感じた。何が原因でこんな運命をたどったのだろう。鬼の近くに行こうとしたが、そこでまたロープに引き戻された。すぐ後ろでウィスタンが言った。

「これでもまだ竜の巣ではないと、同志？」

「ここじゃありません、戦士さん。もっと先へ行かないと」

「だが、この場所には何かがある。雌竜の巣ではないとしても、水を飲みにきたり、浴びたりする場所ではないのか」

「呪われた場所です、戦士さん。戦いの場所じゃありません。ここで戦ったら、不運にしか見舞われません。あの哀れな鬼たちを見てください。戦士さんがあの晩に殺した悪鬼ほどもあるじゃありませんか」

「何のことだ、少年」

「見えないんですか。ほら、あそこにも、こっちにも」

「エドウィン、君は疲れ切っている。恐れていたとおりだ。少し休もう。確かにいやな感じの場所ではあるが、風よけくらいにはなるだろう」

「休む？　どこからそんな考えが出てくるんです。あの哀れな鬼たちを見てください。呪われた場所でうろうろしてるから、あんなことになるんです。あの鬼が教訓です、戦士さん」

「わたしにとっての教訓は、君の休息が第一、ということだ。君の心臓を破裂させるわけにはいかない」

　エドウィンは後ろに引かれ、背中が木の皮にぶつかるのを感じた。戦士がエドウィンの周りをゆっくりと動き、胸と肩の高さにロープを巻きつけた。エドウィンはほとんど身動きできなくなった。

「この木は敵ではないぞ、若き同志」戦士はそう言って、エドウィンの肩にそっと手を置いた。「根こぎにするのはかわいそうだ。そんなことに無駄に力を使うな。落ち着いて、休め。わたしはこの場所を少し調べてくるから」

ウィスタンが蕁麻を掻き分け、池まで下りていくのをエドウィンは見ていた。戦士は水辺に出ると、しばらくその辺の地面を見ながら行ったり来たりを繰り返し、何かに目をとめては、しゃがみ込んで調べていた。やがて立ったまま背すじを伸ばし、池の向こう側に立つ木々をながめながら、長い間、物思いにふけっているように見えた。エドウィンから見える戦士は、もう、凍った水面に映る影も同然だ。戦士さんは、なぜ鬼に目もくれようとしないのだろう、と思った。

ウィスタンが動いた。突然その手には剣がにぎられていて、腕は空中に静止していた。やがて、剣が鞘に戻され、戦士は池に背を向けて、エドウィンのところに戻ってきた。

「わたしらが最初の訪問者だったわけではなさそうだ」とウィスタンが言った。「この一時間にかぎっても誰かが通っているが、雌竜ではないな。少しは落ち着いてくれたようで嬉しいよ、エドウィン」

「白状することがあります、戦士さん。聞いたら、ぼくをこの木に縛りつけたまま殺したくなるかもしれません」

「言ってみろ、少年。怖がることはない」

「あなたはぼくに狩人の才があると言いました。あなたがそう言ったとき、ぼくは何かに強く引かれるのを感じて、だから鼻にクエリグのにおいがすると言いましたけど、全部嘘です」

ウィスタンは近づき、エドウィンの前に立った。

「それで、同志？」

「それだけです、戦士さん」

「君は、わたしの怒りより自分自身の沈黙を恐れるべきだ。話せ」

「できません、戦士さん。山登りを始めたときは、何を言うべきかがちゃんとわかっていたんですけど、いまは……どんな隠し事をしていたのかよくわかりません」

「雌竜の息のせいだな。それ以外ではなかろう。以前はなんともなかった君までがそのありさまだとすると、間違いなく近くにいるな」

「この呪われた池の魔法じゃないでしょうか、戦士さん。こんなところでぐずぐずしているなんて、あなたも魔法にかかってるんじゃないですか。あの鬼も見えないみたいだし。ぼくも何か白状することがあるのはわかってるんですけど、それが何だったか……」

「とにかく雌竜の巣まで連れていってくれ。それで、これまでの嘘は大小まとめて全部許そう」

「そうだ、それでしたよ、戦士さん。ぼくらは馬の心臓が破裂しそうなほど遠くまで乗ってきて、この険しい山腹も登りました。でも、ぼくは雌竜のところに連れていこうとしていたんじゃないんです」

ウィスタンがすぐ間近まで来ていて、その吐く息がエドウィンにかかった。

「では、どこへ連れていってくれようとしたのかな、エドウィン」

「母さんのところです。思い出しました。叔母はぼくの母さんじゃなくて、ほんとの母さんは連れていかれたんです。ぼくは小さかったけど見ていて、いつか連れ戻すって母さんに約束しました。もうほとんど大人になったし、戦士さんが横にいてくれるし、あの男たちも震え上がるだろうと思ったんです。すみません、戦士さん。でも、ぼくの気持ちをわかって、助けてください。母さんはすぐ近くなんです」

「君のお母さんか。すぐ近くにいるって？」

「ええ。でも、ここじゃありません。この呪われた場所じゃありません」

「お母さんを連れていった男たちを覚えているのか」

「獰猛そうでした。殺すことに慣れていました。あの日、村の誰も出てきて止めようとしませんでした」

「サクソン人かブリトン人か」

「ブリトン人です、戦士さん。男が三人です。少しまえまで兵隊だったはずだって、ステッファが言っていました。立ち居振舞いが兵隊だった、って。ぼくはまだ五歳にもなっていなくて……もう少し大きかったら母さんのために戦えたのに」

「わたしの母も連れていかれた。だから、君の気持ちはよくわかるよ。わたしも、母が連れ去られたときは子供で、弱かった。戦がつづいていた時代でな、人が殺されたり吊るされたりするのをあんまり見ていたものだから、連中が母に笑いかけてくれたときは嬉しかった。てっきり母をやさしく丁重に扱ってくれるものと思ってな。ばかだった。きっと君もそうだったんじゃないのか、エドウィン。まだ小さくて、男とはどんなことをするものか知らなくて」

「ぼくの母さんは平和なときに連れていかれたので、うんとひどい目にはあっていないと思います。国から国へ旅をするのも悪くない人生かもしれませんけど、母さんはぼくのところに戻りたがっているし、一緒の男たちに意地悪されることだってあるでしょう。戦士さん、ぼくを罰するのは後回しにして、母さんを連れていったやつらとの対決に手を貸してくれませんか。母さんはずっと待ってきたと思いますから」

　エドウィンを見るウィスタンの目つきが奇妙だった。何かを言おうとして口を開きかけたが、首を振り、木から数歩離れた。なんだか恥じ入っているような雰囲気があった。そんな戦士をエドウィンはこれまで見たことがなく、だから意外そうにウィスタンを見ていた。

「そのいつわりのことでは、もちろん君を許すよ、エドウィン」ウィスタンは最後にそう言って、エドウィンに振り向いた。「君がほかについたかもしれない小さな嘘も全部許す。この木から君を解き放ち、君が案内してくれる先で出会うどんな敵にも立ち向かおう。だが、その代わり、一つ約束をしてほしい」

「言ってください、戦士さん」

「もしわたしが倒れて、君が生き残ったら、これを約束してくれ。君の心にブリトン人への憎しみを持ちつづけてほしい」

「どういう意味ですか、戦士さん。どのブリトン人です」

「すべてのブリトン人だ、若き同志。君に親切にしてくれるブリトン人もだ」

「理解できません。パンを分けてくれるブリトン人も憎むということですか。あのガウェイン卿みたいに、敵から救ってくれた人も？」

「尊敬したくなるブリトン人も、愛したくなるブリトン人もいる。それは痛いほどよくわかっている。だが、そういう個人的な感情よりずっと大きなことが、いま差し迫っている。わが同胞を殺戮したのはアーサー王配下のブリトン人だ。君の母やわたしの母を連れ去ったのもブリトン人だ。ブリトン人の血が流れるすべての男と女と子供を、わたしたちは憎まねばならない。それは義務だ。だから約束してくれ。もし、技の伝授を終えるまえにわたしが倒れても、君は心の中でこの憎しみを育てつづける。そして、もしその憎しみが揺らいだり消えそうになったりしたときは、また燃え上がらせる。どうだ、そう約束してくれるかな、エドウィン」

「わかりました、戦士さん、約束します。でも、母さんの呼ぶ声が聞こえます。それに、このいやな場所にもう長くいすぎです」

「では、お母さんを助けにいこう。だが、救出が間に合わなかったときの心構えもしておこう」

「どういう意味ですか、戦士さん。ありえませんよ。だって、いまも母さんの呼び声が聞こえているのに」

「では、その呼び声に急いで応えよう。一つだけ知っておいてくれ、若き同志。たとえ救出には遅すぎたとしても、復讐には十分に間に合うということだ。だから、君の約束をもう一度聞かせてくれ、エドウィン。君が傷で死ぬにせよ、寄る年波で死ぬにせよ、その日までブリトン人を憎むと約束してくれ」

「何度でも喜んで約束します、戦士さん。さあ、この木からぼくをほどいて。どちらへ行けばいいか、いまはっきり感じます」

第十三章

こんな山でも山羊はじつに気楽そうにしているものだ、とアクセルは思った。ちびた草やヘザーを幸せそうに食べている。吹きつける風にも平気のようだし、右脚より左脚がずっと下になるという斜面特有の不安定な姿勢も気にならないらしい。引っ張る力がじつに強いことは、ここまでの登りで身に染みていた。ベアトリスと二人、少し休憩しようということになったとき、これをどう安全につなぎとめておくかが問題だったが、幸い、斜面から突き出している枯れた木の根が見つかり、紐を注意深くそれに巻きつけた。

二人はいま山羊を見ながら、大きな岩の下にすわっていた。二つの大岩が互いに傾き合い、支え合っていて、間に恰好の空間ができている。寄り添う老夫婦のようなその特徴的な形は、ずっと下からもよく目立っていたが、アクセルとしては、もっと手前で風よけになる場所を見つけたいと思っていた。だが、裸の山腹には何もなく、突風同様に衝動的に引っ張る山羊のせいもあって、結局、細い山道をここまで休憩なしで上ってくるはめになった。だが、ようやくたどり着いたこの双子岩は、まるで神が二人のために特別に用意してくれた避難所のようだった。周りを風が吹き抜けても、音は少し聞こえるものの、空気はほんのそよ風程度にしか動かない。二人は頭上の双子岩をまねて、ぴったりと身を寄せ合ってすわっていた。

「ここだと、国全体がわたしたちの下ですよ、アクセル。あれは、わたしたちが下ってきた川じゃないかしら」

「たいして下れなかったがな、お姫様」

「そして、また山を登っている」

「ああ。あの娘、この仕事を頼んできたとき、山登りの大変さを隠していたんだな」

「確かに。ほんの散歩みたいな言い方でしたものね。でも、無理もありませんよ。まだ子供なのに、あの年齢で担える以上の心配事を背負《しょ》い込んで……。アクセル、下を見て。谷にあれが見える？」

アクセルはまぶしい光を手でさえぎりながら、妻の指し示しているものが何かを見ようとした。だが、首を横に振った。「わたしの目はおまえほどよくないからな、お姫様。山間に谷また谷が見えるだけだ。とくにこれといったものは……」

「あそこよ、アクセル。わたしの指をたどっていって。あれは兵士の隊列じゃないこと？」

「ああ、見えた。そんなふうにも見えるが、動いてはいるまい？」

「動いていますよ、アクセル。それに一列で進んでいるから、やっぱり兵隊かも」

「わたしの悪い目では、全然動いていないように見えるよ、お姫様。それにあれが兵隊だとしても、わたしらにちょっかいを出すには遠すぎる。むしろ、西の雲のほうが心配だ。嵐にでもなったら、遠くの兵隊なんぞよりずっと素早く悪さをしてくる」

「そうね、あなた。それにしても、あとどれほど行けばいいのかしら。あの娘さんは正直に言ってくれなかった。ほんの散歩程度だなんて。でも、本気で責める気にはなれませんよ。両親がいなくて、弟二人を押しつけられて。どうしてもわたしたちにやってほしくて必死だったんでしょう」

「雲から太陽がのぞいたら、少しはっきり見えてきたよ、お姫様。あれは兵隊ではないな。というか、人間でもない。あれは鳥がずらっと並んでいるんだ」

「何をばかなことを、アクセル。あれが鳥なら、ここから見えるはずがありませんよ」

「おまえが思ってるより近いんだよ、お姫様。黒っぽい鳥が一列に並んでいる。山ではよくあることだ」

「じゃ、こうして見ている間、一羽も飛び立たないのはなぜ」

「そのうち飛び立つかもしれないさ、お姫様。わたしにもあの娘を責める気はないよ。大変な事情を抱えている娘だ。それに、あの娘の助けがなかったら、わたしたちはどうなっていたことか。びしょ濡れで、震えていたものな。それに、お姫様、わたしの感じだと、山羊を巨人のケルンまで連れていくことに熱心だったのは、あの娘だけではない。ほんの一時間前は、おまえも同様に熱心だったと思う」

「いまでもそうですよ、アクセル。だって、クエリグが退治されて、この霧がなくなるのは、すばらしいことでなくって？　ただね、あの山羊があやって地面をあさっているのを見ると、ほんとうにあんなばかな生き物で大きな雌竜をやっつけられるのかしら。それがなかなか信じられなくて」

その朝もっと早い時刻、二人が小さな石造りの小屋にたどり着いたとき、山羊はいまと変わらない食欲で食べていた。ぬっとそびえる崖の下にあり、その影に隠れるようにして立っている小屋は、じつに見落としやすかった。ベアトリスが先に見つけ、指を差して教えてくれたときも、アクセルはそれを小屋とは思わなかった。むしろ、山腹に深く掘られた村への――自分たちの村と同様の地下集落への――入り口だろうか、と思った。だが、もう少し近づいてみると、それは確かに一軒の小屋とわかった。壁も屋根も同じ暗灰色の石で造られている独立の建物だ。崖の高いところから水が細い糸のように落ちてきていた。壁面のすぐ前を落下した水は、小屋からさほど離れていない池に溜まり、地面が窪んで視界から消えている向こうへと流れ出していた。小屋の少し手前に小さな囲いがあり、ちょうど朝日に明るく照らされている中に、一匹の山羊がいた。山羊の常として食事に忙しかったが、少しだけ食べるのをやめ、驚いたようにアクセルとベアトリスを見つめていた。

だが、子供たちは、二人が近づいてくるのに気づかなかった。女の子が一人と、その弟とおぼしき男の子が二人、訪問者に背を向けて溝の縁に立ち、足元の何かをじっと見つめていた。一度、男の子の一人がしゃがみ込み、足元に何かを投げ込んだ。女の子が慌てたように弟の腕をとり、引き起こした。

「何をしているのかしらね、アクセル」とベアトリスが言った。「見たところいたずらでしょうけど、あの一番小さな子は、うっかりすると溝に落ちかねませんよ」

山羊の前を通り過ぎても、子供たちはまだ二人に気づかずにいた。アクセルはできるだけ穏やかな声で「神のご加護がありますように」と呼びかけた。三人の子供たちが驚いて振り向いた。

その後ろめたそうな表情からすると、ベアトリスの予想どおり、何かよからぬことをしていたと思われた。だが、弟二人より頭一つは背の高い少女が、すぐに立ち直り、にこりと笑った。

「ご老人方、ようこそ。昨夜、お二人をよこしてくださるよう神様に祈りました。そうしたら来てくださった。ようこそ、ご老人方」

少女は滝の水に濡れた草の上を、しぶきを蹴立《けた》てて走ってきた。二人の弟もつづいた。

「誰かと間違えておいでかな、お嬢さん」とアクセルが言った。「わたしたちはただの道に迷った旅人だ。少し前、川で凶暴な小妖精に襲われて、びしょ濡れになってしまった。

冷えて、疲れている。お母さんかお父さんを呼んできてくれないか。火で暖まり、体を乾かすお許しをもらいたい」

「いいえ、間違えてなどいません。昨夜、神イエス様にお祈りしたら、いまあなた方が来てくださいました。どうぞ、ご老人方、お入りください。まだ火が燃えていますから」

「でも、ご両親はどちら、お嬢さん」とベアトリスが言った。「いくら疲れていても、無断では入れない。この家のご主人かおかみさんに招待していただくまで、外で待ちます」

「いまは、わたしたち三人だけなんです、おばあさん。ですから、わたしをおかみさんと呼んでください。どうぞ中に入って、暖まってください。梁からぶら下がっている袋に食べ物があります。火の横に薪もありますから、どうぞ。お入りください、ご老人方。わたしたちは山羊の世話があるので、しばらく失礼します」

「ありがとう、お嬢さん」とアクセルが言った。「だが、教えておくれ。隣の村は遠いんだろうか」

　少女の顔がくもった。いま左右に一人ずつ並んでいる弟たちと、一瞬、顔を見合わせたのち、またにこりとして、「ここはとても高い山の中なんです」と言った。「どの村へ行くにも遠いですから、どうぞここでお休みください。暖かい火も燃えていますし、食べ物もあります。とてもお疲れでしょう？　おまけにこの風で、お二人とも震えておられるではありませんか。ですから、もうほかへ行くなどと言わないで、中へお入りください。そしてお休みくださいい、ご老人方。長い間お待ちしていました」

「あの溝に何かおもしろいものでもあるんですか、お嬢さん」と不意にベアトリスが言った。

「いえ、何でもありません。まったく何でも。ほら、濡れた服のまま、この風の中に立っていてはいけません。どうぞ、わたしたちのもてなしをお受けになって、火のそばでお休みください。ほら、屋根から煙が出ているのがおわかりでしょう？」

＊

「ほら」と岩に寄りかかっていた体を起こし、アクセルが指差した。「一羽飛び立った。言ったとおりだろう、お姫様？　鳥が一列に並んでいたんだ。空に上っていくのが見えるかい？」

少し前に立ち上がっていたベアトリスが、大岩のつくる避難所から一歩外に出た。たちまち風がその服にまとわりつき、はためかせるのが、アクセルの目に見えた。

「あの鳥、あそこから飛び立ったんじゃありませんよ」とベアトリスが言った。「わたしが見てほしいところ、まだ見てくれていないんじゃないかしら、アクセル。ほら、もっと遠くの尾根。空を背景に黒い人影が並んでいるあそこ……」

「よく見えているよ、お姫様。それより、風が強い。戻っておいで」

「兵隊かどうかはともかく、ゆっくり進んでいるでしょう？　鳥なんて一羽もいません」

「中へお入り、お姫様。そして、おすわり。できるだけ体力を残しておかないと、この山羊を引いて、あとどれだけ行けばいいのかわからないから」

子供たちから借りたマントを体に巻きつけて、ベアトリスが避難所に戻ってきた。またアクセルの横にすわりながら、「ねえ、あなた」と呼んだ。「わたしたちみたいな老夫婦が雌竜を退治するなんて、ほんとうに信じられる？　偉大な騎士や戦士に比べたら、村で蠟燭を持つことも許されない老人二人ですよ？　しかも、手助けしてくれるのがこの短気な山羊一匹……」

「それは誰にもわからないな、お姫様。すべてはあの娘のただの願いかもしれない。だが、あの娘のもてなしには感謝している。だから、頼まれたことなら気にせずやってやることだ。ひょっとしたら娘の言うとおりで、この方法でクエリグを退治できるのかもしれないし」

「アクセル、教えて。雌竜をほんとうに退治できて、霧が晴れはじめたときにね……そのとき何が見えてくるのか、怖くなることがない、アクセル？」

「自分で言っていたじゃないか、お姫様。わたしたち二人の人生は、途中どんな紆余曲折があっても幸せな結末に至るお話なんだって」

「確かにそう言ったけど、アクセル、仮にわたしたちのこの手でクエリグを殺せたとしても、どこかに、霧が晴れるのを恐れているわたしもいるの。あなたは違う、アクセル？」

「同じかもしれないよ、お姫様。以前からずっとそうだったかもしれない。だが、わたしが一番恐れるのは、さっき火のわきで休んでいるとき、おまえが言ったことだ」

「わたしが？　何を、アクセル」

「覚えていないのかい、お姫様？」

「ばかげた喧嘩でもしたかしら。あのときは寒くて、疲れて、もうどうにかなりそうだったことしか覚えていませんよ」

「思い出せないのなら、忘れたままにしておくのがいいよ、お姫様」

「でもね、アクセル。あの子供たちと別れてから、ずっと気になっていることがあるの。なんだか、あなたがわたしから離れて歩きたがっているみたいだな、って。ううん、山羊のせいだけじゃなくて。わたしには覚えがないけど、わたしたち喧嘩でもした？」

「わざと離れて歩くつもりなど毛頭なかったよ、お姫様。許しておくれ。あの山羊にあちこち引っ張りまわされていただけでないとすれば、二人の間であった何かばかげたやり取りのことでも考えていたのかもしれない。信じておくれ。忘れるのがいい」

＊

アクセルの努力の甲斐あって、床の中央で火がふたたび勢いよく燃え上がり、同時に小屋の中のすべてが影に沈んだ。アクセルは衣類を乾かそうとして、一つ一つを火にかざした。そばではベアトリスが敷物を何枚も並べ、その上で安らかに眠っていた。だが、不意に上体を起こして、あたりを見回した。

「火が熱すぎるかな、お姫様」

ベアトリスはしばらく混乱しているように見えた。やがて溜息とともに、また敷物のベッドに横になったが、目を開いたままだ。それを見て、アクセルがいまの質問をもう一度繰り返そうとしたとき、ベアトリスが静かな声で言った。

「いま、昔の夜のことを思い出していたの。わたしを独りぼっちのベッドに残して、あなたが出ていった夜のこと。戻ってくれるのかしらって悩んでいました」

「お姫様、どうした。川の小妖精からは逃れたが、まだ呪文が効いているんじゃなかろうな。だから、そんな夢を見るのか」

「夢じゃありませんよ、あなた。記憶が一つ二つ戻ってきただけです。いつもと同じ暗い夜でしたけど、あなたは若くて美しい誰かのところに行ってしまって、わたしは独りぼっちのベッドで嘆いていました」

「わたしを信じてくれないのかい、お姫様。あの小妖精の仕業だ。わたしたちにいたずらを仕掛けているんだよ」

「そうかもしれません。それに、ほんとうにあったとしても、ずいぶん昔のことですものね。でも……」そのまま静かになり、また眠ったのかな、とアクセルは思った。だが、言葉がつづいた。「でもね、あなた、あれを思い出したせいで、いまのわたしはあなたから尻込みしてしまう。少し休んでまた道に出るときは、わたしを先に行かせて。あなたは後ろから来て。これからはそうやって旅をしましょう。あなたと横に並んで歩くのは、いまのわたしにはいや」

アクセルは、最初、何も言わなかった。乾かしていた服を火から遠ざけ、ベアトリスに向き直った。妻の目はまた閉じられていたが、まだ眠ってはいないことはわかっていた。アクセルはなんとか声を絞り出したが、それはほんのささやきで、どうしてもそれ以上にはならなかった。

「こんな悲しいことはないよ、お姫様。道の都合でもなんでもなくて、おまえと別々に歩かなくてはならないなんて」

聞こえたのかどうか、ベアトリスの様子からはわからない。だが、すぐにその呼吸が長く、規則正しくなっていった。アクセルはいま乾かしたばかりの衣類を着込み、妻からあまり離れないように、だが直接触れ合わないように、注意して毛布に横になった。どっと襲ってきた疲れに圧倒されながら、アクセルはふたたび目の前に群がる小妖精を見た。弧を描いて群れの真ん中に落下する鍬を見た。遠くで子供たちが遊んでいる声を聞いた。自分がどう戦ったかを思い出した。戦士のように雄叫びをあげていて、その声には強い怒りがこもっていた。なのに、いまのベアトリスの言葉は……。アクセルの心に一枚の鮮明な絵が浮かび上がった。二人で山道を歩いている。頭上に広がる灰色の空の下で、ベアトリスが数歩前を歩いていく。アクセルの心は悲しさでいっぱいになった。二人は歩きつづける。老いた夫と妻はともに頭を垂れ、前後に五、六歩も離れて歩く。

目を覚ますと、火がくすぶっていた。ベアトリスはもう起きていて、立って、石の壁に開いた小さな隙間から外をのぞいていた。こういう小屋の窓は、みなそんなものだ。最後のやり取りがよみがえってきた。三角形の日の光を顔に浴びながら、ベアトリスが振り返り、元気のいい口調でアクセルに話しかけた。

「さっきね、日が高くなっていくからよほど起こそうかと思いましたけど、でも、川でびしょ濡れになったあなたを思い出したら、うとうとくらいでは足りないだろうなと思って」

アクセルが答えられずにいると、ベアトリスがつづけた。「どうしたの、アクセル。なぜそんなふうに見るの」

「いや、ただほっとしたやら、嬉しいやらでね、お姫様」

「ずっと気分がよくなりましたよ、アクセル。休めばよかっただけでした」

「そのようだ。では、出かけようか。おまえが言うとおり、日が高くなっているからな」

「いま、あの子供たちを見ていたのよ、アクセル。わたしたちが来たときのまま、まだあの溝の縁に立っていますよ。あの下に何かあって、気になってしかたがないみたい。きっと、いたずらね。だって、大人に見つかって叱られたらいやだという感じで、ちらちら振り返っているもの。親御さんはどうしたのかしらね、アクセル」

「わたしたちには関係のないことだ。それに、三人とも衣食はちゃんと足りているみたいじゃないか。さよならを言って、行こう」

「アクセル、わたしたち、さっき喧嘩をした？　二人の間に何かあったような気がして……」

「忘れてならないことは何もないよ、お姫様。ま、一日が終わるまでにはまた話し合うことがあるかもしれないが、そのときはそのときだ。さて、寒さとひもじさにまた襲われないうちに、出かけよう」

　ひんやりとした日差しの中に出ていくと、草のあちこちに氷が張っているのが見えた。大きな空と山々が遠くに行くほど薄くなって、ついには消えていく。囲いの中では山羊がまだ食べている。足元に泥だらけのバケツがひっくり返っていた。

　三人の子供たちは、相変わらず小屋に背中を向けて溝の縁に立ち、中を見下ろしていた。なにやら口論しているようでもあった。アクセルとベアトリスが近づいていくと、最初に女の子が気づいた。くるりと振り返ったとき、その顔にはもう明るい笑いがあった。「ご老人方」と言い、弟二人を引っ張りながら溝から離れると、急ぎ足で二人のほうに向かってきた。「粗末な家ですけど、よくお休みになれましたか」

「とてもよく休めたよ、お嬢さん。ほんとうにありがとう。これで元気いっぱいでまた出かけられる。だが、君たち三人を放っておいて、家の方々はどうしているのかな」

少女は、左右に立っている弟二人と顔を見合わせ、少しためらいがちに「わたしたちだけでも何とかやっていますから、おじいさん」と言った。そして弟たちの肩に腕を回した。

「その溝の何がそんなに気になるのかしら」とベアトリスが尋ねた。

「うちの山羊です、おばあさん。うちで一番の山羊だったんですけど、死にました」

「なぜ死ぬようなことになった、お嬢さん」とアクセルがやさしく尋ねた。「あそこの一匹はとても元気そうなのに」

子供たちはまた顔を見合わせた。何かの合意ができたようだ。

「よければ、ご覧になってください、おじいさん」少女はそう言うと、弟たちから手を放し、一歩わきへ寄った。

アクセルが溝に向かって歩き、ベアトリスが横に並んできた。半分ほど行ったところでアクセルが立ち止まり、「まずわたし一人で行かせておくれ、お姫様」と小声で言った。

「死んだ山羊くらい、わたしだって見たことがありますよ、アクセル」

「確かにそうだが、いまはここで少し待っておくれ、お姫様」

溝には人の背丈ほどの深さがあった。太陽はいまこの溝にまっすぐ射し込むほどの高さに昇っていて、そこにあるものが何であれ、当然はっきり見せてくれるだろうと思えたが、実際には違った。複雑な影をつくり、一つの水溜りや一枚の氷を千枚ものきらきらと光る表面に変えていた。とてつもない大きさの山羊がいた。すでにいくつにも解体されていて、あそこに後ろ脚があり、こちらには首と頭がある。顔の表情はなぜか穏やかだ。上向きに転がっている腹部は、それとわかるのに少し時間がかかった。というのも、黒い汚泥の中から巨大な手が現れて、その腹に突き込まれていたからだ。そしてアクセルは気づいた。溝の中にあるものの全部が一匹の山羊ではないのではないか。山羊と絡み合うようにもう一つの生き物がいて、多くはそちらの体であるらしい。ほら、あそこにこんもりしているのは肩だろう。あっちには硬直した膝らしきものがある。しかも動いている。溝に横たわるその生き物はまだ生きていた。

「何が見えるの、アクセル」

「来てはいけないよ、お姫様。気持ちが晴れるような代物ではない。鬼だと思う。かわいそうに、じわじわと死につつあるようだ。この子供たちは、愚かにも山羊を投げ与えたのではないかな。食べたら生き返るとでも思ったのか……」

アクセルがそう言っている間にも、毛のない大きな頭とぽっかり開いた穴のような目が、泥の中でゆっくりと回転した。だが、すぐに貪欲な泥に吸い込まれて消えていった。

「わたしたちがやったんじゃありません、ご老人方」と後ろで少女の声がした。「鬼に餌をやらない。来たら閂をかけて家に籠もる。そう言われています。その鬼が来たときもそうしました。窓から見ていたら、鬼は柵を引き倒し、一番いい山羊をつかまえて、ちょどいまおじいさんがいるあたりにすわり込むと、子供みたいに溝の中に脚を垂らして、山羊を生のままおいしそうに食べはじめました。鬼の食べ方って、ああなんですね。その間、わたしたちは閂をかけたまま、家から出ませんでした。日が沈みかかっても、鬼はまだ山羊を食べていて、でも、だんだん弱ってきていることがわかりました。やっと山羊の残りを手に立ち上がろうとしたときは、もうまともに立てませんでした。まず膝を突き、つぎに横倒しになり、最後に山羊もろとも溝の中にごろん、と。それから二日経ちますけど、まだ死んでいません」

「とにかく離れよう、お嬢さんたち」とアクセルが言った。「君たちが見るような光景ではない。だが、なぜこの鬼は倒れたんだろうか。病気の山羊だったのかな」

「病気じゃありません、おじいさん。毒です。ブロンウェンに言われたとおり、丸々一週間、毒の餌をやってきました。言われた葉っぱを毎日六回です」

「なぜそんなことを、お嬢さん」

「なぜって、山羊を雌竜に与える毒餌にするためです。哀れな鬼はそうとも知らず、自分で食べて毒にあたったんです。わたしたちのせいじゃありません。そもそも、あんなふうに暴れ込んできちゃいけなかったんです」

「待ってくれ、お嬢さん」とアクセルが言った。「山羊にわざと毒を食べさせたということかい？」

「雌竜に効く毒です、おじいさん。ほかの人にはあたらないってブロンウェンが言ってて、だから鬼にも効くなんて知りませんでした。わたしたちのせいじゃありません。こんなつもりじゃなかったのに……」

「誰も君たちを責めたりしないよ、お嬢さん。だが、教えておくれ。なぜクエリグに毒を、なんて考えたんだい。お嬢さんの言う雌竜とはクエリグのことだろう？」

「そうです、おじいさん。わたしたちは朝も夜もお祈りをします。日中にだってよくします。だから、今朝お二人がいらしたとき、神様が送ってくださったんだとわかりました。お願いです。助けてください。わたしたちは親に忘れられた子供なんです。あの山羊を――わたしたちに一匹だけ残されたあの山羊を――巨人のケルンまで連れていってください。登りですけど、楽な道です。行って帰るのに半日もかかりません。ほんとうはわたしがやりたいんですけど、弟たちがいて、置いていけません。あの山羊にも、鬼が食べたもう一匹と同じように毒をやりつづけてきました。ここにあと三日分の葉っぱが入っています。山羊を巨人のケルンまで連れていって、雌竜の餌としてつないでおいてくれるだけでいいんです。散歩をするつもりで、お願いです。やると言ってください、ご老人方。これ以外、母さんと父さんに戻ってもらう方法がないんです」

「やっとご両親の話が出てきましたね」とベアトリスが言った。「どうしたらご両親は戻ってくださるの」

「いま言いませんでしたか、おばあさん。山羊を巨人のケルンまで連れていくんです。雌竜の食べ物がよく置かれることで知られている場所です。山羊を食べるまえの鬼はとっても強そうで、その鬼でさえ死ぬんですから、雌竜だってほんとうに死ぬかもしれません。ブロンウェンって不思議な技を持つ人で、だからまえはとても怖かったんですけど、わたしたちが親に忘れられ、子供だけで暮らしていることを知って哀れんでくれました。だから、お願いです、ご老人方。力を貸してください。今度誰かが来るのなんていつのことになるでしょう。兵隊さんや変な人たちじゃ、来ても怖くて姿を見せられません。お二人こそ、わたしたちが神イエス様にお願いしていた方々なんです」

「だが、お嬢さんたちのような子供がどうしてそんなことを?」とアクセルが尋ねた。

「毒入りの山羊でご両親が戻ってくるとは、どこで知ったことなのかな」

「ブロンウェンが話してくれたんです。この山の上に雌竜がいるせいで両親がわたしたちを忘れたんだって。あの人は恐ろしい人ですけど、嘘を言いません。わたしたち、確かによくいたずらをして母さんを怒らせました。でもブロンウェンが言うには、思い出しさえすれば母さんは大急ぎで戻ってきて、また抱きしめてくれるそうです。一人ずつこうやって……」少女は、突然、透明な子を胸に抱きしめ、目を閉じて、しばらくそっと揺すっていた。また目を開けてつづけた。「でも、いまは雌竜の魔法が効いていて、わたしたちを忘れているから家に戻ってこないんです。雌竜の魔法は、わたしたちだけじゃなくて国中にかかっているから、雌竜が早く死ねば、それだけみんな助かるとも言っていました。わたしたちもがんばって、言われたとおり、二匹の山羊に一日六回ずつ毒の餌をやってきました。お願いです。やっていただけませんか。そうでないと、わたしたちは二度と両親に会えません。山羊を巨人のケルンにつなぐだけでいいんです。あとはそのまま立ち去ってください」

ベアトリスが何か言おうとしたが、アクセルが慌ててさえぎるように「ごめんよ、お嬢さん」と言った。「助けてあげたいが、ここからもっと上に登るというのは、いまのわたしたちには無理だ。もう歳だし、ご覧のとおり、何日も旅をしてくたびれている。これ以上不運に見舞われないうちに、先へ急ぎたい」

「でも、おじいさん。あなた方は神様によって遣わされた方なんです。ほんの散歩みたいなものです。全然険しい道じゃありません」

「お嬢さん」とアクセルが言った。「こころから同情するよ。つぎの村に着いたら、助けを頼んでおこう。だが、わたしたちにはそれだけの体力がない。きっと遠からず誰かが通りかかって、喜んで山羊を連れていってくれるだろう。わたしたち老人にできるのは、ご両親が戻られるように、君たちが安全でいられるように、ずっと祈ることだけだ」

「行かないで。鬼が毒にあたったのは、わたしたちのせいじゃありません」

アクセルは妻の腕をとり、子供たちから引き離すように進みはじめた。そして、山羊の囲いの前を通り過ぎるまで振り返らなかった。そびえ立つ崖の前に子供たちが三人並んで立ち、無言で見つめていた。アクセルは元気づけるように手を振ると、なぜか恥に似た感情が湧き、急き立てられるように足取りを速めた。あるいは遠い過去の記憶の痕跡が――同様の別れをしたときの思いの名残が――その感情を刺激したのだろうか。

湿った地面はすぐに下りはじめ、谷が目の前に開けてきた。だが、さほど遠くまで行かないうちに、ベアトリスがアクセルの腕をとり、速度を落とした。

「あの子供たちの前では逆らいたくありませんでしたけど、ねえ、アクセル、ほんとうにできないと思いますか」と言った。

「あの子らに差し迫った危険はないよ、お姫様。わたしらにはそれなりの心配事がある。おまえの痛みはどんな具合だ」

「悪くはなっていません。見て、まだあのまま立っていますよ。わたしたちがどんどん小さくなっていくのを見守っているんでしょうね。せめてこの石の横に立って、もう少し話し合いましょう。むやみに先を急がずに。ね、あなた」

「振り返らないほうがいいよ、お姫様。いたずらに期待させるだけだ。わたしたちは山羊のところへは戻らない。この谷を下り、親切な人を見つけて、火と食べ物をめぐんでもらおう」

「でも、あの子たちの頼みもよく考えてみて、あなた」とベアトリスは言い、アクセルを立ち止まらせた。「こんな機会は二度とないのかもしれない。ね、考えてみて。たまたま来たところがクエリグの巣の近くで、あの子供たちが毒入りの山羊を用意してくれていて、それを使えば、こんな老いて弱い二人でも雌竜を倒せるかもしれないんですよ。考えてみて、アクセル。クエリグを倒せれば、霧はすぐに晴れはじめるでしょう。あの子らの言うとおり、ほんとうにわたしたちは神に導かれてここに来たのかもしれませんよ」

アクセルはしばらく無言で、石造りの小屋を振り返りたい衝動と戦っていた。やがて「あの山羊がクエリグを倒せる保証はない」と言った。「確かにあの鬼は運が悪かった。だが、軍隊を追い散らすほどの雌竜となると、話は別だ。それに、わたしたちのような老人が二人、雌竜の巣の近くをうろつきまわるなんて、賢いことだろうか」

「別に雌竜と戦うわけではないのよ、アクセル。山羊をつないで、逃げ帰るだけですもの。クエリグがその場所に来るのは、何日もあとかもしれない。そのときには、わたしたちはもう息子の村に着いていますよ。ね、アクセル、一緒に過ごしてきた長い人生よ。思い出したくない？　雨宿りの一夜に偶然出会った他人でいいの？　ね、あなた、引き返して、子供たちの言うようにすると言って」

＊

そして、二人はさらに高く登ってここまで来た。風はますます吹き募る。いまは双子岩がいい風よけになってくれているが、いずれはここも出なければならない。折れたのは間違いだったたか、といまさらのようにアクセルは思った。

「お姫様」と意を決したように言った。「ほんとうにこれをやるとする。神のおかげで無事成し遂げ、雌竜を倒したとする。そのとき、一つ約束してほしいことがあるんだ」

ベアトリスはアクセルのすぐ横にすわっていた。目はまだ遠くに向けられ、小さな何かの列を見ていた。

「それは何かしら、アクセル」

「たいしたことではないんだ、お姫様。クエリグが死んで霧が晴れ、記憶が戻ってきたとする。戻ってくる記憶には、おまえをがっかりさせるものもあるかもしれない。わたしの悪行を思い出して、わたしを見る目が変わるかもしれない。それでも、これを約束してほしい。いまこの瞬間におまえの心にあるわたしへの思いを忘れないでほしい。だってな、せっかく記憶が戻ってきても、いまある記憶がそのために押しのけられてしまうんじゃ、霧から記憶を取り戻す意味がないと思う。だから、約束してくれるかい、お姫様。この瞬間、おまえの心にあるわたしを、そのまま心にとどめておいてくれるかい？　霧が晴れたとき、そこに何が見えようと、だ」

「約束しますよ、アクセル。苦労はなさそう」

「その言葉でどんなにほっとしたか、お姫様にはわかるまいな」

「変なアクセル。さて、巨人のケルンまであとどれだけあるのやら。この大岩の間にいつまでもすわっているわけにもいきませんね。そろそろ出かけましょうか。あの子供たちはとても不安そうだった。わたしたちの帰りをきっと待っているでしょう」

ガウェインの追憶――その二

　この呪われた風よ。わしらを待ち受けるのは嵐か。ホレスは風も雨も気にはせぬ。気にするのは、唯一、またがっているのが主人たるわしでなく、見知らぬ誰かということよ。「疲れきった女だ」とわしはホレスに言う。「わし以上に鞍を必要としている。だから文句を言わずに運べ」と。だが、この女はなぜここにいるのだ。ますますはかなげになっているのがアクセル殿には見えぬのか。この厳しい高みにまで同行させるとは正気の沙汰とも思えぬ。だが、女自身もアクセル殿に劣らず突き進もうとしておる。わしが何を言おうと引き返しはせぬ。だから、しかたなく、こうしてわしがホレスの轡《くつわ》をとり、錆びた甲冑の重みに堪え、横をよろよろと歩くはめになる。「ご婦人には礼を尽くさねばな」とホレスにつぶやく。「われらだけが進み、良き夫婦を山羊と残すことなどできようか」

　はるか下方に二つの小さな人影を見たとき、わしは別の二人と誤認した。「あれを見よ、ホレス」と言った。「もう互いを探し当て、もうここまで来ている。まるでブレヌスに傷一つ受けなかったようではないか」

ホレスは感慨深げにわしを見た。「では、ガウェイン、この荒涼たる斜面を二人して上るのもこれが最後か」とでも言いたげに。わしはただ首をそっとなでてやり、何も答えなかった。だが、心の中では思っていた。「あの戦士には若さがある。恐ろしい男だ。だが、負けると決まったものでもない。誰にわかる。やつがブレヌスの兵士を倒したとき、わしにはあれが見えた。ほかの誰にもわかるまいが、わしには見えた。左側に小さな隙。抜け目ない剣士なら付け込める」

アーサー王ならわしに何をせよと命じられるだろう。王の影はいまもあまねくこの国に行き渡り、わしを飲み込む。獣のように潜み、獲物を待ち伏せよと言われるか。だが、この裸の斜面に隠れる場所はない。男一人、風だけで隠れられようか。どこか崖の上に立ち、二人目がけて大岩を転がし落とそうか。いや、とてもアーサー王の騎士にふさわしいやり口とは思えぬ。むしろ堂々と姿をさらし、挨拶を交わし、外交的手練手管に頼るべきか。「戻られよ、戦士殿。貴殿ご自身と無辜の同行者のみならず、この国の善良なる民草《たみくさ》を危険にさらすおつもりか。クエリグのことは、クエリグを知る者に任せよ。その者がいまこうして退治に赴くところゆえ」だが、その種の訴えは、以前無視された。これほど巣に近づき、噛まれた少年の案内で入り口にまで踏み込めるいま、どうして耳を傾けようか。あの少年を助けたのはわしの失態か。だが、院長のやり口に我慢がならなかった。少年の救出を、神はわしに感謝してくださるだろう。

「地図でも持つがごとく、二人は着実にやってくる」とホレスに言った。「われらはどこで待とう。どこで対決しよう」

あの木立か、とそのとき思い出した。周囲には風が吹き荒れ、地表を裸に剝いているのに、あそこだけ木々が青々としているのは不思議だ。あの木立なら、騎士とその馬を匿《かくま》ってくれよう。山賊のように襲うつもりはない。だが、出会いの一時間も前からこの身をさらすつもりもない。

だから、ホレスに少し拍車をくれた。まあ、いまのホレスにそんなものが効けばこそだが。そしてこの国のてっぺんを渡った。上りもなく下りもない土地、見渡すかぎり風に叩きのめされた土地だ。この木立にたどり着けてほっとした。それにしても奇妙に成長する木々であることよ。マーリン殿の魔法のせいかと思うほどだ。マーリン殿！　たいした男だった。一度、この人は死神にすら魔法をかけるのかと思ったが、最後はやはり死神の軍門に下ってしまわれたか。いまは天国におられるのやら、地獄におられるのやら。アクセル殿に言わせれば悪魔の召使だったそうだが、あの方の力は神を喜ばせるためにもよく使われていた。それに、勇気のない方ではなかったことも言っておかねばならぬ。降り注ぐ矢と振り回される斧に身をさらされたことも一度や二度ではない。ここをマーリン木立と命名しようか。この木立の目的はただ一つ。わが時代の偉業を無に帰させようとする者が現れたとき、その者をわしが待ち受ける場所となることだ。五人のうち二人までが雌竜の前に倒れた。だが、マーリン殿はわれらとともにクエリグの尾の届く範囲にとどまられた。そうでなくては、なすべきことをなしえなかったゆえ。

ホレスとわしがたどり着いたとき、木立は平和に静まり返り、鳥が一、二羽、木の枝でさえずっていた。枝は激しく揺れていても、下は穏やかな春の日和だ。ここにいれば、老人のへたな考えなど嵐にもまれることもなく、右の耳から左の耳へ抜けていく。ホレスとわしが最後にこの木立を訪れたのはいつだったろう。もう五、六年も前になるか。ここの雑草の伸びようはどうだ。蕁麻の葉など、本来は小さな子供の手のひらほどであるものを、ここのは大の男の体を二巻きもできるほど大きい。ホレスを穏やかな場所で好きにさせてやろう。食えるものがあれば、好きに食うがいい。わしは木の葉の天井の下をしばらくぶらつこう。おお、ここに立派なオークがあるぞ。これに寄りかかって、しばらく休むのもいいか。やがてあの二人がやってくる。必ず来る。そのとき、わしとあやつとは戦士として相まみえる。

わしは巨大な蕁麻を押し分けて進んだ。このガシャガシャとやかましい金物も、こんなときは、柔らかい棘から向う脛を守ってくれて、けっこう役に立つ。空き地に出た。池があり、上には灰色の空がある。池の周囲に大木が三本。どれも腰から折れて、水の中に倒れている。最後にここに来たときは、どれも誇らしげにすっくと立っておったのに、雷にでも打たれたのか。あるいは老齢でくたびれ果て、池に——いつもすぐ近くにありながら、決して届くことのなかった池に——救いを求めたのか。いまは心行くまで飲むがよかろう。へし折れた背骨には、もう山の鳥が巣を作っている。わしがサクソン人と相まみえるのも、このような場所であろうか。やつに打ち倒されても、わしにはまだ水辺まで這い寄る力があるかもしれぬ。そんなとき、仮に池の氷が割れたとしても、わしは転がり込んだりはせぬぞ。甲冑を着たまま水膨れになるなど、考えるだけで気分が悪い。それにだ、戻って来ぬ主人を心配し、ホレスが節くれだった根の間を抜き足差し足でやってきて、わしの遺骸を引き上げてくれる見込みなど、どれほどあるものか。戦場では、傷を得て倒れ伏す同志が猛烈に水を欲しがるところを見てきた。痛みが倍加するのもかまわず、水欲しさに川や湖の縁まで這っていく人も見てきた。死ぬ間際の者にしかわからぬ重大な秘密でもあるのだろうか。わが同志ビュエルも、あの日、山の赤土に横たわって水を欲しがった。わしの瓢簞には水が残っていたが、そんなものでは満足せぬ。湖か川に連れていけと言う。近くにないと言うと、「呪われろ、ガウェイン」と怒鳴った。「おれの最後の願いだぞ。かなえてくれないのか。いくつもの戦を勇敢に戦い抜いた同志ではないか」「だが、おまえの体は雌竜の尻尾でほぼ真っ二つだ。水辺まで運ぶには、上半身と下半身を左右の腕に抱え、この夏の太陽の下を走らねばならん」「水辺に横たえてくれ、ガウェイン。目を閉じたとき、やさしく打ち寄せる水の音が聞こえてこないと、おれの心は喜んで死を迎えられない」それがビュエルの望みで、ほかのことはどうでもよかった。使命が果たされたかどうかも、命を捧げるにふさわしい使命だったかどうかも、もういい。わしが手を伸ばし、体を起こしてやると、初めて「ほかに生き残ったのは？」と尋ねた。「ミラス殿は倒れた」と答えた。「だが、まだ三人は立っている。マーリン殿もだ」使命は果たされたのか、とビュエルは尋ねなかった。谷では戦いが荒れ狂っているのに、話すのは湖のこと、川のこと、さらには海のこと。わしは心の中で必死に唱えつづけた。これは古くからの同志だ、勇敢な男だ、わし同様、アーサー王に選ばれ、この任務に参加した男だ……。ビュエルは任務を忘れたのだろうか。抱え上げると、天に向かって吠えた。一歩の移動が、どれほどの苦痛を強いるものかを知った。そしてここは赤い山のてっぺんで、いまは真夏の灼熱の中だ。川に行くには馬の背で一時間もかかる。わしはビュエルをまた地面に横たえた。ビュエルが海の話を始めた。目はもう見えない。瓢箪の水を顔に振りかけてやると、わしに感謝したが、心の目では、きっと浜辺に立って感謝していたのだろう。「おれにとどめを刺したのは、剣か、斧か」と尋ねた。「なんの話だ、同志」とわしは言った。「おまえは雌竜の尻尾でやられた。だが、使命は果たされたぞ。誇りと名誉に包まれて旅立て」「雌竜か。雌竜はどうなった」「槍は一本を除いてすべて脇腹に突き立ち、やつはいま眠っている」わしはそう教えてやったが、ビュエルはまた使命を忘れ、海の話に戻った。少年のころ、ある穏やかな午後、父親とともに浜辺から乗って、遠くへ連れていってもらった舟の話に戻った。

わしも死ぬ間際には海を望むのだろうか。わしには土で十分のような気がする。特別にどこという要求も出すまい。だが、できればこの国の中がよいかな。ホレスとともに、長年、満ち足りた思いで旅をしてきた国だ。さっきのあの黒後家どもなら、それを聞いて笑うだろう。この国ということは、誰と地面を分かち合うかわかっているのかい、と問うだろう。「ばかな騎士だね。永眠の地を選ぶのは慎重にすることだ。さもないと、おまえが虐殺した連中を永遠の隣人に持つことになりかねないよ」と。ホレスの尻に土塊を投げつけながら、そんな冗談を飛ばしていなかったか。よくも言う。彼らはあそこにいたのか。いまホレスの鞍にすわっているこの女も、わしの心の内を知ったら同じように言うだろうか。僧どもの悪巧みから救ってやったこのわしに？　あのトンネルの邪悪な空気の中では、殺された赤ん坊のことをくどくどと言いつづけていた。よくも言う。言うだけ言って、それでもわしの鞍にすわり、わしの大事な軍馬にまたがっておるのか。わしとホレスには、あとどれだけの旅が残されておるかわからぬというのに。

しばらくは、これが最後の旅だと思っていた。だが、この夫婦をあの二人と間違えていた。だから、もうしばらくは平穏に旅ができる。とはいえ、こうしてホレスの轡をとりながら、わしは何度も振り返っている。いまは先行していても、あの二人は必ず追いついてくる。横を歩きながら、山羊に引っ張られて足取りを乱しがちなアクセル殿は、わしが何度も振り返る理由を感づいているだろうか。今朝早くトンネルから出たとき、「二人が同志だったということはないか」などと尋ねてきた。舟を見つけて川を下れと教えたのに、なぜかまだここに、この山の中に、夫婦で残っている。アクセル殿とは目を合わせられぬ。戦も虐殺もあったこの地が草のマントで覆われているように、わしとアクセル殿も年月というマントで覆われている。貴殿は何を求めているのか。連れている山羊は何なのか。「戻られよ、友よ」木立で二人に出会ったとき、わしはそう言った。「ここは、そなたら老いた旅人の歩く場所ではない。見よ、良きご婦人が脇腹を押さえておられるではないか。ここから巨人のケルンまでは、まだ一マイル以上もある。風雨を避けようにも小さな岩があるばかりで、その背後で頭を下げ、体を丸めねばならぬ。まだ体力が残っているうちに戻られよ。山羊は、わしが引き受けよう。ケルンまで連れていき、つなぎ止めて差し上げる」だが、二人ともわしを疑わしげに見て、アクセル殿は山羊を放そうとせぬ。頭上では木の枝が触れ合って音を立て、ご婦人はオークの根にすわり、池と、折れて水に浸かった木をながめていた。わしはそっと言った。「奥方にさせる旅ではない。川を下り、山を下りればよいものを、なぜ教えたとおりせぬのだ」「この山羊を約束の場所まで連れていかねばなりません。子供たちと交わした約束です」とアクセル殿は言った。言いながら、わしの顔を妙な目つきで見ていたと思うのは、こちらの気のせいか。「では、ホレスとわしが代わりに連れていこう」とわしは言った。「そのくらいのこと、信用して任せてもらえぬか。わし自身は、この山羊一匹丸呑みしたところで、クエリグがどうなるとも思わぬが、あるいは多少動きが鈍くなって、わしに攻撃上の利をくれるかもしれぬ。だから、山羊を置き、お二人の足がもつれはじめぬうち山を下りられよ」

二人はわしから離れ、木立の中に入って、なにやら相談を始めた。交わされる低い声の形は見えたが、言葉そのものはわからぬ。アクセル殿が出てきて、「妻を少し休ませたのち、このまま巨人のケルンに向かいます」と言った。これ以上、何を言っても無駄であろう。わし自身も先を急がねばならぬ。ウィスタンと噛まれた少年がどこまで来ているか、気になるが、わからぬ。

第四部

第十五章

悪事の被害者のために立派な碑が建てられることがある。生きている人々は、その碑によって、なされた悪事を記憶にとどめつづける。簡単な木の十字架や石に色を塗っただけの碑もあるし、歴史の裏に隠れたままの碑もあるだろう。いずれも太古より連綿と建てられてきた碑の行列の一部だ。巨人のケルンもその一つかもしれない。たとえば、大昔、戦で大勢の無垢の若者が殺され、その悲劇を忘れないようにと建てられたのかもしれない。それ以外に、この種のものが建てられる理由をあまり思いつかない。平地でなら、何かの勝利や王様を記念して建てられることもあるが、これほど人里離れたこれほど高い場所で、なぜ重い石を人の背丈よりも高く積み上げたのか。そこにはどんな理由があったのだろう。

重い足を引きずり、山の斜面をとぼとぼと上りながら、アクセルも同じ疑問を抱いたに違いない。少女の口から巨人のケルンという言葉を聞いたとき、アクセルは、小山のような盛り土の上に何かがちょこんと載っているところを想像していた。だが、このケルンは目の前の斜面にいきなり現れた。その存在を予告し、説明するようなものは何もなかった。それでも山羊は何かを感じたらしい。灰色の空に黒い指のようなケルンが現れたとき、山羊は半狂乱になって暴れた。「自分の運命を知っておるな」と、鞍にベアトリスを乗せ、馬の轡をとって導くガウェインが言った。

その山羊も、先ほどの恐怖などすっかり忘れたようで、いまは斜面に生える草を満足そうに食べている。

「クエリグの霧って、人だけでなく山羊にも悪さをするのかしら」

こう言ったのは、山羊をつないだ紐を両手に持つベアトリスだ。アクセルはいま山羊から手を放し、紐を巻きつけた杭を地面に打ち込もうとして、石でしきりに叩いていた。

「さあな、お姫様。だが、神が山羊のことを少しでも哀れむなら、すぐにでも雌竜を連れてきてくれるだろう。あまり待たされたら、山羊も独りぼっちで寂しい」

「山羊が先に死んでしまったらどうなるの、アクセル？　竜は死肉も食べるのかしら」

「さて、雌竜の好みまではわからないな、お姫様。だが、硬そうではあるが、ここには草もあるし、この山羊もしばらくは生きていけるだろうよ」

「ね、アクセル、騎士さんなら、疲れたわたしたちを手伝ってくださると思ったけど、あの方、いつもの礼儀正しさを忘れたみたい」

確かに、ケルンに到着してから、ガウェインは妙に口数が少なくなっていた。「ここがお探しの場所だ」と、ほとんど不機嫌そうな声で告げると、向こうへ離れていった。いまは二人に背中を向けて、空の雲をながめている。

「ガウェイン卿」と作業の手を止めてアクセルが呼んだ。「この山羊を押さえるのを手伝っていただけませんか。妻が疲れてしまって」

反応がない。聞こえなかったのかなと思い、アクセルは頼み事を繰り返そうとした。だが、ガウェインがいきなり振り向いた。その表情があまりにも真剣で、二人はあっけにとられて老騎士を見つめた。

「そこまで来ている」と老騎士は言った。「もう追い返せぬ」

「誰がです、ガウェイン卿」とアクセルが尋ねた。老騎士が無言でいるのを見て、「兵隊ですか」とつづけた。「さっき地平線上に長い行列を見ましたが、来るのではなく去っていくようでした」

「お二人の最近の同行者よ。昨日、そなたらと出会ったとき、一緒に旅をしていたあの二人だ。いま、下の木立から出てくる。出てきたら、もう止めることはできぬ。一瞬は無駄な希望をもった。あの迷惑千万な黒後家の一団から全国行脚の途中で二人ほどこぼれ落ち、ここへ迷い込んだのかと思った。だが、曇り空がこの目に仕掛けたいたずらであった。あの二人だ。間違いない」

「では、ウィスタン殿も修道院から脱出されたのですか」とアクセルが言った。

「そのとおりだ。いまここへ来る。やはりロープを持っておるが、つないでいるのは山羊でなく、案内役のサクソンの少年だ」

山羊を押さえるのに四苦八苦しているベアトリスに、ガウェインもようやく気づいたようだ。断崖の縁から急ぎ足で来て、紐をつかんだ。だが、ベアトリスも紐を放さず、少しの間、山羊の支配権をめぐって老騎士と争っているような具合になった。やがて折り合いがつき、騎士がベアトリスの一、二歩前に立って、二人でともに紐を握る状態に収まった。

「で、向こうもわたしたちに気づいたのですか、ガウェイン卿」と、アクセルは杭を打つ作業に戻りながら尋ねた。

「あの戦士の目は鋭い。いまも、空を背景に山羊と綱引きをしているわしら二人が見えていよう」ガウェインはそう言って、独り笑ったが、その笑い声には物悲しい響きがあった。

「うむ」と言った。「戦士の目には、わしらがよく見えておるよ」

「では、雌竜を倒すのに手助けをお願いしたらどうかしら」とベアトリスが言った。

ガウェインは居心地悪そうに二人を交互に見た。そして「アクセル殿はまだ信じておられるか」と言った。

「信じるとは、何をですか、ガウェイン卿」

「この見捨てられた地に、わしらが同志として集結した、ということをだ」

「もっとわかるように言ってください、騎士殿」

ガウェインは、後ろで同じ紐を握っているベアトリスのことを忘れ、アクセルがひざまずいている場所まで山羊を引っ張ってきた。

「アクセル殿、わしと貴殿の道は何年も前に分かれた。そうであろう？　わしはアーサー王のもとにとどまり、貴殿は……」ガウェインは背後にベアトリスがいることを思い出し、振り返って丁寧に頭を下げた。「ご婦人、この紐を放して、お休みなされ。山羊は逃がさぬゆえ。ケルンの横にすわったらいかがか。少しは風よけにもなろう」

「ありがとうございます、ガウェイン様。では、お願いします。わたしたちには大切な動物ですので」

ベアトリスはケルンに向かって歩いていった。風に逆らい、肩をすぼめるようにして進む。その姿のどこに何を感じたのか、アクセルの心の縁で記憶の断片がうごめいた。ある強い感情が湧き起こり、慌てて押さえ込みはしたものの、それはアクセルを驚かせた。いや、驚愕させたと言ってもいい。なぜなら、すぐに駆け寄ってかばってやりたいという圧倒的な思いのかたわらに、明らかな怒りと恨みの影が見えたからだ。ベアトリスは独りで過ごした長い夜のことを語った。アクセルの不在に苦しんだと言った。だが、似たような苦悩の夜なら、アクセル自身、一夜といわず幾夜も知っていたのではなかったか。ベアトリスはケルンの前に立ち止まり、石に謝るように頭を下げた。それを見ているうち、アクセルの中で記憶と怒りがともに確固たるものになっていった。その変化が恐ろしくて、アクセルは視線をそらせた。そして、同様にベアトリスを見やっているガウェインに気づいた。老騎士は目にやさしさを浮かべ、なにやら考えにふけっていたが、つと表情を引き締め、アクセルに近寄って耳元に語りかけてきた。絶対にベアトリスには聞こえないように、という配慮が感じられた。

「貴殿の道のほうが神に近かったと思う者もいような」と言った。「貴殿は、戦争だの平和だのという大層な議論から離れ、人を神に近づけるあの法からも離れ、アーサー王さえ思い切って放り捨てて、その身のすべてを……」ガウェインはまたベアトリスを見やった。いま、風を避けるため、積み重ねられた石に額を触れるようにして立っている。「よき妻に捧げた。あの方も、やさしき影のように貴殿とともにある。それを見るにつけ、同じようにすべきだったかという思いが湧く。だが、神はわしと貴殿を別の道に導かれた。わしには義務があった。ハッ！　いまさらやつを恐れようか。絶対に恐れぬぞ。わしは貴殿を責めはせぬよ。貴殿の尽力で成立した法は、最後には血の中で瓦解したが、一時は確固たるものであった。血の中での瓦解か。それをわれらのせいだと責める者がおる……。わしは若さを恐れるか？　敵を倒すものは若さだけであろうか。来るなら来い。来るがよい。お忘れか、アクセル殿。わしはあの日、貴殿と会っておる。貴殿は耳に残る子供や赤子の泣き声のことを語った。わしもそれを聞いたよ、アクセル殿。だが、あれは命を救う医師の天幕に上がる叫びと同じたぐいのものではないのか。治癒が苦痛をもたらすこともあろう。わしもまた、この身に従ってくれるやさしい影を望んだ日々があった。認める。いまでも、影がいることを願って振り返る。すべての動物も、空を飛ぶ鳥も、やさしい連れ合いを求めるもの。わしにも、この年月を喜んで捧げてもよいと思った一人二人はいる。いまさらやつを怖がるものか。わしはトナカイの鼻を持ち、牙を生やした――仮面ではないぞ――北方人と戦ったこともある。さあ、そろそろ山羊をつながれよ。どれだけ深く杭を打てば気がすむ。つなぐのは山羊なのかライオンなのか」

アクセルに紐を渡し、ガウェインはまた崖に向かった。地面の縁が空と出会うところまで行って、止まった。アクセルは片膝を草に突き、杭につけた刻みに紐をしっかり結びつけた。そして、もう一度、妻を見やった。さっきとほとんど同じ姿勢でケルンの前に立っている。その姿勢の何かが、またアクセルの心を刺激した。だが、今度は先ほど感じた恨みの痕跡は見当たらず、アクセルはほっとした。いまあるのは、ベアトリスを守りたいという強い衝動だ。容赦なく吹きつける風から守りたい。二人の周囲に集まりつつある黒く大きな何かからも守ってやりたい。アクセルは立ち上がり、ベアトリスの横に急いだ。

「山羊はしっかりつないだよ、お姫様」と言った。「おまえの準備がよければ、そろそろ下りはじめよう。あの子供たちとわたしら自身に約束した仕事は、これですんだわけだからな」

「アクセル、わたし、あの木立には帰りたくありません」

「何を言っている、お姫様」

「アクセル、あなたは池の縁に行っていないでしょう。騎士さんと話すのに忙しくて、あの冷たい水の中を見ていないでしょう」

「風のせいでくたびれたのかな、お姫様」

「水の中に、ベッドで寝ているみたいに見上げる顔があったの」

「誰の顔だい、お姫様」

「赤ん坊の。それも水面のすぐ下によ。最初は笑っていると思った。手を振っているようにも見えたし。でも、近づいてみると、どの子も動いていなかった」

「あの木にもたれて休んでいるとき、また夢を見たのではないかな。あそこでおまえが眠っているのを見て、ああ、よかった、と思ったよ。確かにわたしはガウェイン卿と話をしていたが」

「ほんとうに見たのよ、アクセル。緑の水草の間に。あの木立に戻るのはやめましょう。あそこには何かいますよ、悪い何かが」

ガウェイン卿は斜面を見下ろしながら、空中に腕を上げた。振り返りもせず、風に向かって叫んだ。「すぐにここに来る。いま、もどかしげに斜面を上っている」

「ガウェイン殿のところに行こう、お姫様。マントにしっかりくるまるんだよ。こんなところまでおまえを連れてきて愚かだった。すぐにまた風よけを見つけよう。騎士殿はどうしたのか」

二人が通りかかると、山羊が紐をしきりに引っ張っていたが、杭はびくともせずに立っていた。アクセルは、近づいているという人影がどこまで来ているのか見にいきたかったが、老騎士が二人に向かって歩いてきた。つながれた山羊からさほど遠くないところで、三人は顔を見合わせた。

「ガウェイン卿」とアクセルが呼びかけた。「妻が弱ってきています。風をよけられて何か食べ物のある場所に戻らねばなりません。来るときのように、馬を使わせていただけませんか」

「何事だ、これは。図々しいにもほどがある。マーリンの木立で会ったとき、もう上るなと言わなかったか。行くと言ってきかなかったのは、お二人のほうではないか」

「わたしたちが愚かでした。ですが、目的がありましたから。ここでお別れだとしても、山羊を解き放たないと約束してください。せっかくこれだけの苦労をして連れてきた山羊ですから」

「山羊を解き放つ？　山羊などわしの知ったことか。サクソンの戦士がすぐに来るのだぞ。すごいやつだ。疑うなら、行って見てみよ。山羊などわしの知ったことか、アクセル殿。いま目の前に貴殿を見ていると、あの夜を思い出すわい。今日に劣らず風の強い夜であった。貴殿は、わしら全員が頭を垂れて立ち並ぶなかで、アーサー王をののしっていた。頭を垂れたくもなる。貴殿を討ち果たせなどというお役目はごめんだからな。王と視線が合わぬよう、丸腰の貴殿を剣で貫けなどという命の下らぬよう、みな下を向いていた。だが見よ。アーサーは偉大な王であった。そのことのさらなる証明がここにある。貴殿は最高の騎士の居並ぶ前で王を面罵した。だが、王は貴殿にやさしく応えられた。覚えているか、アクセル殿」

「何も覚えていません、ガウェイン卿。あなたの雌竜の息が思い出させてくれません」

「わしもみなにならって目を伏せ、貴殿の首がいつ目の前に、足元に落ち、転がっていくかを恐れていた。だが、王は貴殿にやさしく声をかけられた。貴殿は少しも――一部すら――覚えておらぬのか。いまと同じ強風の吹いていたあの夜、テントを暗い空に吹き飛ばしそうだったあの夜、アーサー王は貴殿の罵倒にやさしい言葉で応えられた。貴殿の奉仕に、友情に感謝された。貴殿の名を栄誉とともに記憶するよう、われらに命じられた。貴殿は胸に怒りを抱えたまま去っていき、わしは貴殿への別れをつぶやいた。聞こえはしなかったろう。ささやくように言った別れだからな。それでも心よりの別れであった。わし一人ではなかったぞ。大勝利のその日に王を面罵するなど、とんでもないことをした貴殿だが、わしら全員、貴殿の怒りのいくばくかは共有していた。思い出せないと貴殿は言う。クエリグの息のせいか。ただ年月が経ったせいか。あるいは、賢者たる僧をも愚か者にするこの風のせいか」

「そういう記憶には関心がありません、ガウェイン卿。いまのわたしが欲しいのは、妻が語る別の嵐の夜の記憶です」

「心よりの別れであった、アクセル殿。これも白状しよう。貴殿がアーサー王をののしっているとき、わしの小さな一部も貴殿の声を借りて語っていた。貴殿の仲介で成立したのは偉大な協定であった。何年もよく保たれた。キリスト教徒と異教徒の別なく、すべての人がその協定ゆえに安らかに眠れた。戦闘前夜でさえな。女子供が村で安全にしていると知れば、心置きなく戦える。だが、アクセル殿、それでも戦は終わらなかった。かつては国のため、神のために戦ったわしらが、いまは復讐に倒れた同志の復讐のために戦う。いつ終わる。赤ん坊は、戦の日々しか知らずに大きくなる。貴殿の法も、すでに違反に次ぐ違反で法の体をなさず……」

「あの日まで、法は両者間でよく守られていました、ガウェイン卿」とアクセルが言った。

「あれを破るのは不正義でした」

「ほう、思い出したのか」

「神ご自身が裏切られたという記憶です。この記憶だけは、霧にさらに奪われても、わたしは文句を言いません」

「かつては、わしも霧に奪ってほしいと願ったことがあったが、すぐに真に偉大な王のなさりようというものを理解した。戦がようやく終わった。違うか、アクセル殿？　あの日以来、平和がわしらとともにある。違うか？」

「それ以上はけっこうです、ガウェイン卿。お礼は申し上げません。いまは、横で震えているわが妻との暮らしだけを考えさせてください。それで、馬を貸してくださるのですか、騎士殿。せめて、再会がなったあの木立までだけでも？　あそこに安全につなぎとめておきますから」

「あら、アクセル、あの木立には戻りませんよ。なぜここを出て、あそこへ戻るなどと？　ひょっとしたら、わたしがした約束を信用できなくて、霧が晴れるのを恐れているのかしら、あなた」

「馬か、アクセル殿？　わしにホレスはもう必要ないと言わんばかりだな。言いすぎだ。やつに若さが味方するとしても、わしはやつなど恐れぬ」

「そんなことは言っていません、ガウェイン卿。妻を安全なところへ運び下ろすのに、馬をお貸しくださいとお願いしています……」

「わしの馬か。アクセル殿は目隠ししてやれと言うか。主人の倒れるところを見せてやれと言うか。あれは軍馬だ、アクセル殿。金鳳花の野で浮かれ騒ぐポニーではない。わしが倒れるも勝つも、神の御心しだい。軍馬として、どちらの結末にも慌てぬよ」

「妻を背負って旅をしろということなら、そうしましょう、騎士殿。ですが、少なくともあの木立までの距離、馬をお貸しください」

「わたしはここに残りますよ、アクセル。風がいくら強くても気にしません。ウィスタンさんが来られるなら、わたしたちもとどまって、生き延びるのがあの方か雌竜か、この目で確かめましょう。それとも、やはり霧が晴れるのは見たくないのですか、あなた」

「わしは何度も見てきた、アクセル殿。血気盛んな若者が老獪さにしてやられるところをな。何度もだ」

「ガウェイン殿、騎士であるあなたにもう一度お願いしたい。この風が妻の体力を奪っていきます」

「わたしの約束では十分ではないの、あなた。ほんの今朝のことではありませんか。霧が晴れて何が見えようとも、あなたへのいまの思いを、わたしは失ったりしません」

「アクセル殿は、偉大な王の行いを理解せぬつもりか。凡人にできるのは、見て、驚くことのみよ。偉大な王は、神ご自身同様、凡人が尻込みする行いも、あえてなさねばならぬ。可憐な花の前を通りながら、わしの目にまったく入らなかったと思うのか。この胸に押し当てたいと思ったことも、一度や二度はある。常に金物との添い寝で我慢せよと言うか。誰がわしを卑怯者と呼ぶ。赤ん坊殺しと呼ぶ。あの日、貴殿はどこにいた。われらとともにいたか？　おっと、わが兜。あの木立に置いてきてしまったわい。だが、いまさら要らぬか。鎧も脱ぎ捨てたいところだが、下に隠れておる皮を剝がれた狐を笑われるのも癪だ」

しばらくは三人が三人とも勝手に怒鳴り合っていた。そこに加わる四番目の声は風の咆哮だ。だが、アクセルがふと気づくと、ガウェインとベアトリスはすでに口をつぐんでいて、彼の肩越しに何かを見つめていた。振り返ると、そこに戦士とサクソン人の少年がいた。崖の縁に立っていた。さっきまでガウェインが立ち、何やら考えながら景色をながめていたのとほぼ同じ位置だ。背後の雲が厚くなっていて、まるで二人がその雲に乗って運ばれてきたかのように思える。二人はいまその雲に映るシルエットになっている。奇妙なほどに動きがない。戦士は戦車を操る御者のように両手に固く手綱を握り、少年はかなり前傾して、釣り合いをとるように両腕をいっぱいに伸ばしている。風に新しい音が加わっていた。「ああ、また歌っておる」とガウェインの声がした。「やめさせてくださらんか、ウィスタン殿」

ウィスタンが笑い、二つの人影は動きを取り戻した。少年が引っ張るようにして、三人のほうに歩いてきた。

「申し訳ない」と戦士が言った。「岩から岩へ飛び跳ねるのを防ぐだけで精一杯です。勝手にやらせたら首をへし折りかねない」

「あの子はどうしたのかしらね、アクセル」とベアトリスが耳元で言った。声にいつもの妻らしいやさしさが戻っていて、アクセルは深く感謝した。「あの犬が出てくるまえも、こんな感じだったでしょう？」

「調子外れもここまで来るとな」とまたガウェインが言った。「一発お見舞いしたいが、どうせ感じもせぬのだろうな」

戦士はさらに近づきながら、もう一度笑い、アクセルとベアトリスに陽気な笑顔を向けた。「これは驚いた、お二人さん。いまごろはもう息子さんの村にいるものと思っていましたよ。なぜこんな寂しい場所においでです」

「貴殿と同じ用事だ、ウィスタン殿。わしらから大切な記憶を奪う雌竜を退治したいという思いからだそうだ。これは毒を仕込んだ山羊でな、この山羊にひと仕事してもらおうと計画している」

ウィスタンはその山羊を見て、首を横に振った。「相手は強大で狡猾な生き物なのでしょう？　その山羊一匹では、げっぷの一つも出させられるかどうか」

「ここまで連れてくるだけでも大変だったんですよ、ウィスタン様」とベアトリスが言った。「途中で騎士様にまた会って、助けていただきましたけど、それでも大変。でも、ウィスタン様を見て、また元気が出ました。山羊だけに頼らなくてよさそうですもの」

エドウィンの歌が鳴り響き、いまや互いの声を聞くことも難しくなっていた。ロープを引っ張る動作も、ますます一心不乱だ。目指す先は、どうやらつぎの斜面のてっぺんにある場所らしかった。ウィスタンはロープを鋭く引いて、言った。

「あそこの岩に行きたがっているようです。あの岩には何があるんですか、ガウェイン卿。石が積み重ねられていて、穴か巣か、そんなものを隠すにはよさそうですね」

「なぜわしに聞く、ウィスタン殿。その若い友に聞くがよい。歌をやめてくれるかもしれぬぞ」

「このロープで抑えていますが、言うことを聞かせられないことは興奮した小鬼以上です」

「ウィスタン殿」とアクセルが言った。「この少年を危険から遠ざけることは、大人全員の責任です。この高所では、みなで注意深く見守りましょう」

「そのとおりです、アクセル殿。山羊と同じ杭につながせてもらってもよろしいですか」

戦士は、アクセルが打ち込んだ杭までエドウィンを連れていき、しゃがんで、少年のロープをそれに結びつけはじめた。異常とも思えるほど入念な作業ぶりで、作った結び目を何度も確かめたうえ、ぐらつかないかどうか、杭の頑丈さまで調べていた。その間、少年の興奮はいくぶん静まったようだが、自分の身に起こっていることにはまったく無頓着で、依然、斜面のてっぺんにある岩を見つめながら、飽きることなくロープを引きつづけていた。歌声もやまない。けたたましさこそましになったが、そのしつこさは、疲れ果ててもなお行軍をやめない兵隊を思わせた。山羊は、紐の許すかぎりエドウィンから遠ざかっていた。だが、杭を共有するこの仲間に興味津々のようで、じっと目を離さずに見ていた。

ガウェインもまた、ウィスタンの一挙手一投足を注意深く観察していた。やがて、その目に一種の狡猾さが浮かぶのを、アクセルは見たように思った。作業に熱中しているサクソン人戦士にこっそり近づくと、剣を抜いて地面に突き刺した。その幅広い柄に前腕を乗せ、体重を預けて、その体勢でウィスタンの観察をつづけた。きっと戦士の体格の詳細を記憶しているのだ、とアクセルは思った。戦士の身長、腕の長さ、ふくらはぎの力、吊されている左腕の負傷の程度……。

ウィスタンは作業の結果に満足できたようだ。立ち上がって、ガウェインに向き直った。一瞬、見交わされた二人の顔には不穏の色が浮かんだ。だが、ウィスタンの顔が温かい笑い顔に変わった。

「ブリトン人とサクソン人の習慣の違いですね」と剣を指差しながら言った。「ガウェイン殿は剣を抜いて、その剣に体重を預けておられる。剣が椅子や足台のように使われています。サクソンの戦士には――わたしのようにブリトン人の教えを受けた者にさえ――奇妙な習慣に思えます」

「わしのように体がきしみはじめる年齢まで生きてみよ。さすれば、そんなに奇妙な習慣かどうかわかろう。思うに、たとえ所有者の体を休めるだけの仕事であっても、やる仕事があるだけ剣は嬉しいのではないか。どこが奇妙なのかな」

「剣の刃が地面に刺さっている様をよく見てください、ガウェイン卿。わたしたちサクソン人にとって、剣の刃は片時も心を離れない心配事です。空気にさらすことさえ、切れ味が鈍りそうで躊躇します」

「ほう、そうか。鋭い刃が重要であることには、わしも異論がない。だが、それだけを言い募るのもどうか。巧みな足さばき、堅実な作戦、冷静な勇気。そして、戦士の行動を予想しにくくする多少の無謀。それらが合わさって勝敗を決する。もう一つあげれば、神がわが勝利を望んでいるという確信か。だから、年寄りには剣で肩を休ませることくらい許せ。それにだ、剣を鞘の中に収めておいては、抜き遅れることもあるのではないか。わしは多くの戦場で、幾度となくこうやって立ち、息を整えた。剣がすでに引き抜かれ、いつでも使えると思えば安心できよう。いざという段になって慌てて引き抜いたとき、剣のやつが目をこすりながら、いまは朝か午後かなどと尋ねてきても困る」

「では、わたしたちサクソン人のほうが剣を冷酷に扱うということでしょうか。たとえ鞘という暗闇の中にあるときでも、剣に眠ることを許しません。たとえば、わたしのこの剣。これはわたしの癖をよく知っています。空気に触れるときは、たちまち肉と骨を断つとき。そう心得ています」

「ふむ、習慣の違いか。かつて知っていたサクソン人を思い出すな。いい男だった。ある寒い夜、二人で焚き付けを集めていた。わしはせっせと剣を使い、枯れ枝を切っていた。だが、その男はわしの横で素手で枝を折り、ときには石ころで叩き折っていた。わしは

『剣があるのを忘れたか、友よ』と言ってやった。『熊の鋭い爪がないのに、なぜ熊のまねをする』とな。だが、やつが聞き入れればこそ。そのときはおかしなやつだと思ったが、なるほど、そういうことか。この歳になっても、学ぶことは多いな」

　二人はしばらく笑い合った。ウィスタンが言った。

「わたしの側には単なる習慣のほかにも理由があります、ガウェイン卿。刃が一人の敵を切り裂いている瞬間にも、頭の中ではそれにつづく一撃を準備しておけと教わりました。もし刃に鋭さが欠けていて、敵体内の通過が一瞬でも遅れれば――骨に引っかかったり、もつれた内臓で時間を食ったりすれば――つぎの一撃に移るのが遅れて、それが勝敗を左右することにもなりかねません」

「なるほどな、戦士殿。平和の時期が長くつづき、それに老齢が加わって、わしは注意が散漫になってきているようだ。今後は貴殿を模範としよう。ただ、いまは山登りで膝ががくがくしている。しばしの休息を許してもらおう」

「もちろん、ご自由に、騎士殿。そうやって休まれるのを見て、ふと思っただけです」

　不意にエドウィンが歌をやめ、叫びはじめた。同じことを何度も何度も繰り返している。アクセルは横のベアトリスを振り向き、「何を言っているかわかるかい、お姫様」とそっと尋ねた。

「あそこにある山賊の根城がどうとか。そこに行くから、みんなついてこいって」

ウィスタンとガウェインは、ともに困惑に似た表情で少年を見ていた。エドウィンはさらにしばらく叫びつづけ、ロープを引っ張りつづけたが、急に黙り込むと、地面に転がった。いまにも泣きだしそうな顔をしていた。ずいぶん長い時、誰も何もしゃべらず、風だけがうなりながら吹き抜けていた。

とうとうアクセルが口を開き、「ガウェイン卿」と呼んだ。「ここは出番ではありませんか。もう振りはやめましょう。騎士殿は雌竜の護衛役ではないのですか」

「そのとおりだ」ガウェインは開き直ったように、エドウィンを含む全員を一人一人ながめた。「雌竜の守り手であり、最近では唯一の友でもある。長年、修道僧らが餌を与えつづけてきた。その山羊のように、この場所に動物をつなぎ止めておくのだ。だが、院内で争いが起こり、クエリグは裏切りを察知している。だが、わしの忠誠は疑っておらぬ」

「ならば、ガウェイン卿、教えてください」とウィスタンが言った。「雌竜はこの近くにいるのですか」

「近いとも、ウィスタン殿。その少年という案内役に巡り合う幸運があったとはいえ、よくここまで来た」

エドウィンはまた立ち上がって歌いはじめた。低く詠唱するような歌声に変わっていた。

「エドウィンに出会えたのは、案内人を見つけた以上の幸運かもしれません」と戦士が言った。「これは哀れな師匠をたちまち追い越し、いずれサクソン同胞のために偉大なことをするでしょう――アーサーがブリトン人のためにしたように」

「なんと、ウィスタン殿。半分痴呆のように歌っているこの少年がか」

「ガウェイン様、この老女にも教えてください」とベアトリスが口をはさんだ。「あなたのように立派な騎士様が、それも偉大なアーサー王の甥御様が、雌竜の護衛役とはどういうわけですの」

「ここにいるウィスタン殿から聞かれたほうがよいかもしれぬぞ、ご婦人」

「いやいや、わたしはご婦人同様、ぜひあなたの口から事情をお聞きしたい。だが、そのまえに、まずはこの問題を片づけましょう。エドウィンのロープを切って、どこへ行くか見ましょうか。それともガウェイン卿がクエリグの巣まで案内してくださいますか」

ガウェインはもがく少年をしばらくぼんやりと見つめていたが、やがて溜息をつき、「その子はそのままにしておくがよい。わしが案内しよう」と重い口調で言った。そして立ち上がり、地面から剣を引き抜いて、慎重に鞘に戻した。

「感謝しますよ、ガウェイン卿」とウィスタンが言った。「少年を危険にさらさずにすみます。まあ、ここまで来れば、もう案内人は不要かもしれませんね。つぎの斜面のてっぺんの、あの岩へ行く。違いますか？」

ガウェインはまた溜息をつき、助けを求めるようにアクセルを見て、悲しそうに首を振った。「そのとおりだ、ウィスタン殿。あの岩は穴を取り巻くように並んでいる。小さな穴ではないぞ。石切り場のように深い。その穴の底にクエリグが眠っている。あれとほんとうに戦うつもりなら、穴を下りていかねばならぬ。いま一度尋ねよう、ウィスタン殿。そんな狂気の沙汰にも等しいことをなさるおつもりか」

「そのために長い道のりを来ましたから、ガウェイン卿」

「ウィスタン様、老女のでしゃばりをお許しください」とベアトリスが言った。「さっき、わたしたちの山羊をお笑いになりましたけど、大変な戦いをなさるわけでしょう？　この騎士様が助けてくださらないのなら、わたしたちがこの山羊を連れて最後の坂を上り、あの穴に突き落としましょうか。一人で雌竜と戦うなら、多少なりとも毒で動きの鈍った竜のほうがいいでしょう」

「お気遣いに感謝します、ご婦人。ですが、眠っているところに付け込むのは平気なわたしでも、毒を使うのは気が進みません。毒が効いたのかどうか、半日待って確かめるだけの辛抱強さもありません。結局、晩飯をただでくれてやっただけという結果になるかもしれませんしね」

「では、やってしまおう」とガウェインが言った。「来なされ、ウィスタン殿。案内しよう」そしてアクセルとベアトリスに向かい、「そなたらはここで待つがよい。ケルンの横で風を避けられよ。長くはかからぬ」と言った。

「ですが、ガウェイン様」とベアトリスが言った。「夫と二人、体をだましだましここまで来ました。最後の坂あと一つくらいなんとかなります。危険がないのなら、ご一緒させてください」

ガウェインはもう一度力なく首を振った。「では全員で行くとするか。途中、危険な目にあうことはないし、わしにとっても、そなたらがいてくれたほうが道中楽かもしれぬ。では、行こう。クエリグの巣へ出発だ。大きな声を立てるなよ。雌竜の眠りを妨げてはならぬ」

＊

一行はつぎの小道を上にたどりはじめた。ますます空が近くなって手が届きそうだが、風の勢いは少し弱まった。前方を騎士と戦士が進んでいく。見ているだけなら、二人の旧友が散歩を楽しんでいるかのようだ。大股で前を行く二人と後ろにつづく老夫婦との距離は、すぐに大きく開いていった。

「こんなことは愚かだよ、お姫様」と、歩きながらアクセルが言った。「わたしたちがあんな二人のあとをついていってどうする。先にどんな危険が待ち構えているかわからない。戻って、少年と待っていよう」

だが、ベアトリスは前進をやめなかった。「二人でこのまま行きましょう」と言った。

「ほら、アクセル、この手を取って、勇気が萎えそうなわたしを支えて。だってね、霧が晴れるのを恐れているのは、あなたより、むしろわたしだと思う。さっきあの石のわきに立っていたときにね、不意に、昔あなたにひどいことをしたような気がしてきました。その記憶がすっかり戻ってくるとしたら……手が震えているのがわかる？　あなたはどう言うかしら。わたしをこの吹きさらしの山に捨てて、去ってしまわないかしら。だから、あの勇敢な戦士を前に見ながら、あの方に倒れてほしいと願う気持ちさえあるの。でも、やはり隠れることはしたくない。それはいや。あなたも同じじゃない、アクセル？　二人で一緒に歩いてきた道ですもの、明るい道でも暗い道でもあるがままに振り返りましょう。だから、あの戦士が巣穴の雌竜と戦うことになったら、精一杯応援してあげましょう。危ないと見たら『気をつけて！』、一撃を食らったら『がんばれ！』。そんなことが結果を分けるかもしれないもの」

ベアトリスはしゃべりつづけた。アクセルはとくに止めず、歩きながら聞いていた。だが、半分は上の空だった。いま記憶の片隅でまた何かが動き、そこに気をとられていた。嵐の夜、ひどい苦悩、底知れぬ海のように眼前に広がる孤独……。眠れず、小さな蠟燭を手に部屋に独り立っていたのは、じつはベアトリスでなく自分だったのだろうか。

「わたしらの息子はどうなったんだろうか、お姫様」唐突に尋ね、ベアトリスの手がぎゅっと握りしめられるのを感じた。「ほんとうに村でわたしらを待っていてくれるのかな。

それとも、一年かけて国中探しても見つからないんだろうか」

「わたしもちらりとは考えましたけど、なかなか声に出してはね……。いまは言わないで、アクセル。あの二人に聞かれてしまうから」

道の前方でガウェインとウィスタンが立ち止まり、二人を待っていた。楽しげに会話しているように見えた。近づくにつれ、ガウェインがくすくす笑いながら言っているのが聞こえてきた。

「白状しよう、ウィスタン殿。この期に及んでも、わしはまだクエリグの息の効力に望みをかけている。なぜここを歩いているかわからなくなった貴殿から、どこに連れていくのかと問われるのを待っているが、どうもあまり物忘れをせぬ御仁のようだ」

ウィスタンはにやりとした。「王がこの使命をわたしに託されたのは、妙な呪文に引っかかりにくいところを買ってのことだと思いますよ。沼沢地には、このクエリグのような竜こそいませんが、不思議な力を持った生き物はいろいろいます。同志が気絶したり、眠りながら歩いたりするときでも、わたしだけはあまり影響を受けません。それが、王がわたしを選ばれた唯一の理由でしょう。戦士としては、あなたの横を歩いている者よりすぐれた男が、国の同志にたくさんいますから」

「それは信じられぬな、ウィスタン殿。報告から聞いてもこの目で見ても、貴殿の並外れた能力はわかっておる」

「過大評価ですよ、ガウェイン卿。昨日、やむをえず、あなたの目の前であの兵士を倒しました。あなたほどの騎士に、わたしの未熟な腕前がどう見えたかは十分承知しています。怯えた衛兵を打ち負かすには十分でも、あなたに認めていただくには、残念ながら到底足りません」

「なにをばかな、ウィスタン殿。申し分のない戦士よ。ま、それはもうよい。さて、諸君」と、アクセルとベアトリスを含む三人に話しかけた。「もう遠くない。あれがまだ眠るうちに進もう」

四人は無言のうちに進んだ。ガウェインとウィスタンの態度が厳粛さを増していた。二人は先に立ち、ほとんど儀式を執り行うような足取りで進んでいく。アクセルとベアトリスも今度は遅れずについていけた。地形自体も急坂から台地に近いものに変わり、歩きやすくなっていた。下から見上げてあれこれ話題にしていた岩の列が、いまは目前にある。近づくにつれ、道の片側の土が塚状に盛り上げられていて、頂上にその岩々が半円状に並べられていることがわかった。さらに、塚の側面には下から上へ小さめの石が並んでいて、原始的な階段を形作っているのも見えた。この階段を上りきったところが、穴の縁になっているようだ。形状から見て、きっとかなりの深さがある穴だろう。四人がいまいるあたりでは四方の草が一面黒く焼け焦げていて、もともと高木も灌木もないその場所に、滅びの雰囲気を醸し出していた。ガウェインは階段の始まるあたりで一同を停止させると、ゆっくりとウィスタンに向き直った。

「さて、これが最後だ、ウィスタン殿。この危険な計画をやめにせぬか。このまま、杭につながれた孤児のもとに戻られよ。いまも風に乗って声が聞こえてくる」

戦士は、いまたどってきた道を振り返り、またガウェインを見た。「戻れないことはおわかりでしょう。さ、竜を見せてください」

老騎士は感慨深げにうなずいた。ウィスタンがいま何気なく口にした言葉に、何か大きな意味でも見つけたかのようだ。

「よろしい、諸君。では、大きな声を出さぬように。ここで目覚めさせる意味はないからな」

ガウェインが先頭に立って塚の側面を上り、岩の並びに達すると、待てという合図をした。注意深く下をのぞき込んでいたが、やがて三人を手招きした。低い声で、「来て、この周りに並べ、諸君。十分によく見えよう」と言った。

アクセルは妻に手を貸し、横の岩棚に引っ張り上げた。そして、並んでいる岩の向こうに身を乗り出した。下の穴は思っていたより広く、浅い。地面にわざわざ掘られた穴というより、水を抜いた池の跡という感じがした。穴の内部のほとんどが、いまは淡い日の光に照らされている。灰色の岩と砂利だけでできている穴のようだ。焼け焦げた草さえら穴の縁でぴたりと終わっていて、雌竜以外には生き物の気配がない。いや、一つだけ、穴の側面中央近くの石の間から山査子《さんざし》が飛び出していた。この場にはじつに不釣合いな存在に見えた。

さて、竜は……。最初見たときは、生きているのかどうかがよくわからなかった。俯《うつぶ》せになり、首を片側にひねり、四肢を外に広げているところは、上から穴に放り込まれた死骸だと言われても、そうかと思えただろう。そもそも竜であると認識するのにしばらく時間がかかったかもしれない。痩せ衰えているせいか、まるで蚯蚓《みみず》によく似た水生爬虫類だ。それが何かの拍子に誤って陸上に這い上がり、そのまま脱水症状を起こしつつあるところに見えた。本来、脂ぎった青銅色に近いはずの皮膚が、いまはある種の魚の腹を思わせる黄ばんだ白色になっている。翼の名残は垂れ下がる皮膚の襞《ひだ》と化し、不注意な観察者には左右両側に堆積した枯葉と見えたかもしれない。頭が灰色の砂利の上に投げ出されていて、アクセルの位置からは片目だけが見えた。亀のそれによく似た瞼が、何かの体内リズムに合わせて気怠そうに開いたり閉じたりしていた。クエリグがまだ生きていることを示す証拠は、この瞼の開閉と、背骨沿いに見られるかすかな上下運動しかなかった。

「これがあの雌竜なの、アクセル？」とベアトリスがそっと言った。「あんなに痩せて」

「だが、あれをご覧あれ、ご婦人」と背後からガウェインの声がした。「息がある。息があるかぎり義務を果たしつづける」

「病気なのですか。もう毒にやられているのですか」とアクセルが尋ねた。

「いや、わしら同様、老いだ。だが、まだ息をしていて、息をしているかぎりマーリンの魔法も消えぬ」

「ああ、少し思い出しました」とアクセルが言った。「ここでマーリンがしたことは、あれは黒魔術でした」

「黒魔術とな、アクセル殿？」とガウェインが言った。「なぜ黒魔術と言う。あれ以外に道はなかった。戦闘の帰趨がまだ決せぬうち、わしは四人のよき同志とともにこの竜を手なずけに向かった。目的は、その息にマーリンの大魔法を乗せることだ。当時のクエリグは強大で、荒ぶる竜であった。マーリンは黒魔術に傾斜した男だったかもしれぬが、あの日だけは、アーサー王の意志とともに神の意志をも行ったのだ。この雌竜の息なしで、永続する平和が訪れただろうか。われらのいまの暮らしを見よ。この村でもあの村でも、かつての敵が同胞となっている。ウィスタン殿は、この光景を前にして黙しておられる。もう一度尋ねよう。この哀れな生き物に寿命を全うさせてやってはくれぬか。その息は昔の息に及ばぬが、いまでも魔法を失っておらぬ。あれから長い年月を経たとはいえ、この息が止まったとき、いまでも国中で何が起こりうるかを考えてみよ。われわれは多くを殺した。認める。強き者弱き者の区別なく殺した。あのときのわれらには神も決してほほえまなかったであろう。だが、この国から戦が一掃されたのも事実だ。この国を去りなされ。お願いする。貴殿とは祈る神が違えど、貴殿の神もこの竜には祝福を賜るのではないか」

ウィスタンは穴に背を向け、老騎士を見た。

「悪事を忘れさせ、行った者に罰も与えぬとは、どんな神でしょうか、騎士殿」

「よき問いだ、ウィスタン殿。わが神も、あの日のわれらの行いには目を背けるであろう。だが、はるか昔のことだ。骨は快い緑の絨毯に覆われて眠っておる。若者は当時のことを何も知らぬ。このままこの地を去り、クエリグにあとしばらく義務を果たさせてはもらえぬか。あと季節が一つか二つ。せいぜいもってそのくらいだろう。それでも、傷が完全に癒え、われらの間に恒久平和が定着するのに十分な時間かもしれぬ。命にしがみつく竜を見よ。慈悲をかけてやり、この場を去ってくれ。この国が忘却に憩《いこ》うままにしてほしい」

「なにを愚かな、ガウェイン殿。大量に蛆《うじ》を湧かせる傷が癒えるでしょうか。虐殺と魔術の上に築かれた平和が長つづきするでしょうか。誠実に願っておられることはわかります。昔の恐怖が塵となり、飛び散ることを願っておいででしょう。ですが、飛び散った塵は土中で待機し、骨は掘り出されるのを待っています。わたしの答えは変わりません。この穴を下りていくのみです」

ガウェインは重々しくうなずいた。「わかりもうした、ウィスタン殿」

「今度はわたしからお願いしましょう、ガウェイン卿。この場所をわたしに譲り、下で待つ愛馬のところにお戻りください」

「できぬとわかっておろう、ウィスタン殿」

「確かに。では……」

ウィスタンはアクセルとベアトリスの前を通り、粗い造りの石段を下りていった。塚の裾にふたたび下り立ち、周囲を見回して、これまでにない口調で言った。「ガウェイン卿、ここの地面は妙です。かつて雌竜がもっと活発だったころ、ここを焼いたのでしょうか。それとも雷がよく落ちて、新しい草の生える暇がないのでしょうか」

ガウェインもウィスタンのあとから塚を下り、階段を離れた。しばらくは二人してその辺を歩き回っていた。まるでどこにテントを張ろうかと考えている仲間二人のように見えた。

「わしもな、これにはいつも頭を悩ませてきた、ウィスタン殿」とガウェインが言った。「若い頃も上にいて、ここには下りてこなかったはず。クエリグがこの焼け焦げをつくったとは思えぬ。最初から――あれをここへ連れてきて、巣穴に下ろした当初から――こうだったのかもしれぬ」ガウェインは、踵で地面をとんとんと試すように踏んだ。「だが、よい足場だ」

「確かに」ウィスタンもまた、背をガウェインに向けて、足で地面を試していた。

「だが、少し幅が足りぬかな」と騎士が見立てを言った。「向こうはもう崖だ。ここに倒れる男はそのままやさしい土に抱かれるが、血はこの焼け焦げた草の上をすみやかに流れ、崖の向こうへ落ちていこう。貴殿はどうか知らぬがな、わしは、自分の内臓が鴎の白い糞のように崖から垂れ流されるのを見たくない」

二人はともに笑い、ウィスタンが言った。

「心配いりませんよ、騎士殿。崖の手前の地面がわずかながら盛り上がっています。反対側の縁までは距離があって、途中はずいぶん喉を渇かしていそうな地面です」

「すぐれた観察力だ。ならば悪い場所ではないな」ガウェインはアクセルとベアトリスを見上げた。二人はまだ岩棚にいたが、もう巣穴には背を向けていた。「アクセル殿」と陽気に呼びかけた。「貴殿は外交の術に長けていたではないか。その雄弁によって、われら二人を友のままここから立ち去らせるつもりはないか」

「申し訳ありません、ガウェイン卿。あなたにはとても親切にしていただき、お礼の言葉もありません。ですが、わたしと妻はクエリグの最期を見届けに来ています。雌竜を守ろうとするガウェイン卿の側にはつけません。この問題ではウィスタン殿を応援します」

「なるほど。では、せめてこれをお願いできぬか。わしは目の前にいるこの男を恐れてはおらぬ。だが、仮にここで倒れるのがわしであったら、わが相棒のホレスを山の下まで連れていってくださらぬか。新しいブリトン人二人、ホレスは歓迎してくれよう。不満たらたらに見えるかもしれぬが、お二人が重すぎるということはない。わしのホレスを遠くへ連れていってくだされ。そして用済みになったら、心行くまで食べ、昔の思い出に浸れるよう、よい草地を見つけてやってくだされ。これをお願いできようか、お二人さん」

ですから」
「喜んで、ガウェイン卿。わたしたちにもとてもありがたいことです。山下りは厳しい旅
「山下りのことでは、以前、川を行くようお勧めした」ガウェインはいま塚の裾に立って
いた。「今度もそうお勧めする。ホレスに乗って斜面を下り、川に出たら東へ行く舟を探
しなされ。鞍に錫や硬貨があるから、それを使うとよい」
「ありがとうございます、ガウェイン卿。ご親切のほど痛み入ります」
「でも、ガウェイン様」とベアトリスが言った。「わたしたちがあなたのお馬さんを使っ
てしまったら、倒れたあなたをどう運び下ろすのです。わたしたちへの親切が過ぎて、ご
自分のご遺体をお忘れです。こんな寂しい場所に埋葬するのもお気の毒ですし」
一瞬、老騎士の表情が厳粛になった。悲嘆すら垣間見えたかもしれない。だが、すぐに
くしゃくしゃと皺がより、笑顔になった。「ご婦人、わしは勝者となる気でおるのに、も
う埋葬の心配か。おやめくだされ。いずれにせよ、いまのわしにとって、この山は他より
とくに寂しいという場所ではない。むしろ、この試合にわしが勝ち残った場合、いずれ平
地でわしの幽霊が見ねばならぬ光景のほうが恐ろしい。死体の話はもうやめてくだされ。
ウィスタン殿はいかがか。運がなかったとき、このお二人に頼みたいことはないのか」
「卿と同様、わたしも敗北のことは考えたくありません。ですが、お歳とはいえ、卿を恐
るべき敵ではないと考えるほど愚かでもありません。そこで、わたしもこのお二人に一つ

お願いをしておきましょう。もしわたしが倒れたときは、エドウィンのことをお願いしたい。どこか親切な村にお届けいただき、わたしがあれを最も有望な弟子と考えていたと伝えてください」

「お引き受けします、ウィスタン殿」とアクセルが言った。「傷のために暗い将来が待つ子ですが、あの子のために最善の道を探します」

「そうでした。どうしても勝たねばならない理由がもう一つあったのを思い出しました。では、ガウェイン卿、参りましょうか」

「あと一つ」と老騎士が言った。「これはウィスタン殿への頼みだ。言い出すのは恥ずかしくてならぬが、先ほど二人で楽しく語り合ったことにも関係する。つまり、剣を抜くか抜かぬかの問題だ。わしのように年齢を重ねると、こいつを鞘から引き抜くのに愚かしいほどの時間がかかるようになる。貴殿とわしが剣を鞘に収めたまま向き合えば、わしなど赤子以下、とても貴殿の相手は務まらぬのではないかと恐れる。そちらの速さはよく承知しておるのでな。貴殿の剣が空気を切り裂いて飛んでくるとき、わしはようやくこの古鉄を片手でにぎり、両手でにぎり、早く出てこいと文句を垂れているところかもしれぬ。貴殿も、さっさと首を落とすべきか、鼻歌でも歌いながら待つべきか、困るであろう。そこでだ、剣をそれぞれの都合で抜いてよいと事前に合意しておけば……いや、じつに恥ずかしい頼み事だが、ウィスタン殿」

「それ以上おっしゃらずに、ガウェイン卿。剣の早抜きで相手より優位に立とうとする戦士を、わたしはあまり買いません。では、ご提案どおり、剣をすでに抜いたところから立合いを始めましょう」

「感謝するよ、ウィスタン殿。そちらは腕を怪我しているようだ。わしはその怪我に不当に付け込まぬことを誓おう」

「感謝いたします、騎士殿。ですが、たいした怪我ではありません」

「では、戦士殿。お言葉に甘えて」

老騎士は剣を引き抜き――確かに多少の時間がかかるように見えた――先ほど巨人のケルンでやったように先端を地面に突き立てた。だが、それに寄りかかることはせず、立ったまま疲れと愛情のこもる表情でしげしげと見ていた。やがてそれを両手でとり、持ち上げた。ガウェインのその立ち姿には間違いなく気高さがあった。

「背を向けていますから、終わったら言ってね、アクセル」とベアトリスが言った。「長引きませんように。きれいに終わりますように」

最初は両者とも剣を下向きに持っていた。腕を疲れさせないためなのだろう。岩棚にいるアクセルには二人の位置取りがよく見えた。いま二人を隔てている距離はせいぜい五歩。ウィスタンはやや半身に構え、体の左側を相手から遠ざけている。二人はしばらくそのまま動かなかったが、やがてウィスタンがゆっくりと三歩右に移動した。これでは、どう見ても外側の肩が剣で守られていない。だが、ガウェインがその弱点を突こうとすれば、距離を急速に詰める必要がある。だから、ガウェインがそうはせず、相手をとがめるように見ただけで、自分もゆっくりと右に移動しはじめたことは、とくに意外ではなかった。その間に、ウィスタンは剣の柄に置いた両手の握りを変えていた。ガウェインがそれに気づいたかどうか、アクセルにはわからない。ウィスタンの体の陰になって、見えていなかったこともありうるだろう。だが、そのガウェイン自身もいま握りを変えていて、そのために剣の重心が右手から左手に移っていた。二人はその新しい位置と構えでぴたりと動きを止めた。剣の心得のない人なら、二人の相対的な位置関係は前と同じではないかと思うかもしれない。だが、アクセルには、位置関係の持つ意味合いが、さっきといまとではまったく異なっているように思えた。一つの戦いを見ながら、その細部をこれほどまであれこれ考えたのは久しぶりのことだ。それでも、自分にはいま目の前で展開されていることの半分も見えていないと思い、アクセルは焦燥感を覚えた。この戦いの決定的瞬間が近いという感じがした。この状態は長くつづかない。どちらかが否応なく動かざるをえなくなる。

そう予想していたものの、いざガウェインとウィスタンがぶつかり合ってみると、そのあまりの唐突さに度肝を抜かれた。まるでどこかで合図が出て、それに二人が同時に反応したかのようだ。間隔が瞬時に消滅し、二人は固く抱き合っていた。あまりにも急なことで、アクセルには二人がいきなり剣をあきらめ、組打ちに出たように見えた。どちらも腕ひしぎを狙い、複雑な膠着状態に陥っていた。抱き合うダンサー二人のように、絡み合って少し回転したとき、アクセルの目に一本の剣が見えた。いまのぶつかり合いの衝撃で、二本の剣が一本に融合してしまったようだ。二人はそんな意外な出来事を悔やみ、いま全力でそれぞれの剣を引き剝がしにかかっている。簡単な仕事ではない。老騎士の顔はその力業に歪んでいる。ウィスタンの顔はいま見えないが、首と肩が震えている。こちらも降りかかった災難をなかったことにしようと、全力を振り絞っている。だが、二人の努力はむなしいのではないか。時間が経つごとに、二本の剣はますます融合の度合いを深めているのではないか。いま二人にできることは武器をすっぱりあきらめ、最初からやり直すことではないのか。どちらにもそれがわかっている。だが、どちらにもあきらめる気がない。これをつづけたら体力を使い果たすとわかっていても、あきらめきれない……と、突然何かが起こって、剣が二本に分かれた。分かれ際に、何か黒いものが二つの剣の間を流れ、空中に舞い上がった。剣どうしを強力にくっつけていた何かの物質だろうか。ガウェインは意外な展開にほっとしたような表情で、よろめきながら半円を描くと、片膝を突いた。ウィスタンは勢いのままにほぼ一円を描き、解き放たれた剣を崖の向こうの雲に向けながら、たたらを踏んで立ち止まった。背中が完全に騎士を向いていた。

「神よ、あの方をお守りください」とベアトリスが隣で言っていた。では、ベアトリスもずっと見ていたのか。アクセルがまた見やったとき、ガウェインのもう一方の膝が地面を打った。騎士の長い体がゆっくりと傾き、ねじれながら黒い草の上に倒れた。しばらくもがく動作があった。眠っている人がもっと寝やすい姿勢を見つけるためにやる動作だ。そして顔が空を向いた。両脚がまだ体の下で複雑に折れ曲がっているのに、こんなことができるのか。ガウェインの顔は満ち足りていた。心配そうな足取りで近寄るウィスタンに、老騎士が何かを言ったように見えたが、遠すぎてアクセルには聞こえない。戦士は倒れた相手をしばらく見下ろしていた。手に下がる剣はいますっかり忘れられ、その刃の先端から黒っぽい滴が土に垂れていた。

ベアトリスが体をアクセルに押しつけてきた。「竜を守る人だったけど、親切な人でした」と言った。「あの人がいなかったら、わたしたちどうなっていたかしら。ね、アクセル。とてもお気の毒」

アクセルもベアトリスを強く抱き寄せた。そして体を離し、地面に横たわるガウェインの体がもっとよく見えるよう、石段を少し下りた。ウィスタンは正しかった。血は崖に向かって流れたが、少し持ち上がっている縁で止まり、血溜りをつくっていた。あふれる心配はなさそうだ。その光景を見ているうち、全身が物悲しさで覆われるのを感じた。だが、どこか遠くて、ぼんやりした物悲しさだ。自分の中にあった大きな怒りに、やっと答えが見つかったという感じだろうか。

「お見事でした、ウィスタン殿」とアクセルが下に向かって言った。「これで、あなたと雌竜を隔てるものはありません」

ウィスタンは、倒れた騎士をずっと見下ろしていたが、ゆっくりと、めまいでもするかのような足取りで塚の裾まで来た。そこから見上げてきたウィスタンは、夢の中にいる人のように見えた。

「ずっと昔、戦うときは死を恐れるなと教わりました」と言った。「ですが、この騎士と立ち合ったときは、死神の柔らかい足音を背後に聞いたような気がします。高齢であるのに……もう少しで負かされるところでした」

戦士は、手にまだ剣を握っていることにいま気づいたようだ。塚の裾の柔らかい土に突き立てようとしたが、最後の瞬間、剣先がほとんど土に触れようとするところで思いとどまった。そして、背すじを伸ばし、「この剣をいま拭う必要はありませんね」と言った。「どうせなら、この騎士の血を雌竜の血と触れさせてあげましょう」

ウィスタンは塚の側面の石段を上ってきた。足取りは酔っ払いのそれに似ていなくもない。二人の前を過ぎ、岩に身を乗り出して穴の底を見た。息をするごとに肩が揺れた。

「ウィスタン様」とベアトリスはそっと呼んだ。「早くクエリグを退治してくださるよう、待ちきれない思いでいます。でも、そのあとで騎士様の埋葬をお願いできませんか。夫は疲れているうえ、残りの旅のために体力をとっておかなければなりません」

「憎むべきアーサーの親族です」とウィスタンは言い、ベアトリスを見た。「ですが、この方を鳥の餌にはしません。ご安心を、奥さん。悪いようにはしません。この穴にお連れして、長年守ってきた竜の横で眠っていただくのもいいでしょう」

「では、急いで終わらせてください。雌竜は弱ってるとはいえ、死ぬのを見るまで安心できませんから」

だが、ウィスタンはもうベアトリスの言葉を聞いていないようだった。いま、遠くを見る表情でアクセルを見つめていた。

「大丈夫ですか、ウィスタン殿」とやがてアクセルが言った。

「アクセル殿」と戦士が言った。「もうお会いすることはないかもしれません。ですから、最後にもう一度だけお聞きします。わたしが少年のころ、村を賢い王子様のように闊歩し、罪のない人が戦の悲惨さから守られるという夢を見させてくれたやさしいブリトン人がいました。もし少しでも記憶があれば、お別れするまえに、わたしに打ち明けてくれませんか」

「仮にその男であっても、わたしはいまこの竜の吐き出す霧を通してしかその男を見ることができません。夢を追う愚か者でしたが、根は善良な男です。ですが、固い誓いが残酷な殺戮の中で反故《ほご》にされたことに苦しみました。サクソンの村々に協定を広めた人はほかにもいましたが、もしわたしの顔を見て、あなたの胸の中で何かが騒ぐのなら、別人だと思うこともないのではありませんか」

「最初に会ったときにそう思いましたが、確信できませんでした。率直なお答え、感謝します」

「では、わたしにも率直にお話しいただけませんか。昨日お会いしてから――いや、たぶんずっと以前から――ああでもないこうでもないと考えつづけてきたことです。覚えているというその男、やはりあなたが復讐したい男の一人なのですか」

「何を言っているの、あなた」とベアトリスが前に出てきて、アクセルと戦士の間に割り込んだ。「あなたとこの戦士様の間にどんないさかいがあるというの。もし何かあるとしても、あなたにはわたしが触らせませんよ」

「ウィスタン殿は、お姫様と出会うまえにわたしがかぶっていた皮のことを話しておられる。はるか以前、忘れ去られた道で跡形なく消えたものと思っていた皮だ」ついでウィスタンに向かい、「いかがです」と尋ねた。「その剣はまだ濡れています。復讐をお望みなら簡単でしょう。ただ、わたしの前で震えている妻は見逃してください」

「その男はわたしの憧れでした。のちに、裏切りに加担した罪できつく罰せられろ、と幾度となく望んだことは確かですが、いまはわかります。最初から騙すつもりではなく、ブリトン人にもサクソン人にもよかれと思ってやったことかもしれない、と思います。もしまた会うことがあれば、平和のうちにお進みなさい、と言うでしょう。ま、もはや平和などありえませんが。さて、失礼します。いまから穴に下りて、使命を果たします」

穴の底の竜は、位置も姿勢も変えていなかった。見知らぬ者の接近を——とくに、いま巣穴の険しい壁を下りてくる男の接近を——五感から警告されていたとしても、クエリグは警戒するそぶりを見せなかった。いや、背骨の上下運動が少し大きくなってはいないか。そして、瞼の開閉にいささかの緊張が見られはしないだろうか。アクセルにはよくわからなかった。だが、底の生き物をながめているうち、ふと思ったことがあった。それは、この巣穴で竜以外の唯一の命あるもの、あの山査子《さんざし》が、竜にとって大きな慰めになっているのではなかろうか、ということだ。いまも、竜はその心の目でこの山査子を見、手を伸ばしているのではなかろうか。愚にもつかない空想であることはわかっていたが、竜を見ていればいるほど、ありうる話のように思えてきた。なぜなら、こんな場所で山査子が一本だけ育つなどということに、ほかにどんな説明がつくだろう。竜の孤独を慰めるものとして、マーリンその人がこの山査子の成長を許したのではなかろうか。

ウィスタンは鞘から抜いた剣を手にして、巣穴を下りつづけた。その視線は常に底にいる生き物に当てられ、それることはほとんどなかった。突然立ち上がり、恐るべき悪魔に変身することを半ば予期していたのかもしれない。途中で一度足を滑らせ、背中から滑り落ちそうになったが、剣を地面に突き立てて落下を防いだ。そのとき石ころや砂利が斜面を流れ落ちていったが、依然、クエリグからの反応はなかった。

ウィスタンは巣穴の底に安全に下り立った。額を拭い、アクセルとベアトリスをちらりと見上げると、竜に近づいていき、あと数歩のところで立ち止まった。そして剣を掲げ、刃を念入りに調べはじめた。なぜかそこに血の痕を発見して、大いに驚いたようにも見えた。そして、しばらくの間そのまま動かずにいた。さきほどの勝利からウィスタンの様子がおかしい、とアクセルは思った。あのおかしさがつづいて、いま戦士は自分がなぜ巣穴に入っているのか、その理由を忘れたのではなかろうか。

だが、老騎士との戦いで見せた意外性がここでも発揮された。ウィスタンが突然前進した。走りはしなかったが、きびきびと速足で歩き、そのまま歩調を緩めることなく竜の体をまたいで、早く巣穴の反対側にたどり着きたくてたまらないかのように急ぎつづけた。だが、竜をまたいだ瞬間、手の剣が素早く低い弧を描いていた。竜の頭がくるくると回転しながら宙に飛ぶのを、アクセルは見た。頭は石の床に落下し、少し転がって止まった。だが、その場所に長くはとどまれなかった。なぜならその周囲に濃い流れが発生した。流れは、最初、枝分かれして頭を取り巻いたが、やがて集まってそれを浮き上がらせ、巣穴の床の上を押し流しはじめた。結局、頭は山査子の木に引っかかり、喉を空に向けた形で止まった。アクセルはトンネルの中でガウェインが切り落とした悪魔犬の首を思い出し、また物悲しさに押し包まれそうになった。慌てて竜から目をそらし、まだ歩きつづけているウィスタンを見た。戦士は広がりつづける血溜りを避け、ぐるりと円を描くように戻ってくると、剝き出しの剣を下げたまま巣穴の底から地上を目指しはじめた。

「終わりましたね、アクセル」とベアトリスが言った。
「終わったな、お姫様。だが、あの戦士に一つ尋ねたいことができた」

*

ウィスタンが穴から出てくるまでに、意外なほどの時間がかかった。ようやく二人の前に現れたウィスタンは少しも浮き立った様子がなく、むしろ意気消沈しているように見えた。一言も発しないまま巣穴の縁の焼け焦げた地面にすわり、いまさらのように剣を土中に深々と突き刺した。眼差しはうつろで、その向かった先は巣穴ではなく、それを越えた先にある雲と、遠くに見える青白い山々だった。

ややあって、ベアトリスがウィスタンのところに行き、その腕にそっと触れた。「今回のこと、とても感謝しています、ウィスタン様」と言った。「もしここにいれば、同じように感謝する人が国中にたくさんいるはずです。なぜそんなに元気がないのですか」
「元気がない……いや、すぐに元気になりますよ、奥さん。ですが、いまは……」ウィスタンはベアトリスから目をそらし、また雲を見つめた。そして「あなた方ブリトン人の間に長くいすぎたのかもしれません」と言った。「あなた方のなかの卑怯者を軽蔑し、勇気ある人や賢い人を尊敬し、愛してきました。幼いころからずっとです。いまこうして震えながらすわっているのは、疲れたからではなく、この手でいま何をしたかを考えるからです。来《きた》るべき世で、わたしは心を鋼鉄に鍛え上げねば、王のためには役立たずの戦士に堕してしまいます」

「なんのことでしょう、戦士様」とベアトリスが尋ねた。「これから何があると言うのですか」

「正義と復讐です、奥さん。これまで遅れていた正義と復讐が、いまや大急ぎでこちらへやってきます。もうすぐです。わたしの心がいま乙女のように震えているのは、わたしがあなた方の間に長くいすぎたからに違いありません」

「最前おっしゃった言葉が耳に残っています」とアクセルが言った。「平和のうちに進めと言いながら、もはや平和などありえないとも言われました。あなたが竜の巣穴に下りていくのを見ながら、どういう意味だろうと考えていました。ここで説明していただけませんか」

「アクセル殿はわかりはじめておられるようです。わたしの王が雌竜退治を命じられたのは、かつて虐殺された同胞への記念碑を建てるためだけではありません。もうおわかりでしょう。竜退治は、来るべき征服に道を開くためです」

「征服ですか」とアクセルはウィスタンに身を寄せて言った。「ありうることでしょうが、ウィスタン殿。あなた方サクソンの軍隊は、海外からの同胞で膨れ上がったのですか。それとも獰猛な戦士ぞろいで、平和裏に統治されている国々でも征服を口にするのですか」

「わが軍の兵力は、沼沢地においてさえまだまだ貧弱です。ですが、国土全体を見渡してみてください。谷という谷、川辺という川辺にサクソン人の村があります。どの村にも強い男たちと成長しつつある少年たちがいます。西に向かって進軍するわが軍勢は、途中でその男たちを吸収して勢力を拡大するでしょう」

「これは勝利後の混乱がしゃべらせているのでしょう、ウィスタン様？」とベアトリスが言った。「なぜそうなるのです。あなたもご覧になったはず。ここでは、どの村でもサクソン人とブリトン人がともに暮らしています。子供のころから愛してきた隣人を襲う人などいるでしょうか」

「ご主人の顔をご覧なさい、奥さん。ご主人はわかりはじめておいでです。わたしの目には強烈すぎる光の前で、なぜわたしがすくんでいるのか……」

「ほんとうにな、お姫様。戦士殿の言葉にわたしは震える。おまえとわたしは、懐かしい記憶を取り戻したくてクエリグの死を望んだ。だが、これで古い憎しみも国中に広がることになるのかもしれない。二つの民族の間の絆が保たれるよう、神がよい方法を見つけてくださることを祈るしかないが、これまでも習慣と不信がわたしたちを隔ててきた。昔ながらの不平不満と、土地や征服への新しい欲望――これを口達者な男たちが取り混ぜて語るようになったら、何が起こるかわからない」

「恐れて当然です、アクセル殿」とウィスタンが言った。「かつて地中に葬られ、忘れられていた巨人が動き出します。遠からず立ち上がるでしょう。そのとき、二つの民族の間に結ばれた友好の絆など、娘らが小さな花の茎で作る結び目ほどの強さもありません。男たちは夜間に隣人の家を焼き、夜明けに木から子供を吊るすでしょう。川は、何日も流れ下って膨らんだ死体とその悪臭であふれます。わが軍は進軍をつづけ、怒りと復讐への渇きによって勢力を拡大しつづけます。あなた方ブリトン人にとっては、火の玉が転がってくるようなものです。逃げるか、さもなくば死です。国が一つ一つ、新しいサクソンの国になります。あなた方ブリトン人の時代の痕跡など、せいぜい山々を勝手にうろつきまわる羊の群れの一つ二つくらいしか残りません」

「そうなの、アクセル？　熱でうなされているんでしょう？」

「正しいと決まったことではないよ、お姫様。だが、熱でうなされているのでもない。雌竜はもういない。アーサー王の影も雌竜とともに消える」そして、ウィスタンに言った。「恐怖の図を描きながら、少なくとも、あなたがそれに喜びを見出していないのが救いです」

「できるものなら見出したいですよ、アクセル殿。正当な復讐ですからね。ですが、あなた方と長く暮らしすぎて、わたしは弱くなってしまった。どうやっても、憎しみの炎から目をそらしてしまいます。恥ずべき弱さです。そこで、わたしに代わる者をこの手で生みだすことにしました。わたしよりずっと純粋な意志を持つ者を」

「エドウィンのことですか」

「そうです。いまや竜が死に、あの子を呼ぶ力が消えましたから、すぐに落ち着くでしょう。あの少年は、たぐいまれな本物の戦士の魂を持っています。ほかのことは学べばいい。わたしが鍛えます。わたしと違って甘い感傷などに侵されない、鋼鉄の心を鍛え上げましょう。来るべき世界で、あの子は慈悲の心など微塵も見せないよう育つはずです」

「ウィスタン様」とベアトリスが言った。「あなたの言葉がうわ言なのかどうか、わたしにはまだわかりません。ですが、夫とわたしは弱っています。山を下りなければなりません。あの騎士様の埋葬のお約束、覚えていてくださいますか」

「約束しますよ、奥さん。そろそろ鳥どもが集まってくるころでしょう。あなた方は、今後この国がどうなるか、その一端をお知りになった。逃げる時間はあります。騎士殿の馬に乗り、この土地からお逃げなさい。息子さんの村へ行くなら、そうなさるといいが、とどまるのはせいぜい一日か二日。わたしたちの軍隊はまだでも、憎しみの炎がいつ燃え上がるか誰にもわかりません。息子さんにも警告を。聞き入れないようなら捨て置いて、ご自分はできるだけ西へ逃げることです。まだ虐殺は逃れられるかもしれません。さあ、行って騎士殿の馬をお探しなさい。ああ、エドウィンのあの不思議な熱がさめて、落ち着いているようなら、ロープを切ってやってください。そして、ここへ来るように、と。あの子には荒々しい未来が待っています。つぎの段階へ進むためにも、この場所を——倒れた騎士と倒れた雌竜を——ぜひ見せておきたい。それに、あの子は墓掘り上手だったことを思い出しました。さあ、お急ぎなさい、やさしい友よ。そして、さようなら」

第十六章

しばらくまえから山羊がエドウィンの頭の近くを歩きまわって、ガサガサとうるさい。なぜこんなに近くに来るんだろう。同じ杭に結びつけられているのは確かだけど、場所ならそっちにもたっぷりあるじゃないか。

起き上がって山羊を追い払ってもよかったが、あまりにも疲れていた。ついさっき不意に疲労感に襲われた。それはじつに強い感覚で、エドウィンはそのまま前のめりに地面に倒れ伏した。以後、頬をマウンテングラスに押しつけたまま横たわっている。眠りに落ちかけたとき、突然、母さんが去ったという確かな思いが湧き上がってきて、眠りから引き戻された。それから動かず、目を閉じて、ただ「母さん、いま行くから。もうちょっと待って」と地面につぶやきつづけていた。

答えはなく、エドウィンの内部に大きな空っぽの穴ができた。その後、眠ったり覚めたりを繰り返し、また何度か母親に呼びかけてみた。どの呼びかけにも、返ってきたのは沈黙だけだ。そして、いま、山羊が耳の近くで草を食べている。

「母さん、許して」と土に向かってそっと言った。「縛られてしまって、抜け出せなかった」

上のほうから声がする。そのとき初めて、周りで聞こえているのは山羊の足音ではない、と気づいた。誰かが手をほどいてくれている。体の下からロープが引き抜かれた。やさしい手が伸びてきて、エドウィンの頭を持ち上げた。目を開くと、老婦人の顔があった。ベアトリスさん……。ベアトリスはエドウィンの顔をのぞき込むようにしていた。もう縛られていないことに気づき、エドウィンは立ち上がった。

片方の膝がひどく痛んだ。だが、不意の突風に体を揺さぶられても、ちゃんと立っていられる。あたりを見回すと、灰色の空と、上り斜面と、隣の山の頂にある岩の並びが見えた。少し前まで、あの岩こそすべてのように思えていたのに、いま、母さんは去ってしまった。そのことはもう疑いようがない。戦士に言われた言葉を思い出した。救出には遅すぎたとしても、復讐にはまだ間に合う。戦士の言うとおりなら、母さんを連れていったやつらに、借りを返してやる。思い切り返してやる。

ウィスタンの気配がなかった。ここには老夫婦しかいない。だが、いてくれることにエドウィンの心が和んだ。二人は前に立って、心配そうに見ている。親切そうなベアトリスさんの姿に、突然、涙が出そうになった。だが、何か言っていることに気づいた。ウィスタンさんのことを何か言っている。エドウィンは一所懸命聞こうとした。

ベアトリスさんのサクソン語は聞き取りにくいし、風が邪魔をする。エドウィンはとうとう相手の言葉をさえぎり、「ウィスタンさんは倒されたんですか」と尋ねた。

ベアトリスは口を閉じ、答えなかった。エドウィンが問いかけを繰り返し、その声が風より大きく響いたとき、ベアトリスははっきり首を横に振って、言った。

「聞こえなかったの、エドウィン？　ウィスタン様は無事です。あの道のてっぺんであなたを待っていますよ」

聞いて、エドウィンはほっとし、駆け出した。だが、すぐに目まいがして、しかたなく、言われた道までも出ないうちに足を止めた。気を落ち着かせ、後ろを振り返った。老夫婦が自分の方向へ数歩踏み出すのが見えた。なんて弱くて、頼りなさそうな人たち、と思った。風の中に並んで立ち、支え合っている。初めて出会ったときよりずっと老いて見える。あれで、山を下りるだけの力が残っているんだろうか。いまぼくを見ているけど、あの奇妙な表情は何。二人の後ろでは、いつも動きまわってしかたがない山羊までが、立ち止まってぼくを見ている。不思議な思いがエドウィンの心を通り抜けていった。ぼくはいま頭のてっぺんから足の爪先まで血に濡れている、と思った。だから、みんながああやってじろじろ見つめているんだ。だが、足元を見下ろしてみると、服のあちこちに泥と草がついているだけで、とくに変わったことはなかった。

不意に、老人が何か叫んだ。ブリトン人の言葉で、エドウィンには理解できなかった。

あれは注意だったんだろうか。頼みだったんだろうか。ベアトリスさんの声が風に乗って聞こえてきた。

「エドウィン、わたしたち二人からのお願い。これからも、わたしたちを忘れないで。あなたがまだ少年だったころ、老夫婦と友達になったことを思い出して」

それを聞いたとき、ほかにもよみがえってきたものがある。戦士との約束があった。ぼくにはすべてのブリトン人を憎む義務がある。でも、このやさしいご夫婦も含めろとは、ウィスタンさんも言わないだろう。いま、アクセルさんが、おずおずと手を上げている。さようならのつもりかな、行くなということかな……。

エドウィンは前を向いた。今度は、走り出しても体がちゃんと応えてくれた。風が一方から体を押してきても、もう平気だ。母さんは去った。たぶん、どうやってももう取り戻せない。でも、戦士は無事で、ぼくを待ってくれている。エドウィンは走りつづけた。道は険しくなり、膝の痛みはひどくなったが、走りつづけた。

第十七章

松の木の下で雨宿りしていると、あの二人が馬に乗って風雨の中をやってきた。老人二人が――それもあんなくたびれた馬で――旅をする天気ではないのに。あの爺さん、あと一歩でも歩かせたら馬の命が危ないとでも思ったのだろうか。そうでなければ、近くの木までまだ二十歩もあるのに、なぜあんな泥の中で止まるんだろう。土砂降りのなかでも馬はけなげだ。爺さんが婆さんを抱き下ろすのを、じっと待っている。それにしても、画中の人物だって何かをあれほどゆっくりはできまい。「早く、お二人さん」とおれは呼んだ。「急いで、木の下へ」と。

どちらにも聞こえない。雨の音がやかましいのか、歳のせいで耳がふさがっているのか。おれはもう一度呼んだ。今度は爺さんのほうがあたりを見回し、おれを見つけた。その腕の中へ婆さんがようやく滑り落ちてきた。ほんの痩せこけた雀みたいな婆さんなのに、爺さんには受け止めるだけの力がない。しかたなく、おれが出ていく。水しぶきを上げて草の上を近づくと、爺さんは警戒するように振り向いたが、結局、おれの申し出を受け入れるしかない。そうしなければ、首にしがみつく奥さんともども地面に転がる。爺さんから奥さんを抱き取り、急いで木まで戻った。少しも重くない。すぐ後ろを爺さんがはあはあ言いながらついてくる。奥さんを見知らぬ男に預けて心配だったんだろう。だから、ただの親切心でやっているだけだと示すために、そっと婆さんを下ろし、頭を柔らかい木の皮に当ててやった。たまに一、二滴落ちてくることがあっても、ここなら十分に雨を防いでくれる。

爺さんは婆さんの横にしゃがみ、励ましている。おれはそんな二人の仲に遠慮して、少し離れた。木々と開けた地面の境目あたりの、もともといた場所に移動して、雨が荒れ地一面に降り注ぐのをながめていた。こんな雨だ。少しくらいの雨宿りはしかたがなかろう。この遅れは少し急げば取り戻せるし、これから何週間もぶっ続けで仕事することを考えれば、いま無理をしないほうがいい。後ろにいる二人の話し声が聞こえてくる。だが、だからと言ってどうすればいい。二人のつぶやきが聞こえないよう、おれが雨の中に出ていくのか。

「そんなことを言うのは熱のせいだ、お姫様」

「違いますよ、アクセル。また一つ戻ってきたんです。いったいどうして忘れていられたのかしら。息子は島に住んでいるんです。小屋のある入り江から見える島で、絶対にもうこの近くですよ」

「なぜ言えるんだい、お姫様」

「聞こえないの、アクセル？　わたしには聞こえますよ。近いわ。あれは海じゃないの」

「雨だよ、お姫様。それとも川かな」

「霧のせいで忘れていたんですよ。でも、霧が晴れはじめた。近くに島があって、息子はそこで待っています。アクセル、海の音が聞こえない？」

「熱のせいだと思うぞ、お姫様。すぐに雨を凌げる場所を見つけよう。そうすれば大丈夫だ」

「この方に尋ねてみましょうよ。わたしたちよりこのあたりには詳しいはずだもの。近くに入り江がないか聞いてみて」

「手を貸してくれただけの親切なお方だ。そんなことに特別な知恵があるとも思えないよ、お姫様」

「聞いてみて、アクセル。聞いても損はないでしょう？」

おれは黙っていたほうがいいのか。どうする。振り向いて、「奥さんの言うとおりです、ご主人」と言う。爺さんがひるむ。目に怯えがある。おれの一部は黙っていろと言う。反対側を向き、雨の中にじっと立っている老馬でも見ていろと言う。だが、しゃべり出したからには、つづけるしかない。二人が身を寄せ合っている場所の向こうを指差す。

「あそこに木々の間を通る小道があります。あの先に、奥さんが言うような入り江があります。大部分は小さな丸い石で覆われていますが、潮が引くと――これからが引き潮です――その丸石の向こうに砂が現れてきます。で、奥さんの言うとおり、海を少し行ったところに島があります」

二人は黙ったままおれを見ている――婆さんはぐったりと嬉しそうに、爺さんは恐怖を募らせて。二人はなぜ何も言わない。おれがもっと言うのを待っているのか。

「空の様子からして、雨はすぐ上がります。夕方は晴れるでしょう。だから、その島まで漕ぎ渡ってほしければ、喜んでやりますよ」

「言ったでしょう、アクセル」

「では、あなたは船頭さんですか」と、爺さんがまじめな顔で言う。「まえにどこかでお会いしましたか」

「確かに船頭です」とおれは言う。「お会いしているかどうかは……毎日長時間、大勢の人を運びますからね、とても覚えていられません」

爺さんはいっそう恐ろしそうな顔をして、奥さんの横にしゃがみ、しっかりと抱き寄せる。これは話題を変えたほうがいいのか。おれはこう言ってみる。

「お二人の馬はまだ雨の中です。つながれていませんから、その気になれば近くの木の下へでも逃げ込めるんでしょうが……」

「老いても軍馬なんですよ、船頭さん」爺さんは入り江の話から離れたことが嬉しいらしく、反応よく答える。「本来の所有者はもういませんが、やはり訓練されていますから。勇敢だった所有者との約束もありますし、いずれ二人で面倒を見てやるつもりですが、いまは妻のことが心配で。ちゃんとした屋根のある場所をご存じありませんか。暖まれる火があれば申し分ありませんが」

おれは嘘をつけない。義務もある。「じつはあります」と答える。「その入り江に小屋が一つあります。わたしがこつこつと造った小屋で、屋根は小枝や布切れという粗末なものです。つい一時間ほど前には火が燃えていましたから、まだくすぶっていて、燃え立たせることもできるでしょう」

爺さんはためらい、おれの顔をじっとうかがっている。婆さんは目を閉じ、頭を夫の肩に預けている。「船頭さん」と爺さんが言う。「妻がいま言ったのは、熱に浮かされての言葉だと思います。わたしたちに島は必要ありません。この木の下で雨が過ぎ去るのを待って、先へ進みます」

「何を言うの、アクセル」婆さんがそう言って、目を開けた。「息子はもう待ちくたびれているころですよ。この船頭さんに入り江まで案内してもらいましょう」

爺さんはまだためらっているが、腕の中で奥さんが震えているのを感じて、おれを見る。目に必死の懇願がある。

「お望みなら、わたしが奥さんを運びましょう」とおれは言う。「入り江まで少しは楽に行けるでしょう」

「いえ、妻は自分で運びます」と爺さんが言う。この期に及んで負け惜しみか。「妻は自分の足で行けなければ、わたしの腕の中で行きます」

おれはなんと言えばいい。爺さんだって、弱り具合は婆さんとあまり変わらないぞ。「入り江は遠くありません」とおれはそっと言う。「ですが、急な下りで、穴ぼこやらねじれた根っこやらもあります。やはり、わたしが運びましょう。それが一番安全です。道のよいところを選んで、わたしのあとから来てください。ほら、雨が小降りになりました。急ぎましょう。奥さんは寒くて震えていますよ」

やがて雨が止み、おれは婆さんを抱えて丘の道を下った。爺さんもよろよろとついてきた。三人が砂浜に出るころには、黒い雲がすっかり空の片側に集まっていて、まるで短気な手で払いのけられたようだ。霧でかすんだ太陽が海に落ちていこうとし、浜辺全体がいかにも夕方らしい赤色に染まり、おれの舟が波間に揺れていた。もう一度、親切さをひけらかすことにして、乾いた毛皮や枝葉で作った粗末な覆いの下に婆さんを横たえ、頭を苔むした岩のクッションに載せてやった。おれが横にどくのを待ちかねて、爺さんがあれこれと妻の世話をやきはじめた。

「あれをご覧なさい」と、くすぶる火のわきにしゃがみながら、おれは言う。「あれが島です」

　婆さんが首を少しひねる。海の景色が見え、柔らかい叫び声が上がる。爺さんのほうは硬い小石の上で体の向きを変えなければならない。当惑した表情で、波のあちこちを見ている。

「あそこです」と示してやる。「ほら、あそこ。岸と水平線の中間あたり」

「わたしの目はあまりよくなくて」と爺さんが言う。「ですが、ええ、見えたと思います。あれは木々のてっぺんでしょうか、尖った岩でしょうか」

「木でしょう。穏やかな島ですから」おれはそう言いながら、木の枝を折り、火にくべる。二人は島を見つづけ、おれはひざまずいて、燃えさしを吹く。骨に硬い小石が当たる。この夫婦は自分たちの意志で来たのではないのか、とつぶやく。まあ、行く道は自分で決めてもらおう。

「暖かいかい、お姫様？」と爺さんが言う。「すぐにまたもとのおまえに戻るよ」

「島が見えますよ、アクセル」と婆さんが言う。ここはどうしても聞き耳を立てずにはいられない。「あれが息子の待っているところなんですね。それを忘れるなんて、なんて不思議だこと」

　爺さんは何事かぶつぶつと答え、しだいに困ったという顔つきになる。「まだ決めていなかっただろう、お姫様」と言う。「ほんとうにあんな場所に渡りたいのかどうか。それに船賃がないよ。錫と硬貨を馬に預けてきてしまった」

　おれは黙っているべきだろうか。「それは問題ありませんよ、お二人さん」と言う。「料金は、あとで鞍からいただきます。軍馬なら、ふらふら出歩かないでしょう」これを狡猾と呼ぶ人もいるかもしれないが、おれは単純な善意のつもりだ。あの馬に出くわすことなどないことはわかっている。二人は穏やかな声で話しつづけ、おれは二人に背を向けて、火の番をしていた。さて、この場面でおれは盗み聞きをするべきか。だが、婆さんの声が大きくなった。口調もさっきよりしっかりしている。

「船頭さん」と婆さんが言う。「以前、たぶん小さな子供だったころ、こんな話を聞きました。穏やかな森や小川のある島の話です。そこは不思議な性質を持った場所で、そこへ渡る人は多いのに、誰にとっても住民は自分だけだというんです。つまり、隣人がいるはずなのに、見えないし、聞こえないというんです。あそこに見える島も、そういう島なんでしょうか」

　おれは小枝を折りつづけ、それを注意深く炎の周りに並べつづける。「奥さん、その話にあてはまる島をいくつも知っています。ですが、この島がその一つかどうかはわかりません」

　つかみどころのない答えに、婆さんがもっと大胆になる。「こうも聞きました、船頭さん。条件によっては、そういう不思議な状態が解消されるんだそうです。つまり、特定の条件を満たす旅人は、そうならないと聞きました。そうなんでしょうか、船頭さん」

「奥さん、わたしはただの船頭です」とおれは言う。「そういう問題について語る立場にはありません。ですが、ここにはほかに誰もいないことですし、これくらいは申し上げていいでしょう。特別の時期や時間、たとえばさっきあったような嵐のときとか、夏の満月の夜などには、島の住人が、自分以外の誰かが歩いているように感じることがあるそうです。お聞きになったというのは、そういう話ではありませんでしたか、奥さん」

「いいえ、船頭さん、それ以上のことでした」と婆さんが言う。「一生を分かち合い、並外れた強い愛情で結ばれた男女は、孤独な島暮らしの心配をせずに島に渡れるという話でした。そういう二人は、それまでの人生でしてきたように、変わらず二人一緒の生活を島でもつづけられる、と。わたしが聞いた話はほんとうでしょうか、船頭さん」

「もう一度言わせてください、奥さん。が仕事です。毎日の仕事のなかで見聞きすることしかお話しできません」

「でも、わたしたちを導いてくださる方が、ここにはほかに誰もいません。ですから、お尋ねします、船頭さん。いまわたしと夫を渡してくださるとして、わたしたち二人は引き裂かれず、手と手をとり合って島を歩けるでしょうか」

「いいでしょう、奥さん。正直に申し上げましょう。あなたとご主人は、わたしら船頭がめったに目にすることのないご夫婦です。雨の中を馬で来られたとき、常になく強い愛情で結ばれたご夫婦であるとわかりました。お二人が島で一緒に暮らすことを許されるのは、疑いのないところでしょう。その点での心配はご無用です」

「それを聞いて、もう嬉しさでいっぱいです、船頭さん」そう言う婆さんの全身から緊張が抜けていった。「それに、嵐のときや穏やかな月夜、アクセルとわたしは息子が近くを通るのも見られるかもしれないんですね。一言二言話せたりもするかしら」

火も安定して燃えだしたところで、おれは立ち上がる。「さて、ご覧ください」と海を指差しながら言う。「舟はあそこの浅瀬で揺れています。ですが、わたしは櫂を近くの洞窟に隠してあります。潮溜りができて、小さな魚が泳いでいるところです。これからそれをとりに行きますから、あなた方は、わたしという邪魔者がいない間にゆっくり話し合ってください。島へ行きたいのかどうか、はっきりと結論を出してください。では、しばらく失礼します」

だが、婆さんはそう簡単に放してくれはしない。「行くまえにもう一言だけ、船頭さん」と言う。「ここへ戻って、わたしたちの島行きを認めてくださるまえに、あなたはわたしたち一人一人に質問をなさるのですか。島で二人一緒に暮らせる夫婦を見つけるため、船頭さんはそうするものだと聞きました」

顔に夕方の光を受けて、夫婦しておれを見つめている。爺さんの顔はじつに疑り深い。おれは爺さんを無視して、婆さんと視線を合わせる。

「奥さん、思い出させてくれてありがとうございます」とおれは言う。「そうする習慣であるのに、急ぐあまり忘れるところでした。おっしゃるとおりです。ですが、お二人の場合は形式的なものにすぎないでしょう。申し上げたとおり、あなた方はとても強い愛情で結ばれておいでです。さて、今度こそ失礼します。わたしも時間に追われています。戻るまでには決めておいてください」

おれは二人を残して、夕方の海辺を歩いた。しだいに波の音が大きくなり、足の下の小石が砂に変わっていく。何度か二人を振り返った。見るたびに少しずつ小さくはなっていくが、毎回同じ光景が見えた。灰色の老人がしゃがみ、婆さんとまじめに話し合っている。婆さんのほうはほとんど見えない。寄りかかっている岩にほぼ全身が隠れていて、見えるのは口をきくたびに上下する手だけだ。愛情で結ばれた夫婦……だが、おれには義務がある。おれは洞窟とそこに隠してある櫂に向かって歩いた。

櫂を肩に二人のところに戻った。何も聞かなくても、その目の中に結論が見えた。「船頭さん、わたしたちを島に連れていってください」と爺さんが言う。

「では、舟まで急ぎましょう。わたしもずいぶん遅れてしまいましたから」おれはそう言って、波に向かって急ぐかのように動きかけるが、振り返って言う。「ああ、そうだった。あのばかばかしい儀式がありましたね。では、お二人さん、こうしましょう。ご主人、立って、ここから少し離れてください。あなたが十分遠くへ離れたと見たら、わたしが奥さんとちょっと話をします。奥さんはそのままで結構です。そのあと、今度はわたしがご主人のところまで行きます。浜辺のどこでもいいですから、そこでお待ちください。すぐ終わります。そのあとで奥さんを迎えにきて、みなで舟まで行きましょう」

爺さんがおれをじっと見ている。爺さんの一部は、おれを信用したくてたまらないはずだ。「では、船頭さん、浜辺をぶらついています」とおれに言い、婆さんには「離れるのは一瞬だからな、お姫様」と言う。

「心配いりませんよ、アクセル」と婆さんが言う。「ずいぶん元気になったし、この親切な方が守ってくださるから安心」

爺さんが遠ざかっていく。ゆっくりと入り江の東、絶壁の大きな影に向かっている。爺さんに追い散らされるように鳥が飛び立つが、すぐに戻って、また海草や岩をつつきはじめる。爺さんは少し足を引きずり、背中を曲げている。何かの敗者といった感じだが、体の内にはまだ小さな火が燃えている。

婆さんはおれの前にすわり、柔らかな笑顔を向けてくる。さて、何を尋ねよう。

「わたしの質問を怖がらなくていいですよ、奥さん」と伝える。ここに長い壁でもあれば、と思う。あれば、顔をそちらに向けながら話せるのに……。だが、いまあるのは夕方のそよ風と、顔に当たる低い太陽だけだ。おれは爺さんがやっていたように、婆さんの前にしゃがみ、衣を膝まで引き下げる。

「怖がったりしませんよ、船頭さん」と婆さんが静かに言う。「心の内であの人をどう思っているかわかっていますから。なんでもどうぞ。正直に答えます。証明されるのは一つのことしかありません」

おれは手始めにいつものやつを一つ二つ尋ねる。これだけ数をこなしていれば、もう手慣れたものだ。そしてときどき、相手にしゃべる気を出させ、こちらがちゃんと聞いていることをわからせるための質問を混ぜる、さらに一つ。だが、もう必要はなさそうだ。婆さんは屈託なくしゃべる。ときに目を閉じ、常に明瞭で安定した声でしゃべりつづける。おれの視線は入り江のあたりをさまよい、小さな岩の間を心配げに歩いている疲れた老人を探しているが、耳は注意深く聞いている。それが義務だ。

そして、ほかでまだおれを待っている仕事のことを思い、婆さんの思い出話を打ち切る。「ありがとうございました、奥さん」と言う。「では、つぎにご主人のところへ行ってきます」

そろそろおれを信用しはじめているだろう。そうでなければ、女房からこんなに離れたところまで来るだろうか。爺さんはおれの足音を聞いて、夢から覚めたような顔で振り向く。夕方の光を浴びた顔には、もう疑り深さはなく、代わりに深い悲しみがある。目には小さな涙もある。

「どうでしたか、船頭さん」と尋ねてくる。

「奥さんのお話は楽しかったですよ」と爺さんの柔らかな声に合わせて答える。そろそろ風が荒れはじめている。「では、手短にすませて、さっさと出発しましょう」

「では、どうぞ、船頭さん」

「何かを探り出そうという質問ではないんです、ご主人。いまうかがった奥さんの思い出話の一つに、二人で市場から卵を持ち帰ったときのことがありました。体の前にこう籠を抱いて、その中に入れて運んだそうですが、乱暴な歩き方に中の卵が傷つきはしないかと心配したご主人が、ずっと家まで横に張りついていたそうですね。楽しそうに話していましたよ」

「わたしも覚えていますよ、船頭さん」爺さんはそう言って笑顔になった。「あれはまえに転んで一つ二つ割ったことがあって、また割りはしないかと気をもんだだけです。ちょっとした散歩のようで、二人とも満足でした」

「奥さんもそう言っていました」とおれは言う。「時間の無駄ですからこれで切り上げましょう。もともとただの形式でしたから。では、奥さんを迎えにいって、舟にお連れしましょう」

　おれは先に立ち、婆さんのいる小屋に向かったが、なぜか爺さんの足取りがひどく鈍い。当然、こちらも合わせざるをえない。

「波が心配ですか、ご主人」とおれは言う。海が荒れるのを心配しているのかと思った。「河口はしっかりと保護されていますから、ここと島の間は安全です」

「あなたの判断を信用しています、船頭さん」

「ところで、ご主人、じつは……」とおれは言う。どうせのろのろ行くなら、少し話をしてもよかろう。「さっきお尋ねしようかと思った質問があるのですが、いまこうして一緒に歩いているので、ついでにうかがってもいいでしょうか」

「もちろんです、船頭さん」

「お尋ねしたかったのはこれです。長年一緒に暮らしていて、特別にこれが苦痛だったということがありますか。それだけの質問です」

「これは例のことの判断材料としての質問ですか、船頭さん」

「いえ、違います」とおれは言う。「あれはもう終わりました。同じことを奥さんにもお尋ねしました。単にわたしの好奇心を満足させるための質問です。いやだったら答えなくてもかまいません。ほら、ご覧なさい」と、ちょうど通り過ぎた岩を指差した。「あれはただの藤壺ではありません。時間があれば、岩からの剝がし方をお見せするんですが。夕食として重宝しますよ。わたしはよく火であぶります」

「船頭さん」と爺さんが重々しく言う。その足取りがいっそう重くなる。「お望みなら、その質問に答えましょう。妻がどう答えたかはよくわかりません。というのも、わたしたちのような夫婦間では、多くが沈黙のうちに保たれているものです。それに、いままでは雌竜の息で空気が汚染され、楽しい記憶も悲しい記憶も全部奪われていましたからね。ですが、その雌竜が退治され、わたしの心の中ではすでに多くのことが明瞭になってきています。船頭さんは、特別に苦痛をもたらす記憶は何か、とお尋ねです。息子のこと以外にありますまい。最後に見たのはほぼ成長した姿ですが、まだ顔に髭もないうちにいなくなりました。何かいさかいがあって、そのあと近くの村へ行って……。何日かすれば戻ると思っていましたが」

「奥さんも同じことを言っていました」とおれは言う。「息子さんがいなくなったのは自分の責任だ、と」

「妻が、最初の部分を自身の責任だと言うなら、つぎの部分については、わたしが多くの責任を負わねばなりますまい。確かに、ほんの一瞬、妻はわたしに不実でした。ですが、そもそもわたしのした何かが、妻を別の男の腕の中に追いやったのかもしれません。それとも、言うべきなのに言わなかった何かとか、すべきなのにしなかった何かとか。いまとなっては遠い昔、飛び去って空の染みになった鳥のようなものです。ですが、息子は二人の間のとげとげしさを見てしまいました。取り繕いの言葉に騙されるほど幼くなく、心の複雑な綾《あや》を知るには若すぎ、もう戻らないと言って去りました。その後、妻とわたしは心から和解しましたが、その場に息子はいませんでした」

「その部分は奥さんからも聞きました。すぐあとに国中に疫病が広まって、息子さんもそれで倒れたという知らせが来たとか。じつはわたしの両親も同じ疫病で死んでいますから、よく覚えていますよ。で、なぜそのことで自分を責めるのですか。神が遣わしたか悪魔がよこした疫病、その責任があなたにあるというのは？」

「わたしは息子の墓に行くことを妻に禁じたんです、船頭さん。残酷なことでした。息子の眠る場所に妻は一緒に行きたがった。わたしははねつけた。それからずいぶん年月が過ぎて、その場所を見つけに行こうと思い立ったのがほんの数日前です。もちろん、何をどこに探すのかという知識すら、雌竜の霧によって奪われていたわけですが」

「なるほど、そういうことですか」とおれは言う。「奥さんの墓参をあなたが止めた。奥さんはその部分を言いたくなかったみたいですね」

「残酷なことをしました。わたしを一、二カ月寝取られ男にしたぐらいの小さな不実など、問題にもならないほど大きな裏切りです」

「息子さんの墓参りを奥さんだけでなくご自身にも禁じるとは、それで何をしたかったのですか」

「したかった？　したかったことなどありません、船頭さん。ただ愚かだっただけです。それと自尊心。そして人間の心の奥底に潜む何か。もしかしたら罰したいという欲望だったかもしれません。わたしは許しを説き、実践していました。しかし、復讐を望む小さな部屋を心の中につくっていて、そこに、長年、鍵をかけてきました。つまらないことで妻にひどいことをしました。息子にもです」

「打ち明けてくださって感謝します、ご主人」とおれは言う。「それに、よかったかもしれませんよ。いまの会話はわたしの義務とは無関係で、わたしたちはいま二人の友人として時間つぶしをしていただけです。ですが白状しますと、まだすべてをお聞きしていないのではないかという、ちょっとした不安があったのも事実です。これでなんの不安もなく舟を漕ぐことができます。教えてください、ご主人。何年も抱きつづけてきた決心を反故《ほご》にし、この旅に出ようと思わせたのは何だったのですか。きっかけがありましたか。それとも眼前の潮や空と同じく、いわくいいがたい心の変化ですか」

「自分でもよく考えます、船頭さん。いま思うのは、何か一つのきっかけで変わったのではなくて、二人で分かち合ってきた年月の積み重ねが徐々に変えていった、ということです。結局、それがすべてかもしれません。ゆっくりしか治らないが、それでも結局は治る傷のようなものでしょうか。ごく最近のある朝のことです。夜明けが春の最初の兆候を運んできました。部屋には朝日が射していましたが、妻はまだ眠っていて、わたしはその寝顔を見ていました。そのときです。わたしの中の最後の闇がついに去ったと感じたのは。それでこの旅に出る決心がつきました。そしていま、わたしたちより先に息子がこの島に渡ったことを、妻が思い出しました。ならば、息子の墓はきっとこの森か、穏やかな海岸にあるに違いありません。船頭さん、わたしは正直にお話ししました。わたしたちについてのあなたの判断が、そのために変わったりしないことを願っています。わたしの話を聞いて、わたしたちの愛情には傷があるとか、壊れているとか考える方もいるでしょう。しかし、老夫婦の相互への愛が緩やかに進むこと、黒い影も愛情全体の一部であることを、神はおわかりくださるでしょう」

「心配いりません、ご主人。いまおっしゃったことは、あなたと奥さんがくたびれた馬に乗って雨の中を来たとき、わたしがお二人に最初に見たもののこだまにすぎません。さ、おしゃべりはここまでです。嵐がまたいつくるかわかりません。奥さんのところに急ぎ、舟にお連れしましょう」

婆さんは岩に寄りかかり、煙を上げながら燃える火の横で満足そうに眠っている。「今度はわたしが妻を運びます、船頭さん」と爺さんが言う。「なんだか力が戻った感じがします」

そんなことをさせてよいだろうか。おれの仕事が楽になるわけでもないのに。「小石の上を歩くのは大変です」とおれは言う。「運ぶ途中、つまずいて転んだらどうなるか考えてください。わたしなら慣れています。舟まで人を運ぶのはこれが初めてではありませんから。ご主人は横を歩いて、奥さんに話しかけながら来てください。奥さんが卵を運び、ご主人が心配そうに横に張りつくという、あの感じでいきましょう」

爺さんの顔に恐れの色が戻るが、静かに「わかりました」と言う。「では、そうしましょう、船頭さん」

爺さんはおれの横を歩きながら、婆さんを元気づけようとしている。おれの足が速すぎるのか、爺さんが遅れはじめる。婆さんを抱いたまま海に入ろうとするおれを、爺さんが後ろから手を伸ばし、必死に引き止めようとする。だが、いまはぐずぐずできる場合ではない。この冷たい海面下に隠れた埠頭を、おれはこの足先だけで探らねばならんのだから。おれは石に乗る。打ち寄せる波がまた浅くなる。おれは舟に乗り込む。婆さんを腕に抱いていても、舟はほとんど傾きもしない。舟尾近くにあって雨で濡れている敷物のうち、ぐしょぬれの最初の数枚を蹴り飛ばし、婆さんをゆっくり下ろす。上半身を起こしてやって、頭が舷側《げんそく》のすぐ下に来るようにすわらせる。海風から婆さんの体を守れるよう、箱に乾いた毛布を探す。

婆さんに毛布を巻きつけていると、爺さんが舟に乗り込んできた。その反動で舟底が揺れる。「ご主人」とおれは言う。「海面の動きが不穏になっているのがわかるでしょう。これは小さな舟です。一度に二人も客を乗せるようなことはしたくありません」

爺さんの中で火が大きくなる。目で炎が燃えている。「船頭さん、妻と私が一緒に島に渡ることは了解ずみのことと思っていました」と言う。「あなた自身が何度もそう言ったし、そもそもあの質問はそれを確定させるためのものではなかったのですか」

「誤解しないでください、ご主人」とおれは言う。「わたしは、いま、舟で水を渡るという現実問題のことだけを言っています。あなた方お二人が島で一緒に暮らすことには、なんの問題もありません。いままでどおり、腕を組んで歩けるでしょう。息子さんのお墓がどこかの木陰に見つかったら、野の花を摘んで供えてやることもいいでしょう。島にはいろいろな花が咲いています。ベルヘザーがあります。森にはマリーゴールドだってあります。ですが、今日渡るためには、ご主人にいましばらく岸で待ってくださるようお願いしなければなりません。島に渡った奥さんには気持ちよくお待ちいただけるよう、手を尽くします。じつは舟着き場の近くにいい場所を知っています。三つの古い大岩が昔からの仲間のように集まっていて、雨風をよけるには完璧です。波を見ながら、のんびりお待ちいただきましょう。そして、わたしはご主人を迎えに急ぎ戻りましょう。ですから、いまだけは岸に戻って少しお待ちください」

日没の赤い輝きが爺さんを照らしている。それとも、あれは目にまだ残る炎だろうか。

「妻が舟にいるかぎり、わたしもこの舟からは下りません、船頭さん。約束どおり、二人を渡してください。自分で漕げというなら、やりますとも」

「櫂はわたしが持っていますよ、ご主人。そして、この舟に何人乗せるかは、船頭であるわたしが決めます。せっかく、いま仲良くなれましたのに、わたしが何か企んでいるとお考えですか。わたしが戻ってこないとでも?」

「船頭たちの行動についていろいろな噂があるのは知っていますが、わたしはそんなことを思っていません。これは非難ではなくて、さっさと二人一緒に乗せていってほしいというお願いです」

「船頭さん」おっと、これは婆さんの声だ。振り返ると、婆さんが目を閉じたまま、おれを探り当てようとするように手を空中に伸ばしていた。「船頭さん、二人に少し時間をください。夫としばらく話させてください」

舟に二人だけ残すとは、また大胆な。だが、いまの婆さんはきっとおれの代弁をしてくれるだろう。それに、櫂はしっかりこの手にある。おれは爺さんの横を通って水に入る。海が膝まで上がって、衣の裾を濡らす。舟はしっかり固定され、おまけに櫂はこの手の中。そんな舟にどんないたずらができるだろう。それでも、あえて遠くへは離れまい。体を岸に向け、岩のように立ちながら、おれはまた夫婦二人の話を盗み聞きする。静かに打ち寄せてくる波の音越しに二人の声を聞く。

「船頭さんは行った、アクセル？」

「水の中に立っているよ、お姫様。いやいや出ていったし、あまり長い時間はくれないだろう」

「アクセル、いまは船頭さんと喧嘩している場合じゃありませんよ。あの船頭さんでとっても運がいい。わたしたちにずいぶん好意的な船頭さんだもの」

「だが、船頭が食わせものというのは有名な話だ。違うかい、お姫様」

「わたしは信用しますよ、アクセル。あの船頭さんは約束を守る」

「どうしてわかる、お姫様」

「わかるの、アクセル。いい人よ。わたしたちを裏切ったりしない。いまは言われたとおりにして、戻ってくるのを陸で待っていて。すぐ迎えにきてくれますよ。あの船頭さんのやり方でいまやらないと、千載一遇の好機を逃すことになるかもしれない。二人一緒の生活を約束してもらえたんだもの。そんなこと、一生添い遂げた夫婦でもめったに認められないのよ。しばらく待つのがいやだからって、そんな大きなご褒美をふいにしていいの？船頭さんと喧嘩しないで。つぎの船頭さんが獣みたいな人だったらどうするの。だから仲直りして、アクセル。腹立ちまぎれに気を変えられたら困る。いるの、アクセル？」

「おまえの目の前だよ、お姫様。わたしたちは、いま、ほんとうに別れ別れになる話をしているんだろうか」

「ほんの一瞬だけね、あなた。船頭さんはいま何をしている？」

「まだあそこにじっと立っている。長い背中とつるつるの頭をこっちに向けて立っているよ、お姫様。ほんとうにあの男を信用できると思うかい」

「思いますよ、アクセル」

「あの船頭と話したんだろう？　弾んだかい」

「そう、楽しかった。あなたは違ったの？」

「いや、弾んだと思うよ、お姫様」

入り江の夕日。背後には静寂。そろそろ後ろを向いてもいいだろうか。

「教えておくれ、お姫様」爺さんが言っている。「おまえは霧が晴れるのを喜んでいるかい」

「この国に恐怖をもたらすものかもしれないけど、わたしたち二人には、ちょうど間に合ったって感じね」

「わたしはな、お姫様、こんなふうに思う。霧にいろいろと奪われなかったら、わたしたちの愛はこの年月をかけてこれほど強くなれていただろうか。霧のおかげで傷が癒えたのかもしれない」

「いまはもうどうでもよくなくって、アクセル？　船頭さんと仲直りしてね、そして島へ渡してもらいましょう。最初一人なら、つぎはもう一人。なぜ船頭さんと喧嘩するの。ね、アクセル？」

「わかったよ、お姫様。おまえの言うとおりにしよう」

「じゃ、いまは下りて、岸に戻って」

「そうするよ、お姫様」

「ほら、いつまでもぐずぐずしていないの、あなた。船頭さんだって、いつかは痺れを切らしますよ」

「わかったよ、お姫様。だが、もう一度だけ抱きしめさせておくれ」

なんだ、いま抱き合っているのか。さっきおれが赤ん坊みたいに包んで置いてきたのに。爺さんのほうは膝を突いて、硬い舟底で奇妙に体をくねらせねばならんだろうに。そうしているんだろうな、この静けさのつづいている間は。いまは振り向くまい。おれの手には櫂。おや、揺れる波に櫂の影が落ちているのではないか。あとどれほどだ。おっと、ようやく声が戻ったか。

「島でもっと話そう、お姫様」爺さんが言っている。

「そうしましょう、アクセル。霧が晴れたら、いくらでも話すことがありますよ。船頭さんはまだ水の中?」

「ああ、そうだ、お姫様。では、わたしは仲直りに行こう」

「じゃ、さようなら、アクセル」

「さようなら、わが最愛のお姫様」

爺さんが水の中を歩いてくる音がする。おれに言葉をかけるつもりかな。仲直りすると言っていたよな。おや、こっちがせっかく振り向いたのに、向こうは見てこないぞ。陸地と、入り江に低くかかる太陽なんか見ている。ま、おれもとくに目を合わせたいわけじゃない。爺さんはおれの横を通り過ぎ、なのに振り返らない。じゃ、陸で待っていてくれたまえ、友よ。おれはぽつりと言う。だが、爺さんは聞いておらず、先へ進んでいく。

訳者あとがき

グレートブリテン島の先住民族であるブリトン人と、五世紀以降ヨーロッパ大陸から移り住みはじめたアングロ・サクソン人という二つの民族の確執が、この物語の大きな要素の一つとなっている。近年、世界中で移民や難民への処遇が大問題になっていることは、誰もが知るところだ。現に昨年、移民や出稼ぎ労働者の流入に悩むイギリスがEUからの離脱を決め、アメリカでは移民制限を声高に主張するトランプ氏が大統領に当選した。大昔の問題が、いまも重大な問題でありつづけている。たぶん、人類の誕生以来、解決されることなくつづいてきた問題ということだろう。

昨年六月、国民投票でイギリスのEU離脱（いわゆるブレグジット）が決まったとき、カズオ・イシグロはたいへん怒っていた。離脱に賛成票を投じた人々にも怒ったが、当時のキャメロン首相にはいっそう激しく怒った。これほど複雑で影響の大きい問題を、必要最低投票率も定めず、必要最低得票率差も定めず、まるで軽い思いつきのように国民投票にかけることにしたキャメロン首相に、怒りが収まらなかったようだ。かつて全体主義がはびこり全面戦争の修羅場だったヨーロッパが、いまや自由民主主義国の連合体として、ほとんど国境もないEUに生まれ変わっている。その成果をこんなふうに簡単に覆《くつがえ》していいものか。ほんの二年前、スコットランド独立の危機を乗り越えたばかりのイギリスで、こんなことが起こるとは……。

本来なら、長い歴史に裏打ちされた議会制民主主義で解決されるべき問題なのに、不本意な形で離脱という結論が出てしまった。ならば、いまどうするのがいいのか。まがりなりにも国民投票で出された結果だ。これは受け入れなければなるまい、とイシグロは言う。方法の粗探しや抜け穴探しで投票結果を覆そうとするのではなく、争点をもっと明確にしてもう一度国民投票を行うべきではないか、とも言う。ブレグジットはもう決まったことで、しかたがない。だが、EUという単一市場をあきらめても移民の流入制限を優先するハードなブレグジットでいくか、単一市場に残る代わりに人の自由な移動を受け入れるソフトなブレグジットでいくか。争点を細部まで明確にして、もう一度民意を問うのがいいのではないか。先の国民投票で離脱に賛成した人々も、大多数は一時的な感情や事情により賛成票を投じただけで、実際は昔ながらの——五歳で渡英した自分を受け入れ、ずっと親切に接してくれた——イギリス人のままなのではないか。再度の国民投票でそれが証明されると信じたい。だが、仮にイギリスが移民排斥の国に変質してしまっているのだとしたら、その場合は、弁解しようのない形でその事実を突きつけてもらいたい――イシグロにはそんな気持ちがあったようだ。

キャメロン首相の退陣を受けて生まれたティリーザ・メイ政権は、ハードブレグジットを選択し、イシグロの願いはかないそうにないと思われた。だが、今年になって事情が大きく変化した。EUとの離脱交渉に臨むにあたり立場を強化したいと考えたメイ首相は、六月に意表を突く総選挙に打って出た。だが、それが裏目に出て、保守党は下院で単独過半数を失い、メイ首相の目論見は潰《つい》えた。俄然、ソフトブレグジット論が息を吹き返し、一部の政党は再度の国民投票を言いはじめている。

イギリスの政治は混乱状態にある。そんなイギリスを、イシグロはいまどう見つめていて、それは次の著作にどう影響してくるだろうか。『忘れられた巨人』の単行本が出た直後、ハヤカワ国際フォーラムに出席するためにイシグロが来日した。一連の行事が終わったあとの雑談で、訳者が「また十年も待たされたら、わたしはもうこの世にいませんよ」と冗談を言ったところ、イシグロは「いや……今度は三、四年くらいで……」と言っていたが、はたしてどうなるだろうか。

二〇一七年九月二十二日

解　説

書評家
江南亜美子

本書『忘れられた巨人』は、長篇小説としては『わたしを離さないで』以来十年ぶり、短篇集である『夜想曲集』からでも六年ぶりに刊行された、カズオ・イシグロの作品である。一九八二年の『遠い山なみの光』でのデビューから、コンスタントに小説を発表しつづけるイシグロだが、重厚な長篇が著作のほとんどを占めるために、読者に新作が届けられるのは数年にいちどのこと。世界中に遍在する読者から、つねに新作が待たれている作家のひとりであることに間違いない。

イシグロは、作品ごとに物語の場所や時代、小説のジャンルまでも、しばしば自在に変えてきた。デビュー作から二作目の『浮世の画家』までは、自身のルーツとも深く関係する第二次世界大戦後の復興期の日本が舞台であったが、以降は、『日の名残り』では一九二〇年代から戦後にかけてのイギリス、『わたしたちが孤児だったころ』では一九三〇年代の上海、はたまた『わたしを離さないで』では一九七〇年代から二十世紀末の架空の土地の寄宿舎というように、物語を最大限に生かすロケーションを用意してみせる。徹底的なリアリズムで書かれた作品もあれば、ミステリ、あるいはSFとして読めるものもある。そして本書において、(優れた作家の証として)読者の意表を突くことにも長けたイシグロが小説舞台として選んだのは、なんと六、七世紀ごろのブリテン島(現在のイギリスでいうグレートブリテン島)である。しかもその物語は、「アーサー王伝説」を下敷きとするファンタジー小説の形式にのっとっている。

それほど古い時代の、しかもファンタジーと聞き、手に取ることをためらう読者がいるかもしれない。いくら稀代の作家たるイシグロでも、子供だましのおとぎ話なのでは、といった懸念とともに。しかしながら、その点は心配ご無用と、太鼓判を押しておきたい。冒頭十数ページほども読めば、この特別な世界にぐぐっとひきこまれて抜け出せなくなるはずだから。イシグロは、物語がどんなに現実とかけ離れたものであっても、その世界観をたちまち読者に了解させてしまう、魔術的な文章の力をもっている。

本書の物語はこのようにして始まる。ある村で、不可解な現象が蔓延している。そこに暮らす人々が、病のせいでも老いのせいでもなく、自身の記憶をかたっぱしから失っていくのである。遠い過去のものばかりではなく、ごく直近に起きた、たとえば村の少女が行方不明となりみんなで大捜索した出来事も、少女が姿を現わしたころにはすでに記憶がおぼろになっているありさまだ。この現象のせいで、ひとと話がくい違うことなど日常茶飯事で、不便な事態もしょっちゅう起きる。すべてがあいまいで、断片的。人々は当然ながら不安を感じている。しかし一方で、利点もある。自分たちにとって都合の悪いことや、つらく悲しかった記憶さえも、すっかり忘却することができるのだ。不安を感じたこともそのうちきっと忘れてしまう。

この忘却の原因に、ファンタジー的な要素が色濃くにじむ。どうやら、それは人々を包みこむ「奇妙な霧」の作用のせいらしいのだ。そして霧は、山に棲む雌竜の吐く息ではないかとも噂される。竜さえ退治すれば記憶は戻って来るのでは――？　だが、いやな記憶を封印し、かりそめの安寧のなかでひっそりと暮らしている人々からは、このままでいいという意見もある。げんに島では、かつて熾烈な戦いを繰り広げたブリトン人とサクソン人が隣り合って暮らしているが、こうして戦争もなく表面上は平和な日常が保たれているのは、この霧のおかげとも考えられるからだ。

しかしながら、どうしても記憶を取り戻したいし、いまそばに住んでいない息子に会いたいと強く願う老夫婦が登場することで、物語が動き出す。アクセルとベアトリスである。夫は妻のことを「お姫様」と愛情込めて呼びかけ、妻は夫をつねに気に掛けるほどに仲睦まじいこの夫婦は、記憶をなくすことの恐怖にある日とりつかれ、このようにささやきあうのである。

「おまえへの思いは、わたしの心の中にちゃんとある。何を思い出そうと、何を忘れようと、それだけはいつもちゃんとある。おまえもそうじゃないのかい、お姫様」
「ええ、アクセル。でもね、わたしたちがいま心に感じていることって、この雨粒のようなものじゃないかしら。（中略）記憶がなくなったら、わたしたちの愛も干上がって消えていくんじゃないかしら」（七十四ページ）

そうして二人は、記憶をしかと取り戻すべく、長年住んだ村を出て、息子に会いに行く旅を始めるのだ。

ここで、物語の背景にある「アーサー王伝説」について簡単に整理してみよう。アーサー王とは必ずしも歴史上に実在した特定のだれかをモデルとする人物ではない。古くはケルトの民話にもアーサーの原型のような人物が登場していて、時代がくだるにつれ、さまざまな逸話がハイブリッドされ、より魅力的な人物像が徐々に形成されたと考えられている。ハリウッド映画ふうのヒーローとしてとらえるならば、ケルト系であるブリトン人の騎馬集団を率いて、ゲルマン系であるサクソン人やピクト人の侵略からブリテンを守りぬいた「戦いの王」、それがアーサー王である。万能の神の庇護のもと、アーサーひとりで九百四十人ものサクソン人を倒したという伝説も残されている。

この物語自体は、アーサー王亡きあとのブリテンが舞台である。華々しい戦いは終わった。平穏が訪れ、しかし異なる言語を話すべつべつの民族が近接しあっている状況にあって、対立の不穏な気配が消え去ることはない。ブリトン人のアクセルとベアトリスは、鬼なども跋扈する土地での旅路で、サクソン人の戦士や不思議な傷を持つ少年と出会う。アーサー王の甥であるガウェイン卿も、年老いた姿で登場する。ほんとうに信頼できる味方は、誰なのか。息子のもとに無事たどり着けるのか。そして、ブリテンの国を象徴する動物である竜をどう処するべきなのか。老夫婦の煩悶はつづくのである。

かつて大殺戮が起きた場所には、戦いで流されたそれぞれの民族の大量の血の痕とともに、敗者の遺恨が染み込んでいることだろう。その恨みはいま、竜の存在によってないものとされている。集団による、一時的な記憶の忘却である。

竜のしわざなどといえば、非現実的な世界の出来事に思えるが、本質的に似たことは近年の現実でも起きている。たとえば、一九九〇年代に起きたルワンダでのツチ族とフツ族の内戦や、旧ユーゴスラビア、ボスニア・ヘルツェゴビナの内戦。そこでの惨劇は、和平交渉の不断の努力の末に人々の記憶の奥底へと沈められ、なんとか平穏が保たれているのだ。タイトルとなった「忘れられた巨人」とは、民族が忘れたことにしている「歴史的な記憶」のメタファー／隠喩でもあるだろう。それらは、紛争を再燃させぬためには忘れておいたほうがいいときもある。しかしまったくなかったことにはできない以上、和解のためにきちんと記憶しておくべきこともきっとあるはずなのだ。

ひるがえって日本では「寝た子を起こす」という慣用句がしばしば使われるように、まさに隣国との歴史認識の相違を掘り起こして決着させることの難しさは、いまもヴィヴィッドな問題としてある。読者はこのように、六、七世紀のブリテン島の物語から、現在自分たちが直面する事象や知っている出来事を読み取っていくのである。

民族や国家にとっての歴史という公的な記憶が描かれる一方で（忘却か対話か、再びの戦闘か）、物語を具体的に動かし、いきいきと色づかせるのは、やはりアクセルとベアトリスの夫婦の私的な記憶のありようといえる。そもそもカズオ・イシグロの代名詞といえば「信頼できない語り手」であるが、『日の名残り』の執事スティーブンスも、自身が長年忠義を尽くして仕えてきた相手への失望を自覚したくないあまりに、自分の心をいつわって生きてきた男であった。そこから見えてくるのは、記憶はときに変容し、自分自身も騙してしまうという事態である。このテーマは本作でも引き継がれる。

夫婦は旅の途中、息子のことや、自分たちの長くつづく結婚生活のなかで起きたさまざまな出来事を、断片的に思い出し始める。それらは愛情をベースにしているけれども、決して甘く温かなものばかりではない。夫婦とはいえ他人同士である関係に、愛情の不均衡や、嫉妬、誹《そし》りなどの負の感情が混じりあうことを、多くの読者は体験的に知っている。物語の最終盤でアクセルは、妻に向かって「霧にいろいろと奪われなかったら、わたしたちの愛はこの年月をかけてこれほど強くなれていただろうか」（四百七十七ページ）と語りかけるのだが、この解釈や、夫婦がたどる末路については、読者ひとりひとりで感得するものが異なるはずだ。デビュー作から一貫して「記憶」というテーマにこだわってきたイシグロならではの繊細な手つきで、個人にとっての記憶が解剖されていくのも、本作を読む大きな醍醐味となる。その意味で本作は、まったきラブストーリーでもある。

イシグロは、『忘れられた巨人』邦訳刊行後の二〇一五年の六月に、早川書房の招聘に応じて来日し、訳者の土屋政雄氏、アメリカ文学の柴田元幸氏らと登壇したハヤカワ国際フォーラムをはじめとして、いくつかの講演会を行なった。そのなかでイシグロは、記憶について次のように述べた。いわく「なにか過去の体験を思い出そうとするとき、私にはひとつの風景が静止画のように眼前に現われる。それは動画ではなく、一枚の絵であり、その中心ははっきりとしているけれど、周辺はミステリアスにぼやけている。この絵の前後に何が起きたのか。画面の端に影のように見える人物は誰なのか。それらをそっと手繰り寄せるように、私は思い出していくのだ」と。そしてつづけて、「こうした記憶のあいまいさを、あいまいな手触りそのままに描き出すことが、フィクションである小説には可能であり、また存在意義のひとつだ」と語ったのである。

この言葉には、私たちが『忘れられた巨人』を読む意味がすでに示されている。（とりわけ国家間、民族間の）歴史を記憶し共有すべきか否かを、二者択一で議論したならば、正答はおのずと決まってくるだろう。しかし記憶とは本来、する／しないで明確に二分されるものではない。人間が人間としてある限り、記憶はアイデンティティと密接にかかわり、そのひとを形作る。霧によって視界と思考が不鮮明な世界にあっても、自分自身を取り戻すため、身命を賭してでも冒険に出た老夫婦に付きしたがううちに、読者は真実と向き合うことの気高さと、その大切さに気付かされるのだ。記憶をめぐる物語とは、人間の探求そのものである。『忘れられた巨人』はそれを、小説的想像力《ファンタジー》によって私たちに力強く教えてくれる作品なのだ。

本書は、二〇一五年四月に早川書房より単行本
として刊行された作品を文庫化したものです。

コレクションズ　上・下

The Corrections

ジョナサン・フランゼン
黒原敏行訳

〈全米図書賞受賞作〉ランバート家の老家長アルフレッドは頑固そのもの。妻イーニッドは落胆ばかりの日々を過ごしている。子供たちの生活も理想とは遠い――裕福だが家族仲が悪い長男ゲイリー。学生と関係し大学を解雇された次男チップ。末っ子の才気あるシェフ、デニースは恋愛下手。卓越した筆力で描写される五人の運命とその絆の行方は？　アメリカの国民作家の大作

ハヤカワepi文庫

雪〔新訳版〕上・下

Kar

オルハン・パムク
宮下 遼訳

十二年ぶりに故郷トルコに戻った詩人Kaは少女の連続自殺について記事を書くため地方都市カルスへ旅することになる。憧れの美女イペキ、市長選挙に立候補しているその元夫、カリスマ的な魅力を持つイスラム主義者〈群青〉、彼を崇拝する若い学生たち……雪降る街で出会う人々は、取材を進めるKaの心に波紋を広げていく。ノーベル文学賞受賞作家が現代トルコを描いた傑作

わたしの名は赤〔新訳版〕上・下

Benim Adim Kirmizi

オルハン・パムク
宮下 遼訳

〈国際IMPACダブリン文学賞受賞作〉一五九一年冬。オスマン帝国の首都イスタンブルで細密画師が殺された。その死をもたらしたのは、皇帝の命により秘密裡に製作されている装飾写本なのか？　同じ頃、十二年ぶりにイスタンブルへ帰ってきたカラは、くだんの装飾写本の作業を手伝ううちに、美貌の従妹シェキュレへの恋心を募らせていく。東西の文明が交錯する大都市を舞台にしたノーベル文学賞作家の代表作

ハヤカワepi文庫

ハヤカワ epi 文庫は、すぐれた文芸の発信源（epicentre）です。

訳者略歴　英米文学翻訳家　訳書『日の名残り』『わたしを離さないで』イシグロ，『エデンの東』スタインベック（以上早川書房刊），『イギリス人の患者』オンダーチェ，他多数

忘《わす》れられた巨人《きょじん》

〈epi 91〉

二〇一七年十月二十五日　発行
二〇一七年十月二十八日　四刷

（定価はカバーに表示してあります）

著者　カズオ・イシグロ
訳者　土《つち》屋《や》政《まさ》雄《お》
発行者　早川　浩
発行所　株式会社　早川書房

郵便番号　一〇一 - 〇〇四六
東京都千代田区神田多町二ノ二
電話　〇三 - 三二五二 - 三一一一（大代表）
振替　〇〇一六〇 - 三 - 四七七九九
http://www.hayakawa-online.co.jp

乱丁・落丁本は小社制作部宛お送り下さい。
送料小社負担にてお取りかえいたします。

印刷・中央精版印刷株式会社　製本・株式会社川島製本所
Printed and bound in Japan
ISBN978-4-15-120091-5 C0197

本書は活字が大きく読みやすい〈トールサイズ〉です。